みんなのゴロゴ

古文出典

スタディカンパニー

『古文出典ゴロゴ』5大特長

特長1

大学入試古文出典のベスト70をランキング掲載！

過去20年以上にわたる大学入試問題を徹底調査した結果、古文出典で最も出題される70作品が決定しました。この本に掲載されている70作品で、大学入試に出題される古文出典が95％以上カバーできます。

まず第一部の「ベスト10」でカバー率40％、次の第二部「ベスト11〜40」で80％、そして第三部「ベスト41〜70」で95％超をカバーしています。

特長2

出題頻度ベスト40作品を徹底解説！

ベスト40までの作品を読んでおけば、入試本番で80％以上がこの中の作品から出ることになります。そこで本書では特にベスト40までの作品については、詳細解説・チャート式文学史・グラフ化された過去問分析・イラストを交えた図表を掲載し、入試出題箇所を中心に、作品世界をより深く、よりわかりやすく紹介していきます。

特長3

出題頻度ベスト10作品は頻出箇所のあらすじ掲載！

最頻出であるベスト10の作品については、入試によく出る箇所をできるだけわかりやすくあらすじにしてまとめました。入試で全く同じ箇所が出る可能性も高いので、受験の「虎の巻」にあたるものといえます。

特長4

実際の入試出題箇所をしっかり分析！

本書のもう一つの特長といえるのが、「古文と口語訳の対照」ページです。それぞれの作品に掲載されている古文の文章は主要な大学入試で実際に出題された箇所です。それぞれに出題大学名を掲載しておいたので、まずは口語訳をチェックシートで隠して、本番のつもりで緊張感をもって読んでください。

特長5

参考書がスマホでも読める！　電子ブック付き

この『古文出典ゴロゴ』にはデジタルコンテンツが付属しています。スマホでアクセスすれば、電子ブックで本書がチェックできるうえに、学習に役立つコンテンツも提供していく予定です。ぜひそれらを有効活用して、日々の学習のクオリティを高めていきましょう。使用法などの詳細は、巻末の袋とじページをご覧ください。

本書の使用法

③ 入試データ分析 & 学習ターゲット

大学入試の過去問分析データを円グラフ化。それに基づき学習ターゲットをまとめています。

① 柱 & 総論

大学入試の古文出題順位・出題率・作者・時代・ジャンルを整理。
総論では作品解説と入試ポイントを説明。

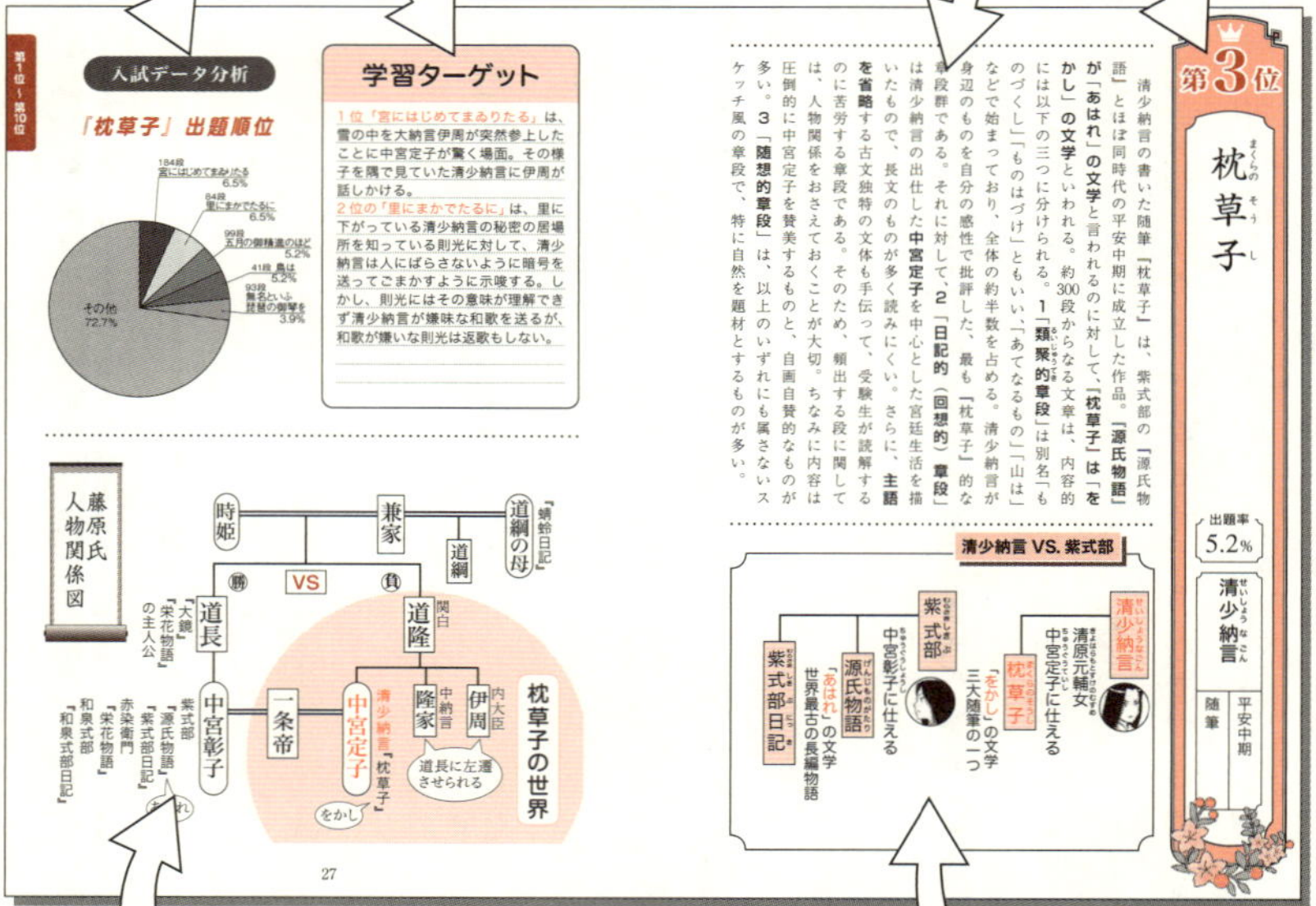

④ 図表解説

作中の人物関係や古典常識・和歌などをわかりやすく図表化。

② チャート式文学史

作品に関連する重要文学史が一目でわかるチャート図。

⑤ 入試頻出古文ダイジェスト

ベスト10までの作品中、入試に頻出する箇所の現代語訳を掲載。

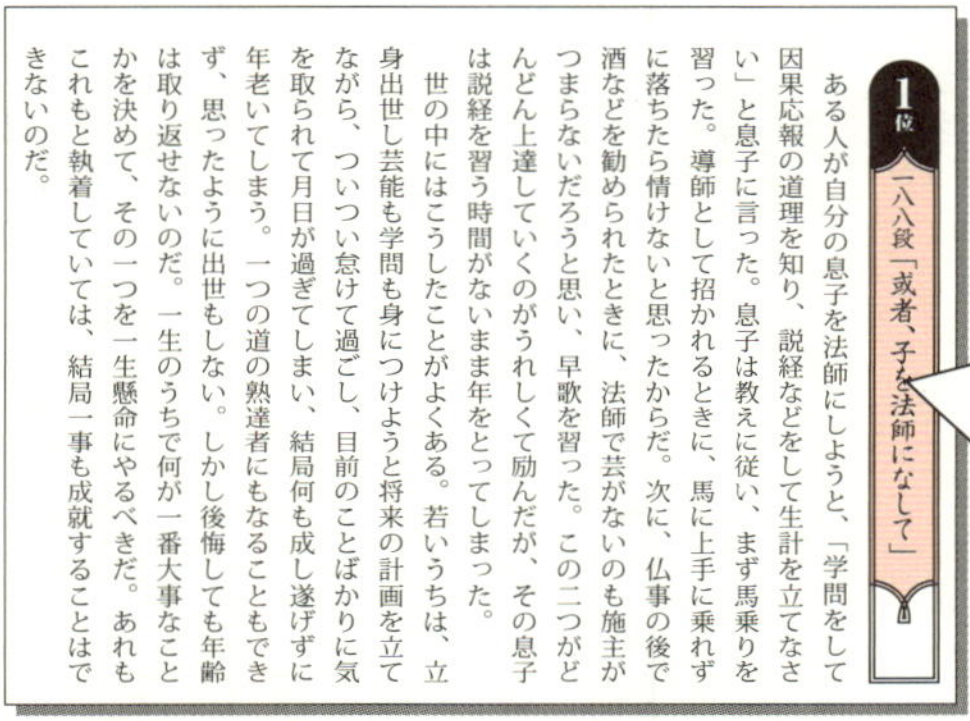

1位 一八八段「或者、子を法師になして」

ある人が自分の息子を法師にしようと、「学問をして因果応報の道理を知り、説経などをして生計を立てなさい」と息子に言った。息子は教えに従い、まず馬乗りを習った。導師として招かれるときに、馬に上手に乗れずに落ちたら情けないと思ったからだ。次に、仏事の後で酒などを勧められたときに、法師で芸がないのも施主がつまらないだろうと思い、早歌を習った。この二つがどんどん上達していくのがうれしくて励んだが、その息子は説経を習う時間がないまま年をとってしまった。

世の中にはこうしたことがよくある。若いうちは、立身出世し芸能も学問も身につけようと将来の計画を立てながら、ついつい怠けて過ごし、目前のことばかりに気を取られて月日が過ぎてしまい、結局何も成し遂げずに年老いてしまう。一つの道の熟達者にもなることもできず、思ったように出世もしない。しかし後悔しても年齢は取り返せないのだ。一生のうちで何が一番大事なことかを決めて、その一つを一生懸命にやるべきだ。あれもこれもと執着していては、結局一事も成就することはできないのだ。

作品の難易度・入試出題傾向をチェック！

⑦ 読解ポイント

掲載古文の読解上のポイントを解説。

⑥ 古文と口語訳

口語訳は赤チェックシートで隠せます。

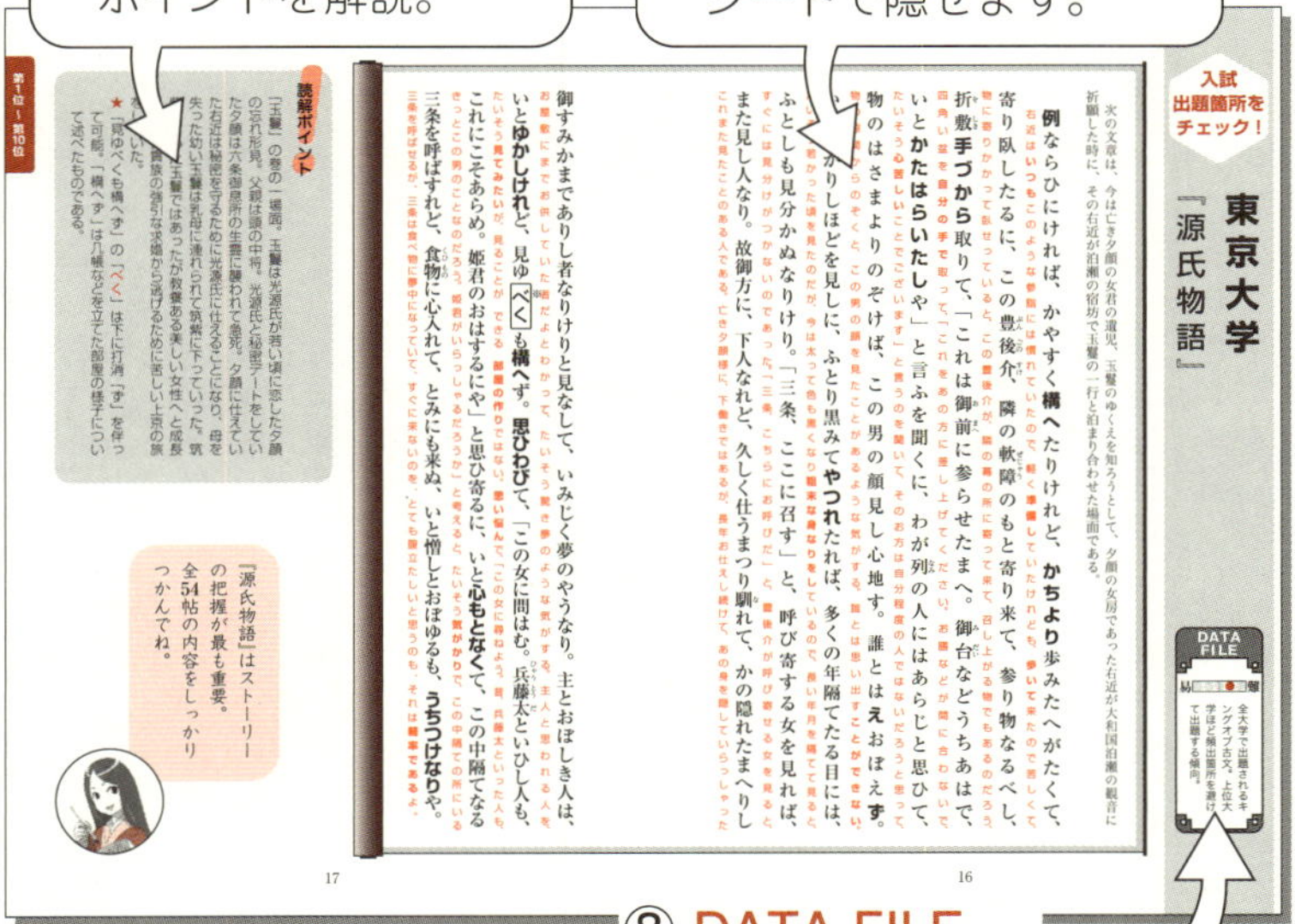

入試出題箇所をチェック！

東京大学『源氏物語』

次の文章は、今は亡き夕顔の女君の遺児、玉鬘のゆくえを知ろうとして、夕顔の女房であった右近が大和国泊瀬の観音に祈願した時に、その右近が泊瀬の宿坊で玉鬘の一行と泊まり合わせた場面である。

例ならひにければ、かやすく構へたりけれど、かちより歩みたへがたくて、
右近はいつもこのような参詣には慣れていたので、軽く準備していたけれども、歩いて来たので苦しくて、
寄り臥したるに、この豊後介《ぶんごのすけ》、隣の軟障《ぜじやう》のもと寄り来て、参り物なるべし、
物に寄りかかって臥せっていると、この豊後介が、隣の幕の所に寄って来て、召し上がる物でもあるのだろう、
折敷《をしき》手づから取りて、「これは御前《おまへ》に参らせたまへ。御台《みだい》などうちあはで、
四角い盆を自分の手で取って、「これをあの方に差し上げてください。お膳などが間に合わないで、
いとかたはらいたしや」と言ふを聞くに、わが列《なみ》の人にはあらじと思ひて、
たいそう心苦しいことでございます」と言うのを聞いて、その方は自分程度の人ではないだろうと思って、
物のはさまよりのぞけば、この男の顔見し心地す。誰とはえおぼえず。
物の隙間からのぞくと、この男の顔を見たことがあるような気がする。誰とは思い出すことができない。
かりしほどを見しに、ふとり黒みてやつれたれば、多くの年隔てたる目には、
若かった頃を見たのだが、今は太って色も黒くなり粗末な身なりをしているので、長い年月を隔てて見ると、
ふとしも見分かぬなりけり。「三条、ここに召す」と、呼び寄する女を見れば、
すぐには見分けがつかないのであった。「三条、こちらにお呼びだ」と、豊後介が呼び寄せる女を見ると、
また見し人なり。故御方に、下人なれど、久しく仕うまつり馴《な》れて、かの隠れたまへりし
これまた見たことのある人である。亡き夕顔様に、下働きではあるが、長年お仕えし続けて、あの身を隠していらっしゃった
御すみかまでありし者なりけりと見なして、いみじく夢のやうなり。主とおぼしき人は、
お屋敷にまでお供していた者だよとわかって、たいそう驚き夢のような気がする。主人と思われる人を、
いとゆかしけれど、見ゆべくも構へず。思ひわびて、「この女に問はむ。兵藤太《ひやうとうだ》といひし人も、
たいそう見てみたいが、見ることができる部屋の作りではない。思い悩んで「この女に尋ねよう。昔、兵藤太といった人も、
これにこそあらめ。姫君のおはするにや」と思ひ寄るに、いと心もとなくて、この中隔てなる
きっとこの男のことなのだろう。姫君がいらっしゃるだろうか」と考えると、たいそう気がかりで、この中隔ての所にいる
三条を呼ばすれど、食物《くひもの》に心入れて、とみにも来ぬ、いと憎しとおぼゆるも、うちつけなりや。
三条を呼ばせるが、三条は食べ物に夢中になっていて、すぐに来ないのを、とても腹立たしいと思うのも、それは軽率であるよ。

16

読解ポイント

「玉鬘」の巻の一場面。玉鬘は光源氏が若い頃に恋した夕顔の忘れ形見。父親は頭の中将。光源氏と秘密デートをしていた夕顔は六条御息所の生霊に襲われて急死。夕顔に仕えていた右近は秘密を守るために光源氏に仕えることになり、母を失った幼い玉鬘は乳母に連れられて筑紫に下っていった。筑 玉鬘ではあったが教養ある美しい女性へと成長 豪族の強引な求婚から逃げるために苦しい上京の旅を いた。

★「見ゆべくも構へず」の「べく」は下に打消「ず」を伴って可能。「構へず」は几帳などを立てた部屋の様子について述べたものである。

『源氏物語』はストーリーの把握が最も重要。全54帖の内容をしっかりつかんでね。

第1位～第10位

17

DATA FILE 易 難

全大学で出題されるキングオブ古文。上位大学ほど頻出箇所を避けて出題する傾向。

⑧ DATA FILE

作品の難易度・入試出題傾向を記載。

目次

第一部　入試出典ランキング　第1位～第10位

第二部　入試出典ランキング　第11位～第40位

第三部　入試出典ランキング　第41位～第70位

出典索引

第一部

入試出典ランキング
第1位～第10位

出題カバー率 40%

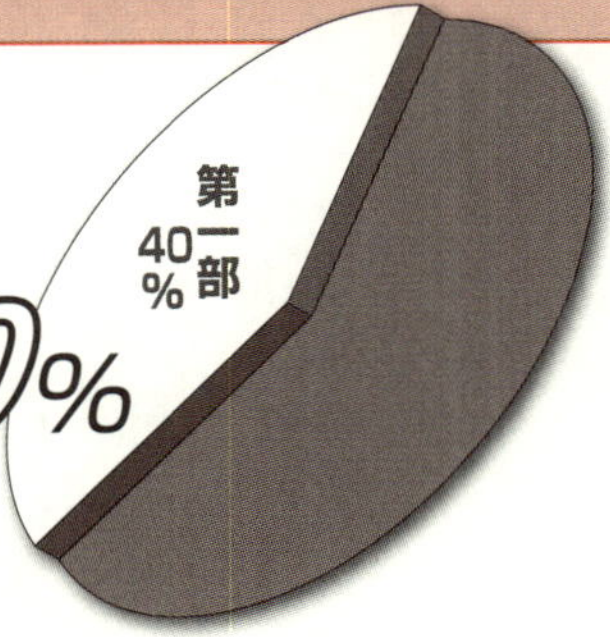

第1位

源氏物語《げんじものがたり》

出題率
6.6%

紫式部《むらさきしきぶ》

物語

平安中期

全54帖の長編物語『源氏物語』は**平安中期に紫式部によって書かれた**。大学入試の出典で不動の一位。**藤原道長の娘、中宮彰子に女房として仕えた紫式部**はそれまでの物語の系譜である「歌物語」と「伝奇（作り）物語」とを統合し、壮大な長編物語を創作した。江戸時代の国学者**本居《もとおり》宣長《のりなが》**は『源氏物語』の本質を「**もののあはれ**」にあるといった。入試で出題される箇所としては、光源氏の出生から恋多き青春時代、義理の母藤壺の宮との不義密通、須磨・明石への退居と明石の君との出会い、そして都へ帰還後の栄進と40歳になってからの女三の宮の降嫁などがあげられる。また、後半の10帖では光源氏の死後、薫君と匂の宮とが宇治の姫君たちの争奪合戦を繰り広げる、それを「**宇治十帖**《うじじゅうじょう》」と呼ぶ。上位大学ほど過去に出題された有名箇所を避けてくる傾向があり、受験生としては全54帖全てのストーリー展開と人物関係を把握しておく必要がある。また、古文の王道として、単語・文法・敬語・古典常識なども網羅された作品なので、基本に忠実な勉強が求められる。

源氏物語への道

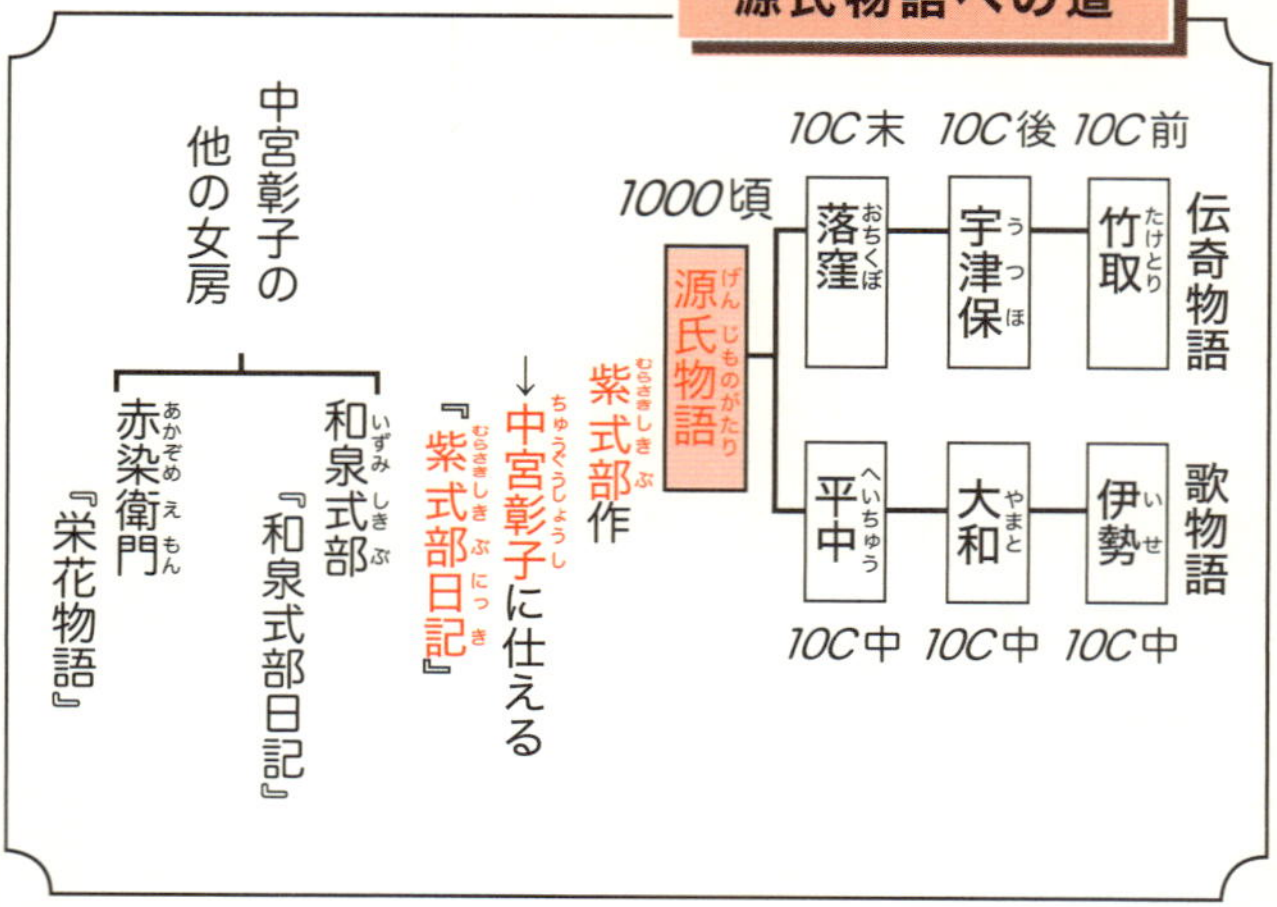

入試データ分析

『源氏物語』出題順位

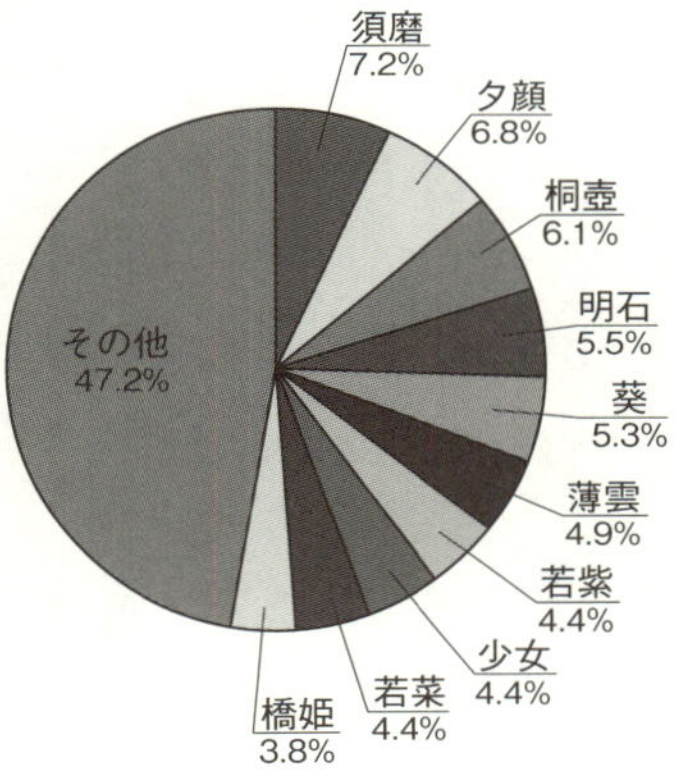

学習ターゲット

1位「須磨」と4位「明石」は連続性がある。「須磨」では、光源氏の敵方である右大臣の娘六の君（朧月夜）との密会が発覚し、光源氏が自ら須磨に退居し生活する。その後明石に移り、明石の君と出会い、後の明石の中宮が生まれるのが「明石」。

2位「夕顔」は光源氏が17歳の時に出会った薄幸の女性夕顔との恋愛談。夕顔は六条御息所の生霊の最初の犠牲者となる。

3位「桐壺」では身分の低い桐壺の更衣が帝の寵愛を受けたために、弘徽殿の女御一派からいじめられ、光源氏が3歳の時に亡くなる。

1位 須磨

光源氏は朱雀帝《すざくてい》の尚侍《ないしのかみ》である朧月夜《おぼろづきよ》との密会が政敵の右大臣方にバレてしまい、官位剝奪、流罪の処分が下されようとしていた。光源氏は最悪の事態を避けるため、自ら須磨に退居する。出発前に光源氏は、多くの人との別れを惜しみ、特に紫《むらさき》の上《うえ》の立場を心配して自分がいない間の財産の管理権を紫の上にゆだねた。

須磨での生活は寂しいもので、都にいる紫の上や藤壺《ふじつぼ》たちからの手紙だけが心の慰めになっていた。義兄頭《とう》の中将《ちゅうじょう》が須磨を見舞った時、光源氏は泣いて喜ぶ。暴風雨が続いたある晩、夢に亡き父桐壺院《きりつぼいん》が現れ、須磨を去るように告げる。翌朝、同じく夢のお告げを受けた明石《あかし》の入道《にゅうどう》が迎えに来て、光源氏は明石に移る。明石の入道は光源氏を厚くもてなし、自分の娘明石《あかし》の君《きみ》との結婚を勧める。光源氏は愛する紫の上を思いためらうものの、ついに明石の君と結ばれて幸せに暮らす。

一方都では、桐壺院が亡くなって以来、宮中に災いが続いていた。朱雀帝は院の遺言に従わなかったことを後悔し、母弘《こ》徽殿《きでん》の大后《おおきさき》の反対を押し切り光源氏召還を命じた。光源氏は後ろ髪引かれる思いで身重の明石の君を残して都に戻る。

2位 夕顔

17歳の光源氏は、亡き東宮《とうぐう》の妃だった六条御息所《ろくじょうのみやすんどころ》のもとへひそかに通っていた。ある夏の夕方、光源氏は五条にある乳母の見舞いに訪れた。光源氏は隣家に咲く夕顔の花に目が止まり、従者の惟光《これみつ》にその花を取りに行かせたところ、童女が現れて扇を渡される。惟光はその扇に夕顔の花をのせて光源氏に届けた。扇には香がくゆらせてあり、和歌が書かれている。光源氏はその風流心が気に入り、この家の女性のもとに素性を隠して通うようになる。女性の素性を調べさせたところ、頭の中将のかつての恋人だということがわかる。しかし光源氏は夕顔《ゆうがお》のどこか頼りなげな雰囲気に溺れ、夕顔のほうも光源氏の優雅な振る舞いにしだいに惹かれていく。

八月十五日夜、光源氏は夕顔の家に泊り、翌朝、夕顔を近くの廃院に連れ出す。ところがその夜、寝床に光源氏の愛人の一人である六条御息所の生霊《いきりょう》が現れ、夕顔にとりついて殺してしまった。夕顔の遺骸はひそかに葬られ、光源氏はショックのあまり寝込んでしまう。光源氏はせめて夕顔の遺児（玉鬘《たまかずら》）を引き取りたいと思うが、夕顔の死を隠していたので、それもかなわなかった。

3位 桐壺

『源氏物語』の冒頭の巻。いつの帝の治世だったたか、女御・更衣がたくさん仕えている中に、それほど高貴な身分ではないが帝の一番のお気に入り、桐壺《きりつぼ》の更衣《こうい》という女性がいた。更衣は父を亡くしており、有力な後見人もなく、帝の寵愛を得ようとしている女御や更衣たち、特に右大臣の娘である弘徽殿《こきでん》の女御《にょうご》一派から妬まれ、ひどいいじめを受けていた。そのため心労で病気がちになり、実家に帰ることも多かった。しかし帝の寵愛は増すばかりで、やがて玉のように美しい皇子が生まれた。これが『源氏物語』の主人公、光源氏である。

弘徽殿の女御にも第一皇子がいたが、帝の愛情は光源氏の一身に注がれた。そのため桐壺の更衣に対する弘徽殿の女御のいじめはますますひどくなり、ついに桐壺の更衣は心労で光源氏が3歳の時に死んでしまう。桐壺帝《きりつぼてい》の落胆は激しく、政務も忘れて更衣の形見の品を眺めては自分たちの悲劇を中国の玄宗皇帝と楊貴妃になぞらえて涙した。桐壺帝は光源氏に後見人がいないことを配慮して東宮《とうぐう》にはせず、貴族にして「源氏」の姓を与えた。ここから光源氏の物語は始まる。

源氏物語の人物関係図 ①

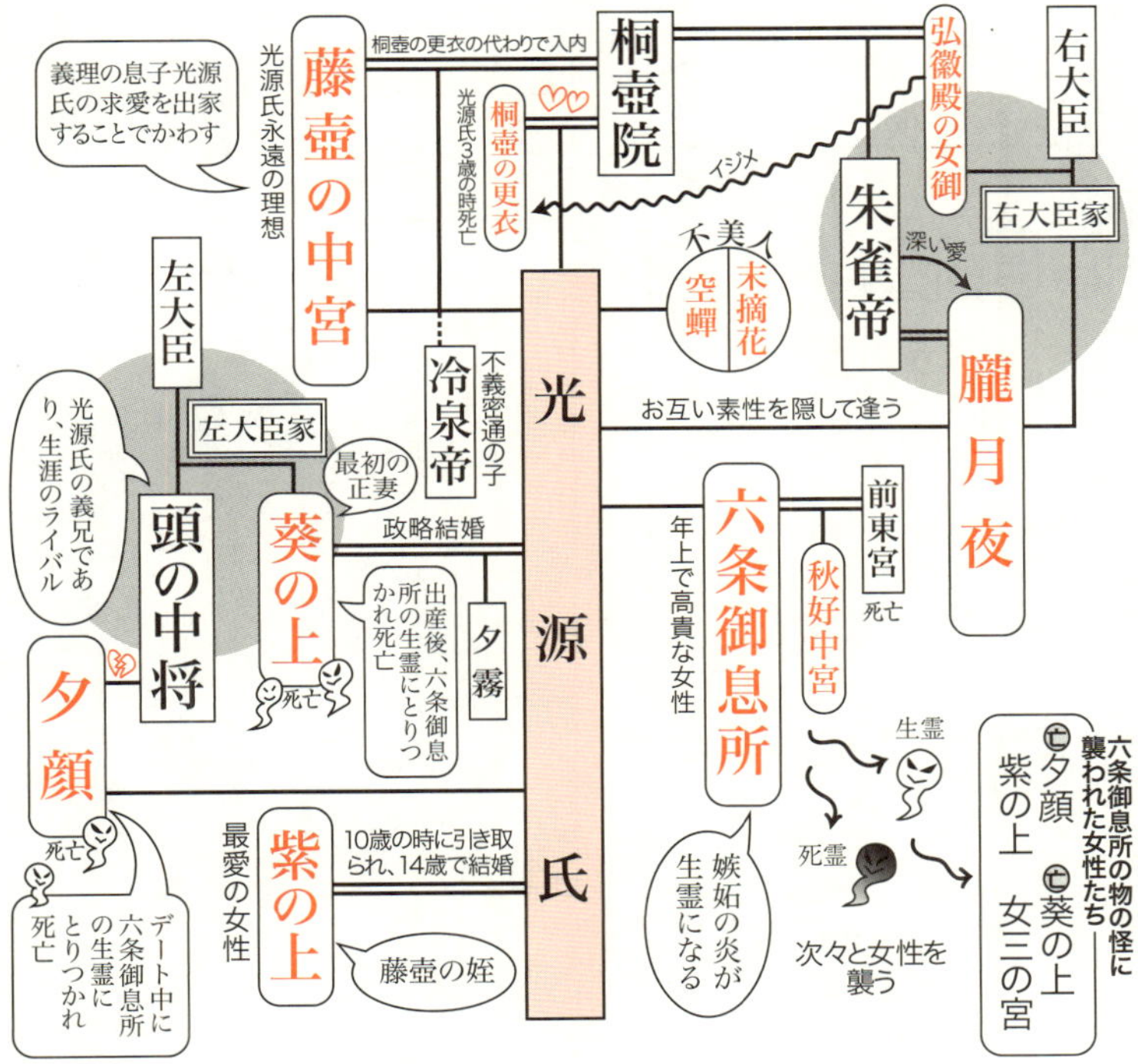

源氏年齢		主要な事項
1		桐壺の更衣、光源氏出産
3		桐壺の更衣、周囲の嫉妬による心労から死去
7～11		高麗人の観相により臣籍に降下、源氏姓を賜る。藤壺が桐壺帝に入内
12		光源氏元服。左大臣の娘葵の上と結婚
17	夏	「雨夜の品定め」。空蝉と契る
	秋	夕顔が六条御息所の物の怪に襲われて急死
18	春	北山で紫の上を垣間見る
	夏	藤壺と契る
19		藤壺出産（後の冷泉帝）。中宮となる
20	春	桜の宴。その夜朧月夜と契る
22	夏	葵祭の日、葵の上と六条御息所との車争い
	秋	葵の上が、夕霧出産後、六条御息所の生霊に襲われて死去
	冬	紫の上と新枕を交わす
23	秋	六条御息所と娘の斎宮、伊勢に下る
25	夏	朧月夜との密会が右大臣方に露見
26	春	須磨へ退居
27	秋	明石の君と結ばれる
28	秋	光源氏に召喚の宣旨が下り帰京、権大納言に昇進
29	春	明石の姫君誕生
	秋	六条御息所死去

源氏物語の人物関係図 ②

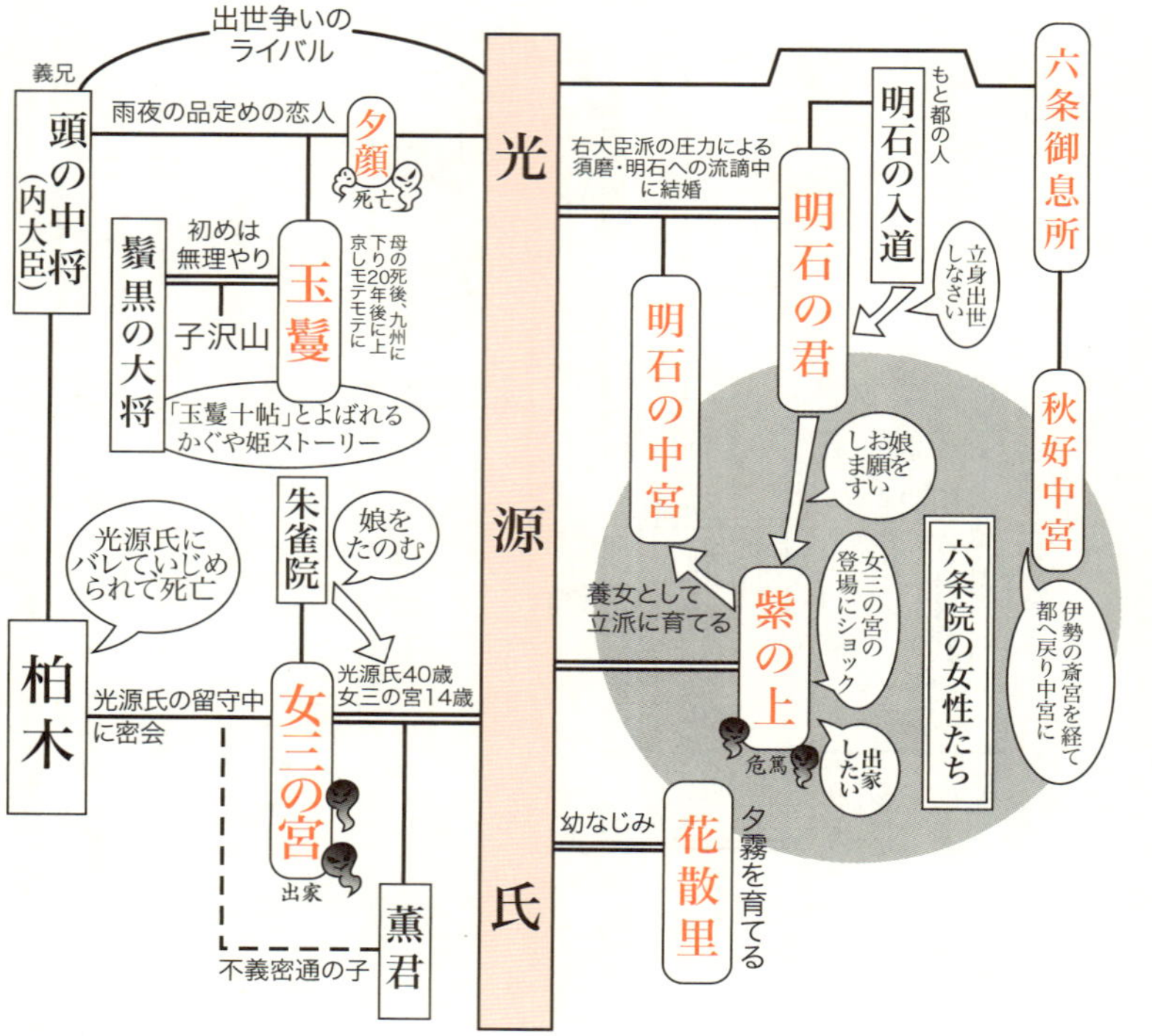

源氏年齢	主要な事項
31 春	六条御息所の娘入内（梅壺の女御）
冬	明石の姫君、二条院に入り紫の上の養女となる
32 夏	冷泉帝、出生の秘密を知り煩悶
秋	春秋優劣論で梅壺の女御、秋を好む
33 夏	夕霧と雲居の雁の恋、内大臣に裂かれる
35 冬	明石の君、六条院に入居
	玉鬘、筑紫から上京し、六条院に引き取られる
36 夏	玉鬘への懸想文相次ぐ
秋	野分の日、夕霧が紫の上を見て、美しさに魅せられる
37 春	玉鬘の裳着、実父内大臣と再会
冬	鬚黒が玉鬘を手に入れる
39 夏	明石の姫君の入内
秋	朱雀院、出家を前に娘女三の宮を光源氏に託す
40 春	女三の宮、光源氏に降嫁
41 春	柏木が女三の宮を垣間見る
47 春	紫の上危篤、六条御息所の死霊現る
夏	柏木、女三の宮と密通
48 春	女三の宮出産（薫君）と出家
51 秋	紫の上死去
52	光源氏、出家の決意を固める

源氏物語の人物関係図 ③

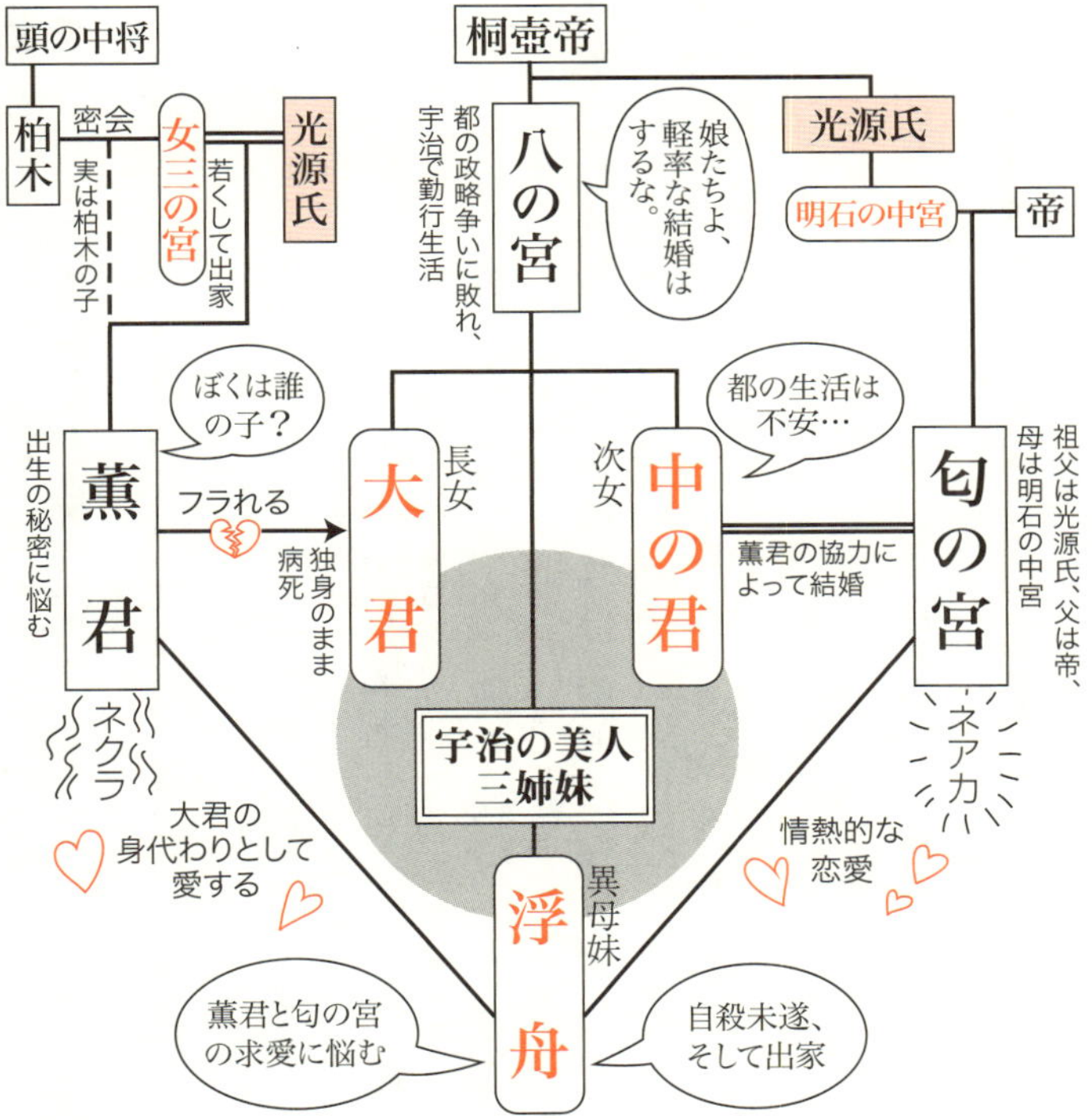

薫君年齢	主要な事項
20	薫君、宇治の八の宮を訪れ、八の宮の姫君たちを垣間見る
22 冬	薫君、出生の秘密を知る
23 春	匂の宮、宇治を訪問
秋	八の宮死去
24 秋	薫君、大君に求婚するが拒まれる
	匂の宮、中の君と契る
冬	大君死去
	匂の宮、中の君を二条院に迎える
26 夏	薫君、宇治で浮舟を垣間見る
秋	浮舟、中の君を頼って二条院へ
	薫君、浮舟を宇治に移す
27 春	匂の宮、宇治を訪れ浮舟と契る
	浮舟、匂の宮と薫君との三角関係で悩み、死を決意
秋	浮舟、横川の僧都に助けられる
	浮舟出家
28 春	薫君、浮舟の生存を知る
夏	薫君、浮舟の生存を確かめる
	薫君、小君を派遣するが浮舟は対面を拒否

入試
出題箇所をチェック！

東京大学
『源氏物語』

DATA FILE

易 ●●●●● 難

全大学で出題されるキングオブ古文。上位大学ほど頻出箇所を避けて出題する傾向。

次の文章は、今は亡き夕顔の女君の遺児、玉鬘のゆくえを知ろうとして、夕顔の女房であった右近が大和国泊瀬の観音に祈願した時に、その右近が泊瀬の宿坊で玉鬘の一行と泊まり合わせた場面である。

例ならひにければ、かやすく**構へ**たりけれど、**かちより**歩みたへがたくて、
右近は**いつも**このような参詣には慣れていたので、軽く**準備し**ていたけれども、**歩いて**来たので苦しくて、

寄り臥したるに、この豊《ぶん》後《ごの》介《すけ》、隣の軟障《ぜじやう》のもと寄り来て、参り物なるべし、
物に寄りかかって臥せっていると、この豊後介が、隣の幕の所に寄って来て、召し上がる物でもあるのだろう、

折《を》敷《しき》**手づから**取りて、「これは御《お》前《まへ》に参らせたまへ。御《み》台《だい》などうちあはで、
四角い盆を**自分の手で**取って、「これをあの方に差し上げてください。お膳などが間に合わないで、

いと**かたはらいたしや**」と言ふを聞くに、わが列《なみ》の人にはあらじと思ひて、
たいそう**心苦しい**ことでございます」と言うのを聞いて、そのお方は自分程度の人ではないだろうと思って、

物のはさまよりのぞけば、この男の顔見し心地す。誰とは**え**おぼえ**ず**。
物の隙間からのぞくと、この男の顔を見たことがあるような気がする。誰とは思い出す**ことができない**。

いと若かりしほどを見しに、ふとり黒みて**やつれ**たれば、多くの年隔てたる目には、
たいそう若かった頃を見たのだが、今は太って色も黒くなり**粗末な身なりをし**ているので、長い年月を隔てて見ると、

ふとしも見分かぬなりけり。「三条、ここに召す」と、呼び寄する女を見れば、
すぐには見分けがつかないのであった。「三条、こちらにお呼びだ」と、豊後介が呼び寄せる女を見ると、

また見し人なり。故御方に、下人なれど、久しく仕うまつり馴《な》れて、かの隠れたまへりし
これまた見たことのある人である。亡き夕顔様に、下働きではあるが、長年お仕えし続けて、あの身を隠していらっしゃった

御すみかまでありし者なりけりと見なして、いみじく夢のやうなり。主とおぼしき人は、
お屋敷にまでお供していた者だよとわかって、たいそう驚き夢のような気がする。主人と思われる人を、
いと**ゆかしけれ**ど、見ゆ［べく］※も**構へ**ず。**思ひわび**て、「この女に問はむ。兵藤太《ひゃうとうだ》といひし人も、
たいそう**見てみたい**が、見ることができる**部屋の作り**ではない。**思い悩ん**で、「この女に尋ねよう。昔、兵藤太といった人も、
これにこそあらめ。姫君のおはするにや」と思ひ寄るに、いと**心もとなく**て、この中隔てなる
きっとこの男のことなのだろう。姫君がいらっしゃるだろうか」と考えると、たいそう**気がかり**で、この中隔ての所にいる
三条を呼ばすれど、食物《くひもの》に心入れて、とみにも来ぬ、いと憎しとおぼゆるも、**うちつけなり**や。
三条を呼ばせるが、三条は食べ物に夢中になっていて、すぐに来ないのを、とても腹立たしいと思うのも、それは**軽率である**よ。

読解ポイント

「玉鬘」の巻の一場面。玉鬘は光源氏が若い頃に恋した夕顔の忘れ形見。父親は頭の中将。光源氏と秘密デートをしていた夕顔は六条御息所の生霊に襲われて急死。夕顔に仕えていた右近は秘密を守るために光源氏に仕えることになり、母を失った幼い玉鬘は乳母に連れられて筑紫に下っていった。筑紫で育った玉鬘ではあったが教養ある美しい女性へと成長し、田舎貴族の強引な求婚から逃げるために苦しい上京の旅をしていた。

★「見ゆべくも構へず」の「べく」は下に打消「ず」を伴って可能。「構へず」は几帳などを立てた部屋の様子について述べたものである。

『源氏物語』はストーリーの把握が最も重要。全54帖の内容をしっかりつかんでね。

入試出題箇所をチェック！

立命館大学『源氏物語』

DATA FILE

易　難

『源氏物語』攻略の鍵はなんといっても人物関係の把握。P13～15の人物関係図を参照のこと。

光源氏は葵の上の死後、服喪の期間を過ごしていた。

深き秋のあはれまさりゆく風の音身にしみけるかな、と**ならは**ぬ御ひとし寝に、明かしかね

晩秋の情趣が深まっていく風の音は身にしみるものよ、と**慣れ**ない一人寝をなさって、眠ることもできずもてあまし

※**たまへ**る朝ぼらけの霧りわたれるに、菊のけしきばめる枝に濃き青鈍《あをにび》の紙なる文つけて、さし置きて

なさった朝ぼらけの、一面に霧が渡っているところに、咲きかけた菊の枝に、濃い青鈍色の紙に書いた手紙を結びつけて使者がそっと置いて

往にける。**いまめかしう**も、とて見たまへば、御息所《みやすどころ》の御**手**なり。「聞こえぬほどは思し知るらむや。

帰っていった。「**当世風だなぁ**」と思って源氏がその手紙をご覧になると、御息所の御**筆跡**である。「消息を申し上げなかった私の気持ちはご推察なさっているでしょうか。

人の世を　あはれときくも　露けきに　おくるる袖を　思ひこそやれ

○人の世を無常と聞くにつけても涙がちになるのですが、まして葵の上に先立たれなさったあなたのお悲しみのほどは、十分お察し申し上げます。

ただ今の空に思ひ※**たまへ**あまりてなむ」とあり。常よりも優にも書いたまへるかな、とさすがに置きがたう

ただ今この空の風情を見て、気持ちを抑えきれなくなり**まして**」と書いてある。「いつにもまして優雅に書きなさったものだなぁ」と、さすがに手紙を下に置きがたく

見たまふ**ものから**、**つれな**の御とぶらひやと**心うし**。さりとて、かき絶え音なうきこえざらむも

ご覧になる**ものの**、**しらじらしい**六条御息所のご弔問であるよと**嫌な気がする**。そうかといって、全くお便りを差し上げないのも

いとほしく、人の御名の朽ちぬべきことを思し乱る。過ぎにし人は、とてもかくても、**さるべき**

気の毒で、御息所の御名を汚してしまうにちがいないと、源氏はあれこれお迷いになる。お亡くなりになった葵の上は、いずれにせよ、**そうなるはず**の

にこそはものしたまひけめ、何にさることをさださだと**けざやかに**見聞きけむと悔しきは、

運命でいらっしゃったのだろう。どうしてああしたことをまざまざと**あざやかに**見たり聞いたりしたのであろうかと、くやしく思われるのは、

わが御心ながらなほ**え**思しなほす**まじき**なめりかし。斎宮《さいぐう》の御浄《きよ》まはりもわづらはしくやなど、久しう

ご自分のお心ながらやはり、御息所に対する厭わしい気持ちをお変えになることは**できるはずがない**ようであるよ。斎宮の御潔斎にもありはしないかなどと、長らく

思ひ**わづらひ**たまへど、**わざと**ある御返りなくは**情けなく**やとて、紫の鈍《にば》める紙に、「**こよなう**

思い**ためらい**なさったけれど、**わざわざ**御息所がくださったお便りに返事をしないのは**薄情だ**と思って、紫でねずみ色がかった紙に、源氏は「**この上もなく**

ほど経はべりにけるを、思ひ**たまへ**※怠らずながら、**つつましき**ほどは、さらば思し知るらむとてなむ。

ご無沙汰の日数が経ちましたが、いつも心に掛けてお**ります**ものの、お便りを**遠慮していた**間のことは、それならばご理解くださっているのだろうと存じまして。

とまる身も　消えしも同じ　露の世に　心おくらむ　ほどぞはかなき

○この世に生き残っている者も、死んだ者も、ともに同じはかない露のようなもので、はかない世に執着するのは**むなしいことです**。

○さること―御息所の生霊が葵の上にとりついたこと

読解ポイント

「葵」の巻の一場面。光源氏の正妻葵の上は、賀茂祭（葵祭）の見物に出かけた際に、光源氏の愛人の六条御息所と車争いをして六条御息所から怨みをかっていた。葵の上は、夕霧を出産後、六条御息所の生霊に襲われて亡くなった。その後の六条御息所と光源氏との手紙のやり取りの場面である。

★「たまふ」には二種類ある。一つは四段動詞で尊敬。もう一つは下二段動詞で謙譲語。今回の文章ではどちらも出ているので、しっかり違いを識別して欲しい。謙譲語のほうは補助動詞の用法で、会話文中で用いられ、「～ます」と丁寧語のように訳すのもポイント。

尊敬の「たまふ」は四段。謙譲の「たまふ」は下二段。「たまへ」の識別が勝負のポイント。

第2位

徒然草《つれづれぐさ》

出題率 6.0%

兼好法師《けんこうほうし》

随筆

鎌倉末期（南北朝）

兼好法師（吉田兼好《よしだけんこう》・卜部兼好《うらべかねよし》）の書いた随筆『徒然草』は鎌倉と室町の中間期である騒乱の**南北朝時代の十四世紀前半に成立**した作品。兼好法師の人生観を反映した内容のものが多く、『枕草子』が清少納言の宮中日記的な「をかし」という感性あふれる随筆であったのに対して、『徒然草』は出家した兼好法師の人生哲学・思想的な内容になっている。鴨長明の随筆『**方丈記**』や軍記物語『**平家物語**』と同様、底流には「**無常観**」が流れている。『徒然草』は約240段からなるが、全体的に読みやすく面白いうえに、現代でも通じる人生訓もあり、基礎的な古文力をつける意味でも通読することをオススメする。『徒然草』入試出題ベスト10は以下の段。**1位188段**「或者、子を法師になして」、**2位231段**「園の別当入道は」、**3位73段**「世に語り伝ふる事」、4位104段「荒れたる宿の、人目なきに」、5位137段「花は盛りに」、6位19段「折節の移り変はるこそ」、7位10段「家居の、つきづきしく」、8位167段「一道に携はる人」、9位41段「五月五日、賀茂の競べ馬を」、10位194段「達人の、人を見る眼は」。

南北朝時代のまとめ

	和歌・連歌	随筆	軍記物語	歴史物語
平安	古今集	枕草子	保元物語 平治物語	栄花物語 大鏡 今鏡
鎌倉	新古今集	方丈記	平家物語	水鏡
南北朝	菟玖波集 筑波問答	徒然草	太平記	増鏡

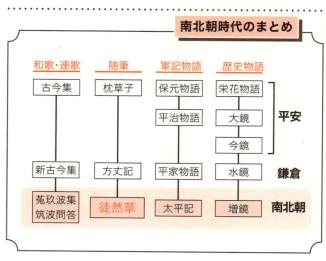

入試データ分析

三大随筆 出題順位

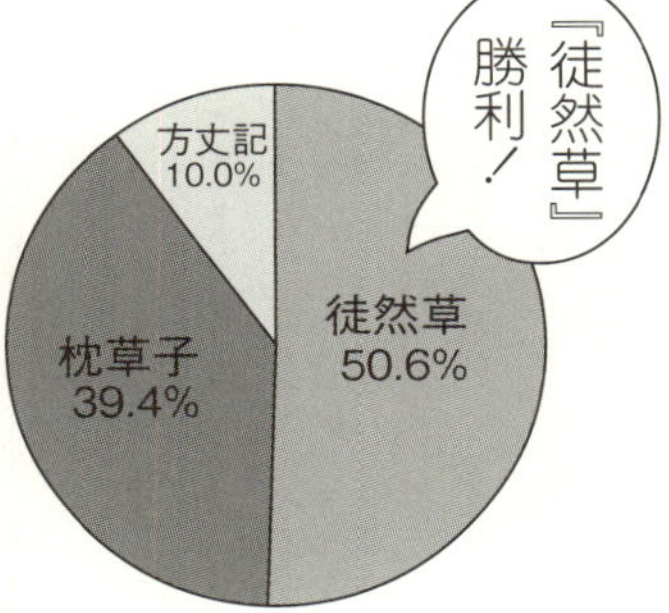

学習ターゲット

古典の三大随筆は大学入試頻出で、文学史の問題もよく見られる。

1位『徒然草』は作者が兼好法師（吉田兼好）、時代が南北朝時代（鎌倉時代末期）であることがポイント。同時代の作品として軍記物語『太平記』、歴史物語『増鏡』が問われる。

2位『枕草子』は平安時代の女房文学の代表作品の一つ。藤原道隆の娘、中宮定子に仕えた清少納言の日記的随筆。

3位『方丈記』は鎌倉時代初期の鴨長明の作品。よく『徒然草』より後の作品だと勘違いしている人がいるので注意。

古典三大随筆

成立順 ① 枕草子

清少納言

平安時代中期

一条帝の中宮定子（藤原道隆の娘）に仕えた作者の日記的随筆。約３００段から成る。宮廷生活を華やかに描いた作品で、根底には「をかし」の精神がある。冒頭部分「春はあけぼの。やうやう白くなりゆく山ぎは、少しあかりて、紫だちたる雲の細くたなびきたる」は特に有名。平安中期に栄えた仮名文学の代表的な作品。

成立順 ② 方丈記

鴨長明

鎌倉時代初期

作者鴨長明は下鴨神社の神官の次男として生まれるが、神官にはなれず出世コースから外れる。出家した鴨長明は天変地異や飢饉、福原遷都などに伴う世間の悲惨さを描き、世の無常を詠嘆する。後半は閑居生活への安住にさえも疑問を抱き、反省する心境を述べている。文章は和漢混交文。

成立順 ③ 徒然草

兼好法師

南北朝時代

本名は卜部兼好といい、占いで朝廷に仕える名家に生まれる。『徒然草』は鎌倉幕府が滅亡した後に成立。作品は『方丈記』と同様に「無常観」が根底にあるが、『方丈記』のような悲壮感はなく、ユーモアがある。内容は社会・人生の多岐にわたり、隠者の鋭い観察眼が楽しめる文章。文章は和漢混交文。

1位 一八八段「或者、子を法師になして」

ある人が自分の息子を法師にしようと、「学問をして因果応報の道理を知り、説経などをして生計を立てなさい」と息子に言った。息子は教えに従い、まず馬乗りを習った。導師として招かれるときに、馬に上手に乗れずに落ちたら情けないと思ったからだ。次に、仏事の後で酒などを勧められたときに、法師で芸がないのも施主がつまらないだろうと思い、早歌を習った。この二つがどんどん上達していくのがうれしくて励んだが、その息子は説経を習う時間がないまま年をとってしまった。

　世の中にはこうしたことがよくある。若いうちは、立身出世し芸能も学問も身につけようと将来の計画を立てながら、ついつい怠けて過ごし、目前のことばかりに気を取られて月日が過ぎてしまい、結局何も成し遂げずに年老いてしまう。一つの道の熟達者にもなることもできず、思ったように出世もしない。しかし後悔しても年齢は取り返せないのだ。一生のうちで何が一番大事なことかを決めて、その一つを一生懸命にやるべきだ。あれもこれもと執着していては、結局一事も成就することはできないのだ。

2位 二三一段「園の別当入道は」

園《その》の別当入道《べっとうにゅうどう》は、類《たぐい》まれな料理人である。ある人の邸で立派な鯉《こい》が出たので、人々は彼の包丁さばきを見たいと思ったが、軽々しく頼むことをためらっていた。別当入道は気の利いた人で、「修行のために百日間鯉を切ることにしていますから、その鯉をいただきましょう」と言って料理したのは、その場にふさわしく興趣があると人々は思った。その話をある人が北山の太政入道に話したところ、「それは少し嫌味だな。『鯉を切るのにふさわしい人がいないなら私にください』と言ったなら、もっと立派だっただろうに」と入道が言ったそうだ。ある人はこれを面白いと言っていたが私もそう思う。

　わざとらしく趣があるよりも、自然で平凡なのが良いのだ。客にご馳走する際も、うまいタイミングで出すのも良いが、ただ何ということもなく、偶然のようにご馳走を出すのが実に良い。人に物をあげるのも、何のきっかけもなくただ自然にあげるのが本当の厚意というものだ。その品物を惜しむふりをしたり、相手に欲しいと言わせようとしたり、勝負に負けたのにかこつけてあげるのは見苦しい。

3位 七三段「世に語り伝ふる事」

世の中に語り伝えられていることは、本当のことをただ話すのは面白くないからだろうか、多くは嘘ばかりだ。本当のことよりも大げさに脚色したうえ、さらに年月が経過して場所も遠く離れ、語り手や書き手が作り話をしてしまうとそのまま決定してしまう。本当のことではないと思いながら他人の言った通りに得意そうに話すのはその人の嘘ではないが、いかにももっともらしく、ところどころを曖昧にして知らないふりをして、それでいて辻褄を合わせて話す嘘は、みんなだまされてしまうので恐ろしいことだ。みんなが面白がる嘘を否定しても仕方がないからと黙って聞いていれば、証人にまでされて、いよいよ定まってしまうだろう。

嘘はいつもあるもので珍しくないものだと心得ておけば間違いはない。身分も高く教養のある人は奇怪なことは話さないものだ。しかし神仏の伝奇は、信じてはいけないというものではない。だが世間の嘘を信じるのは馬鹿らしいし、だからといって否定しても仕方ないので、大体は真実のように対応して、でも全て信じることをしないで、また、全て疑って馬鹿にしてもいけないのである。

徒然草 入試ポイント

1. 作者は兼好法師（吉田兼好・卜部兼好）。
2. 成立は鎌倉末期の南北朝時代（1331年頃）。
3. 作品の根底にあるのは中世の仏教的「無常観」。
4. 『枕草子』（清少納言）、『方丈記』（鴨長明）と並んで古典の三大随筆の一つ。
5. 助動詞「る・らる」が下に打消をともなわず単独で可能の意味になる場合がある。
6. 同時代の作品は軍記物語の『太平記』、歴史物語の『増鏡』。

入試出題箇所をチェック！

名古屋大学
『徒然草』

DATA FILE

易 ● 難

難易度はやや易しめ。頻出段を読んで口語訳できる力を付けるのが最大の対策。

世に語り伝ふる事、**まこと**は**あいなき**にや、多くは皆**虚言**《そらごと》なり。

世間で語り伝えていることは、**事実のまま**では**面白くない**のであろうか、多くは皆**うその話**である。

あるにも過ぎて人は物を言ひなすに、まして、年月過ぎ、境もへだたりぬれば、

実際にあるよりも大げさに人は話を作って言うものだが、まして、年月がたち、場所も遠く離れてしまうと、

言ひたきままに語りなして、筆にも書きとどめぬれば、**やがて**※また定まり**ぬ**※。道々の

言いたい通りに話を作って語り、文章にも書きとめてしまうと、**そのまま**事実として決まってしまう。さまざまな

物の上手の**いみじき**事など、**かたくななる**人**の**※、その道知ら**ぬ**※は、**そぞろに**神のごとくに

諸芸の名人の**素晴らしい**ことなどを、**無教養な**人で、その芸道をよく知らない人は、**むやみと**、神のように

言へども、道知れる人は、さらに信も起さず。**音に聞く**と、見る時とは、何事も変るものなり。

言うが、その芸道をわかっている人は、まったく信用しない。**噂に聞く**のと実際に見る時とでは、何事も違っているものである。

かつあらはるるをもかへりみず、口にまかせて言ひ散らすは、**やがて**※浮きたることと

話をしている**一方から**嘘だと露見するのも構わず、言いたいように言い放つのは、**すぐに**、根拠のないことと

聞ゆ。また、我もまことしからずは思ひながら、人の言ひしままに、鼻のほどおごめきて

わかる。また、自分でも事実とは違うと思いながらも、他人が言った通りに、鼻の辺りをぴくつかせて得意そうに

言ふは、その人の虚言にはあらず。げにげにしく所々うちおぼめき、よく知らぬ**よし**して、

言うのは、その人の嘘ではない。もっともらしく所々をちょっとぼかし、よく知らない**ふり**をして、

さりながら、つまづま合はせて語る虚言は、恐ろしき事なり。わがため面目あるやうに

そうではあるが、辻褄を合わせて話す嘘は、恐ろしいことである。自分のために名誉となるように

言はれぬる虚言は、人いたく あらがはず。皆人の興ずる虚言は、ひとり「さもなかりしものを」

言われた嘘は、人は**それほど反対しない**。みんなが面白がる嘘は、自分ひとりが「そうでもなかったのになぁ」

と言はんも詮《せん》なくて、聞きゐたるほどに、証人にさへなされて、いとど定まりぬべし。

と言うのも無意味なので、黙って聞いているうちに、証人にまでされてしまい、**ますます**事実と決まってしまうに違いない。

とにもかくにも、虚言多き世なり。ただ、常にある珍しからぬ事のままに心得たらん、

とにかく、嘘の多い世の中である。嘘というものをいつもある珍しくないもののように心得ておけば、

よろづたがふべからず。下ざまの人の物語は、耳おどろく事のみあり。よき人は

全て間違いないだろう。身分の低い人の話は、聞いて驚くことばかりである。身分の高い人は、

あやしき事を語らず。

奇怪なことは話さない。

読解ポイント

★文中に二度出てくる「やがて」は「そのまま」と「すぐに」の二つの意味があって、文脈判断が大切。ここでは両方の意味で使われており、状態の維持なら「そのまま」、時間の連続なら「すぐに」と覚えておこう。

★格助詞「の」は同格の用法が大切。「～で・～であって」と訳す。また「ぬ」には打消「ず」の連体形と完了「ぬ」の終止形とがあり、取り違えると意味が逆になるので注意。

『徒然草』は内容がとっても面白いですよ。単語・文法も基本事項が多いのでぜひ全文を読んでみてください。

第3位

枕草子《まくらのそうし》

出題率
5.2%

清少納言《せいしょうなごん》

随筆　平安中期

清少納言の書いた随筆『枕草子』は、紫式部の『源氏物語』とほぼ同時代の平安中期に成立した作品。**『源氏物語』が「あはれ」の文学**と言われるのに対して、**『枕草子』は「をかし」の文学**といわれる。約300段からなる文章は、内容的には以下の三つに分けられる。**1「類聚的《るいじゅうてき》章段」**は別名「ものづくし」「ものはづけ」ともいい、「あてなるもの」「山は」などで始まっており、全体の約半数を占める。清少納言が身辺のものを自分の感性で批評した、最も『枕草子』的な章段群である。それに対して、**2「日記的（回想的）章段」**は清少納言の出仕した**中宮定子**を中心とした宮廷生活を描いたもので、長文のものが多く読みにくい。さらに、**主語を省略**する古文独特の文体も手伝って、受験生が読解するのに苦労する章段である。そのため、頻出する段に関しては、人物関係をおさえておくことが大切。ちなみに内容は圧倒的に中宮定子を賛美するものと、自画自賛的なものが多い。**3「随想的章段」**は、以上のいずれにも属さないスケッチ風の章段で、特に自然を題材とするものが多い。

清少納言 VS. 紫式部

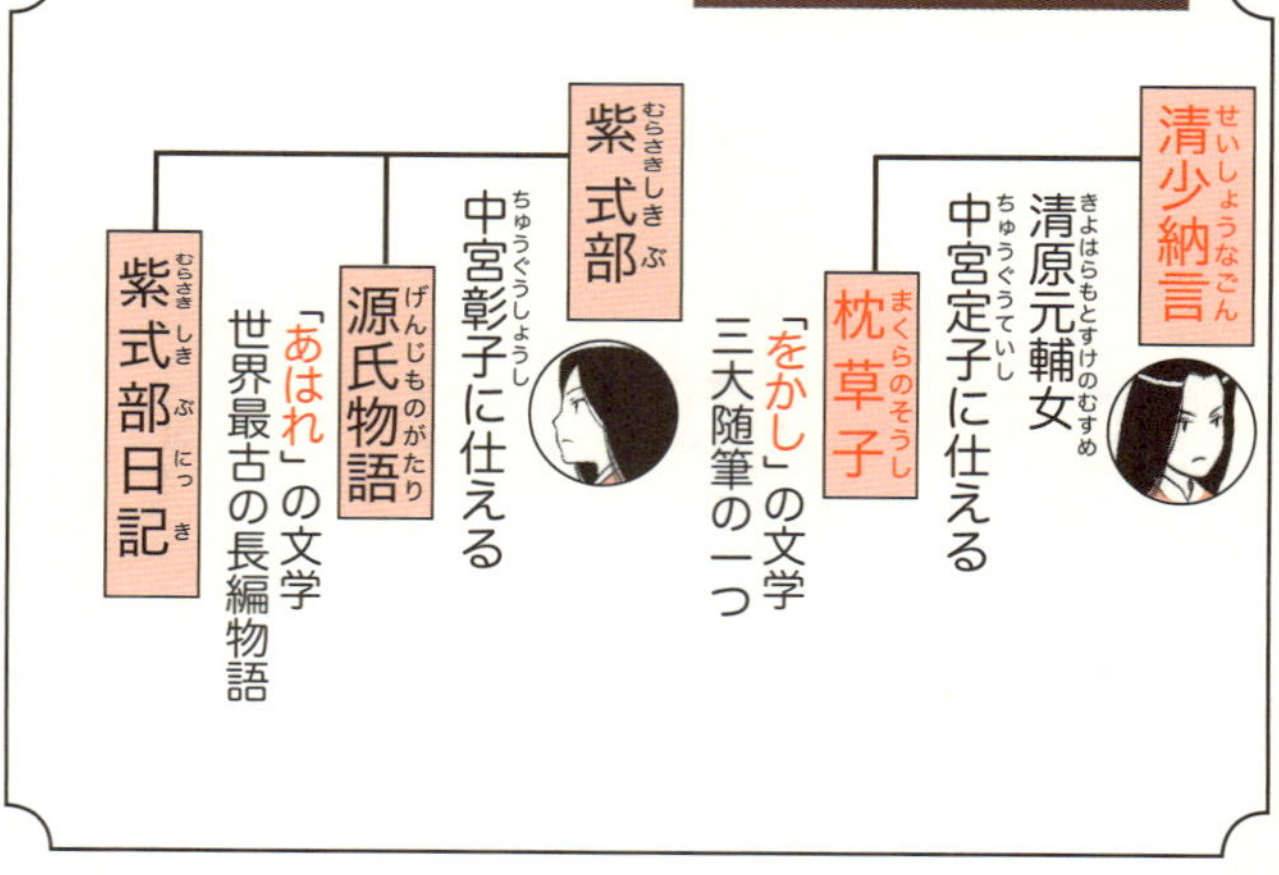

入試データ分析

『枕草子』出題順位

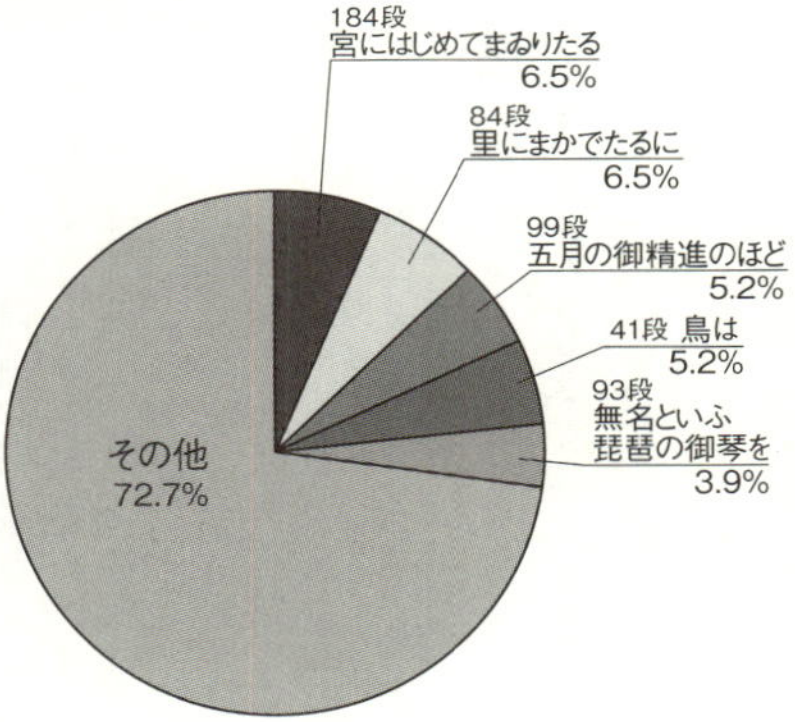

学習ターゲット

1位「宮にはじめてまゐりたる」は、雪の中を大納言伊周が突然参上したことに中宮定子が驚く場面。その様子を隅で見ていた清少納言に伊周が話しかける。

2位の「里にまかでたるに」は、里に下がっている清少納言の秘密の居場所を知っている則光に対して、清少納言は人にばらさないように暗号を送ってごまかすように示唆する。しかし、則光にはその意味が理解できず清少納言が嫌味な和歌を送るが、和歌が嫌いな則光は返歌もしない。

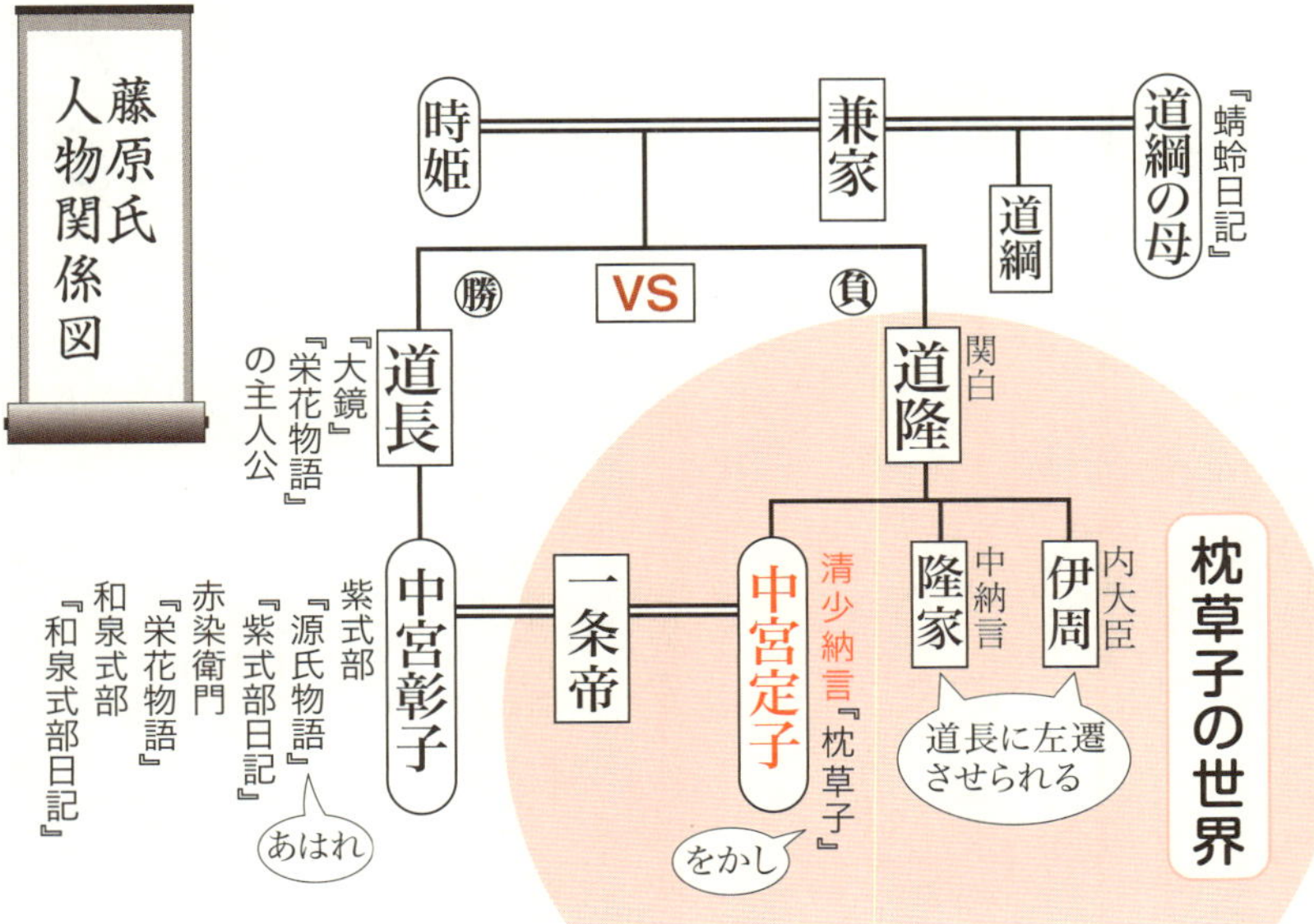

1位　一八四段「宮にはじめてまゐりたる」

中宮定子《ちゅうぐうていし》様のお父上藤原道隆《みちたか》様が急にいらっしゃることになり、女房たちは大慌てで片付けを始めました。私も奥に下がり、几帳《きちょう》の縫い目から中の様子を伺いました。ところが、いらっしゃったのは定子様のお兄様の藤原伊周《これちか》様でした。伊周様は「昨日今日と物忌《ものい》みでしたが、雪が降って、気がかりだったので参上いたしました」とおっしゃいます。定子様が「雪が積もって『道もなし』と思いましたのに、どうしてまたいらっしゃったのですか」と質問なさいますと、伊周様は笑って、「道もないのに参上すれば、中宮様はさぞ感心するだろうと思いまして」とお答えなさいました。定子様の美しさや、伊周様のお召しになっている直衣《のうし》や指貫《さしぬき》の色の美しさに、こちらも夢心地です。伊周様が他の女房と楽しく会話を交わしなさる様子を見て、私は女房たちの態度には驚き、あきれました。

　その後、伊周様が私に近寄りなさり、差し向かいで座ることになりましたが、私は緊張のあまり冷や汗をかきながら、身の程知らずの宮仕えであると後悔し、伊周様が早くお帰りにならないかと、ただひたすら祈っておりました。

2位　八四段「里にまかでたるに」

私が里邸に退出しているとき、里邸に左衛門尉《さえもんのじょう》則光《のりみつ》が訪ねて来ました。則光のもとに宰相《さいしょう》の中将《ちゅうじょう》斉信《ただのぶ》がやって来て、私の居場所を教えろと迫ったそうです。則光は知らん振りするのがおかしくて笑ってしまいそうでしたが、近くを通り過ぎた左《さ》中将《ちゅうじょう》経房《つねふさ》が素知らぬ顔をしていたので、則光も苦し紛れに食卓の上にあった若布《わかめ》をムシャムシャほおばってやり過ごしたとのこと。これを聞いた私は絶対に私の居場所を教えるなと念を押して強く口止めをしました。数日後、則光から「また斉信様に居場所を聞かれ、もうだめです」という内容の手紙がきました。私は返事を書かずに若布だけを則光に送り、絶対私の居場所を教えるなということをほのめかしました。しかし則光には意味が通じなかったようで、とぼけたことを言ってきました。あまりの間抜けさに私は腹が立ち、嫌味たっぷりの和歌を贈りましたが、則光は和歌が苦手で、読まずに立ち去りました。則光は「私に和歌を詠むときは、絶交するときです」と口癖のように言っていたので、私は則光に「仲が良かったけど、今日のことで私たちの仲も崩壊しましたね」という和歌を贈り、その後結局疎遠になってしまいました。

3位 九九段「五月の御精進のほど」

五月《さつき》の御精進《みそうじ》の頃は、中宮定子様が御曹司《みぞうし》（役人や女官の部屋）に来て、塗籠《ぬりごめ》の前の二間を特別に仏間にするなど、いつもと様子が違います。五月雨で毎日つまらないので、ホトトギスの鳴き声を探訪に行こうと女房たちに提案すると、私も私もと参加する人が多く、みんなで出かけることにしました。牛車《ぎっしゃ》の手配をして出発すると、留守番の女房たちはうらやましがって、もう一台牛車を出して出かけようとしますが定子様にとめられ、しぶしぶ見送りました。

私たちは途中で競射をしている人たちを見かけてしばらく見物し、目的地の明順《あきのぶ》の朝臣《あそん》の家に到着すると、早速牛車から降りて家に上がりました。明順の家は田舎風に簡素に造られ、馬の絵を描いた障子や、網代《あじろ》張りの屏風など古風で、風流があります。うるさいぐらい一斉に鳴きたてるホトトギスの声を聞き、定子様に聞かせられないことを残念に思いました。ホストの明順は、若い下女や近所の農家の娘などを連れてきて、稲こきの様子などを披露してくれました。私たちは初めて見る臼《うす》などを珍しがっているうちに、本来の目的であるホトトギスの声を聞いて和歌を詠むことを忘れてついつい楽しんでしまいました。

枕草子 入試ポイント

1. 作者清少納言は中宮定子の女房。父は『後撰和歌集』の撰者である清原元輔。
2. 成立は平安時代中期（1000年頃）で、「女房文学」の全盛期。
3. 『枕草子』は知的な興趣を表す「をかし」の文学。
4. 主語判別問題が多いので、人物関係の把握が読解の必須条件（P.29参照）。
5. 『枕草子』の主題は中宮定子の賛美。
6. 文中の「せたまふ」「させたまふ」など最高敬語の主語は圧倒的に「中宮定子」。

入試出題箇所をチェック！

関西大学
『枕草子』

うらやましげなるもの、経など習ふとて、いみじうたどたどしく忘れがちに、
うらやましく見えるもの。お経などを習うといって、私がたいそうたどたどしく忘れがちに、
かへすがへす同じ所をよむに、法師はことわり、男も女も、くるくるとやすらかに
繰り返し同じ所を読むのに、法師は上手で当然だが、法師以外の男でも女でも、すらすらと容易に
よみたるこそ、あれがやうにいつの世にあらむとおぼゆれ。
読んでいる人がいるが、いつ私はあんなふうになれるだろう、と思われる。

心地などわづらひて臥《ふ》したるに、うち笑ひ、物など言ひ、思ふ事なげにて
私が気分などが悪くて休んでいるとき、笑ったりおしゃべりしたり、悩みがなさそうに
歩みありく人見る こそ※、いみじう うらやましけれ※。
歩き回る人を見るのは、たいそううらやましい。

稲荷《いなり》に思ひおこして詣《まう》でたるに、中《なか》の御社《みやしろ》のほどの、**わりなう**苦しきを**念じ**のぼるに、
伏見稲荷大社に、一念発起して参詣したとき、私が中の御社のあたりで、**無茶苦茶**苦しいのを**我慢して**登るのだが、
いささか苦しげもなく、おくれて来《く》と見る者どもの、ただ行きに先に立ちて**詣づる**、
少しも苦しそうなふうもなく、私より遅れて来る、と思っていた連中が、どんどん進んで行って他の人より前に**参詣するのは**、
いとめでたし。二月の午《うま》の日の暁《あかつき》に、いそぎしかど、坂のなからばかり歩みしかば、
たいそうすばらしい。二月午の日（初午祭の日）の夜明け前に、私は急いだが、坂の半分ほど歩いたところで、
巳《み》の時ばかりになりにけり。**やうやう**暑くさへなりて、まことに**わびしく**て、
巳の刻（＝午前十時）くらいになってしまった。そのうえに、**しだいに**暑くなって、ほんとうに**つらく**て、

DATA FILE

易 ○○○● 難

知識の有無で得点差が付きやすい傾向にある。人物関係と内容把握がポイント。

「**など**、かからで、よき日もあらむものを、何しに詣でつらむ」とまで、
「**どうして**来てしまったのだ。こんな暑い日に来なくても、もっとよい日もあるだろうに、どうして私は参詣しているのだろう」とまで、
涙も落ちて休み**困《こう》ずる**に、四十余ばかりなる女の、壺《つぼ》装《さう》束《ぞく》などにはあらで、ただ
涙も流れるほど**疲れ**休んでいると、四十歳過ぎくらいの女で旅装の壺装束などではなく、ただ
引きはこえたるが、「まろは七度詣でしはべるぞ。三度は詣でぬ。いま四度は
着物の裾をたくし上げた女が、「私は今日一日で七度詣でをしますよ。すでに三度は参詣した。あと四度など
ことにもあらず。まだ未《ひつじ》に下向しぬべし」と、道に会ひたる人にうち言ひて下《くだ》り行きし**こそ**※、
問題ではない。まだ未の刻（＝午後二時）のうちに下山できるだろう」と、途中で出くわした人にちょっと話して下って行ったときは、
ただなる所には、目にもとまるまじきに、これが身に、ただ今なら**ばや**とおぼえ**しか**※。
この女はふつうの場所では目にも留まらないつまらない女だろうが、この時は私もこの女の身に今すぐなり**たいなあ**と思わずにはいられなかった。

読解ポイント

清少納言が通ったこの稲荷山を登る山道は「お山めぐり」と呼ばれる険しい道のり。千本鳥居と呼ばれる鳥居のトンネルが延々と続き、華やかである。小祠や塚を巡拝するこの「お山めぐり」は約４kmの道のりである。伏見稲荷大社は商売繁盛・五穀豊穣の神様が祭られている。

★文中で係り結びが何箇所かあるが、「こそ→已然形」についてはしっかり慣れておきたい。特に「こそ→うらやましけれ」のように形容詞の已然形が結びになっているものや、「こそ→しか」と過去「き」の已然形の結びのものに注意。

『枕草子』は人物関係を知っておくと入試で断然お得。頻出の段にはあらかじめ目を通しておきましょう。

4位

宇《う》治《じ》拾《しゅう》遺《い》物《もの》語《がたり》

出題率
5.0%

作者未詳

鎌倉前期
世俗説話

『宇治拾遺物語』は**鎌倉前期**、**13世紀前半頃に成立した説話文学**で、**世俗説話**に分類される。宇治平等院に避暑に行った大納言隆国《たかくに》が、そこで寝ころがりながらいろんな人から面白い話を聞いて書きとめた、と序文に書かれている。つまり、「宇治に遺《のこ》れるを拾ふ」というのが書名の由来。平安時代に成立した『**今昔物語集**』や、他の説話集とも重複する話が多い。全197話あり、短編物語的な形をとっているため入試では出題されやすく、また出題箇所も多くの話にわたっている。文体は口語表現的で読みやすく、話題も「**こぶとりじいさん**」、「**舌切り雀**」などの有名な民話が入っている。内容的に読みやすい分、つっこんだ問題が多く、国公立二次試験などでは口語訳や説明問題が頻出する。その意味では、基本的な古文単語・文法をおさえた上で、丁寧な口語訳をするよう、日ごろからの勉強の積み重ねが大切になる。また、文学史問題も多く、左ページでまとめたように、時代（平安か鎌倉か）、説話の中のジャンル（世俗か仏教か）という四分類を確実に覚えておかなければならない。

説話文学

説話文学
民間に伝えられた、神話・伝説・昔話などの総称。叙事的・伝奇的で庶民性に富む。作品は多くが鎌倉時代に成立した。内容から、世俗説話・仏教説話に分かれる。

世俗説話
民衆の生活が題材。

仏教説話
仏教の教えを広めるための話。

入試データ分析

説話文学 出題順位

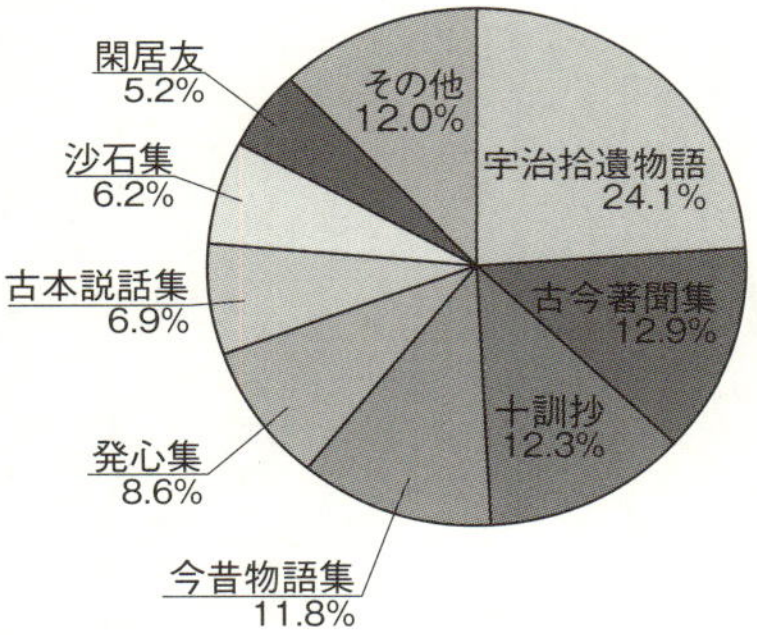

学習ターゲット

近年の入試では説話文学は増加傾向にある。説話文学は平安時代の貴族文学のあとに生まれた大衆文学である。その作品の多くが鎌倉時代に入ってから作られており、一部の作品だけが平安時代に成立している。

そこで平安時代に成立した作品をまず全て覚え、残りは鎌倉時代に成立した説話文学作品であると覚えるとわかりやすい。

世俗説話、仏教説話の分類などが細かく問われることもある。上位3位はすべて鎌倉時代に成立した作品で、特に『宇治拾遺物語』は内容をおさえておきたい作品だ。

説話の分類

※ No. は入試で出る順

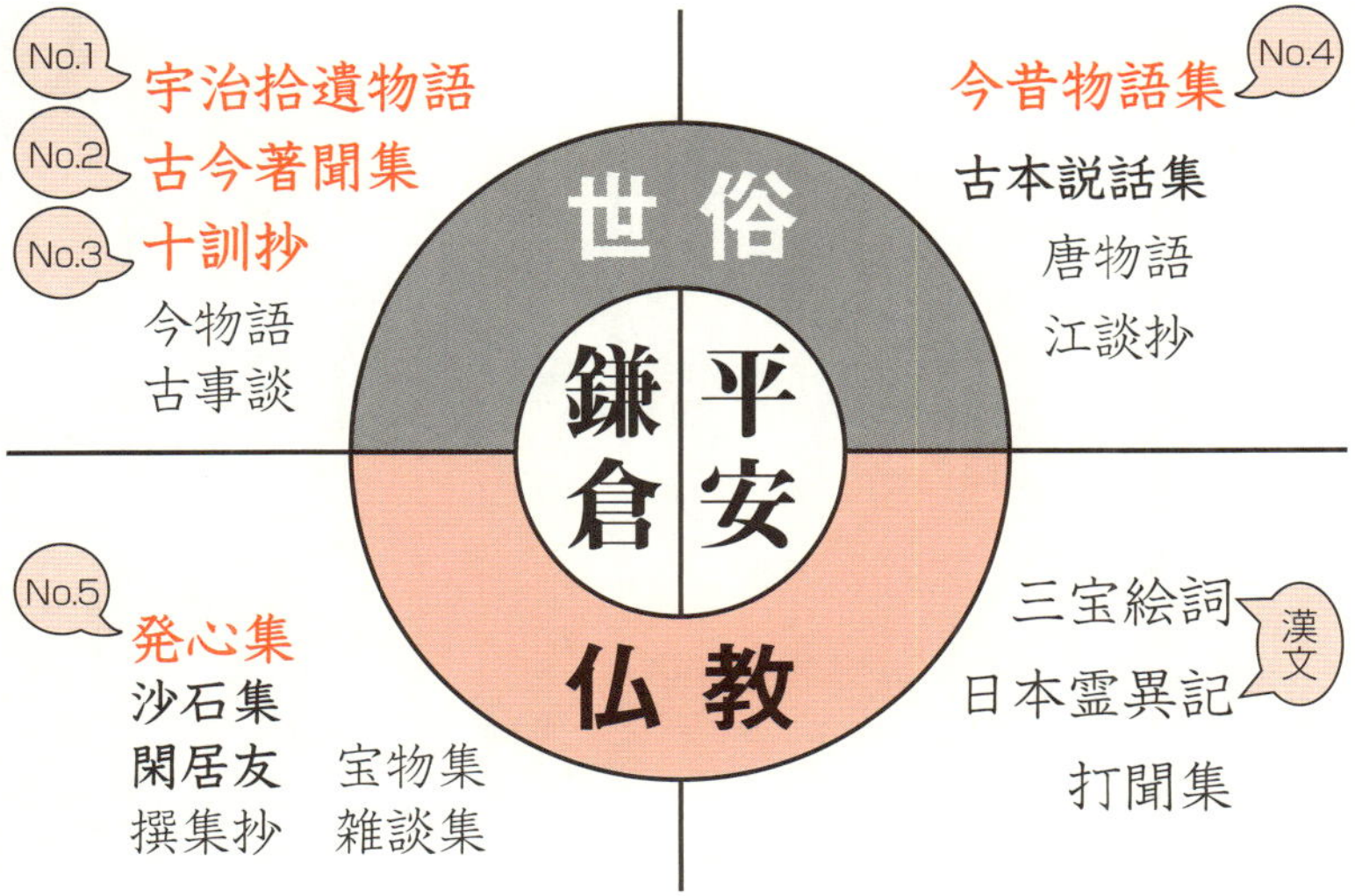

1位 巻九―八

昔、ばくち打ちの息子がいたが、目と鼻を一箇所に集めたようなブ男だった。両親は、どうしたら人並み以上の人生を息子に送らせられるか悩んでいた。そのころ、大金持ちの娘が婿に美男子を探していると聞いて、これだとばかりに、「天下一の美男子と評判の男が婿入りを希望している」と言ってだまして、息子とその娘との結婚を取り決めた。しばらく夜だけ通っていたがいよいよ昼も一緒に住むことになり、このままでは男の醜い顔がバレてしまう。そこである晩、夫婦が寝ている部屋に仲間のばくち打ちが忍び込み、ミシミシと天井を踏み鳴らした。そして威圧的な声で「天下一番の美男子よ」と呼んだ。男が自分こそ天下一の美男子だと答えると、鬼に扮した仲間が「命と顔のどちらが惜しいか」と問う。男が女の親に相談したところ、命あってのモノダネだと言うので、「では顔をお取りください」と答えた。鬼が「では顔を吸うぞ」という声に、男はわざと苦しんだふりをして転げまわった。鬼が帰った後、紙燭《しそく》の火で男の顔を見てみると、目と鼻を一箇所により集めたようなブ男になっていた。舅《しゅうと》は男に同情し、財産を存分に与えて婿を大事にし、男は女と幸せに暮らしたとさ。

2位 巻一―十

昔、治部卿《じぶきょう》通俊卿《みちとしきょう》が『後拾遺集』をお撰びになったとき、秦兼久《はたのかねひさ》が治部卿の家を訪ねて、自分の歌が撰ばれるか様子を伺った。治部卿にどんな歌を詠んだのか聞かれたので、「去年《こぞ》見しに色もかはらず咲きにけり花こそ物はおもはざりけれ」とこたえた。すると治部卿は、「まあよく詠んでいるが、『けれ・けり・ける』は必要ではない言葉だな。それに『花こそ』という文字は、女の子の名前としてならよさそうな言葉だ」と褒めてくれなかった。

兼久は席を立って治部卿の家来の所にいき、「治部卿は全く歌をご存知ないようだ。こんな未熟な人が撰集の撰者を引き受けているなんて、あきれたことだ。公任卿《きんとうきょう》の歌で、『春来てぞ人もとひける山里は花こそ宿のあるじなりけれ』というのは、秀歌として評判になっている。この歌でも『人もとひける』『あるじなりけれ』と『ける』『けれ』を私と同じように連発しているのに、どうして公任の歌は立派で私の歌は悪いというのか」と言った。家来がこのことを治部卿に話したところ、治部卿は自らの失敗に気がつき「なるほどなるほど、そうだったな。このことは誰にも言うなよ」と言ったそうだとさ。

3位 巻三－一九

一条摂政（藤原伊尹《これただ》）というのは、東三条殿（藤原兼家《かねいえ》）の兄である。ルックスはもちろん、心遣いなどもすばらしく、学才や振る舞いもすぐれていたが、色好みでたくさんの女性と関係があった。自分でもその振る舞いがちょっと軽々しいと思ったので、名前を隠して大蔵の丞豊蔭《じょうとよかげ》と名乗り、身分の低い女のもとへはその名で手紙を送った。

ある時、豊蔭は極めて身分の高い人の娘のところに通い始めた。乳母と母君を味方にして通っていたが、それを知った父君は色好みの豊蔭を通わせている母君を責め立てた。母君は、豊蔭は娘の所に通っていないと父君に嘘をつく一方、豊蔭に頼んで、娘と関係を持っていないという嘘の内容の手紙を書いて娘のところに送ってもらった。頼まれた豊蔭は、「恋い慕っておりますが、どうして逢坂の関は越えられないのだろう（あなたと逢えないのだろう）」という和歌を姫君に送った。母君がそれを父君に見せると、父君は豊蔭が娘のもとに通っていないと信じて安心し、「逢坂の関を越えることはありません」と娘のふりをして返歌を詠んだ。豊蔭はうまく父君をだませたとほほえんだこととか。『一条摂政御集』にある話だ。

宇治拾遺物語 入試ポイント

1. 成立は鎌倉時代前期。ジャンルは説話（世俗説話）。
2. 天竺（インド）・震旦（中国）・本朝（日本）にわたる197話が収録されている。
3. 『今昔物語集』との重複が約80話あるが、より庶民性・滑稽性に富む。
4. 説話文学は時代（平安・鎌倉）と分類（世俗・仏教）をチェック（P.35参照）。
5. 会話文や口語を多く含み、会話によって筋が進行する話が多い。
6. 『宇治拾遺物語』は鎌倉時代成立、『今昔物語集』は平安時代成立。

入試
出題箇所をチェック！

津田塾大学
『宇治拾遺物語』

DATA FILE

易 ・・・●・・・ 難

文章の難易度は高くないが、国公立大での出題が多く、訳出する力が不可欠。

今は昔、人のもとに宮仕へしてあるなま侍《さぶらひ》ありけり。する事のなきままに、清水《しみづ》へ人まねして、

今となっては昔のことだが、人の所に仕えている年若く身分の低い侍がいた。することがなかったので、清水寺へ人のまねをして、

千度詣《せんどまうで》を二度したりけり。その後いくばくもなくして、主のもとにありける同じやうなる侍と双六《すぐろく》を

千度詣でを二度していた。その後、まもなく、主人の下に仕えていた同じような身分の侍と双六を

打ちけるが、多く負けて、渡すべき物なかりけるに、**いたく**責めければ、**思ひわび**て、

打ったところが、ひどく負けて、渡すことができる物がなかったので、相手が負けたこの侍を**ひどく**責めたので、**困ってしまっ**て、

「我持ちたる物なし。ただ今たくはへたる物とては、清水に二千度参りたることのみなんある。

「私は持っている物がない。いま貯えている物は、清水寺へ二千度参詣したことだけだ。

それを渡さん※」といひければ、かたはらにて聞く人は、謀《はか》るなりと、**をこに**思ひて笑ひけるを、

それを渡そう」と言ったので、そばで聞く人は、だますのだと、**ばかばかしいことに**思って笑ったのを、

この勝ちたる侍、「いとよきことなり。渡さば得ん」といひて、「いな、かくては請《う》け取らじ。三日して、

この勝った侍は、「たいへんよいことだ。渡してくれるならもらおう」と言って、「いや、このままでは受け取るまい。三日して、

この**よし**申して、おのれ渡すよしの文書《ふみ》きて渡さばこそ請け取らめ」といひければ、「よきことなり」

この**事情**を清水の観音に申し上げて、自分に渡すという証文を書いて渡すならば受け取ろう」と言ったので、「承知した」

と契りて、その日より精進して、三日といひける日、「さは、いざ清水へ」といひければ、この負け侍、

と約束して、勝った男はその日から精進して、三日目という日に、「それでは、さあ清水寺へ行こう」と言ったので、この負けた侍は、

このしれ者にあひたると、をかしく思ひて、喜びてつれて参りにけり。いふままに文書きて、

こんな馬鹿者にあったことよと、おもしろく思って、喜んで一緒に参詣した。言うとおりに証文を書いて、

御前にて師の僧呼びて、**事のよし**申させて、「二千度参りつること、それがしに双六に打ち入れつ」

観音の御前で師の僧を呼んで、**事情**を観音に申し上げさせて、「二千度参詣したこと、双六に勝った侍に双六の賭け物として渡した」

と書きて取らせければ、請け取りつつ喜びて伏し拝みて、**まかり出で**にけり。

と書いて渡したので、受け取りつつ喜んで観音を伏し拝んで**退出し**た。

その後、いくほどなくして、この負け侍、思ひかけぬ事にて捕へられて獄《ひとや》に居にけり。取りたる侍は、

その後、まもなく、この負けた侍は思いがけないことで捕らえられて、牢獄に入った。受け取った侍は、

思ひかけぬたよりある妻《め》まうけて、いとよく徳つきて、司《つかさ》などなりてたのもしくてぞありける。

思いがけず裕福な家柄の妻と結婚して、たいへん財産を持ち、官職についてとても豊かに暮らした。

「目に見えぬものなれど、**まことの心**をいたして請け取りければ、仏あはれと

おぼしめしたりける※**なんめり**」とぞ人はいひける。

「目に見えない物だけれど、**真心**をつくして受け取ったので、仏も情が深いことだとお思いになったの**であるらしい**」と人々は言った。

読解ポイント

清水寺は古くから石山寺、長谷寺と並ぶ観音霊場として有名で、これらの寺は平安時代の作品にもたびたび登場する。「千度詣」は名前の通り千度お参りをすること。

★文中で何度も出てくる「ん」は「む」と同じ働きをする助動詞。打消の意味はないので注意。ちなみに「と」の前に「む・ん」がくると、たいていの場合、意志「〜しよう」の意になる。

★「なんめり」は断定の助動詞「なり」の連体形「なる」＋推定「めり」＝「なるめり」が撥音便化したもの。さらに無表記形「なめり」になる場合が多い。訳は「〜であるらしい」。

5位

伊勢物語《いせものがたり》

出題率 3.6%

作者未詳

平安前期

歌物語

「昔男ありけり」で始まる『伊勢物語』は**歌物語**の最初の作品であり、**平安前期に成立**した。『伊勢物語』は、別名を『在五中将物語』『在中将物語』『在五が物語』ともいう。それは主人公が六歌仙の一人、**在原業平**《ありわらのなりひら》であり、彼が在五位の中将であったところから呼ばれた書名である。業平は平城天皇の孫にあたり、本来は皇族として高い地位に上れるはずであったが、藤原氏による他氏排斥によって政権の圏外に置かれる。そこで彼を色好みの男として恋愛に生きるプレイボーイ的ヒーローとして伝説化することになるのだが、それは**平安貴族の美的な倫理である「みやび」の象徴**でもあった。全編は短編物語であり、必ず歌が詠み込まれている。全125段を通じて業平の一代記風に配列してあるが、大部分は虚構の物語。入試でのポイントはやりとりされる**和歌の解釈**になるので、『伊勢物語』の中の和歌に関しては「誰が誰に対して」「どういう意味で」歌を詠んだのかに目を通しておくことが大切。また内容的にも平安貴族の男女の恋愛を描いて興味深いものなので、出題された段に限らず、全編を是非読んでおこう。

歌物語

- 10C中 伊勢物語《いせものがたり》
  六歌仙の一人、在原業平《ありわらのなりひら》が主人公
  『在五中将物語《ざいごちゅうじょうものがたり》』『在中将物語《ざいちゅうじょうものがたり》』『在五が物語《ざいごがものがたり》』ともいう。
- 10C中 大和物語《やまとものがたり》
- 10C中 平中物語《へいちゅうものがたり》
  色好みの平貞文《たいらのさだふみ》が主人公
- 多武峰少将物語《とうのみねしょうしょうものがたり》
  (『高光日記』)
- 1000頃 源氏物語《げんじものがたり》
  紫式部作

入試データ分析

『伊勢物語』出題順位

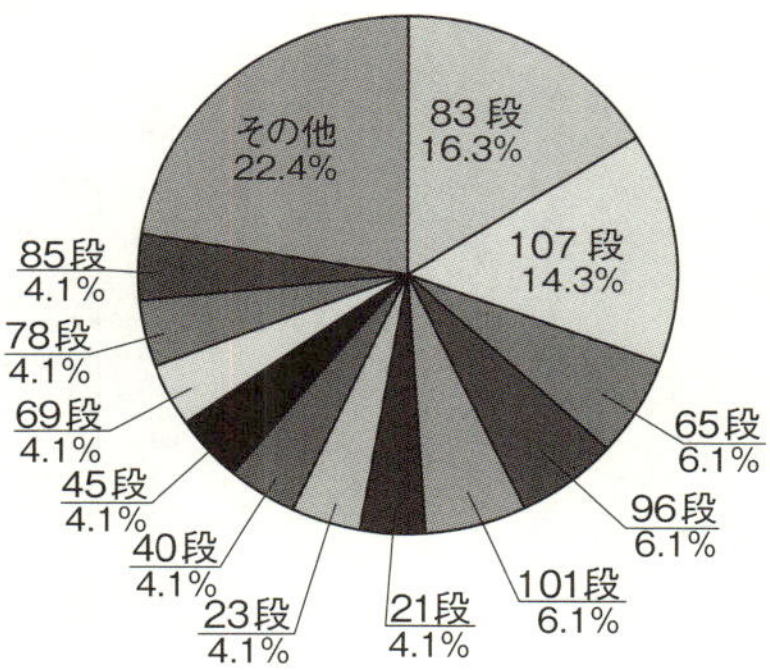

学習ターゲット

1位の83段は親王とお供の馬の頭の翁とのつながりを描いた段。和歌の解釈がポイント。

2位の107段は藤原敏行が高貴な男に仕える女性に恋をして求婚するが、女性は若くて歌を詠めなかったので、女性の主人が代わりに歌を詠んだ話。敏行が「雨が降りそうなので行くかどうか迷っています」と手紙を送ると、主人は「愛があるなら来るはず」と返したところ、敏行は笠も身に着けずにあわてて女のもとに駆けつける。

以下、上位12位までで全体の75%を占めるので、頻出段には必ず目を通しておこう。

『伊勢物語』頻出和歌

咲く花の下に隠るる人を多み
ありしにまさる藤のかげかも

＝咲く花の下に隠れている人が多いので、以前にも増して立派な藤の木陰であることよ。

point
兄の行平邸を訪れた在原業平が、主客の藤原良近を前に詠んだ歌。当時権力をふるっていた藤原氏に対する対抗意識が裏に隠れている。

唐衣《からころも》きつつなれにしつましあれば
はるばるきぬる旅をしぞ思ふ

＝唐衣をいつも着慣らしているように、慣れ親しんだ愛しい妻があの京にいるので、はるばるやってきた旅をなんとも悲しく思うのだ。

point
五七五七七の最初の文字を読むと「かきつは（ば）た」と植物の名前になる折句歌。旅の途中に見たかきつばたの花を見て、都に残してきた妻を思い出している。

ついに行く道とはかねて聞きしかど
昨日今日とは思はざりしを

＝結局は、どの人間も通って行く死の道だとは、前から聞いていたけれど、まさかそれが自分の身の上に起こるのが、昨日今日にさし迫っていたとは、思ってもみなかったことよ。

point
男（在原業平）の辞世の句。

1位 八三段

昔、水無瀬《みなせ》の離宮に通っていた惟喬《これたか》親王が、いつものように鷹狩りにお出かけになった。お供には馬の頭《かみ》であった翁がお仕え申し上げ、数日後、親王をお送りした後、親王は京の自分の邸にお戻りになった。馬の頭は親王がお酒と褒美をお与えになり、早く家へ帰りたいと思っていたが、親王がお酒と褒美をお与えになり帰してくれない。馬の頭は帰りたくて、「今夜は枕として草を引き寄せて結ぶ旅の仮寝もいたしますまい。秋の夜のように夜長を頼みにしてゆっくりすることさえできませんので」と詠んだ。時節は春の終わりの三月の末だった。

その後親王は、意外なことに出家なさった。馬の頭は、正月に拝謁申し上げようとして、親王のいる小野に参上した。そこは比叡山のふもとで、雪が高く降り積もっていた。親王はすることもなくて悲しげな様子だった。馬の頭は昔話などをして、そのままお仕え申し上げたいと思ったけれども、朝廷での仕事があるためそれもできず、「親王様が出家なさった現実をふと忘れて、今は夢を見ているような気がします。まさか深い雪を踏み分けて親王様にお逢いすることになろうとは思ってもみませんでした」と泣きながら和歌を詠んで京に帰った。

2位 一〇七段

昔、身分の高い男の家にいた女性に、藤原敏行《としゆき》が求婚した。しかし女性はまだ年が若かったので、恋文や筆跡もしっかりしておらず、言葉遣いもわからず、まして和歌は詠めなかったので、この女性の主人の男が手紙の下書きをして、女性に清書をさせて返送した。敏行はその手紙に感動し、「所在無く降り続く長雨で水かさが増した川よりも、あなたを想い続けて涙を流している私の涙の川は、袖ばかりが濡れて、あなたに逢う方法がありません」と返した。それに対して女に代わって例の主人が、「涙の川が浅いから、袖ばかり濡れるのでしょう。体が流されるくらい涙を流してくれるならあなたの思いも信じられますが」と詠んだ。敏行はまた感心して、その手紙を大切に保存した。

敏行と女性が結ばれた後のこと。敏行から「今日は雨が降りそうなので、行くかどうか迷っています」という手紙がきたので、例の主人がまた女性に代わって、「私への想いを計ることができる雨が降りつのっています（想いが強ければ雨の中でもいらっしゃってください）」と詠んだ。それを読んだ敏行は笠も身に着けずにびしょびしょになって女性のもとにかけつけたのであった。

3位 六五段

昔、天皇が寵愛している召使いの女がいた。その女は天皇の母のいとこだった。ところが殿上の間に仕えていた在原という男とこの女が懇意な仲となってしまった。男は「あなたを想う気持ちは逢うことをこらえる気持ちに勝るのです。逢えるならどうなってもかまいません」と歌った。女は思い悩んで実家へ下がると、男はかえって好都合だと女の実家に通った。男は次第に朝廷での出世の道が危うくなり、仏や神に「想いを断ち切れないみっともない心をお直しください」と祈り、陰陽師や神巫にお祓いをしてもらったが、恋心は増すばかり。

やがて帝の耳にこの話が入ってしまい、男は流罪となった。女のいとこの天皇の母も、女を蔵に押し込めてしまった。女が泣いて過ごしていると、毎晩男は流された国からやってきて、笛を吹きながらしみじみと美しい声で歌う。女は蔵に籠もったまま男の顔を見ることもできず、「私のこの身の上を知らずにあの人が私に逢えると思っているのは悲しいわ」と思う。男は女の所と流された国を行き来しながら、「無駄に行って帰ることを繰り返しているが、逢いたさにつられて出かけてしまうよ」と歌った。

伊勢物語入試ポイント

1. 内容は実在した六歌仙の一人在原業平（825〜880）の一代記風。
2. 別名を『在五中将物語』『在中将物語』『在五が物語』と言う。
3. 歌物語は他に『大和物語』『平中物語』がある。
4. すべての話が「昔男ありけり」ではじまり、「となむ語られけるにや」で結ばれている。
5. 文中には和歌が一首以上含まれており、入試では和歌の解釈・修辞法が問われやすい。
6. 六歌仙は在原業平《ありわらのなりひら》・僧正遍昭《そうじょうへんじょう》・喜撰法師《きせんほうし》・大伴黒主《おおとものくろぬし》・文屋康秀《ふんやのやすひで》・小野小町《おののこまち》。

入試
出題箇所を
チェック！

大阪大学
『伊勢物語』

DATA FILE
易　難
各段が短編小説的になっており必ず和歌が詠まれる点がポイント。通読しておきたい。

むかし、惟喬《これたか》の親王《みこ》と申す親王**おはしまし**けり。山崎の**あなた**に、水無瀬《みなせ》といふ所に宮ありけり。年ごとの桜の花ざかりには、その宮へなむおはしましける。その時、右の馬《うま》の頭《かみ》なりける人を、常に**率《ゐ》**ておはしましけり。時世へて久しくなりにければ、その人の名**忘れ**にけり。狩は**ねむごろに**もせで、酒をのみ飲みつつ、**やまと歌**にかかれりけり。いま狩する交野《かたの》の渚《なぎさ》の家、その院の桜ことに**おもしろし**。その木のもとにおり**ゐ**て、枝を折りてかざしにさして、上中下みな歌よみけり。馬の頭なりける人のよめる、

昔、惟喬の親王と申し上げる親王が**いらっしゃっ**た。山崎の**向こう**で、水無瀬という所に離宮があった。毎年桜の花盛りには、その離宮においでになった。そのとき右の馬の頭であった人を、いつも**連れ**ていらっしゃった。年月が経って長くなってしまったので、その人の名は忘れてしまった。狩は**熱心に**もしないで酒ばかり飲んでは、**和歌**に取り掛かった。現在狩をする交野の渚の家は、その邸宅の桜が格別に**趣がある**。その桜の木の下に馬から下りて**座っ**て、枝を折って髪の飾りにさして、身分の高い人も低い人もみな歌を詠んだ。そのとき馬の頭であった人の詠んだ歌は、

世の中に　**たえて**桜の　**なかり**［せば］※　春の心は　のどけから［まし］※

○世の中に**全く**桜が**なかっ**たとしたら、春の人の心はのどかだったろうに（桜があるので、風や雨の度に桜を思いやって、人の心は慌ただしいのだ）。

となむよみたりける。また人の歌、

と詠んだのであった。また別の人の歌、

散ればこそ　いとど桜は　**めでたけれ**　**うき世**に［なにか］※　久しかる［べき］※

○散るからこそ、いっそう桜は**すばらしいのである**。**つらくはかないこの世の中**に、どうして長くとどまっていられようか。

とて、その木のもとは立ちてかへるに、日ぐれになりぬ。御供《とも》なる人、酒をもたせて野より

と詠んで、その木の下を立って帰ると、夕暮れになった。お供の人が、部下に酒を持たせて野原を通って

出で来たり。この酒を飲みてむとて、よき所を求めゆくに、天の河といふ所にいたりぬ。

現れた。この酒を飲んでしまおうというわけで、酒宴によい場所を探し求めて行くうちに、天の河という所に行き着いた。

親王に馬の頭、大御酒《みき》**まゐる**。親王ののたまひける。「交野《かたの》を狩りて、天の河のほとりに至る

親王に馬の頭がお酒を**お勧めする**。親王がおっしゃったことには、「交野で鷹狩をして、天の河のほとりに到着する

を題にて、歌よみて盃はさせ」と**のたまう**ければ、かの馬の頭よみて奉《たてまつ》りける。

というのを題にして、歌を詠んでからその盃をさせ」と**おっしゃっ**たので、例の馬の頭が詠んで差し出した歌、

狩り暮らし　たなばたつめに　宿からむ　天の河原に　我は来にけり

○夕暮れまで狩をし、今夜は織女に宿をお借りしよう。なんと天の河原にわたしは来たのだなあ。

親王、歌を返す返す**誦《ず》じ**たまうて、返し**え**し給は**ず**。

親王は、その歌を何度も繰り返し**朗詠**なさっていて、返歌を作ることがお**できになれない**。

読解ポイント

惟喬親王は文徳天皇の第一皇子で帝からも寵愛されていたが、藤原氏が権力を握っていたために皇太子になれなかった。「右の馬の頭」は六歌仙の一人である在原業平のことで、惟喬親王の義理の従兄弟である。不遇な境遇が似ていることもあって二人は親交が深かった。

★最初の和歌の「せば～まし」は反実仮想。「もし～だったら～だったろうに」と訳す。現実に反して仮にある状態を想像した表現であるので、現実の状態を訳に活かすようにする。

★二つ目の和歌の「なにか～べき」は反語の用法であるから「いや～ではない」という訳を書き加えておくのがよい。

6位

大《おお》鏡《かがみ》

出題率
3.5%

作者未詳

平安後期

歴史物語

『大鏡』は歴史物語として、『**栄花物語**』についで作られた。成立は平安後期で、後に続く『**今鏡**』『**水鏡**』『**増鏡**』とあわせて、「**四鏡**《しきょう》」と呼ばれる。『大鏡』の特徴の一つ目は、書かれている文が**会話体**であることで、主たる話し手である大宅《おおやけの》世継《よつぎ》は190歳、脇役に当たる夏山繁樹《なつやまのしげき》は180歳という超老人たちで、彼らが若い頃に見聞した話を人々に語り、時折30歳の若侍が質問するという形式をとっている。そのため、別名『世継が物語』あるいは『世継が翁の物語』とも呼ばれた。『大鏡』の特徴の二つ目は、**藤原道長に対してやや批判的**で、単なる歴史的な事実の羅列ではなく、人間的な視点が入っていることである。赤染衛門の書いた『**栄花物語』が道長を賛美することに終始していたのとは対照的**。歴史物語の最高傑作で、後に与えた影響は大きい。文徳天皇（850年）から後一条天皇（1025年）までの14代176年を**紀伝体**で語っている。内容は、各天皇にまつわる話や、有力貴族であった藤原氏の面々の政治上の駆け引きなどだが、特に平安史上もっとも権力を握った政治家藤原道長伝が中心になっている。

歴史物語

四鏡：増鏡・水鏡・今鏡・大鏡

増鏡《ますかがみ》	水鏡《みずかがみ》	今鏡《いまかがみ》	大鏡《おおかがみ》	栄《えい》花《が》物語《ものがたり》
14C後	12C後	12C後	12C前	11C前〜11C末
編年体 南北朝時代に成立	編年体	紀伝体	紀伝体 藤原道長の栄華が中心だが批判精神もある	編年体 作者は赤染衛門か 藤原道長の栄華を描く
④	①	③	②	

④—①—③—② ← 歴史的内容順

入試データ分析

『大鏡』出題順位

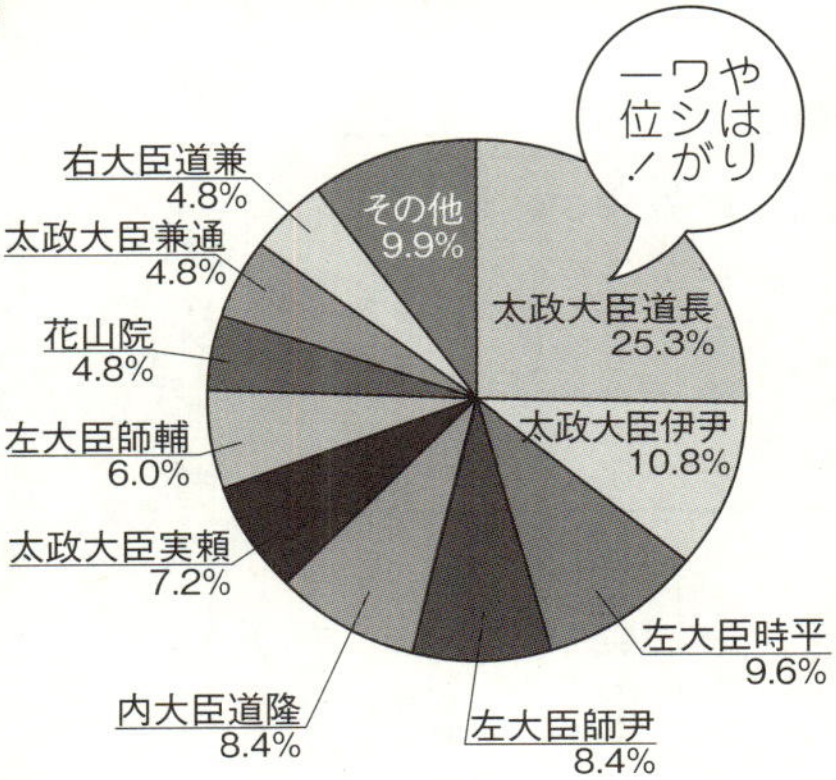

学習ターゲット

1位の藤原道長は自分の娘たちを帝に入内させ、外戚として権力をふるった。娘の彰子を一条天皇に入内させた時には、先に入内していた兄道隆の娘である中宮定子を無理やり皇后にして二后並立とした。

2位の藤原伊尹は道長の伯父で一条摂政と呼ばれた。師輔の長子で、弟に兼通、兼家がいる。安和の変で左大臣源高明を失脚させた。

3位の藤原時平は道長の祖父師輔の伯父にあたる人物。ライバルの菅原道真を大宰府に左遷するが、早死したために摂政関白にはなれなかった。

『大鏡』愚兄賢弟 骨肉の争い

兼通 兄 VS. 弟 兼家

円融帝の母安子（兼通・兼家の妹）の遺筆である「関白は兄弟順になるべきである」に従って、力の劣る兄の兼通が関白になる。そのため二人は犬猿の仲となり、兄兼通が危篤の時、弟兼家は兼通が亡くなったと勘違いして、見舞いに訪れず、兼通の家の前を素通りして内裏に参上して次の関白を自分にしてもらおうとする。これが兼通にバレて、兼家は関白になれず左遷されてしまう。兼通亡き後は兼家は出世コースに復帰し、摂政・関白・太政大臣を歴任する。

道隆 兄 VS. 弟 道長

父兼家の死後、長男の道隆が摂政になる。道隆は娘定子を一条帝に入内させ、中宮にする。弟の道長は姉の詮子（一条帝の母）を味方につけて娘彰子を一条帝に入内させる。彰子を中宮にするために、中宮定子を無理やり皇后として、初めて二后並立を誕生させた。道隆の死後は、道長は道隆の息子伊周・隆家を左遷し、さらに優位な立場に立った。

この世をばわが世とぞ思ふ望月の 欠けたることもなしと思へば（道長）

大鏡の人物関係図 ①

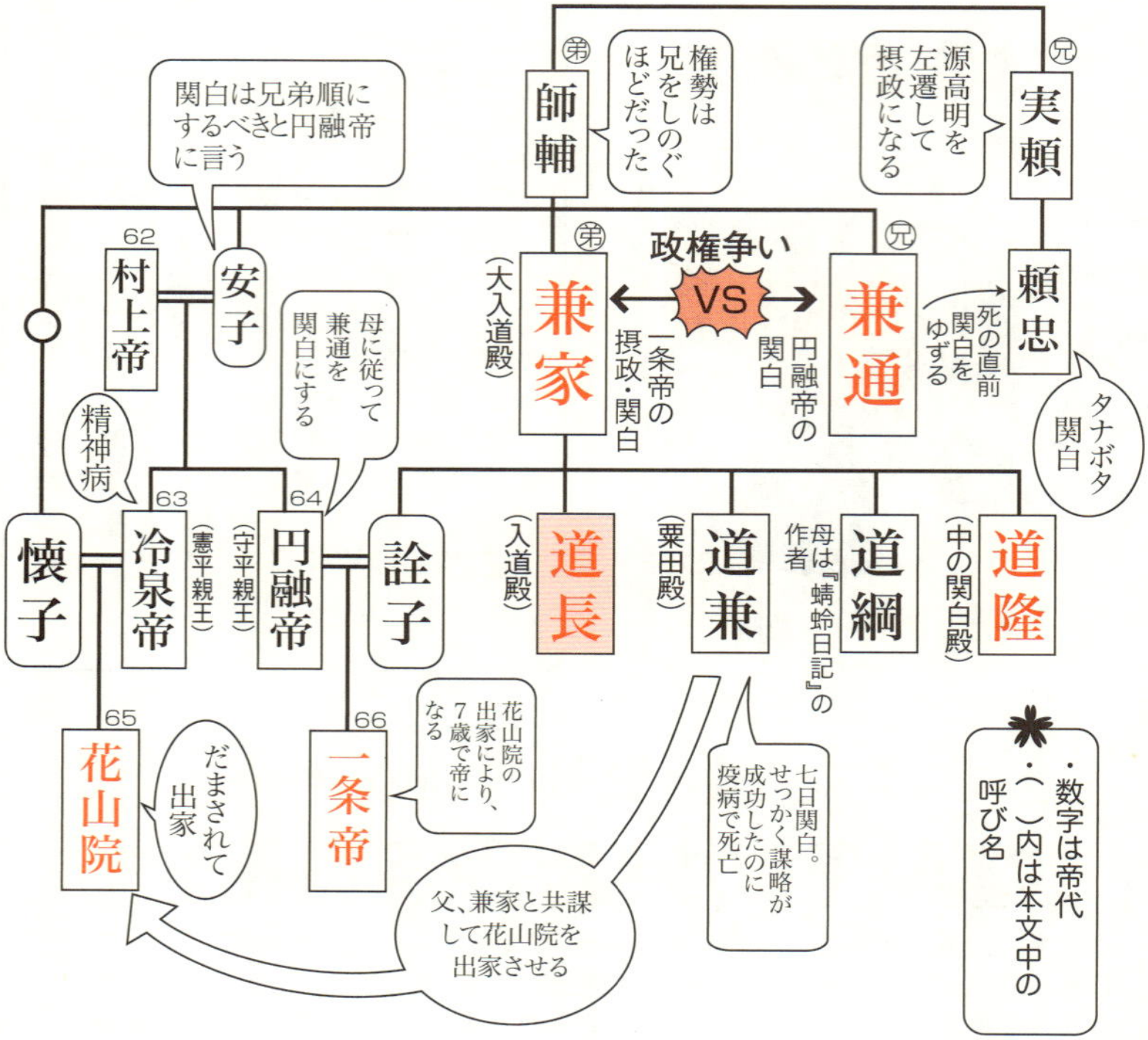

帝	西暦	主要事項
陽成	876	大宅世継、誕生。
宇多	887	基経、初の関白となる。夏山繁樹、誕生。
醍醐	899	時平（基経一男）、左大臣。菅原道真、右大臣。
	901	道真、時平の陰謀で大宰権帥に左遷される。2年後、大宰府で没。
	909	時平、39歳で没。道真の祟りと噂される。
朱雀	930	忠平（基経四男）、摂政となる。
	939	平将門、藤原純友の乱。
	947	実頼（忠平一男）、左大臣。師輔（忠平二男）、右大臣。
冷泉	967	実頼、関白。源高明、左大臣。
円融	969	源高明、大宰権帥に左遷。翌年実頼、没。
	970	伊尹（師輔一男）、摂政となる。
	972	伊尹、没。兼通（師輔二男）は皇后安子の遺言のおかげで関白となる。
	977	兼通、没。兼通と兼家（師輔三男）の兄弟不仲は死ぬまで続いた。 頼忠（実頼二男）、関白となる。→タナボタ関白。
花山	985	道長の肝試し。

大鏡の人物関係図 ②

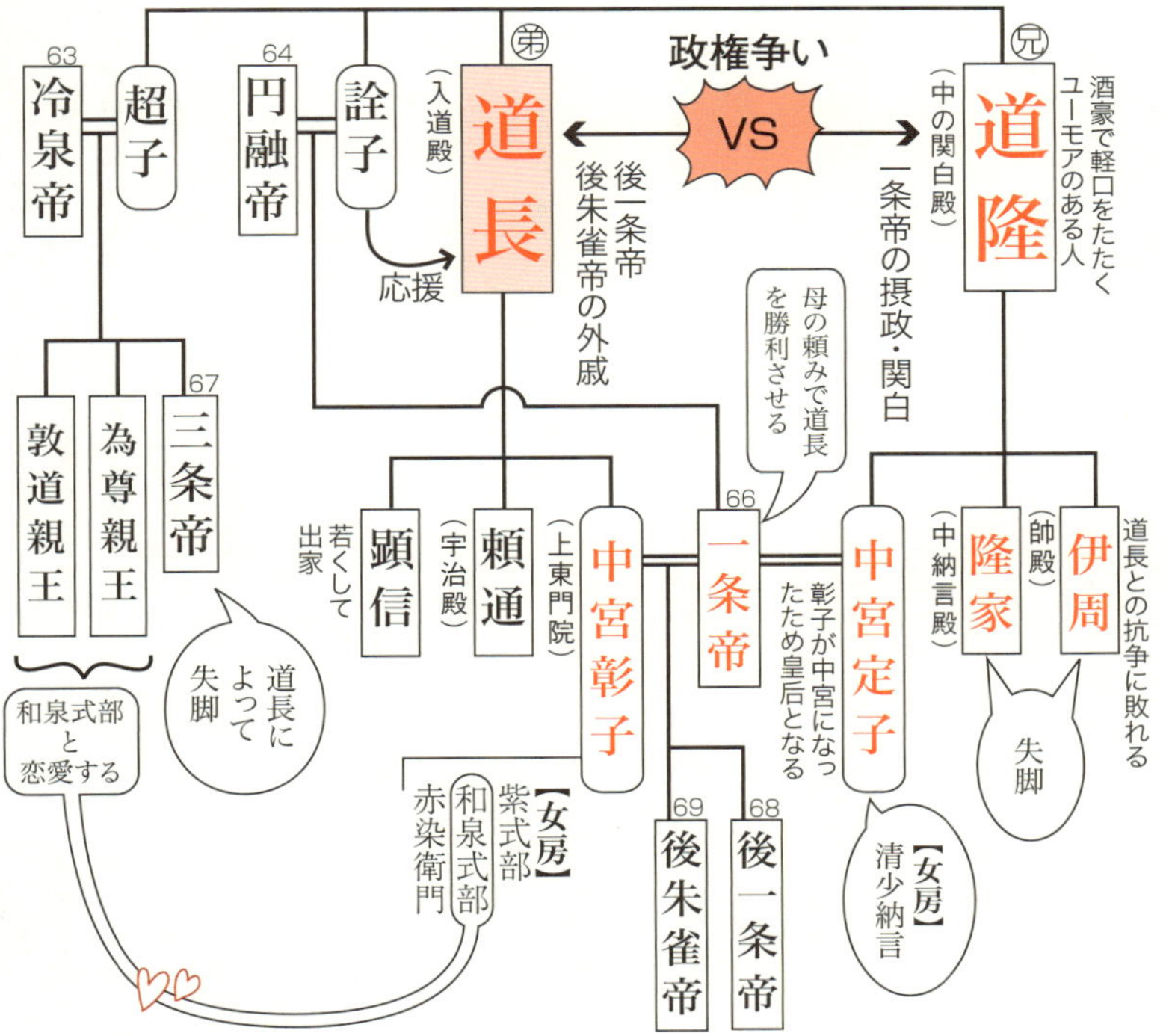

帝	一条								三条	後一条			
西暦	986	990	994	995	996	999	1000	1001	1008	1011	1016	1022	1025	1027
主要事項	兼家、道兼（兼家三男）の謀略で花山院が出家。兼家、摂政となる。	兼家、没。道隆（兼家一男）、摂政となる。	道長（兼家五男）と伊周（道隆二男）の競射。	道隆、没。道兼、関白となるが、翌月没。→七日関白。 道長に内覧の宣旨が下り、右大臣となる。伊周は政争に破れる。	伊周、大宰権帥に左遷。隆家（道隆三男）、出雲権守に左遷。身重の定子、その屈辱から自ら落飾。	道隆の娘、定子は一条天皇の第一皇子・敦康親王を出産。道長の娘、彰子が入内し女御となる。	彰子は中宮、定子は皇后になる。→前代未聞の一帝二后。年の暮れ、定子は皇女を出産後、没。	道長、大堰川逍遥。三舟の才ある藤原公任は和歌の舟に乗り、賞賛を受ける。	彰子、土御門邸で敦成親王（後一条帝）出産。翌年、敦良親王（後朱雀帝）出産。	道長、賀茂行幸で暴れ馬を鎮める。	道長、摂政、翌年太政大臣となる。息子頼通に摂政を譲る。	法成寺金堂、落慶供養。	雲林院菩提講に世継ら集まる。→『大鏡』冒頭 彰子、出家。	道長、没。

1位 「道長」より

四条大納言殿（藤原公任《きんとう》）は何事もマルチにデキる人物だった。大入道殿（藤原兼家《かねいえ》）は「どうしてこのように諸芸にすぐれているのか、私の子供たち（道隆《みちたか》・道兼《みちかね》・道長《みちなが》）は公任殿の影さえ踏むことができないのが残念だ」と言う。それを聞いた中関白殿（道隆）・粟田殿（道兼）は、恥ずかしくて何も言うことができない。一方、入道殿（道長）だけはまだ年若いが「影を踏まない代わりにその面を踏んでやるさ！」と意気込んだ。

花山院《かざんいん》が在位中の時の話。五月下旬の闇夜で、梅雨の時期が過ぎて、とても気味悪く雨が激しく降った夜のことだった。花山帝が退屈して殿上の間にきて、殿上人たちと遊んでいると、ある殿上人が怖い話をする。帝が「今夜はなんだか気味が悪い夜だが、人気のないところに一人で行けるか」と持ちかける。人々はとてもできないというが、入道殿（道長）だけが、「どこでも行きます」と啖呵をきった。花山帝は面白がって、道隆・道兼・道長にそれぞれ人気のないところを指定して行ってくるように命じる。道隆と道兼は結局恐れをなして途中で引き返してくるが、道長だけは平然と行って帰ってきたのだった。

2位 「伊尹」より

藤原朝成《あさひら》中納言と一条摂政（藤原伊尹《これただ》）がまだ若く、同じ殿上人だった頃、朝成中納言は、身分こそ一条摂政に及ばなかったものの、学問や声望は負けていなかった。この二人に蔵人頭《くろうどのとう》になる順番が巡ってきた時の話である。

朝成中納言は伊尹に、「私には今回しかチャンスはありませんが、あなたには将来またきっとチャンスがある。だから今回はあなたは立候補しないで、私に蔵人頭の座を譲ってほしい」と頼んだ。伊尹も納得して承知してくれた。しかしどういうわけか、いつのまにか伊尹が蔵人頭になっていた。朝成はだまされたと思い、二人は仲たがいの状態となってしまった。

ある夏の暑い日のこと、朝成は伊尹邸に参上するが、自分より身分の高い伊尹邸に勝手に上がることもできず、案内があるまで庭で待っていた。ところがいつまで待っても案内が来ない。ついに夜になってしまい、結局伊尹に会わずに帰ってきてしまった。怒りに燃えた朝成は、伊尹一族を永久に絶やすことを誓って亡くなったので、伊尹一族を代々にわたって呪う悪霊となってしまったということだ。

3位 「時平」より

左大臣時平《ときひら》は、藤原基経《もとつね》の長男である。醍醐帝《だいごてい》の治世の時に、時平は左大臣の位で年は28～29歳。菅原道真《すがわらのみちざね》は右大臣の位で57～58歳だった。醍醐帝はこの左右の大臣に天下の政治を執り行うべき旨の宣旨を下していた。右大臣道真は学才が優れていて、思慮分別も格別だったので、右大臣への帝の寵遇は特別だった。一方、左大臣時平は内心穏やかではなくなり、ついに右大臣道真のことを帝に讒言《ざんげん》(陥れようと悪口を言うこと)した。その結果、道真は大宰権帥《だざいのごんのそち》に任命されて、九州へ流されてしまった。

道真には子供がたくさんいて、娘は結婚し息子はそれぞれ官位などもあったが同じように各地に流され、しかし幼い子供たちだけは連れて行くことを許された。道真は流されていく自分の身を嘆いた和歌を宇多法皇に送り、途中で出家してしまった。播磨の国に着いて明石の宿駅に泊まると、そこの駅長が道真の左遷をとても驚き悲しんでいる様子だった。そこで道真は「時勢が移り変わり改まっていく様子を驚くことはない。人の栄枯盛衰も、春には花が咲き、秋には落ち葉となる。これと同じなのです」という悲しい漢詩を作ったのだった。

大鏡 入試ポイント

1. 成立は平安時代後期。ジャンルは歴史物語。
2. 190歳の大宅世継と180歳の夏山繁樹に30歳の若侍が加わった問答体形式。
3. 藤原道長の功績を讃えるだけではなく、批判精神もある。
4. 全体が会話で構成されているので、敬語法に注意する必要がある。
5. 『大鏡』以前に藤原道長の栄華を描いた作品には、『栄花物語』がある。
6. 『今鏡』『水鏡』『増鏡』と合わせて「四鏡」と呼ぶ。

入試
出題箇所を
チェック！

京都大学
『大鏡』

この粟田《あはた》殿の御男君達《をとこきんだち》ぞ三人おはせしが、太郎君は福足君《ふくたりぎみ》と申ししを、幼き人は[さ]※のみこそは

粟田殿（道兼）のご子息たちは三人いらっしゃったが、ご長男は福足君と申し上げたが、幼い人はみなそのようなもの

と思へど、いと**あさましう**、**まさなう**、あしくぞおはせし。東三条殿の御賀に、この君、

と思うが、この方はほんとうに**あきれるほど** **たちが悪く**やんちゃでいらっしゃった。御祖父の東三条殿（兼家）の還暦のお祝いに、この福足君に

舞をせさせたてまつらむとて、習はせたまふほども、**あやにくがり** **すまひ**たまへど、

舞を舞わせ申そうとして習わせなさる間も、**だだをこねて嫌がり**なさったが、

よろづにをこづり、祈をさへして、教へきこえさするに、その日になりて、いみじう

いろいろだましすかし祈祷までしてお教え申し上げさせたのに、その当日になって粟田殿が福足君にたいそう立派に

したてたてまつりたまへるに、舞台の上にのぼりたまひて、ものの音《ね》調子吹き出づるほどに、

舞の装束をつけてさしあげなさったのに、福足君は舞台の上に上りなさって、楽器の音の調子を合わせ始めると、

「わざはひかな、**あれ**は舞はじ」とて、鬢頬《びんづら》ひき乱り、御装束《さうぞく》はらはらとひき破《や》りたまふに、

「嫌だ、**わたし**は舞いたくない」と言って、結いあげたびんずらをひき乱し、御装束をばらばらに引き裂きなさるので、

粟田殿、御色真《ま》青《あを》にならせたまひて、**あれかにもあらぬ**御けしきなり。**ありとある**人、

父の粟田殿はお顔色が真っ青におなりになって、**気の抜けてぼんやりした**ご様子である。その座にいた**すべての**人は、

「[さ]※思ひつることよ」と見たまへど、すべきやうもなきに、御舅《をぢ》の中関白殿のおりて、

「こんなことだと思っていた」とご覧になっているが、どうしようもないときに、伯父君の中関白殿（道隆）がお席を降りて、

舞台に上らせたまへば、いひをこづらせたまふべきか、また憎さにえたへず、

舞台にお上りになるので、「なだめすかしなさるのだろうか。それとも、憎さが我慢できず

DATA FILE

易 ●●●●● 難

頻出古文中では文章の難易度が高い。特に敬語と人物関係に注意。

追ひおろさせたまふべきかと、かたがた見はべりしに、この君を御腰のほどに

舞台から追い下ろしなさるのだろうか」と方々が見ておりましたところ、中関白殿はこの福足君を御腰のあたりに

引きつけさせたまひて、御手づからいみじう舞はせたりしこそ、楽もまさりておもしろく、

引きつけなさって、ご自分で、とても見事にお舞いになったことで、楽曲の音もひときわ勝って聞こえ、

かの君の御恥もかくれ、その日の興もことのほかにまさりたりけれ。祖父殿もうれしと

あの福足君の御恥も目立たなくなり、その日の遊宴の興趣も格段に盛りあがったことだった。祖父の兼家殿もうれしく

思したりけり。父大臣《おとど》は**さらなり**、よその人だにこそ、**すずろに**感じたてまつりけれ。かやうに、

お思いになったことだ。父の道兼大臣は**いうまでもない**、他人でさえ道隆殿の臨機のご処置に**思わず**感嘆申し上げたことだった。道隆殿はこのように

人のためになさけなさけしきところおはしましけるに、**など**御末かれさせたまひにけむ。

人のために情け深い思いやりがおありだったのに、**どうして**ご子孫が衰微しておしまいになったのであろうか。

読解ポイント

粟田殿（道兼）は父兼家と共謀して花山帝を無理やり出家させたことで有名。道兼は兄道隆関白の死後、甥の伊周を退けて関白に就任するがすぐに病死したため、「七日関白」と呼ばれた。

★一行目の「さ」は直後の「あさましう、まさなう、あしく」（あきれるほどたちが悪くやんちゃ）を指示しており、その点は子供一般の共通性ではあるが、と述べ、しかしその程度は並外れていることが以下の文章で示されている。

★八行目の「さ」の指示内容は、何かの不都合が生じるに違いないということ。それを多くの人々が予感していたのである。

『大鏡』は「道長伝」が最頻出ですが、それ以外の人物についても主要なエピソードは把握しておきましょう。

7位

本居宣長《もとおりのりなが》

出題率
3.3%

国学者

江戸後期
1730～1801

本居宣長は**伊勢松坂**に生まれ活躍した**江戸後期**の人で、初め医学を修業し、のちに国学に惹かれて勉強し、**契沖《けいちゅう》から始まる国学の大成者**になった。国学では**賀茂真淵《かものまぶち》を師**とするが、実際に会ったのは生涯にたった一度である。国学とは日本古来の文化思想の究明を目標とする学問で、具体的には『万葉集』『古事記』『源氏物語』などの研究をすることであった。契沖は『万葉集』の研究書として『万葉代匠記』を著した。ついで荷田春満《かだのあずままろ》とその弟子賀茂真淵によって、国学の確立期を迎える。賀茂真淵の著書『万葉考』『歌意考』『冠辞考』（真淵の著書は「－考」が三つと覚えよう）は文学史でも問われる作品。そして、その弟子にあたるのが本居宣長であり、国学大成者として下図のように多くの書を著した。文学史で問われるものが多いのでしっかり確認しておこう。入試で出題される出典では**随筆『玉勝間』**が群を抜いている。**『古事記伝』**は35年を費やした大作であり、また**『源氏物語玉の小櫛』**では、**『源氏物語』の本質を「もののあはれ」に見出す**など、後世に大きな影響を与える仕事をなした。

本居宣長

国学

契沖　先駆者
↓
賀茂真淵　継承
↓
本居宣長　大成

1763 紫文要領《しぶんようりょう》
1764 古事記伝《こじきでん》
1772 菅笠日記《すげがさにっき》
1793 玉勝間《たまかつま》
1796 源氏物語玉《たま》の小櫛《おぐし》
1798 鈴屋集《すずのやしゅう》
1798 うひ山《やま》ぶみ

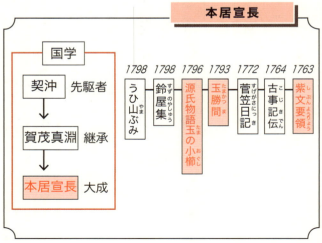

入試データ分析

本居宣長 出題順位

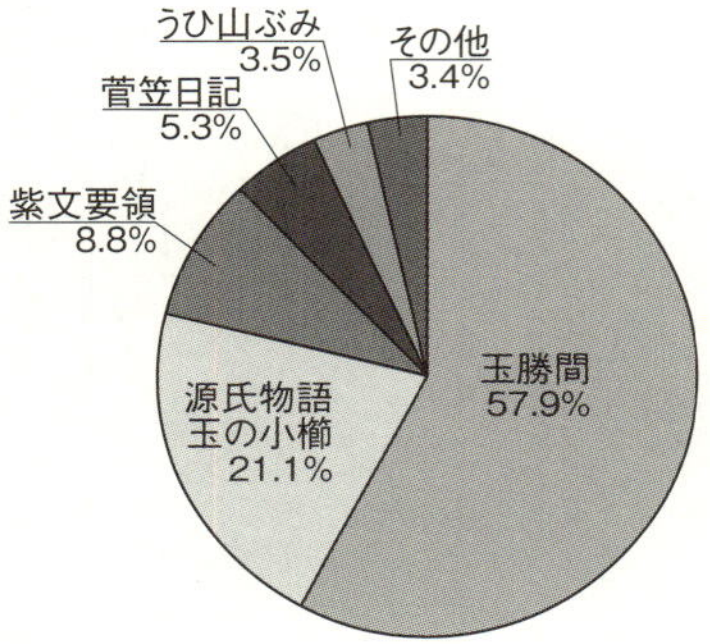

学習ターゲット

1位『玉勝間』は1005項目からなる江戸時代の随筆。宣長の読書歴や国学の師匠である賀茂真淵とのことが書かれている。

2位『源氏物語玉の小櫛』は宣長の『源氏物語』研究の集大成。その中で『源氏物語』の根底にあるものは「もののあはれ」と論じている。これが有名な「もののあはれ」論で、平安時代の文芸理念を代表するものとなった。

3位『紫文要領』は『源氏物語』論の草稿。この作品の後、いったん源氏研究に区切りを入れて、大作『古事記伝』(35年かけて完成)の執筆にとりかかった。

本居宣長 著作集

作品	年	内容
石上私淑言《いそのかみささめごと》	1763	『源氏物語』の研究書。「もののあはれ」を基軸に、問答形式で和歌の修辞・技法・本質を論じる。
紫文要領《しぶんようりょう》	1763	『源氏物語』の本質を「もののあはれ」とする宣長の文学論の出発点となる作品。この作品の後、源氏研究に一区切りをつけて『古事記』の研究にとりかかったとみられる。
古事記伝《こじきでん》	1764	『古事記』の注釈書。賀茂真淵とたった一度の会見(松坂の一夜)の後、『古事記』研究を終生の仕事と決意し、35歳から35年を費やして『古事記伝』を完成させた。(1798年完成)
菅笠日記《すげがさにっき》	1772	43歳の時に、吉野・飛鳥を旅した時の日記。松坂を出発し、明日香地方を巡った紀行文。
玉勝間《たまかつま》	1793	随筆。読書遍歴や、読書の時の抜き書き、賀茂真淵との出会いなどの1005項目からなる人生観・学問観・芸術観などをつづる。65歳から亡くなる直前まで書き続けた。
源氏物語玉《たま》の小櫛《おぐし》	1796	『源氏物語』研究の集大成。『源氏物語』をはじめて読んだのは19歳から21歳とされる。物語の根底にあるものが「もののあはれ」と説き、詳細に注釈した。
鈴屋集《すずのやしゅう》	1798	宣長による歌文集。宣長による自費出版で、「家集」として出版された。
うひ山《やま》ぶみ(初山踏)	1798	『古事記伝』を完成させた宣長が初めて学問の道に踏み入ろうとする人のため書いた国学の入門書。学問の中でも「学問の道」の重要性を論じ、『古事記』と『日本書紀』を勧めている。

1位 『玉勝間』二―三十

新しい学説を発表する時には、その説が良かろうと悪かろうと、世間の学者に非難されるものである。新説を聞く人の中には、自分の意見と違うものを聞くと、考えもせずに最初から捨ててしまう者もいる。また新説をもっともな意見だと思っているのに、最近の人の意見に従うのを妬ましく思って、新説を良いとも悪いとも言わずにそのままにしてしまう人もいる。もっとひどい人は、心の中では新説を良いと思っているのに、あら捜しをして無理やり欠点を見つけ出し、説全体を否定しようとする。

大体、古い説は7、8割が悪くてもその部分を隠して少しばかりの良いところを取りあげてできるだけ採用しようとするのに、新説は8、9割良くても残りの1、2割の悪いところを大げさに言い立てて採用しない。

しかし、極めてまれに新説の良いのを聞くと、古説の悪いところに気づいて直ちに古説を改める人がいないわけではない。新説に対する世の中の評価が一定し、すべての人がその新説に従う時代になったときには、最初から旧説を改めて新説に従った人は賢くて聡明だと思われる。反対に旧説に拘泥する人は、心が愚鈍で、言う価値もない人だ。

1位 『玉勝間』四―七七 兼好法師が詞のあげつらひ

兼好法師の『徒然草』に、「桜の花は満開の時だけを、月は満月の時だけを見るものだろうか、いやそうではない」とあるが、私はそうは思わない。昔の和歌には、桜は満開、月は満月を見ている歌よりも、桜の花を散らす風を嘆き、月の夜に月を隠す雲を嫌ったりするような歌が多い。それらは、桜の花は満開の時をのんびりと見たいと思い、月は一点のかげりもないものを痛切に願うからこそ、思い通りにならないことを嘆いて歌に詠んでいるのだ。

そもそも桜の花に風が吹くのを待ち望み、月に雲がかかるのを願う歌があろうか、あるわけがない。兼好法師が言っているのは、本心に逆らい、利口ぶった心から出た見せかけの風流で、本当の風雅の心ではない。兼好法師にはこのようなひねくれた物言いが多い。人間の心は、うれしいことよりも、思い通りにならないことのほうがより深く身にしみて思うものだ。だから、うれしいことを詠んだ歌よりも、悲しみ憂いている歌に趣深い歌が多い。しかし、だからと言って、わびしく悲しいことが優雅だというのは人間の真実の心だろうか、いやそうではないだろう。

2位 『源氏物語玉の小櫛』

多くの物語の中で、『源氏物語』は特に優れてすばらしい作品だ。後にも先にも『源氏物語』に並ぶ作品はない。『源氏物語』より前に作られた作品は、それほど深く入念に書いてあるとは思えない。どれもこれも「もののあはれ」の境地には及ばない。『源氏物語』より後の作品では、たとえば『狭衣物語』は、『源氏物語』の書き方を見習って書いているが、出来栄えは月とスッポンである。『源氏物語』は万事にわたって入念に書いてある。言葉遣いが立派であることは言うまでもないが、加えて人間の姿、春夏秋冬、草木に至るまですべてが立派で、その中で男や女の様子や性格を書き分け、褒めている部分も人それぞれよく書き分けられている。作中の人々と本当に向かい合っているように感じられるところなどは、並たいていの筆力ではとうてい書けないだろう。

私は教え子のために以前から何度も講読しているが、全然飽きない。他の長編物語では講義をしていて飽きてしまうのに、『源氏物語』はいつ読んでも初めて読んだように新鮮で面白く読めるのだ。

●本居宣長入試ポイント●

1. 江戸時代後期の国学の大成者で、号は「鈴屋《すずのや》」。
2. 国学研究の先駆者は契沖で、継承者は宣長の師である賀茂真淵。
3. 『源氏物語玉の小櫛』で、『源氏物語』の本質を「もののあはれ」に見出す。
4. 『古事記』の研究に35年をかけて『古事記伝』を書き上げた。
5. 宣長の文章は古典文法に忠実なものが多く、係り結びが頻出する。
6. 最も良く出る作品『玉勝間』は『徒然草』や『枕草子』と同じジャンルで「随筆」。

入試
出題箇所をチェック！

明治大学
本居宣長『源氏物語玉の小櫛』

DATA FILE

易 ●○○○○ 難

文章のレベルは易しめだが、その分内容的につっこんだ問題があるので注意。

物語は、**もののあはれ**を知るを、むねとはしたるに、その筋《すぢ》に至りては、儒仏の教へには、
物語というものは、**ものごとのしみじみとした情趣**を知ることを趣旨としているが、その一々の内容に至っては、儒教や仏教の教えには、
そむけることも多きぞかし。そはまづ人の情《こころ》の、物に**感ずる**ことには、善悪邪正
反していることも多いのだよ。というのは、まず人間の心情が、ものごとに**感応する**ことには、善悪邪正
さまざまある中に、**ことわり**にたがへることには、感ずまじきわざなれども、情は、
さまざまある中で、**ものの道理**と違っていることには、感応してはいけない理屈であるけれども、心情というものは、
われながらわが心にもまかせぬことありて、**おのづから**忍びがたき節《ふし》ありて、
自分でも自分の思いどおりにならないことがあって、**自然と**押さえがきかない面もあって、
感ずることあるものなり。源氏の君の上にて**言はば**※、空蟬《うつせみ》の君、朧月夜《おぼろづくよ》の君、
感じるということがあるものなのだ。光源氏の君について言うならば、空蟬の君、朧月夜の君、
藤壺《ふぢつぼ》の中宮などに情をかけて、逢ひたまへるは、儒仏などの道にて言は**むには**※、
藤壺の中宮などに思いをよせて、お逢いになったのは、儒教や仏教などの道で言う**としたら**、
よに上もなき、いみじき不義悪行なれば、ほかにいかばかりのよきことあらむにても、
世にこれ以上はない、甚だしい不義悪行であるので、たとえほかにどれほどの良いことがあろうとも、
よき人とは言ひがたかるべきに、その不義悪行なるよしをば、さしもたてては
善良な人とは言いがたいはずであるのに、『源氏物語』の中ではその不義悪行である点については、それほど取りたてて
言はずして、ただその間の、もののあはれの深き方《かた》を、かへすがへす書き述べて、
言及せず、ただその間の、ものごとの情趣が深くある面を、繰り返し繰り返し書き述べて、

源氏の君をば、むねとよき人の本《ほん》として、よきことの**限り**を、この君の上に、

光源氏の君を、もっぱらよい人の模範として、よいことの**すべて**を、この君の上に、

とり集めたる、これ物語のおほむねにして、そのよき**あしき**は、儒仏などの

とり集めたように書いている、これが物語の本意であって、そこでのよい、**悪い**ということは、儒教や仏教などの

書《ふみ》の善悪と、変はりあるけぢめなり。さりとて、かのたぐひの不義をよしとするには

本で言う善悪とは、はっきりとちがっている差なのである。そうだからと言って、先に挙げたようなあのたぐいの不義をよいと言うわけでは

あらず。そのあしきことは、今さら言はで**もしるく**、さるたぐひの罪を論ずることは、

ない。それが悪いことは、今さら言わなくて**も明白で**、そういうたぐいの罪を論じることは、

おのづからその方の書どもの、よに**ここら**あれば、ものどほき物語を待つべきにあらず。

自然とその方面の書物が世間に**たくさん**あるので、余り縁のない物語といったものに期待するべきではないのである。

読解ポイント

国学者本居宣長は、『源氏物語』の根底にあるものを「もののあはれ」と定義した。「此物語は、よの中のもののあはれのかぎりを、書きあつめて、よむ人を感ぜしめむと作れる物」であって、そこに儒仏の倫理観を持ち込むことは意味がないことを主張した。

★「**未然形＋ば**」が順接仮定条件を表し「(もし)～ならば」となるのと同様、「**むには**」の形も「～としたら・～ならば」と順接仮定条件を表す。

仮定条件は古文の基本。「未然形＋ば」だけでなく、助動詞「む」を使った「むに・むには・むは・むも・むこそ」の形にも注意です。

8位

平家物語《へいけものがたり》

出題率
3.3%

信濃前司《しなののぜんじ》行長《ゆきなが》か

鎌倉前期

軍記物語

『平家物語』は鎌倉前期に原型が成立し、その後増補改訂されながら流布していったとみられる。「軍記物語」としては『保元物語』『平治物語』につぐ作品。『平家物語』は**琵琶法師**により、「**平曲**」という形で語られた。そのため、文体は和漢混交文をベースとしつつ、合戦場面では口語や擬声語・擬態語を交えて躍動的な文体、女性哀話では繊細な和文体、歴史記録的な部分では公家日記風の漢文訓読体と、いくつもの文体を駆使して書かれ、複数の語り手による練り上げられた名文になっている。冒頭文は有名な「祇園精舎《ぎおんしょうじゃ》の鐘の声、諸行無常《しょぎょうむじょう》の響きあり。娑羅双樹《さらそうじゅ》の花の色、盛者必衰《じょうしゃひっすい》のことわりをあらはす」で始まるが、全編を通じて**平家一門の栄枯盛衰の歴史**を軸にした叙事詩風の**軍記物語の大傑作**といえる。描かれている時代は1132年の平忠盛《たいらのただもり》（清盛《きよもり》の父）の昇殿から、1198年にその嫡流の六代目（清盛の曽孫）が処刑されるまでの60年間に及ぶ。中でも、平清盛が太政大臣となり平家一門が栄華を極めた1167年から壇の浦の合戦を経て、一門が滅亡する1185年ごろまでの約20年間に集中している。

軍記物語

時代	成立	作品	解説
鎌倉	13C前	保元物語《ほうげんものがたり》	
鎌倉	13C前	平治物語《へいじものがたり》	
鎌倉	13C前	平家物語《へいけものがたり》	作者は信濃前司行長か 琵琶法師による平曲《へいきょく》 仏教的「無常観」 和漢混交文
鎌倉	13C中	源平盛衰記《げんぺいせいすいき》	『平家物語』の異本
南北朝	1370頃	太平記《たいへいき》	南北朝争乱の歴史 『増鏡』と同時代に成立
室町		曾我物語《そがものがたり》	曾我十郎・五郎兄弟による父の仇討ち
室町		義経記《ぎけいき》	源義経の一代記 判官物

入試データ分析

『平家物語』出題順位

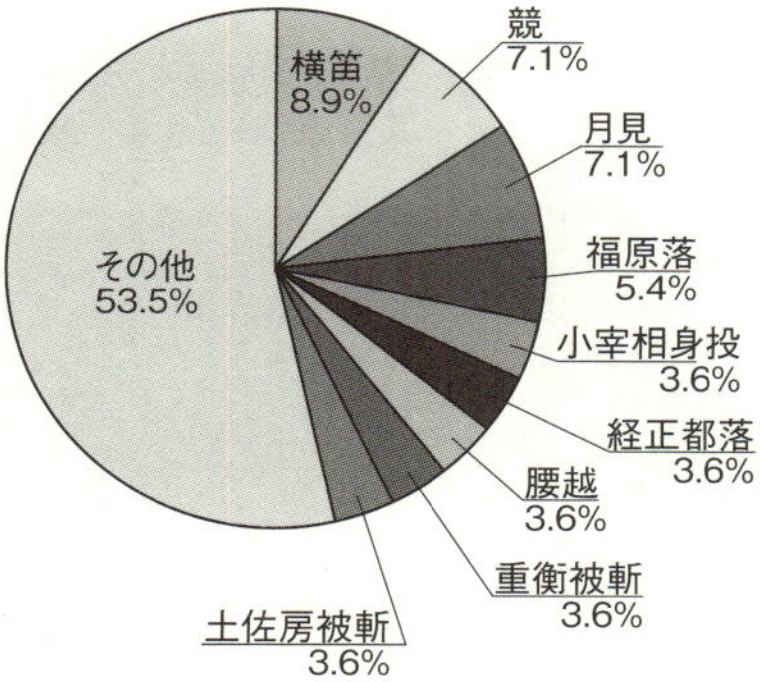

学習ターゲット

1位「横笛」は平重盛に仕えた斎藤時頼（滝口入道）と、建礼門院の雑仕女であった横笛の悲恋物語。時頼は父親にこの恋を反対されたために親と恋人との板挟みになり出家する。横笛は後を追って尼になり、時頼のいる寺を訪ねるが、時頼は会いたい気持ちを抑えて面会を拒むという話。

2位「競」は源頼政の嫡子仲綱の持つ名馬を政治的権力で奪った挙句に馬に仲綱の名を焼印するなどした平宗盛の話。これに怒った頼政は平家打倒を決意したと言われる。3位「月見」は福原遷都の起工式の日の話。

■動詞の音便

音便の種類		元の形
① イ音便	泣いて	泣きて
② ウ音便	読うで	読みて
	会うたり	会ひたり
③ 撥音便	転んで	転びて
	死んだり	死にたり
④ 促音便	折って	折りて

■頻出漢字の読み　～平家物語～

漢字	読み
狼藉	ろうぜき
大夫	だいぶ
不定	ふじょう
翡翠	ひすい
勅勘	ちょっかん
嫡子	ちゃくし
遠流	おんる
聖	ひじり
入水（＝身投げ）	じゅすい
直垂	ひたたれ
轡	くつわ
台	うてな
念誦	ねんず
九重	ここのえ
海士・海人	あま
某	なにがし
雑色	ぞうしき
鹿毛	かげ
修理	しゅり
逸物	いちもつ

1位 横笛

横笛《よこぶえ》という女を滝口《たきぐちの》入道《にゅうどう》は心から愛していた。滝口入道の父親はこれを聞き、「世間で評判の者の婿にして、宮仕えも気楽にさせようと思っていたのに、取るに足らない身分の者を好きになりおって」と反対した。滝口入道は「不死と言われた西王母《せいおうぼ》もお亡くなりになったし、長寿と言われた東方朔《とうほうさく》も名前しか知らず見たこともない。この世は一瞬の光と同じで、はかないものだ。長生きしてもせいぜい70～80歳。元気なのはせいぜい20年くらいだろう。夢や幻のようにはかないこの世で、いくら身分が高くてもブスと結婚するのはごめんだ。しかし愛する女性と結婚すると父に背くことになる。この機会に出家してしまおう」と言って19歳で出家し、嵯峨の往生院《おうじょういん》にこもってしまった。

横笛はこれを聞き「私を捨てるのは仕方ないけれど、姿を変えて出家してしまうなんてひどいことです。せめて出家するのを知らせて欲しかった」と悲しみ、往生院を訪れ、念仏を唱える滝口の声を聞いた。それを知った滝口は心穏やかではなく、障子の隙間から横笛の様子を伺うが、使いの者に「滝口という者はいない」と言わせ、横笛を追い返したのであった。

2位 競

源三位《げんざんみ》入道《にゅうどう》（源頼政《よりまさ》）は長年静かに無事に過ごしていたのに、なぜ謀反を起こしたかというと、平家の平宗盛《むねもり》が理不尽なことをしたからである。人は自分が栄えているからといって、してはいけないことをしたり、言ってはいけないことを言ったりするのはよくないとわきまえるべきだ。

源三位入道の息子、伊豆守仲綱《なかつな》は、宮中でも評判の名馬を持っていた。平宗盛はこれを聞き、仲綱に使者を送って「評判の馬を見たい」と伝えた。しかし仲綱からの返事は「馬は休養中で田舎にいる」とのことだった。だがそれが後に嘘だとわかり、それなら無理にでもその馬を手に入れようと、平宗盛は再三にわたって仲綱に手紙を送った。それを聞いた父の三位入道が「たとえ名馬でも、それほど欲しがる人がいるなら惜しまずにあげなさい」と言うので、仲綱は仕方なく宗盛に馬を贈った。一方、宗盛は馬をもらったが、「すばらしい馬だが持ち主が惜しがったのが憎らしい」と言って、馬の体に「仲綱」と焼印して厠につないだ。そして客が来ると「仲綱に乗れ、仲綱を打て」と言ってその馬をひどく扱った。それを聞いた仲綱は憤慨し、三位入道も平家打倒を決意したのだった。

源平合戦図

- 源頼朝の進路
- 源義経の進路
- 木曾義仲の進路
- 源範頼の進路

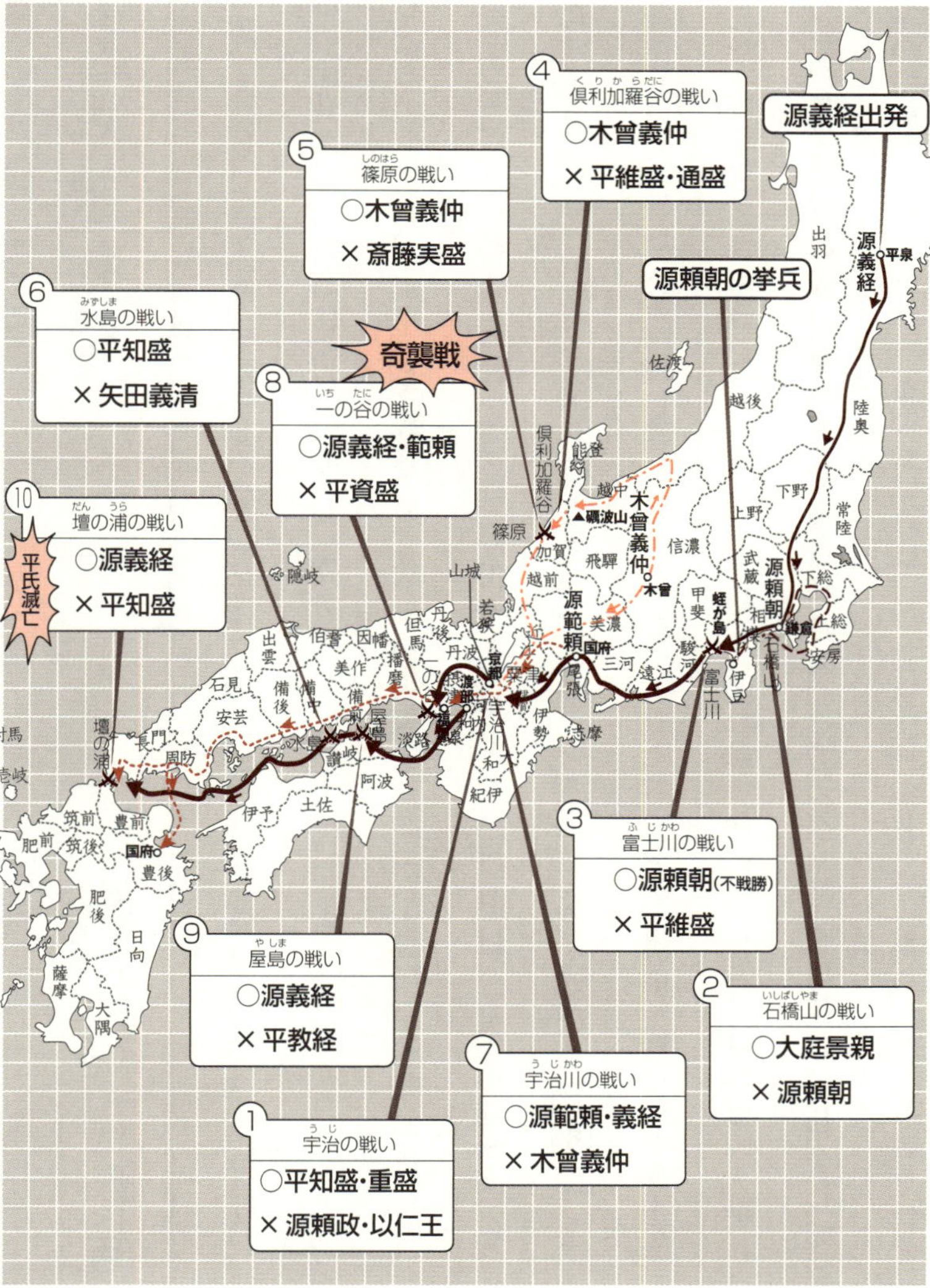

入試出題箇所をチェック！

日本大学『平家物語』

東山の麓《ふもと》、鹿《しし》の谷といふ所は、うしろは三井寺《みゐでら》につづいて、**ゆゆしき**城郭にてぞありける。

京都東山の麓の、鹿の谷という所は、背後は三井寺につながって、**絶好の**城郭に適した地であった。

俊寛僧都《そうづ》の山荘あり。かれに常は寄り合ひ寄り合ひ、平家滅ぼさむずるはかりごとをぞ

そこに俊寛僧都の山荘がある。その場所にふだん寄り集まっては、平家を滅ぼすような陰謀をあれこれ

めぐらしける。ある時、法皇も**御幸**《ごかう》なる。故少納言入道信西《しんぜい》が子息浄憲法印お供仕る。

めぐらせていた。ある時、後白河法皇も**お出まし**になる。故少納言入道信西の子息浄憲法印がお供申し上げる。

その夜の酒宴に、この由《よし》を浄憲法印に仰せあはせられければ、「あな**あさまし**、

その夜の酒宴で、この事情（＝平家追討の陰謀）を浄憲法印に法皇がご相談なさったところ、浄憲法印は「ああ、**あきれたこと**、

人**あまた**承り候ひぬ。ただ今漏れ聞こえて、天下《てんが》の大事に及び候ひなんず※」と、

大勢の人が聞いております。すぐにも漏れ聞こえて天下の一大事になりましょう」と

大きに騒ぎ申しければ、新大納言**けしき**変はりて、ざつと立たれけるが、御前に候ひける瓶子《へいじ》を、

大騒ぎ申し上げたので、新大納言は**顔色**が変わって、さっと席をお立ちになったが、御前にありました酒瓶を

狩衣《かりぎぬ》の袖にかけて引き倒されたりけるを、法皇、「あれはいかに」と仰せければ、大納言

狩衣の袖に引っかけてお倒しになったのを、法皇が「これはどうしたことだ」とおっしゃったので、大納言は

立ち帰つて、「平氏《へいじ》倒れ候ひぬ」とぞ申されける。法皇笑壺《ゑつぼ》にいらせおはしまして、

立ち戻って、「平氏が倒れました（瓶子に平氏を掛けて言ったもの）」と申し上げなさった。法皇は上機嫌になって、

「者ども参つて猿楽つかまつれ」と仰せければ、平《へい》判官《はんぐわん》康頼《やすより》参りて、「あら、あまりに平氏の

「皆の者、こちらへ参って、猿楽をいたせ」とおっしゃったので、判官平康頼が参上して、「ああ、あまりに平氏が

DATA FILE

易 ○○●○○ 難

平均的な出題レベルだが、『平家物語』に独特な語彙と文法問題があり注意。

おほう候ふに、もて酔ひて候ふ」と申す。俊寛僧都、「さてそれをばいかが仕ら**むずる**※」と

多くおりますので、酔っぱらいました」と申し上げる。俊寛僧都が、「では、それをどういたしましょうか」と

申されければ、西光法師、「首をとる**にしかじ**」とて、瓶子のくびをとつてぞ入りにける。

申し上げると、西光法師が、「首を取る**に越したことはあるまい**」と言って、酒瓶の首を取って席へお入りになってしまった。

浄憲法印あまりのあさましさに、**つやつや**物も申され**ず**。かへすがへすもおそろしかりし事どもなり。

浄憲法印はあきれるあまり、**まったく**ものも申し上げることができ**ない**。なんとも、恐ろしい出来事であった。

○新大納言―この陰謀の首謀者である藤原成親。
○瓶子―酒瓶。　○笑壺―そこに触れられると笑わずにいられないような笑いのツボ。

読解ポイント

鹿ケ谷の陰謀の場面。後白河法皇の近臣の藤原成親、西光が中心となり、平康頼、僧俊寛らと平氏打倒を企てた陰謀事件。俊寛の京都東山鹿ヶ谷の山荘で謀議をこらしたので、このように言われる。多田行綱の密告によってこの陰謀は発覚し、後白河法皇の周辺から有力な近臣が追放され、法皇と清盛の対立は決定的になった。藤原成親、西光は殺され、平康頼、俊寛は鬼界が島に流罪となった。

★「**むず**」は「むとす」の転じたもので「**んず**」とも表記される。基本的に「む」と同じ意味を持ち、打消の意はないので注意。

「全否定の副詞」ゴロ
「**つやつや**の**皿にすべ**って**つゆ**を
おほかたこぼしちまった、
それでも**あへてたえて**る私」

9位

更級日記《さらしなにっき》

出題率
3.3%

菅原孝標女《すがわらのたかすえのむすめ》

平安中期
日記

『更級日記』は**平安中期の日記文学**で、作者の**菅原孝標女**の父は菅原道真の子孫、叔母は『蜻蛉《かげろう》日記』の作者藤原道綱母という文学的にとても恵まれた環境に育った。菅原孝標女はほかにも**『浜松中納言物語』『夜《よる》の寝覚《ねざめ》』**を書いたという説があり、文学史で問われることがあるので注意。『更級日記』の内容は、作者が最晩年に至って自らの人生を振り返ってみて、少女時代への懐旧と悔恨を込めて綴った「**回想記**」といえる。少女時代を父の赴任先の田舎（**上総＝千葉県**）で過ごした作者は、早く京に戻って『**源氏物語**』を読めますようにと、等身大の薬師仏を造ってお祈りする**源氏フリーク少女**。そして京に戻った作者は待望の『源氏物語』を手に入れ、暗記するほど読み漁り、自分も光源氏のような方に出会いたいと夢見るが、実際の生活は彼女が思い描いたような生活ではなく苦労の連続で、期待していた結婚生活も平凡そのもの。宮仕えも夢想した物語世界とはまるで別物だった。物語ばかりに夢を見て勤行やお寺参りをないがしろにしてきたからこんな惨めな運命になったにちがいない、と後悔するのだった。

平安の日記

- 935 土佐日記《とさにっき》 紀貫之作
- 974 蜻蛉日記《かげろうにっき》 藤原道綱母作
- 1004 和泉式部日記《いずみしきぶにっき》
- 1010 紫式部日記《むらさきしきぶにっき》
- 1059 更級日記《さらしなにっき》 菅原孝標女作 『源氏物語』に憧れる少女時代から幸少ない結婚生活、そして求道の晩年を記す
- 1073 成尋阿闍梨母集《じょうじんあじゃりのははのしゅう》 母性愛の文学
- 1108 讃岐典侍日記《さぬきのすけにっき》 藤原長子作（女房名 讃岐典侍）

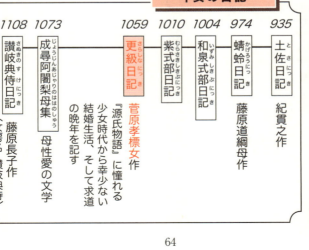

入試データ分析

『更級日記』出題順位

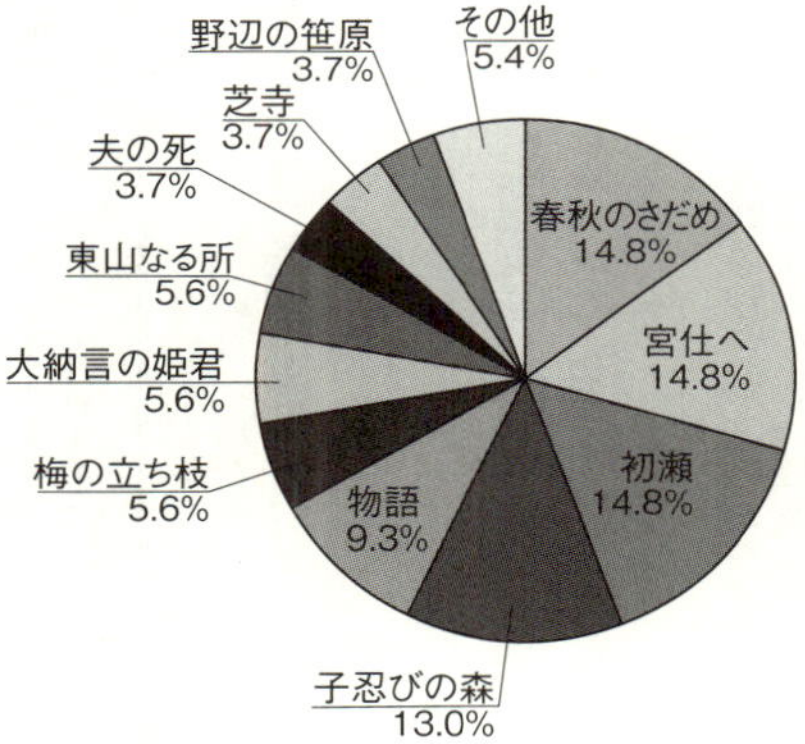

学習ターゲット

1位「春秋のさだめ」は『源氏物語』にもある、春と秋のどちらが優れているかを意見しあう春秋優劣論という一種の遊び。2位「宮仕へ」は作者が人に勧められて宮仕えにでた場面。出仕初日はとてもきまりが悪く、明け方に早々と退出する。

3位「初瀬」は大嘗会の御禊（天皇即位後、大嘗祭に備えての禊の日）に作者は初瀬に出かけた。多くの見物客たちに逆行して長谷寺に向かう作者一行は多くの人に笑われる。宇治に立ち寄った時には『源氏物語』の「宇治十帖」に思いを馳せる場面がある。

作者年齢	更級日記　主要事項
10～13	父の任地国上総で過ごす。
13	父の任期が果てて上京する。父と継母が離別。
14	疫病流行。乳母死去。『源氏物語』を耽読する。夢に僧侶が現れる。
15	姉と不思議な猫を飼う。
17	姉が二人の子を残して死去。作者子供たちを引き取る。
20	物語に熱中する。浮舟の境遇に憧れる。
25～29	父が単身赴任で常陸へ。手紙のやりとりをする。
26	母と清水寺へ参詣。
29	母は尼になり同じ家の中で別居。
32	祐子内親王家に宮仕えに出る。
33	物語熱冷める。橘俊通と結婚。俊通は下野守として赴任。
35	源資通と春秋の優劣を論じ合う。
36	石山寺参詣。俊通帰京。長男誕生。
39～	鞍馬寺、石山寺、太秦寺などを毎年のように参詣。
43	和泉に下る。
48	阿弥陀仏来迎の夢を見る。
50	俊通、信濃守となり赴任。
51	俊通帰京後、発病し死去。
52	過去を回想。日記を書く。

2位 宮仕へ

※1位はP.68

結婚後はこまごまと家事などに追われて暮らしているうちに、物語ばかり読んでいた頃と比べ、私の心はすっかり現実的になってきました。こうなってみて初めて、「今までなぜ仏前のお勤めも寺参りもしなかったのだろう。幼い頃に夢見た理想は、なんとあさはかだったことか」などと考え込んだりもしますが、かといって実直に暮らすこともなかなかできそうにありません。

出仕をしている宮家でお召しがかかるので、姪を出仕させますが、それに引かれてときどき私も出仕します。しかし昔のことが自分の誇りの足しになるわけでもなく、他の女房たちと打ち解けることもありません。でも寵愛をうける女房をうらやましがることもないので、かえって気楽です。

そのように適当に宮仕えをしていたある日、内親王のお供で宮中に参内したときに、私が普段からお祈りをしていた天照大神様が宮中に来ると聞きました。私はこの機会にぜひ拝みたいと思い、ある晩こっそり参上しました。知り合いのつてで会った博士の命婦は、とても年老いていて、神々しい姿で、話をして座っている姿はこの世のものではないようで、まるで神が現れたようでした。

3位 初瀬

夜更けに出発し途中で食事をしていると、供の者が「ここは泥棒がでる」と言うので怖くなりました。山を越えたところで宿を探しましたが見つからず、仕方なく粗末な家に泊まりました。家には身分の低い男が二人いました。夜、男たちが邸をうろうろ歩き回るので、眠ることができません。奥にいる女たちが歩き回る理由を聞くと「気心の知れない人を泊めているので物を盗まれないように歩いているのです」と、私たちが寝ていると思って答えていたので、気味悪くもありましたがおかしいような気もしました。

翌朝早く出発し、東大寺や石上神社を参拝しました。夜は山辺に泊まり、疲れていましたが少し読経して眠りました。夢の中で高貴な美しい女性が微笑んで、「何をしに来たのか」と問うので、私は「参上しに来たに決まっています」と答えました。すると女は、「あなたはいずれ宮中に参内しますよ」とおっしゃるのがうれしくて、次の日からますます熱心にお祈りしました。長谷寺に着き、三日ほど参籠した夜中に、御堂のほうから「お稲荷様からくださる霊験あらたかな杉だよ」と言って、何かを投げ出すようにするのではっと目を覚ますと、なんと夢だったのでした。

4位 子忍びの森

7月13日に父は常陸の国に単身赴任で下向することになりました。出発の五日前になると、父は私と顔を合わせるのもつらいらしく、私の部屋に入ってこようとしません。出発当日、出発の時刻がいよいよ近づくと父は私の部屋の簾を引き上げて、少し私と目を合わせ、「それではお別れだ」と言って、涙をぼろぼろ落として、そのまま出て行きました。私は悲しくて見送ることもできず、そのまま突っ伏してしまいました。

途中まで見送った従者から渡された父からの手紙（和歌）には、「思い通りにできる身であったら、あなたと別れるあわれみをしみじみと深く味わうであろうに、今は胸がいっぱいで、そんな余裕はありません」とあり、私は涙でそれを見ることもできませんでした。下手な和歌が心に浮かび、ほかになんと言っていいかわからずに、「人生でほんのしばらくの間でも父上とお別れしようなどとは思ってもみなかったことです」という歌をいつの間にか書いていました。幼い頃に私も旅の道中を経験しているので、はるかに父を思って恋しく、心細いことはこの上もありません。

更級日記 入試ポイント

1. 成立は平安時代中期。作者は菅原孝標女。
2. 作者菅原孝標女は『蜻蛉日記』の作者、藤原道綱母の姪にあたる。
3. 作品は作者が晩年、少女時代から現在までの40年間を回想して書いた日記。
4. 作者は少女時代『源氏物語』などの物語を読みあさる文学少女だった。
5. 宮仕えをして、昔夢見た物語世界と現実との差に落胆、仏道修行を熱心に行った。
6. 菅原孝標女は『夜の寝覚』『浜松中納言物語』を書いたといわれている。

入試出題箇所をチェック！

国学院大学『更級日記』

DATA FILE

易 難

基本レベルの古文で、出題大学レベルもやや易しい。確実に得点したい。

上達部《かんだちめ》・殿上人《てんじやうびと》などに対面する人は定まりたるやうなれば、うひうひしき里人は、

上達部・殿上人などと対面する人は、きまった身分職掌なので、物馴れない私のような里人は、

ありなしを**だに**知るべき［に］※もあらぬに、十月ついたちごろのいと暗き夜、不断経に、

いるかいないかの存在**さえ**知られるはずもないのだが、十月初旬のたいそう暗い夜、不断経に

声よき人々読む程［なり］※とて、そなた近き戸口に二人ばかり立ち出でて聞きつつ、

声のよい僧たちが読経中であるということで、そちらに近い戸口に朋輩と二人だけで出て、それを聞きながら、

物語して寄り臥《ふ》してあるに、参りたる人のあるを、「逃げ入りて、局《つぼね》なる人々

話をして物にもたれ臥していると、やってきた人（＝源資通）がいるのだが、「逃げ込んで下局にいる女房たちを

呼び上げなどせむも見苦し。**さはれ**、ただ折からこそ。かくてただ」

呼んでくるようなのも気がきかない。**どうにでもなれ**、その場にふさわしく、こうしてこのままいよう」

と言ふいま一人のあれば、かたはらにて聞きゐたるに、**おとなしく**［しづやかなる］※

と言うもう一人の朋輩がいるので、傍らに控えて、二人のやりとりを聞いていると、**分別もあり**もの静かな

けはひにて、ものなど言ふ、くちをしからざなり。

様子で、話などしているのが、いかにも好ましい感じである。

「いま一人は」など問ひて、世の常の**うちつけ**の**けさうび**てなども言ひなさず、

「もう一人の方は」と私のことを尋ねて、世間一般によくある**だしぬけ**な**好色めいた態度**でなどの言い方はしないで、

世の中の［あはれなる］※ことどもなど、［こまやかに］※言ひ出でて、**さすがに**

世の中の無常なことなどを**こまごまと**語りかけてきたので、**そうはいうものの**

きびしう引き入りがたい節々ありて、われも人も答《いら》へなどするを、「まだ知らぬ人のありける」など、めづらしがりて、※**とみに**立つべくもあらぬほど、星の光**だに**見えず暗きに、うちしぐれつつ、木の葉にかかる音のをかしきを、「※**なかなかに**※**艶《えん》に**をかしき夜かな。月の**くまなく**あかからむも、**はしたなく**まばゆかりぬべかりけり」など言ふ。

黙って引っ込むわけにもいかない話の節々もあって、私も朋輩も受け答えなどしていると、「まだ知らない人がいたのだね」などと、男は珍しがって、**急には**立っていきそうでもないうちに、星の光**さえ**見えないほど暗いのに、加えて時雨が降って、木の葉にかかる音が趣深いのを、男は「**かえって優美で**風情のある晩だな。月が**すみずみまで**明るいようなのも、**間が悪く**面映ゆいものにちがいなかった」などと言う。

読解ポイント

上達部や殿上人などの上級貴族と応対できるのは、清少納言のような特定の女房だけだった。宮仕えに出ていた作者は自分にはその資格がないと思っていたが、訪れた源資通の優雅な態度につられてしっかりと応対できたために、資通は「まだ知らぬ人ありける」と驚いた。この後作者は他の女房とともに春秋優劣論を展開し、さらに資通を喜ばせた。

★「にもあらぬ」の「**に**」は断定「なり」の連用形。一方、「とみに」の「**に**」は副詞の一部。「こまやかに」「なかなかに」「艶に」の「**に**」は形容動詞の連用形の一部。「読む程なり」の「**なり**」は断定「なり」の終止形。一方、「しづやかなる」「あはれなる」の「**なる**」は形容動詞の連体形の一部。

「に」と「なり」の同形品詞識別は大切です。特に断定の助動詞「なり」の連用形「に」に気をつけましょう。

10位

大和物語《やまとものがたり》

出題率 3.1%

作者不詳

平安中期

歌物語

『大和物語』は『伊勢物語』に次いで**平安中期（950年頃）に成立した歌物語**。『伊勢物語』を受けて『平中物語』へとつながる歌物語の真ん中に位置し、その後の説話集へとつながる内容を持つ作品。全173段中294首の歌を含む。中心となったのは当時貴族の間に流行していた**和歌にまつわる説話**で、まだ口承の段階のものだった。146段以前は10世紀前半に詠まれた歌を中心にその由来を語る物語。147段以降は歌を伴った古い伝説（生田《いくた》川伝説、蘆刈《あしがり》伝説、姨捨山《うばすてやま》伝説など）、説話的な物語が収録されている。宇多《うだ》法皇とその周辺人物の話題が多く、貴族社会で伝えられた歌物語の姿を伝えている。内容はきわめて雑多で、貴族の日常生活に根ざした雑談や噂話、男女の恋愛話のほかに、官位昇進の悲喜こもごも話、亡き友をしのぶ話、子を思う親の心を歌ったりした人生哀歌的な話が多いが、一貫した人間像やテーマはなく、打聞的雑話的な短編集といえる。**「なん〜ける」といった係り結びを多用**しているのも、当時の日常会話そのままの形を写し取ったものといえる。

歌物語

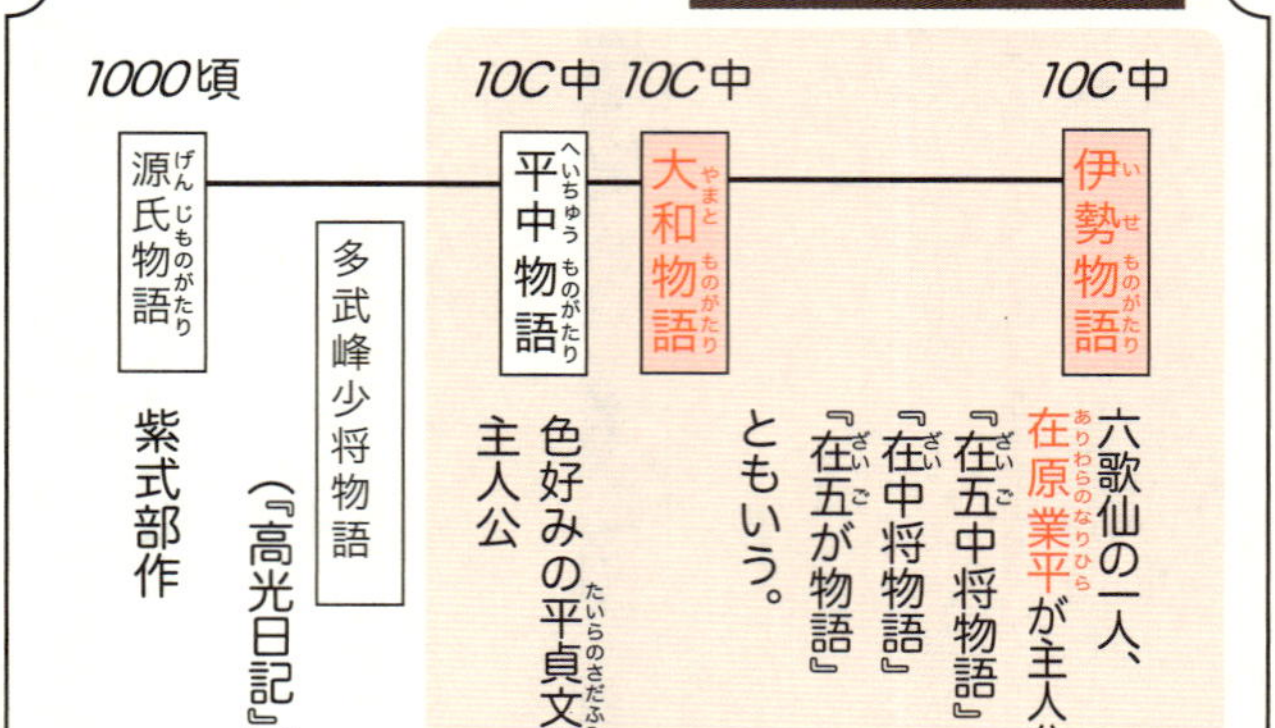

入試データ分析

歌物語 出題順位

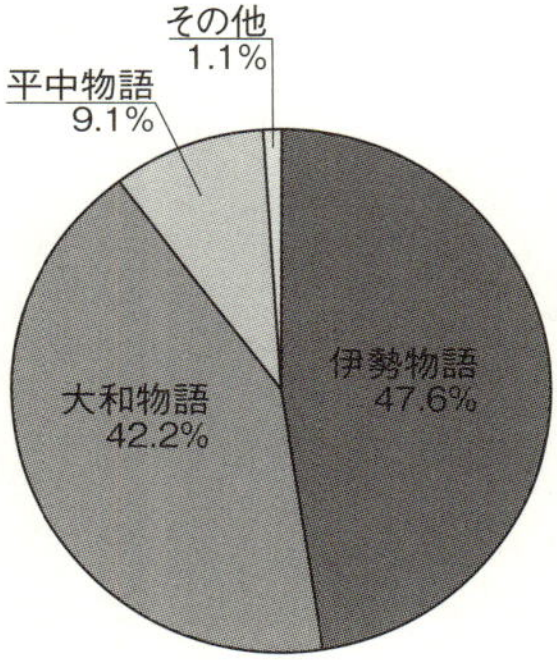

学習ターゲット

歌物語は『伊勢物語』『大和物語』がダントツの出題率。

1位『伊勢物語』は125段から成り、主人公は六歌仙の一人、在原業平と伝えられている。「むかし、をとこありけり」で始まる段が多く、各段は独立して、必ず1首以上の和歌が含まれている。

2位『大和物語』は173段から成り、当時の実在した宮廷社会の人物の恋愛や離別を歌と語りで描いている物語の集成。後半は民間伝承の説話的要素が含まれる。3位『平中物語』は色好みの男性平貞文と多くの女性との恋愛の贈答歌のやりとりの話。

『大和物語』頻出和歌

あさみどりかひある春にあひぬれば
かすみならねどたちのぼりけり（一四六段）

＝薄緑色にかすむ生きがいのある春にめぐりあったので、私は春霞ではないけれど、殿上に上ったことです。

point ある帝の鳥飼院での宴会での席で、有能な歌詠みを父に持つという遊女が詠んだ和歌。「物名歌」という必ず物の名前が詠み込まれている歌で、ここでは「どりかひ（＝鳥飼）」が詠まれている。帝はたいそう感動して、周りの者に「この遊女に衣服を脱いで与えないような者は出て行きなさい」と命じ、その後もこの遊女の生活の世話をするように命じた。

よもぎ生《お》ひて荒れたる宿をうぐひすの
人来《く》となくや誰とか待たん（一七三段）

＝蓬が生えて荒れ果てている宿なのに、うぐいすが「人が来る」と鳴いている。来るあてもないのに、誰が来ると思っているのだろうか。

point ある少将が雨宿りのために入った荒れ果てた人気のない邸に入る。すると御簾の中からきれいな女性が独り言のように詠んだ和歌。「うぐひす」という語に「鶯」と「憂（う）」が掛詞になっている。

1位 一四六段

宇多《うだ》帝が鳥飼院《とりかいのいん》という離宮にいる時に、いつものように管弦の音楽の遊びが催された。帝が「ここにいる遊女の中に、声が美しく奥ゆかしい人はいるかな」と問うと、遊女たちは「大江《おおえ》の玉淵《たまぶち》の娘という者がいます」と答えた。

帝の前に現れた女は、容姿がこざっぱりとして美しく、帝はとても感動し、「お前は本当に玉淵の娘か」などと尋ねた。帝はその場にいる人たちすべてに「鳥飼」という題で歌を詠ませ、「玉淵はとても物事に精通していて、和歌も上手に詠んだものだ。『鳥飼』の題で上手に和歌を詠むことができたら、本当の玉淵の娘だと信じよう」と言った。女は、「あさみどりかひある春にあひぬれば　かすみならねどたちのぼりけり（「あさみどりかひある」に「鳥飼」が詠み込められている）」と見事な歌を詠んだ。帝は感動して声高にはやしたて、涙を流して誉めた。酒に酔ってそこにいた人々も、感動して涙もろくなり酔い泣きをした。帝は女に袿《うちぎ》と袴を与え、他の上達部たちにもこの女に衣服を脱いで褒美として与えるように命じた。

都に帰るときに、帝はこの女の世話を家来に命じ、その後家来は常に女を訪れて世話をしたとさ。

2位 一六八段

深草《ふかくさ》帝の時代に良岑宗貞《よしみねのむねさだ》少将という人がいた。あるとき少将は、内裏にいる女性と逢う約束をした。しかし約束の時刻を過ぎても少将は女を訪れず、女は「約束の時刻をとうに過ぎた丑三つ（午前二時）になった今、もうあなたを頼りにはしません」と歌を贈った。歌が届けられると、寝ていた男は目を覚まし、「あなたの夢を見るかと寝ていたら子の刻(午前0時)を寝過ごしてしまった」と返した。

この少将を大切にしていた帝が亡くなると、男は突然世間から姿を消してしまった。少将は二人の妻には出家をしたいと言っていたが、最愛の妻には少しもそんな素振りは見せなかった。もし出家をしたいと言ったら、妻が悲しみ自分の出家の決意も揺らいでしまうと思ったからだ。妻は悲しんで長谷寺に参詣し、そこにいた導師に「夫（少将）の姿を、夢でもよいから仏様に聞いてお見せください」と言って自分の衣装や刀など全てお布施とした。法師となってたまたま長谷寺で修行をしていた少将はこの女の話を耳にし、聞いているうちに自分のことだと気がついて、正気を失うほど悲しんだ。少将は一晩中泣き明かすと、朝には何もかもが血の涙に染まっていたとさ。

3位 一五七段

下野《しもつけ》の国に長い間一緒に連れ添っている夫婦がいた。ところが男は別に新しい妻を作り、家の全てのものを新しい妻の所に運んでいく。元の妻はつらく思ったが、男のしたいように任せていた。男は塵ほどの小さな物までも持ち去っていき、最後に馬に水や飼い葉をやるための飼い葉桶が残るだけになった。そしてついにこの飼い葉桶も、夫の従者であるまかぢという名の童が引き取りに来た。

この童に元の妻が「おまえもこれからはここには姿を見せないのでしょうね」と問うと、従者は「そんなことはありません。ご主人様がいなくても私はここに参ります」と言って泣いた。元の妻は「夫に手紙を差し上げるときに、申し伝えておくれ。いや、手紙は決してご覧にならないだろうから、ただ言葉で申し上げてください」と言った。従者は「必ずお伝えします」と言って、「舟(槽《ふね》)が行ってしまって舟を漕ぐ真楫《まかじ》ももう見られないでしょう。今日からこのつらい世をどう渡っていこうか」という「真楫《まかじ》」と童の名前の「まかぢ」が掛詞になった素晴らしい和歌を男に伝えると、男は見事な和歌に感動し、元の妻のところに物を全て戻し、元の鞘に戻って連れ添ったとさ。

大和物語 入試ポイント

1. 成立は平安中期。ジャンルは歌物語。
2. 歌物語はほかに『伊勢物語』『平中物語』がある。
3. 和歌を中心としながらも、説話的な話が多い。
4. 打聞的短編集で、後半には「姨捨山《うばすてやま》伝説」など説話的な物語を多数収録。
5. 「なん～ける」といった日常会話で多用される係り結びが文中に多い。

入試
出題箇所を
チェック！

九州大学
『大和物語』

昔、大和《やまと》の国葛城の郡《こほり》に住む男女《をとこをんな》ありけり。この女、顔かたちいと**きよらなり**。としごろ
昔、大和の国葛城の郡に男と女が住んでいた。この女は顔かたちがたいそう**きれいであった**。長年の間
思ひかはして住むに、この女いと**わろく**なりにければ、**思ひわづらひ**て、かぎりなく思ひながら、
思い合って住んでいたが、この女がたいそう**貧乏に**なったので男は**思い悩ん**で、このうえなくかわいいと思いながらも、
妻《め》をまうけてけり。この今の妻は富みたる女になむありける。ことに思はねど、
他に妻をつくってしまった。新しい妻は裕福な女であった。特にかわいいとは思わなかったが、
行けばいみじういたはり、身の装束《さうぞく》もいときよらにせさせけり。
行くと大変大事にしてくれ、衣服もたいそうきれいにさせてくれた。
かく賑《にぎ》はしきところに**ならひ**て、来たれば、この女いとわろげにて**ゐ**て、かく
このように裕福な所に通い**慣れ**て、ときどき元の女の所にやって来ると、この女はたいそう貧しげに**座ってい**て、男がこのように
ほかに歩けど、さらに**妬げに**もみえずなどあれば、いとあはれと思ひけり。心ちにはかぎりなく
他の女の所に行っても、まったく**妬ましそうに**も見えなかったので、男はたいそうかわいそうに思った。しかし女は心の中では限りなく
妬《ねた》く**心うし**と思ふを、忍ぶるになむありける。留まらむと思ふ夜も、**なほ**「往ね」といひければ、
憎らしく**つらい**と思っているのを、我慢しているのであった。男が女の家に泊まろうと思う夜も**やはり**、「行きなさい」と言ったので、
わがかく歩きするを妬まで、異業《ことわざ》するにやあらむ、さるわざせ**ずは**、うらむることもありなむなど、
「自分が他の女の所に行くのを妬まないで、他の男を通わせているのであろうか、そうし**ないのならば**、きっと自分を恨むこともあるだろう」などと、
心のうちに思ひけり。さて出でて行くとみえて、**前栽**《せんざい》の中に隠れて、男や来るとみれば、
男は心の中で思った。そして出て行くと見せかけて、**植え込み**の中に隠れて、他の男が来るだろうかと見ていると、

DATA FILE

易 ○○●○○ 難

やや国公立大好みで、ストーリー展開の把握と和歌の解釈がポイント。

端に出でゐて、月のいといみじうおもしろきに、頭《かしら》かい梳《けづ》りなどしてをり。夜ふくるまで寝ず、

女は縁側に出て座って、月が本当にたいそう美しい夜に、髪をとかしなどしている。夜が更けるまで寝ず、

いといたううちなげきて**ながめ**ければ、人待つ**なめり**とみるに、使ふ人のまへなりけるにいひける、

たいそうひどく嘆きながら**物思いにふけっ**ているので、男を待っ**ているようだ**、と見ていると、前にいた召使に言ったことには、

※**風吹けば　沖つしらなみ**　たつた山　夜半《よは》にや君《きみ》が　ひとり越ゆらむ

○暗く寂しい龍田山を、こんな夜更けに、あなたは一人で越えているのでしょうか。

とよみければ、わがうへを思ふなりけりと思ふに、いと**かなしう**なりぬ。この今の妻の家は、

と詠んだので、男は自分のことを思ってくれているのだなぁ、と思うと、たいそう**いとおしく**なった。新しい妻の家は、

かの山を越えて行く道になむありける。かくてほかへもさらに行かで、**つと**ゐにけり。

龍田山を越えて行く道にあったのである。こうして男は他へもまったく行かず、**ずっと**居続けた。

読解ポイント

この『大和物語』の文章は、『伊勢物語』と同じ素材で著名なお話。当時は「妻問い婚」が主流で、男が妻の元に通っていた。家の財産は母親から娘へと伝えられたので、男は財産のある女性と結婚し、しっかりとした財政のバックアップを得た。男は貧しくなった妻のことを愛しながらも、裕福な新しい妻をもうけたのはそうした事情から。しかし元の妻が自分を想う歌を詠んだのをきっかけに真実の愛を知り、元の妻へ戻るというお話。歌物語だけに「和歌の解釈」がポイント。

★「風吹けば」の和歌の「風吹けば沖つしらなみ」は「たつ」の序詞。また、「たつ」が「しらなみがたつ」と「たつた山」の掛詞である。

平安時代の歌物語のゴロは、

「**威勢**のいい**大和**君が
ヘーイチューハイと**歌**うたう」

◆文学史ゴロまとめ①

●古今君が五千円拾った後、金曜日に歯科に行って洗剤 ごとおニューになった

【八代集】①古今和歌集 ②後撰和歌集 ③拾遺和歌集 ④後拾遺和歌集 ⑤金葉和歌集 ⑥詞花和歌集 ⑦千載和歌集 ⑧後鳥羽院 ⑨新古今和歌集

●俊成君の洗剤、新 定価

【藤原俊成・定家】①藤原俊成 ②千載和歌集 ③新古今和歌集 ④藤原定家

●威勢のいい大和君が「ヘーイ、チューハイ」と歌うたう

【歌物語】①伊勢物語 ②大和物語 ③平中物語 ④歌物語

●竹取 ウッホウッホ窪みに落ちて電気ショック！

【伝奇物語（作り物語）】①竹取物語 ②宇津保物語 ③落窪物語 ④伝奇物語

●中納言、寝覚めの衣 とりかえる

【源氏以降の物語】①浜松中納言物語・堤中納言物語 ②夜（半）の寝覚 ③狭衣物語 ④とりかへばや物語

●えーい、大 根 水 増しした歴史

【歴史物語】①栄花物語 ②大鏡 ③今鏡 ④水鏡 ⑤増鏡 ⑥歴史物語

●歩 兵 兵 隊、それが 義経 軍

【軍記物語】①保元物語 ②平治物語 ③平家物語 ④太平記 ⑤曽我物語 ⑥義経記 ⑦軍記物語

●霊の散歩道は今も昔も古本屋

【平安の説話】①日本霊異記 ②三宝絵詞 ③今昔物語集 ④古本説話集

●宝物 欲しいかも…とウジウジしてる友

【鎌倉の説話 1】①宝物集 ②発心集 ③鴨長明 ④宇治拾遺物語 ⑤閑居友

●実験 コンコン 立ち話、繊 細なシャ ム猫十匹

【鎌倉の説話 2】①十訓抄 ②古今著聞集 ③橘成季 ④撰集抄 ⑤西行が主人公 ⑥沙石集 ⑦無住

第二部

入試出典ランキング
第11位～第40位

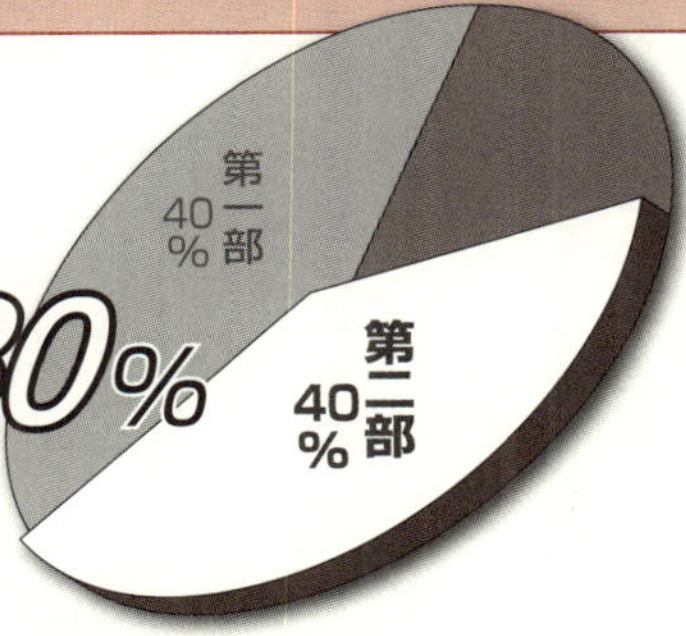

出題カバー率80%

11位

古今著聞集《こ こん ちょ もん じゅう》

出題率
2.6%

橘《たちばなの》成季《なりすえ》

鎌倉前期
世俗説話

『古今著聞集』は**橘成季**によって編集された**鎌倉前期の世俗説話**。勅撰和歌集の形式にならって、神祇・文学・和歌などが全20巻30編に整然と分類されている。跋文《ばつぶん》（＝後書き）によれば、建長6年（1254年）の成立で、収録されている説話数は約700編。**量の上では『今昔物語集』に次いで多い**。各編の説話は、成立年代順に並んでおり、当初は日本の説話のみ、特に詩歌管弦に関する話を収集していたが、次第に他の物語にも及び、中国のものも若干混じっている。説話採録に際しては、実録的態度が貫かれている。全体の三分の二が平安時代までの説話であることからわかるように、詩歌管弦に心を寄せ、**平安王朝を思慕する懐古的な面が強い**が、鎌倉時代の武士や地方庶民の話も収録され、「博徒《ばくと》（＝ばくちうち）」「偸盗《ちゅうとう》（＝盗人）」などの人生の裏街道をゆく人々の話も入っている。文章は平易で和文中心であり、話の面白さは天下一品。**『今昔物語集』『宇治拾遺物語』と並んで三大説話集**と呼んでよい。また、鎌倉時代に成立した『十訓抄』と重複した話が約80編入っている。

鎌倉の説話

年	作品	種類	備考
12C後	宝物集《ほうぶつしゅう》	仏	
1215	古事談《こじだん》	世	源顕兼編
1216	発心集《ほっしんしゅう》	仏	鴨長明《かものちょうめい》作
1221	宇治拾遺物語《うじしゅういものがたり》	世	
1222	閑居友《かんきょのとも》	仏	慶政編
1242	今物語《いまものがたり》	世	藤原信実編
1252	十訓抄《じっきんしょう》	世	
1254	古今著聞集《ここんちょもんじゅう》	世	橘成季《たちばなのなりすえ》編 720余りの説話
1275	撰集抄《せんじゅうしょう》	仏	西行《さいぎょう》が主人公
1283	沙石集《しゃせきしゅう》	仏	無住《むじゅう》作
1305	雑談集《ぞうだんしゅう》	仏	無住《むじゅう》作

仏＝仏教説話
世＝世俗説話

入試データ分析

鎌倉説話 出題順位

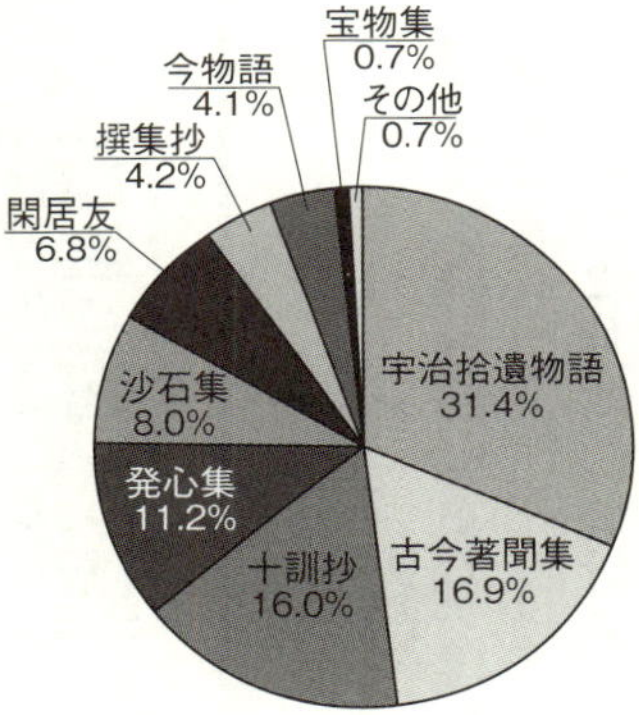

学習ターゲット

説話文学は鎌倉時代が全盛期で、世俗説話、仏教説話ともに多くの作品が生まれた。最も出題されるのが『宇治拾遺物語』、続いて同じく世俗説話の『古今著聞集』である。

『宇治拾遺物語』は「こぶとりじいさん」や「舌切り雀」などの話を収める。

『古今著聞集』は20巻約720話から成り、平安時代に成立した『今昔物語集』に次ぐ大きな説話集。出題箇所は幅広く、繰り返し出題される箇所は少ない。文学史の問題ではジャンルや時代のほかに、編者橘成季も問われる。

古典常識 ～古時刻～

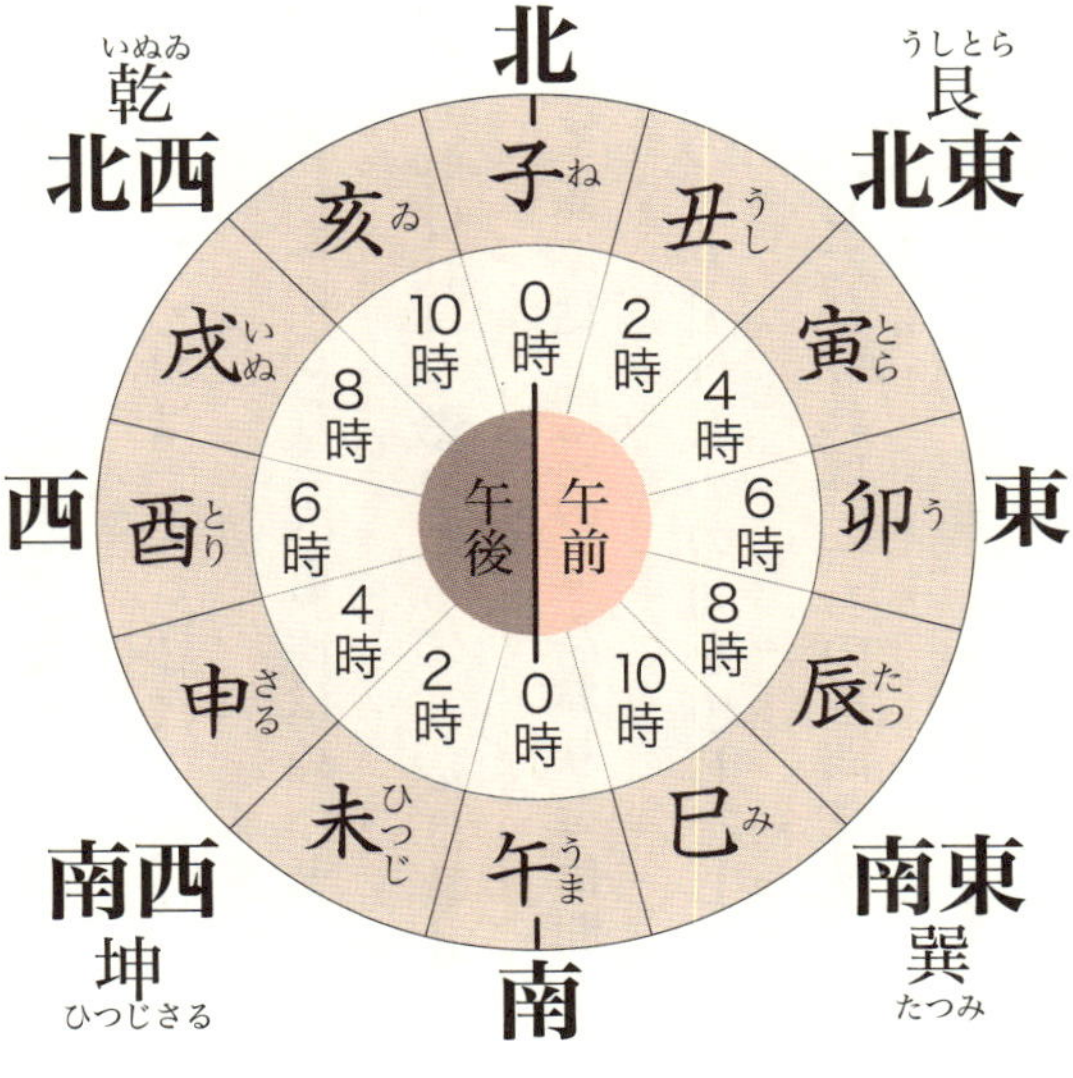

冬時刻は約2時間で一刻《いっこく》の単位。例えば「子《ね》」の刻は午前0時を中心としたプラスマイナス1時間のこと。

入試
出題箇所を
チェック！

北海道大学

『古今著聞集《こここんちょもんじゅう》』

花園の左大臣《おとど》の家に、はじめて参りたりける侍《さぶらひ》の、名簿《みやうぶ》の端書きに、「能は歌詠み」と書きたりけり。

花園の左大臣の家に、はじめて参上した侍が、名札のはし書きに、「私の特技は和歌を詠むこと」と書いた。

大臣、秋のはじめに南殿《なでん》に出《い》でて、はたおりの鳴くを愛しておはしましけるに、暮れければ、

大臣が秋の初め南殿に出て、きりぎりすが鳴くのを愛でていらっしゃったところ、日が暮れたので、

「下格子《げかうし》に人参れ」と仰せられけるに、「蔵人《くらうど》の五位たがひて、人も候はぬ」と申して、

「格子を下ろしに誰かまいれ」とおっしゃったところ、「蔵人の五位が不在で誰も控えていません」と申し上げて、

この侍参りたるに、「ただ**さらば**汝《なむぢ》下ろせ」と仰せられければ、**参り**たるに、「汝は歌詠みな」

この侍が参上すると、「まあ**そういうことなら**おまえが下ろせ」とおっしゃったので、**下ろし申し上げ**たところ、「おまえは和歌詠みであったな」

とありければ、かしこまりて御格子下ろし**さし**て候ふに、「このはたおりをば聞くや。

とおっしゃったので、かしこまって格子を下ろすのを**途中で止め**て控えていると、「このきりぎりすが鳴く声を聞いているか。

一首つかうまつれ」と仰せられければ、「あをやぎの」と、はじめの句を申し出したるを、

一首詠んでみよ」とおっしゃったので、「青柳の」と初句を申し上げはじめたところ、

候ひける女房たち、折に合はずと思ひたりげにて笑ひ出したりければ、「ものを聞きはてずして

お仕えしていた女房たちが、季節に合わないと思っているふうで笑い出したので、「物事を最後まで聞き終わらずに

笑ふやうやある」と仰せられて、「**とく**つかうまつれ」とありければ、

笑うことがあるか」と大臣がおっしゃって、「**早く**続きを詠んでみよ」ということだったので、

青柳の　緑の糸を　繰り置きて　夏へて秋は　はたおりぞ鳴く

○春に青柳の枝の緑の糸を巻き取っておいて、夏を経て、秋に機を織るというように、はたおりが盛んに鳴いていることよ。

DATA FILE

易 難

鎌倉の説話では上位の出題率で、難易度は平均レベル。解釈力がポイントになる。

と詠みたりければ、大臣**感じ**給ひて、萩織りたる御直垂《おんひたたれ》を押し出して賜はせけり。

と詠んだので、大臣は**感動**なさって、萩を織り出した御直垂を、御簾の下から押し出してお与えになった。

寛平の歌合に、「初雁」を、友則、

寛平の歌合の時に、「はつ雁」の題を、友則が、

春霞　かすみていにし　かりがねは　今ぞ鳴く**なる**※　秋霧の上に

○春霞の中をかすんで飛んでいった雁が、秋霧の降りている今戻ってきて鳴いているようだよ。

と詠める。左方にてありけるに、五文字を詠みたりける時、右方の人、声ごゑに笑ひけり。

と詠んだ。友則は左方であったので、最初の五文字を詠んだ時、右方の人々は、声々に笑った。

さて次の句に、「かすみていにし」といひけるにこそ音もせずなりにけれ。同じことにや。

ところが次の句で「かすみていにし」と詠んだところ、音もたてなくなってしまったということだ。同じことであろうか。

読解ポイント

花園の左大臣（源有仁《みなもとのありひと》）は後三条天皇の孫で、白河院から源姓を賜った。才能も容姿も優れ、若くして詩歌管弦に堪能な人物だった。紀友則《きのとものり》は紀貫之《きのつらゆき》の従兄で、三十六歌仙の一人。平安前期（寛平期）を代表する歌人。

★「春霞」の和歌の「なる」は伝聞・推定。ここでは鳥の鳴き声を聞いて音声から「雁《かりがね》」の声だと推定している。四段動詞「鳴く」は終止形と連体形が同形なので、その下に付いた「なり」が伝聞・推定なのか断定なのかは文脈で判断する。

「御格子」についた「まゐる」は、格子を上げたり下ろしたりする意をもつのです。

12位

十訓抄《じっきんしょう》

出題率
2.5%

六波羅二臈《ろくはらにろう》左衛門《ざえもん》か

鎌倉中期

世俗説話

『十訓抄』は**鎌倉中期**、建長4年（1252年）に成立した**世俗説話**。作者は六波羅二臈左衛門と言われている。少年たちに善を勧め、悪を戒めようとする教訓と啓蒙の目的をもって書かれたもので、文字通り、**「十」の教「訓」の徳目**のもとに約280の説話が集められている。内容的には儒教的な色彩が強く、鎌倉方に仕えた作者が、少年が主君に仕える場合の処世訓を集めた説話集といえる。そのため読みやすい文体で書かれ、具体的な処世の道しるべが示されている。しかし、作者の王朝貴族文化への憧れから、古い貴族的・宮廷的な話も多く、詩歌管弦に関するものや滑稽談なども収められている。中国の経書・老荘を下敷きにし、また日本の『大和物語』『宇治拾遺物語』『発心集』などからも多数引用しているが、『十訓抄』の主題に沿うように巧みに要約して載せている。**平清盛・重盛親子の日常生活や、西行や鴨長明の出家**にまつわる話など、著者の見聞による逸話なども収められている。

上位大学での出題が多く、口語訳や主題を問うものなど、一歩突っ込んだ問いが多いので、頻出箇所は読んでおきたい。

鎌倉の説話

年	作品	分類	備考
12C後	宝物集《ほうぶつしゅう》	仏	
1215	古事談《こじだん》	世	源顕兼編
1216	発心集《ほっしんしゅう》	仏	鴨長明《かものちょうめい》作
1221	宇治拾遺物語《うじしゅういものがたり》	世	
1222	閑居友《かんきょのとも》	仏	慶政編
1242	今物語《いまものがたり》	世	藤原信実編
1252	十訓抄《じっきんしょう》	世	六波羅二臈左衛門作か 十の儒教徳目での教訓話
1254	古今著聞集《ここんちょもんじゅう》	世	橘成季《たちばなのなりすえ》編 720余りの説話
1275	撰集抄《せんじゅうしょう》	仏	西行《さいぎょう》が主人公
1283	沙石集《しゃせきしゅう》	仏	無住《むじゅう》作
1305	雑談集《ぞうだんしゅう》	仏	無住《むじゅう》作

仏＝仏教説話
世＝世俗説話

入試データ分析

『十訓抄』出題順位

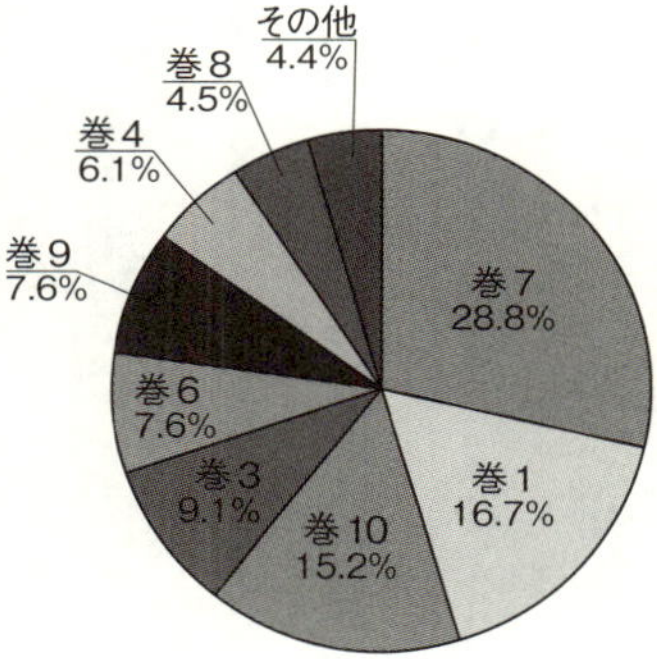

学習ターゲット

『十訓抄』は六波羅二臈左衛門入道によって編まれた。10の教訓を掲げ、約280話の説話を掲載している説話文学。儒教的な思想を背景に、年少者の啓蒙を目的として作られ、教訓書の先駆となった。
出題箇所は巻7からのものが最も多く、巻1、巻10が続く。1位の巻7は「思慮を専らにすべき事」、2位の巻1は「人に恵を施すべき事」、3位の巻10は「才芸を庶幾すべき事」という教訓項目。
下記の「十の教え」にもとづいて分類されており、それを意識して読むと内容が理解しやすい。

年少者のための十の教え

一 **人に恵を施すべき事**
身分や見た目に関わらず公平に恩恵を施しなさい。

二 **傲慢を離るべき事**
福徳の重さが増しても控えめで落ち着いた心を第一にしなさい。

三 **人倫を侮らざる事**
人をばかにすることは無知の人がすることである。

四 **人の上を誡むべき事**
人の身の上話ははばかるべきである。

五 **朋友を選ぶべき事**
人の心は水が容器の形に従うようなものである。

六 **忠直を存ずべき事**
言い争わなければいけないときは争い、従わなくてはいけないときに従う、これが本当の忠であり、孝である。

七 **思慮を専らにすべき事**
何事につけても身を甘やかさず修行に励むこと。

八 **諸事を堪忍すべき事**
すべてのことを耐え忍ぶことは最高の徳となる。

九 **懇望を停むべき事**
自己をわきまえることを知っている人は人を怨まず。

十 **才芸を庶幾すべき事**
身分に応じて才芸を供えるべし。

入試
出題箇所を
チェック！

千葉大学
『十訓抄《じっきんしょう》』

DATA FILE
易 ● 難
上位大での出題が多く、難易度もやや高め。できれば頻出箇所は読んでおきたい。

九条民部卿顕頼《あきより》のもとに、ある**なま**公達《きんだち》、年は高くて、近衛司《このゑづかさ》を心がけ給ひて、ある者して、
九条民部卿顕頼のもとへ、**それほど身分の高くない**ある貴族が、年をとっているのに、近衛府の武官をお望みになって、ある者を使いにして、
「よきさまに**奏し**給へ」など言ひ入れ給へるを、主《あるじ》うち聞きて、「年は高く、今はあるらむ。
「よいように**帝に申し上げ**てください」などと申し入れなさったのを、主人の顕頼が聞いて、「今は高齢になっているであろう。
なんでふ、近衛司望まるる**やらむ**※。出家うちして、かたかたに居給ひたれかし」
どうして、近衛府の武官職をお望み**なのであろうか**。出家でもして、片隅にいらっしゃるのがよいだろうになあ」
とうちつぶやきながら、「細かに**承**《うけたまは》**り**ぬ。**ついで**侍るに、奏し侍るべし。
とつぶやきながらも、使いの者に対して「『詳しく**お聞きしました**。**機会**があります時に、帝に申し上げましょう。
このほど、いたはることありてなむ。かくて聞き侍る、いと**便**《びん》**なく**侍り
最近は、病気をしておりまして。こんな形でお聞きしますのは、たいそう**不都合なこと**でございますが』
と**聞こえよ**」とあるを、この侍《さぶらひ》、さし出づるままに、「申せと候ふ。
と**申し上げよ**」と言うと、この使いの侍は、貴族の前に出るや否や、「次のように申し上げよとのことです。
年高くなり給ひぬらむ。なんでふ、近衛司望み給ふ。かたかたに出家うちして、
「あなたは年をとっていらっしゃる。どうして、近衛府の武官などをお望みになるのですか。片隅で出家して、
居給ひたれかし。さりながら、細かに承りぬ。ついで侍るに奏すべし
じっとしていらっしゃいませ。しかしながら、事細かにお聞きしました。機会があります時に奏上しましょう』
と候ふ」と言ふ。
ということです」と言う。

この人、「**しかしか**さま侍り。思ひ知らぬにはなけれども、前世の宿執《しゆくしふ》にや、

この貴族は、「**いかにも**その通りです。私自身わきまえていないわけではないのですが、前世から続く執心なのでしょうか、

このこと**さりがたく**心にかかり侍れば、**本意**《ほい》遂《と》げてのちは、**やがて**出家して、

この任官の望みが**捨てきれず**心にかかっておりますので、**宿願**を叶えた後は、**すぐに**出家して、

籠《こも》り侍るべきなり。隔てなく仰せ給ふ、いとど本意に侍り」とあるを、

隠棲するつもりです。隠さずおっしゃってくださったのは、ますます本望でございます」と言うのを、

そのままにまた聞こゆ。主、手をはたと打ち、「いかに聞こえつるぞ」と言へば、

使いの侍はその通りにまた顕頼に申し上げる。主人の顕頼は、手をポンと打って、「どのように申し上げたのだ」と言うと、

「**しかしか**、仰せのままになむ」といふに、すべて**いふばかりなし**。

使いの侍は「**そうそう**、おっしゃった通りに申し上げました」と言うので、まったく**あきれて言葉もない**。

読解ポイント

この段は東大の入試でも出題された箇所で、『十訓抄』の中の第七の項目〈思慮を専らにすべき事〉に当たる。お話はオチのある一種のギャグで、この後部下の思慮の浅さに呆れた顕頼は、年取ったこの貴族に非礼を詫び、帝に昇進を奏上して少将に昇進させた。その後その老貴族は本意を達したということで、思い残すことなく本当に出家したのだった。

★「**やらむ**」は「にやあらむ」の転じたもので、「〜であろうか」と訳す。「に」は断定「なり」の連用形。

「にやあらむ」が転じて「やらん」になったのです。訳と、「に」が断定の助動詞「なり」の連用形であることに注意です！

13位 今昔物語集《こんじゃくものがたりしゅう》

出題率 2.5%

作者未詳

平安末期 世俗説話

『今昔物語集』は**平安末期に成立した世俗説話**。全31巻で1000を超える話を収録している。量的には最大の説話集で、作者は不詳。全話が「今は昔」で始まっており、構成は**天竺（インド）・震旦（中国）・本朝（日本）**の三部に分けられ、各部はさらに仏法部と世俗部に大別されるなど、全体的に秩序だった構成になっている。仏法部では釈迦の生涯に始まり、仏滅後の仏法の流布と日本への伝来が語られる。世俗部では王朝史を基本としつつ、さまざまな人間の生態を描いている。文体は漢文訓読体であり、平安時代に成立したとは言うものの、王朝文学や詩歌の伝統には反する世界を作り出している。聖・武士・盗賊・霊鬼などの現実社会の底辺や暗部の存在をとらえ、移ろいゆく時代のエネルギーと社会の不安の様相を映し出すことに成功している。近代になって**芥川龍之介が『今昔物語集』を題材に『羅生門』『鼻』『芋粥』などの名短編を書き**、同時に『今昔物語集』の文学性を「野生美」として見出したことでこの作品が再発見されたと言ってよい。

世俗説話

年代	作品	分類	備考
平安	江談抄《ごうだんしょう》	世	大江匡房《おおえまさふさ》編
12C	今昔物語集《こんじゃくものがたりしゅう》	世	約1000話から成る最大の説話集
12C末	古本説話集《こほんせつわしゅう》	世	作者未詳
平安末期	唐物語《からものがたり》	世	
1215	古事談《こじだん》	世	源顕兼編
1221	宇治拾遺物語《うじしゅういものがたり》	世	
1242	今物語《いまものがたり》	世	藤原信実編
1252	十訓抄《じっきんしょう》	世	六波羅二臈左衛門作か 十の儒教徳目での教訓話
1254	古今著聞集《ここんちょもんじゅう》	世	橘成季《たちばなのなりすえ》編 720余りの説話
●室町時代 1358	吉野拾遺《よしのしゅうい》	世	

世＝世俗説話

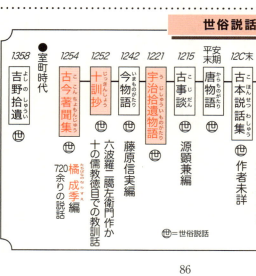

入試データ分析

世俗説話 出題順位

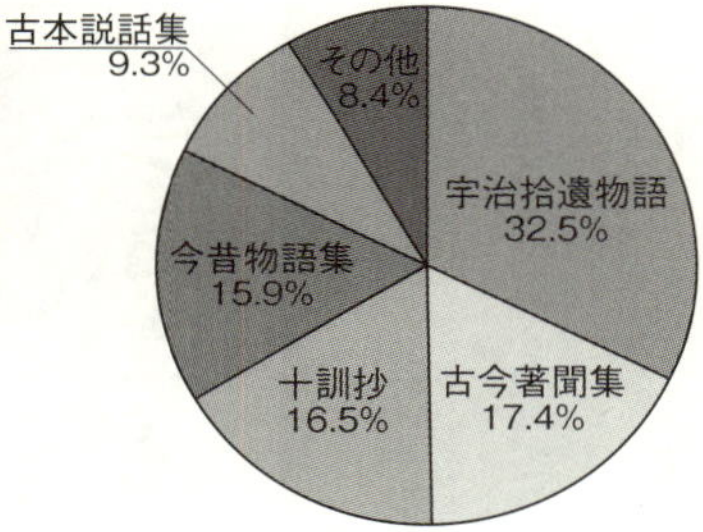

学習ターゲット

世俗説話では『宇治拾遺物語』『古今著聞集』『十訓抄』についで『今昔物語集』が出題される。

内容は天竺（インド）、震旦（中国）、本朝（日本）の３つに分かれ、各話は「今は昔」という書き出しで、「〜となむ語り伝えたるとや」で終わる。

全31巻で1000余りの説話が収録され、後の『宇治拾遺物語』など鎌倉時代の説話に大きな影響を与えている。

芥川龍之介の『羅生門』や『芋粥』は『今昔物語集』を題材として書かれている。出題箇所は幅広い。

古典常識 〜月の異名〜

春			夏		
一月	二月	三月	四月	五月	六月
睦月《むつき》	如月《きさらぎ》	弥生《やよい》	卯月《うづき》	皐月《さつき》	水無月《みなづき》
秋			**冬**		
七月	八月	九月	十月	十一月	十二月
文月《ふづき・ふみづき》	葉月《はづき》	長月《ながつき》	神無月《かんなづき・かみなづき》	霜月《しもつき》	師走《しわす》

古典においては、「四月は夏、七月は秋、十月は冬」です。気をつけましょう！

入試
出題箇所を
チェック！

法政大学『今昔物語集《こんじゃくものがたりしゅう》』

今は昔、震旦《しんたん》に荘子と云ふ人有りけり、心賢くして悟り広し。此の人、道を行く間、沢の中に、

今は昔、震旦（中国）に荘子という人がいた。聡明で物事の道理を深く理解する人であった。この人が道を歩いていると、沼地に

一の鷺《さぎ》有りて、ものを伺ひて立てり。荘子、此れを見て窃《ひそ》かに鷺を打たむと思ひて、杖を取りて

一羽の鷺がいて、なにかを狙っている。荘子はこれを見てそっと鷺を打とうと思い、杖を取って

近く寄るに、鷺逃げず。荘子、此れを怪しむで、弥《いよいよ》近く寄りて見れば、鷺、一の蝦《えび》を食はむとして

近づいて行ったが、鷺は逃げない。荘子は不思議に思って、いっそう近寄って見ると、鷺は一匹の蝦を食おうとして

立てるなりけり。然れば、人の打たむとするを知らざるなりと知りぬ。亦、其の鷺の食はむとする

立っているのであった。そのため人が打とうとするのを気がつかずにいるのだとわかった。またその鷺が食おうとしている

蝦を見れば、逃げずして有り。此れ、亦、一の小さき虫を食はむとして鷺の伺ふを知らず。

蝦を見ると、これも逃げないでいる。それもまた一匹の小虫を食おうとして鷺が狙っているのにも気づかないのである。

其の時に、荘子、杖を棄て、逃れて心の内に思はく、「鷺・蝦、皆、我れを害せむとする事を

そのときに、荘子は杖を投げ捨てて、逃げ出して心の中で考えるに、「鷺も蝦もみな自分を害しようとするもののいることに

知らずして、各他《おのおの》を害せむ事をのみ思ふ。我れ、亦、鷺を打たむとするに、我れに増さる者

気がつかず、おのおの他のものを害しようとのみ思っている。自分もまた鷺を打とうとして、自分にまさるものが

有りて我れを害せむとするを知らじ。然れば**如かじ**※、我れ、逃げなむ」と思ひて、

自分を害しようとしているのに気がつかぬのかもしれぬ。だから、自分は逃げ出す**に越したことはあるまいよ**」と思って、

走り去りぬ。此れ、賢き事なり。人かくの如く思ふべし。

そこから走り去った。これは賢明なことである。人はみなこのように思うべきである。

DATA FILE

易 ● 難

中堅大学での出題が多く、文章の難易度も高くない。文学史問題に注意。

亦、荘子、妻と共に水の上を見るに、水の上に大きなる一の魚浮びて遊ぶ。妻、此れを見て云はく「此の魚、定めて心に喜ぶ事有るべし、極めて遊ぶ」と。荘子、此れを聞きて云はく、「汝は何《いか》で魚の心をば知れるぞ」と。妻答へて云はく、「汝は何で我が魚の心を知り知らずをば知れるぞ」と。其の時に、荘子の云はく、「魚にあらざれば魚の心を知らず。我れにあらざれば、我が心を知らず」と。此れ、賢き事なり。実《まこと》に親しと云へども、人、他の心を知る事なし。然れば、荘子は、妻も心賢く悟り深かりけりとなむ語り伝へたるとや。

また、荘子が妻とともに川を見ていると、一匹の魚が水面近く浮かび上がって泳いでいた。妻はこれを見て、「あの魚はきっとなにか心にうれしいことがあるのでしょう、のびのびと泳いでいます」という。これを聞いて荘子が、「おまえはどうして魚の心を知っているのか」と言うと、妻は、「あなたはどうして私が魚の心を知っているか知っていないかがおわかりになるのですか」と言った。そのとき荘子は、「魚でなくては魚の心はわからない。自分でなくては自分の心はわからない」と答えた。これは賢明なことである。ほんとうに親しい間柄であっても、人は他人の心を知ることはできないのだ。であるから、荘子はその妻とともに賢明で思慮深い人であった、とこう語り伝えているということだ。

読解ポイント

震旦は中国のこと。震旦は天竺(インド)とともに、古代日本人にとって最も代表的な外国である。荘子は中国の思想家で、その思想は老子と同じく無為自然を基本とし、人為を忌み嫌う考えで、「老荘思想」と呼ばれた。陶淵明や竹林の七賢などの文人が有名。老荘思想は、孔子の儒教が中国思想の主流であったのに対して、反儒教的で権力支配に対する批判的な意味合いがあった。

★「如《し》かじ」は漢文訓読から生じた形で、「しかじ、〜には」のように倒置で用いられることが多い。訳は「〜に越したことはない」。

今回は全体に助動詞と助詞の訳に注意です。話全体もなかなかおもしろいですよね。心して読みましょう。

14位

松《まつ》尾《お》芭《ば》蕉《しょう》

出題率
1.8%

俳人

江戸(元禄時代)
1644〜1694

松尾芭蕉は**江戸時代(元禄時代)**の俳人。**伊賀生まれ**(芭蕉が忍者だった説もある)で北村季吟《きぎん》に貞門《ていもん》派を学び、江戸に行って**談林《だんりん》派**の感化を受ける。のち、数度の旅を通して俳諧に高い文芸性を加えた蕉風を確立する。和歌の**西行**や連歌の**宗祇《そうぎ》**といった芸術家を尊敬し、遊びにすぎなかった俳諧を「**わび**」「**さび**」の境地にまで高め、さらに「**軽み**」「**細み**」「**しをり**」という理念を確立した。「月日は百代の過客にして行きかふ年もまた旅人なり」という有名な冒頭文の『**奥の細道**』では「**不易流行**」という蕉門俳諧の中心理念に達した。「不易流行」とは「流行するものの中で永遠の価値をもつものこそが本質である」という考え方。五大紀行文は成立順に、『野ざらし紀行』『鹿島紀行』『笈の小文』『更科紀行』『奥の細道』。ちなみに『更科紀行』を『更級日記』と混同しないように。弟子には**俳論『去来抄』を書いた向井去来《きょらい》**、**『三冊子』を書いた服部土芳《とほう》**のほかに、榎本其角《きかく》、森川許六《きょろく》、内藤丈草《じょうそう》、服部嵐雪《らんせつ》、野沢凡兆《ぼんちょう》などがいる。(P215参照)また、蕉門の人たちとの句集として『猿蓑《さるみの》』『炭俵《すみだわら》』などがある。

松尾芭蕉の5大紀行文

- 野《の》ざらし紀行《きこう》 — 『甲子吟行《かっしぎんこう》』ともいう
- 鹿島紀行《かしまきこう》 — 『鹿島詣《もうで》』ともいう
- 笈《おい》の小文《こぶみ》 — 『芳野紀行《よしの》』『大和紀行《やまと》』ともいう　芭蕉の芸術観が窺われる
- 更科紀行《さらしなきこう》
- 奥《おく》の細道《ほそみち》 — 門人曽良《そら》を伴う　奥羽・北陸の名所史跡を経て大垣に至る五か月の旅の記録

入試データ分析

松尾芭蕉 出題順位

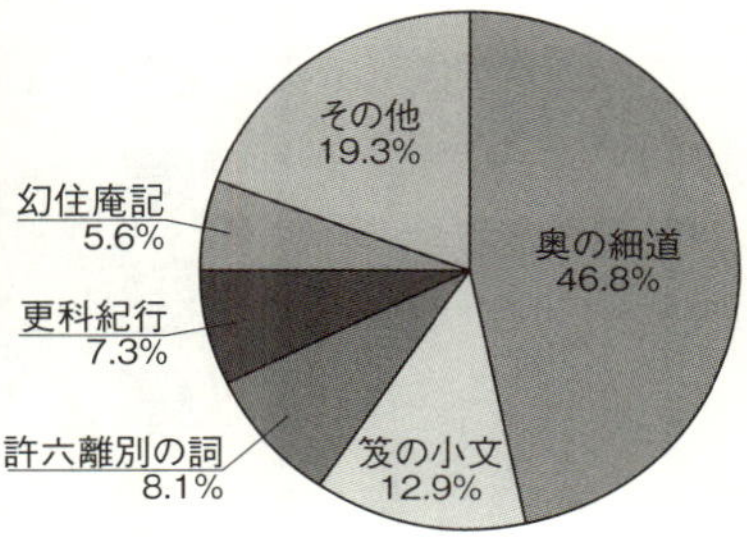

学習ターゲット

松尾芭蕉は元禄時代に活躍した人物で、同時期に活躍した人物として井原西鶴（浮世草子）、近松門左衛門（浄瑠璃）がいる。

1位『奥の細道』は弟子の曾良を伴って、江戸の芭蕉庵を出発し東北・北陸を巡って大垣に到着するまでが書かれた紀行文。

2位『笈の小文』は44歳から45歳にかけての紀行文。故郷伊賀上野で越年し、伊勢参りをしている。

3位『許六離別の詞』は江戸在勤であった森川許六が彦根に帰るにあたって芭蕉庵に挨拶に訪れた際に離別の詞として芭蕉が贈ったもの。

芭蕉の俳諧『奥の細道』より

行く春や鳥啼《な》き魚の目は泪《なみだ》

point 『奥の細道』の旅立ちの際に詠んだ句。千住で見送りの人々との別れを惜しんでいる。芭蕉の前途三千里への不安と惜別の思いが込められている。流転の世界で「行く春」は永遠の別れを意味する。

季語【行く春】　切れ字【や】

一つ家《や》に遊女も寝たり萩と月

point 『奥の細道』の中でも、艶のある名句。越中の宿で、同じ宿に新潟から来た遊女が泊まっていることを知って詠んだ句。出家の身と遊女、萩と月を対照させている。

番外

松島やああ松島や松島や

point 日本三景の一つ松島で、芭蕉はあまりの風景の美しさに俳句がついに詠めなかった。

入試
出題箇所を
チェック！

専修大学
松尾芭蕉《まつおばしょう》『奥の細道』

次の文章は、『奥の細道』のうち、旧暦八月中ごろ、越前の国（今の福井県北部）を通ったときの一節である。

福井は三里ばかりなれば、夕飯《ゆふめし》**したため**て出づるに、たそがれの路たどたどし。
福井までは三里ほどの道のりなので、夕飯を**食べ**て出立したが、夕暮れ時の道はおぼつかない。
ここに等栽《とうさい》といふ古き隠士《いんじ》あり。いづれの年にか江戸に来りて予《よ》を尋ぬ。はるか十とせ
この福井に等栽という、古くからの世捨て人がいる。いつの年だったか、江戸にやって来て私を訪ねたことがあった。はるか十年
あまりなり。いかに老いさらぼひてあるにや、**はた**死にけるにや、と人に尋ね侍れば、
余り昔のことである。今はどんなに年老いているだろうか、**あるいはまた**死んでしまっただろうかと人に尋ねましたところ、
「いまだ存命してそこそこ」と教ゆ。市中ひそかに引き入りて、**あやし**の小家に夕顔・
「まだ存命していて、どこそこに住んでいる」と教えてくれた。町中だがひっそりと引きこもった所で、**粗末**な小家に夕顔や
へちまの生えかかりて、鶏頭・ははき木に戸ぼそを隠す。さてはこのうちにこそと、
へちまが生えかかっていて、鶏頭やほうき草が戸口を隠している。それではこの家にいるのだなと思って
門《かど》をたたけば、**わびしげなる**女の出でて、「いづくより**わたり**給ふ道心の御坊《ごぼう》※にや。
門をたたくと、**みすぼらしげな**女が出て来て、「どちらから**来**なさったお坊さまでしょうか。
あるじはこのあたりなにがしといふ者の方に行きぬ。もし用あらば尋ね給へ」
主人はこの近くの誰それという者の家に行きました。もし用がおありならそちらのほうへお尋ねください」
といふ。かれが妻なるべしと知らる。昔物語にこそかかる風《ふ》情《ぜい》は侍れど、
と言う。その女は等栽の妻であろうかとわかった。昔の物語にこそこのような風情はあるものと思いながら、

DATA FILE
易 ●○○○ 難
俳諧ではトップの出題率だが難易度は高くない。俳諧への慣れと文学史に注意。

やがて尋ねあひて、その家に二夜とまりて、名月は敦《つる》賀《が》の港にと旅立つ。等栽も、ともに送らんと、裾をかしうからげて、路の枝折とうかれ立つ。

すぐに訪ねて行って会い、その家に二晩泊まって、八月十五夜の名月は敦賀の港で眺めようと思って出発した。等栽も一緒に送ろうと、裾をおかしな格好にからげて、道中の案内役だとばかりに浮き浮き立ち出た。

○三里―およそ十二キロメートル。
○昔物語―『源氏物語』に、光源氏が夕顔の咲くあばら屋を訪れる場面がある。

読解ポイント

芭蕉は元禄時代の俳人。別号は「桃青《とうせい》・風羅坊《ふうらぼう》」など。江戸で談林派などの俳諧を学んだ後、「わび・さび」「しおり」「細み」「軽み」などを根本理念とした蕉風俳諧を開拓した。蕉門十哲（P215参照）をはじめ、多くのすぐれた門弟を輩出させ、各地に旅し、名句と紀行文を残した。

★「**にや**」の「に」は断定「なり」の連用形。断定の助動詞「なり」の連用形「に」は下に係助詞を伴って使われる場合が多い。特に「にや」「にか」「にこそ」の形は文中に頻出する。その場合、結びの語が省略される場合が多く、入試でそれが問われる。「にや」「にか」の下には「あらむ（ん）」、「にこそ」の下には「あらめ」が省略されている。

芭蕉の五大紀行文はゴロで
「おいらの さらし 道に 野ざらしか」
（おいらの：笈の小文　さらし：更科紀行　道：奥の細道　野ざらし：野ざらし紀行　か：鹿島紀行）
と覚えましょう。

15位

上《うえ》田《だ》秋《あき》成《なり》

出題率
1.8%

読本作家

江戸中期
1734～1809

上田秋成は**江戸中期の読本作家**であり、また浮世草子作家、国学者、歌人でもあった。幼年期に重い病気にかかり九死に一生を得たが、その折息子の回復を神に祈願した養父が夢のお告げを受けたことなどから、上田秋成は生涯神秘の存在を信じるようになった。最晩年の随筆『胆大小心録』においても、まだ幽霊の存在を信じている心情を記している。小説を書き始めるのは30歳を迎えてからで、やがて**読本『雨月物語』**を書くにいたる。この作品は主として中国の**白話《はくわ》小説**（口語・俗語で書かれた小説）を素材とする怪談小説集であるが、上田秋成の学識がベースとなり、さらに独自の怪奇幻想への感性が加わった傑作に仕上がっている。また賀茂真淵門下で学んだ国学思想が全体を貫いている点も見逃せない。落語で有名な『怪談牡丹燈籠』と同様の作品が収録されている。その後国学へと注力し、本居宣長とは古代音韻、皇国主義をめぐって論争を行った。また、同時代の井原西鶴に対抗心を燃やして浮世草子なども書いている。晩年には**読本『春雨物語《はるさめものがたり》』**、**随筆『胆大小心録《たんだいしょうしんろく》』**などを書いた。

読《よみ》本《ほん》

〈前期〉

上田《うえだ》秋成《あきなり》

1776 『雨月物語《うげつものがたり》』　日本の古典や中国小説に題材を取った怪奇小説

1808頃 『春雨物語《はるさめものがたり》』　『雨月物語』の姉妹編

〈後期〉

滝沢《たきざわ》(曲亭《きょくてい》)馬琴《ばきん》

1807～1811 『椿説弓張月《ちんせつゆみはりづき》』

1814～1841 『南総里見八犬伝《なんそうさとみはっけんでん》』　勧善懲悪《かんぜんちょうあく》の大長編伝奇小説

入試データ分析

上田秋成 出題順位

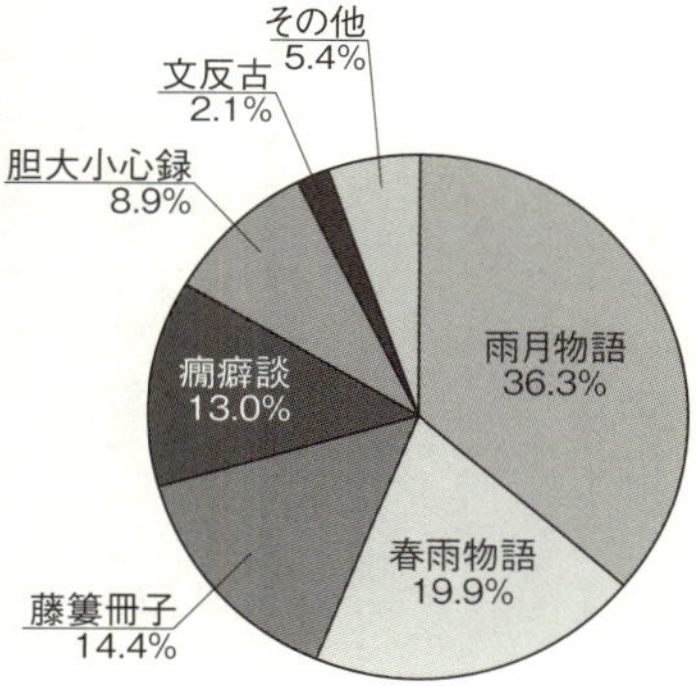

学習ターゲット

上田秋成の読本作品としては『雨月物語』『春雨物語』がある。読本は中国の小説を日本語に訳した和漢混交文。

1位『雨月物語』は中国や日本の古典の怪異小説を日本語にしたものを中心に、9つの短編が収められている。

2位『春雨物語』は『雨月物語』の姉妹作品で、上田秋成の晩年の作品。

3位『藤簍冊子』は紀行文を含む歌文集で和文で書かれている。上田秋成は読本作家だけでなく、国学・医学も修め、博覧伝記・歌人・随筆家としても活躍した。

上田秋成 著作集

作品	分類	内容
雨月物語《うげつものがたり》	読本	「白峯《しらみね》」「菊花の約《ちぎり》」「浅茅《あさじ》が宿」「夢応の鯉魚《りぎょ》」「仏法僧」「吉備津《きびつ》の釜」「蛇性《じゅせい》の淫《いん》」「青頭巾」「貧福論」の全5巻9編の怪奇小説集。中国小説で、とくに白話（口語体）小説の影響が強いが、上田秋成独自の怪異に対する鋭い感覚が加わっており、怪異小説の最高峰の作品といえる。出題が多い「浅茅が宿」は商売のために京に出た夫を何年間も待ち続けた妻の話。無事家に帰った夫は妻の無事を確認して安堵するが、翌朝目覚めると妻の姿はなく、妻の辞世の句と塚が残っていた。
春雨物語《はるさめものがたり》	読本	「血かたびら」「樊噲《はんかい》」など10編からなる。物語を「そらごと」と規定し、その中に自説を託して形象化している。
藤簍冊子《つづらぶみ》	歌文集	巻一・二が和歌集で757首、巻三が文集で29編を収めている。
胆大小心録《たんだいしょうしんろく》	随筆	国学・和歌・歴史などに対する感想や批評、世相・人物に対する批判が大胆率直に述べられている。
癇癖談《くせものがたり》	随筆	書名は『伊勢物語』をもじったもので、文体もまねている。内容は当時の世相、人心の腐敗や堕落を写し取ったもの。

入試
出題箇所を
チェック！

早稲田大学
上田《うえだ》秋成《あきなり》『雨月物語』

次の文は『雨月物語』の中の「貧福論」の中の一節で、「黄金の精霊」が岡左内という武士に語る場面である。

（精霊）

「恒の産《なりはひ》なきは恒の心なし。百姓は勤めて穀《たなつもの》を出だし、工匠《たくみ》ら修《つと》めてこれを助け、
「一定のきまった仕事と財産がない人間は安定した心はない。百姓は農耕にいそしんで五穀を生産し、職人たちは精を出して農民を助けることに努め、
商人務めてこれを通はし、おのれおのれが産《なり》を治め家を富まして、祖《みおや》を祭り子孫を謀る
商人は産物を諸国に流通させることに努め、それぞれが仕事に精を出して家を豊かにし、先祖をまつり子孫の繁栄を図る
ほか、人たるもの何をかなさん。諺《ことわざ》にもいへり。『千金の子は市に死せず』『富貴の
ほかに人間として何をなすというのであろうか。『史記』の中で諺にも言っている。『金持ちの子弟は刑死して市中にさらし首にされることはない』、『富貴の
人は王者と楽しみを同じうす』となん。まことに淵深ければ魚よく遊び、山長ければ
人は王侯貴族と同じような楽しみができる』と。本当にその通りで、淵が深ければ魚は悠々と泳ぎ回り、山が奥深ければ
獣よく育つは、天のまにまになる**ことわりなり**。ただ、貧しうして楽しむ**てふ**
獣がよく育つというのは、天地自然の理にかなった**道理である**。ただ『論語』に『貧しいままでしかも楽しむ』**という**
言葉ありて、字を学び韻を探る人の**惑ひ**をとる端となりて、弓矢取る**ますら雄《を》**も
言葉があって、それが字を学ぶ学者や韻を立てる文人たちの**迷い**をひき起こす端緒となっており、弓矢をとる**武士たち**までが
富貴は国の基《もとゐ》なるを忘れ、**あやしき**計策《たばかり》をのみ調練《たなら》ひて、ものをやぶり人をそこなひ、
富貴は国の土台であることを忘れ、**つまらぬ**兵法・武芸にばかり熱中してはものを破壊し、人を殺傷して

DATA FILE

易 ●○○○ 難

近世文学としては上位にランクイン。難易度としては平均的。文学史に注意。

おのが徳を失ひて子孫を絶つは、財《たから》をかろんじて名を重しとする惑ひなり。
自分の人徳を失って子孫まで絶やすのは、つまりは財宝を軽んじて名誉を重いと考える迷いのせいである。
おもふに名と財と求むるに心二つある事なし。文字てふものに繋がれて、
思うに、名誉を求める心と富貴を求める心の二つがあるのではない。『貧しうして楽しむ』という言葉にしばられて、
金の徳をかろんじては、自ら清潔と唱へ、鋤《すき》を揮うて棄てたる人を賢《さか》しといふ。
金の効用を軽んじては、自ら清廉潔白であると称し、生業富貴の道を捨て晴耕雨読の生活をする人を賢人のようにいう。
さる人は賢く**とも**※、さるわざは賢からじ。金は七の宝の最なり。かくいさぎよきものの、
その人は賢人**としても**、そのような態度は賢くはあるまい。黄金はあらゆる宝の中で最上位のものである。これほど清らかなものが
いかなれば愚昧貪醒《ぐまいどんこう》の人にのみ集ふべきやうなし」。
どうして愚かで無知で貪欲残忍な人の所にだけ集まるはずがあろうか。いや、そんなはずはない」。

読解ポイント

問題文は『雨月物語』の中の「貧福論」の一節。精霊（＝翁）は、人が富貴を求めるのは自然の道に沿うものであり、富貴を蔑視する考え方は偏見に過ぎないと述べている。「貧しうして富む」という言葉が、学者たちも武士たちも惑わせる原因となったと指摘し、賤富の思想を厳しく批判している。問題文の後には岡左内の意見が述べられ、岡左内は精霊の意見に同意しながらも、左内の本意の中心は現実の矛盾を憤ることよりも、現実が必ずしも道理にそぐわない点があることを述べる。この問答体は、富貴を尊重する左内の前に精霊が現れて、金の徳と力とを説き明かす形で、同質の者同士の葛藤のない対話が描かれている点に注目する。

★接続助詞「**とも**」は終止形に接続して逆接仮定条件を表し、「(仮に)～としても・～しても」と訳す。ただし上に形容詞がくる場合は、連用形「―く」に接続する。ここでは「賢くとも」という形になっている。

16位

発《ほっ》心《しん》集《しゅう》

出題率 1.8%

鴨長明《かものちょうめい》

鎌倉前期 / 仏教説話

『発心集』は**鎌倉前期に成立した仏教説話**で、作者は鴨長明。極楽往生を果たすための教訓となる説話を集めたもの。鴨長明自らの見聞をもとにして、聖者の崇高な行いや、**発心談**（**出家の志を起こす話**）や、出家・往生などについての説話を集めてあり、それぞれに鴨長明の感想や批評が付け加えられている。鴨長明は、久寿2年（1155年）頃に生まれ、建保4年（1216年）に亡くなったことが記録に残っている。彼の生きたのは平安時代末期から鎌倉時代にかけての変革期だった。俗名は「かものながあきら」。賀茂御祖神社の神事を統率する長継の次男として生まれたが、望んでいた河合社《ただすのやしろ》の禰宜《ねぎ》の地位につくことが叶わず、神職としての出世の道を閉ざされた。**俊恵**《しゅんえ》の門下に学び、歌人としても活躍した。後に出家して蓮胤《れんいん》を名乗ったが、一般には俗名を音読みした鴨長明（かものちょうめい）として知られている。出家の後、1212年に成立した『**方丈記**』は和漢混交文で書かれ、日本の三大随筆の一つとして名高い。ほかにも同時期に書かれた**歌論書の『無名抄』**がある。

仏教説話

時期	作品	分類	備考
9C前	日本霊異記《にほんりょういき》	仏	景戒《けいかい》編
10C後	三宝絵《さんぼうえ》（詞《ことば》）	仏	
平安末期	打聞集《うちぎきしゅう》	仏	
12C後	宝物集《ほうぶつしゅう》	仏	『今昔』『古本』との重複あり
1216	発心集《ほっしんしゅう》	仏	鴨長明《かものちょうめい》作
1222	閑居友《かんきょのとも》	仏	慶政編
1275	撰集抄《せんじゅうしょう》	仏	西行《さいぎょう》が主人公
1283	沙石集《しゃせきしゅう》	仏	無住《むじゅう》作
1305	雑談集《ぞうだんしゅう》	仏	無住《むじゅう》作

仏＝仏教説話

入試データ分析

仏教説話 出題順位

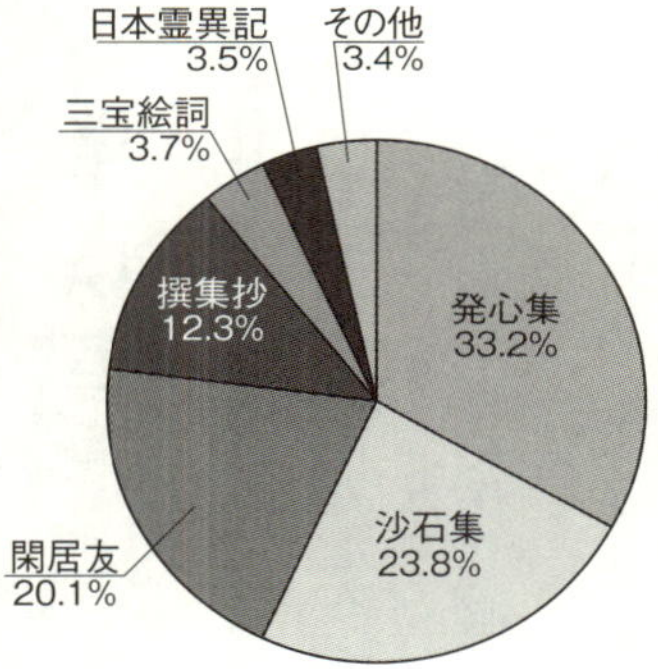

学習ターゲット

日本で最初の説話集は９世紀前半に景戒が編纂した、漢文で書かれた『日本霊異記』。これは仏教説話に分類される。

仏教説話の出題率１位は鎌倉時代に鴨長明が書いた『発心集』。この作品には鴨長明本人や西行などの発心（出家）した隠遁者の生活が描かれている。

２位『沙石集』は鎌倉時代後期に無住が書いた仏教入門書。庶民にわかりやすく仏教の教義を説いたもので、10巻130余りの話から成る。

３位『閑居友』は慶政編で、空也など高僧の陰徳の行為や、無名の聖達の信仰生活が描かれている。

出家した著名人

鎌倉初期	鎌倉前期	鎌倉中期	南北朝時代
西行	**鴨長明**	**阿仏尼**	**吉田兼好（兼好法師）**
有力な武士の家系に生まれるが、二十三歳で出家する。『千載和歌集』や『新古今和歌集』に和歌が多数入集しており、同時代の藤原定家、俊成、後鳥羽帝らと並ぶ歌人として活躍した。のちの宗祇や芭蕉にも大きな影響を与えた人物である。私家集として『山家集』がある。『撰集抄』（P190）は西行が主人公。	神官の家系に生まれるが、神官での出世の道が絶たれ、五十歳頃出家する。貴族社会に接してきたこともあって、政権が平家に移りゆく過程を「世の滅亡」と嘆息。著書に『発心集』『方丈記』『無名抄』がある。P142・P146参照。	十代で安嘉門院に仕える。身分の高い男性との恋愛に破れ、その痛手から失踪し、衝動的に出家する。晩年は息子の相続財産の訴訟のために鎌倉に下向する。著書には『十六夜日記』『うたたね』がある。P166参照。	本名は卜部兼好《うらべのかねよし》で、占いで朝廷に仕える家系に生まれる。後宇多帝に仕えていたが、帝の崩御の後に、三十代で出家する。俗世間から離れず、俗塵にまみれた自分を客観的に見つめ、『徒然草』を記す。P20参照。

入試
出題箇所をチェック！

学習院大学
『発《ほっ》心《しん》集《しゅう》』

誠に、ある まじき※ 事をたくみたるは**はかなけれ**ど、よくよく思へば、此の世の楽しみには、

本当に実現するはずもないことを計画するのは**むなしいことである**が、よくよく考えてみると、この世の楽しみは

心を慰むる**にしかず**。一二町を作り満てたる家とても、これをいしと思ひならはせる人目**こそ**

心を満足させる**に越したことはない**。一町、二町の広さいっぱいの家でも、これをすばらしいと思うのは世間の人の目**で**

あれ、誠には、我が身の起き伏す所は一二間に過ぎず。その外は、皆親しき**疎《うと》き**人の

あるが、実際には、自分が寝起きするところはほんの一、二間の広さにすぎない。そのほかには、みな親しい人やたいして**親しくもない**人の

居所のため、もしは野山に住む べき※ 牛馬の料をさへ作りおくにはあらずや。かく**よしなき**事に

居所のため、あるいは野山に住むべき牛や馬の小屋まで作っておくのではないか。このように**つまらない**ことに

身を煩はし、心を苦しめて、百千年あらむために材木を選び、檜皮《ひはだ》・瓦を玉・鏡と磨きたてて、

身を煩わし、心を尽くして、何百年何千年も家がもつように材木を選び、檜皮葺きの屋根、瓦を玉、鏡と磨きたてて、

何の**詮**かはある。ぬしの命**あだなれ**ば、住む事久しからず。或いは他人の栖《すみか》となり、

何の**甲斐**があろうか。持ち主の命は**はかない**ので、ずっと住むことはできない。あるいは他人の家となり、

或いは風に破れ、雨に**朽ち**ぬ。いはむや一度火事出で来ぬる時、年月の営み、片時の間に

あるいは風で傷み雨で**崩れ**てしまう。ましてひとたび火事が起こった時には、長年の営みがほんの一瞬の間に

雲烟《うんえん》となりぬるをや。しかあるをかの男が**あらまし**の家は、走り求め、作り磨く煩ひもなし。

煙となってしまうではないか。それなのに、あの男が**計画した**家は、材木を探し求め、家を作り磨きたてる面倒もない。

雨風にも破れず、火災の恐れもなし。なす所はわづかに一紙なれど、心を宿すに不足なし。

雨風にも壊れず、火事の心配もない。なす所は、わずかに紙一枚であるけれど、心を宿すには不足はない。

DATA FILE

易 難

鴨長明の作品としては最上位にランクイン。難易度も高く、文学史も要注意。

かかれば目の前に作り営む人は、よそ目こそあな**ゆゆし**と見ゆれど、心には
そうであるから、実際に家を作る人は、他人の目にはなんと**立派だ**と見えるが、心には
なほ足らぬ事多からむ。かの面影の栖はことにふれて、徳多かる **べし**※。
やはり満足しないことが多いのであろう。あの貧しい男の想像の住みかは何かにつけて、長所が多いにちがいない。
但し、此の事世間の営みに並ぶる時は、賢げなれど、よく思ひとくには、天上の楽しみ、
ただし、このことは世間の実際のことに比べたときには、賢明なようであるが、よく考えると、無上の楽しみには、
なほ終りあり。よしなくあらましに空しく一期を尽さむよりも、願はば必ず得つべき安養世界の
やはり終わりがある。無意味で計画だけでむなしく一生を過ごすより、願えば必ずかなう極楽浄土の
快楽、不退なる宮殿・楼閣を望めかし。はかなかりける希望《けまう》なる **べし**※。
楽しみ、極楽にあるりっぱな建物や高い建物を望みなさい。貧しい男の計画の絵図面は、やはりむなしい望みであるにちがいない。

読解ポイント

作者鴨長明は引っ越しのたびに家が小さくなっていったらしい。随筆『方丈記』の「方丈」は、一丈(約3ｍ)四方の大きさの組み立て式の家のこと。彼は神職の家に生まれながら、世をはかなみ、50歳のころ出家をして山で隠遁生活を始めた。

★助動詞「べし」と「まじ」はペアで覚えるとよい。「べし」の意味は「推量・意志・可能・当然・命令・適当・予定」の七つ。それに対して、「まじ」はそれを打ち消したものなので「打消推量・打消意志・不可能・打消当然・禁止・打消適当」となり、予定を除く六つの意味が対応する。

助動詞「べし」は意味が多いので、文中に出てくるたびに意識して読む習慣を付けましょう。

17位

堤《つつみ》中《ちゅう》納《な》言《ごん》物《もの》語《がたり》

出題率
1.7%

作者未詳

平安後期
物語

『堤中納言物語』は**平安後期の短編物語**。「花桜折る少将」「このついで」「虫めづる姫君」「ほどほどの懸想」「逢坂越えぬ権中納言」「貝あはせ」「思はぬ方にとまりする少将」「はなだの女御」「はいずみ」「よしなしごと」の10の短編を収録している。各短編の成立はバラバラで、作者も異なっている。そのため10編の内容もとりどりで、「**このついで**」では平安女性の哀切な運命を描いているが、「**虫めづる姫君**」では伝統的な習俗に反逆する姫君を描くなど、各短編の間には一貫したテーマはない。しかし、平安時代の貴族生活を素材にして鋭い切り口で描写している手法は、近代短編小説に近い手法であり、「近代短編小説の祖」といわれることもある。この『堤中納言物語』のように『**源氏物語**』の影響を受けて作られた平安後期の物語群には、『**更級日記**』**の作者菅原孝標女が書いたといわれている**『**浜松中納言物語**』と『**夜（半）の寝覚**』、「宇治十帖」を真似た『**狭衣物語**』、男と女が入れ替えられるという『**とりかへばや物語**』がある。平安時代の後期の物語群としてまとめて覚えておこう。

『源氏物語』以後

1000頃　源氏物語

11C中　浜松中納言物語《はままつちゅうなごんものがたり》
菅原孝標女《すがわらのたかすえのむすめ》作か

11C中　堤中納言物語《つつみちゅうなごんものがたり》
短編集
『ほどほどの懸想』
『このついで』
『虫めづる姫君』
『貝あはせ』
『はいずみ』
など十の短編

11C中　夜《よる》(半《よわ》)の寝覚《ねざめ》
菅原孝標女作か

11C後　狭衣物語《さごろもものがたり》
『源氏物語』の影響大

12C後　とりかへばや物語《ものがたり》

『堤中納言物語』出題順位		
1位	このついで	帝の寵愛が薄く、退屈している中宮のもとに、弟が父親の薫物を届けるために訪問する。籠（こ）を囲んで香炉にまつわる話を、その場にいた女房たちと弟がリレー方式で物語る。
2位	はいずみ	ある男が新妻を迎えることになり、本妻は身を引いて家を出て行く。その姿に本妻への愛を再び感じた男は本妻を連れ戻す。しばらくして新妻のもとを突然訪問すると、新妻はあわてて化粧をしたために白粉とはいずみ（眉墨）を間違えて顔に塗ってしまう。
3位	ほどほどの懸想	ほどほど（身分相応）の３組の男女の恋愛模様を描く。 １賀茂の葵祭で出会った女童に声をかける小舎人。 ２女好きの下家司と女房たち。 ３父宮を亡くした姫君に恋した頭の中将。
4位	貝あはせ	ある邸に忍び込んだ少将は、女童に見つかる。少将は、邸の姫君といじわるな北の方の貝合わせがあることを聞き、不利な姫君に協力する代わりに垣間見をさせてもらう。
5位	虫めづる姫君	蝶ではなく、虫が好きな姫君の話。眉もそらず、お歯黒もつけず、父も女房も困り果てている姫君のうわさを聞いた物好きな右馬佐は蛇のおもちゃを姫君に贈る。
6位	逢坂越えぬ権中納言	宮中に、何をしても完璧で、帝の評価も高い権中納言という男がいた。彼には手に入らない姫君がいて、ある日乱入に成功するが、結局最後の一線が越えられずに終わる。
7位	思はぬ方にとまりする少将	父を亡くした美しい姉妹のもとに少将、権少将が通うようになる。ある日、使いの者の取り違えでそれぞれ別の相手と契ってしまう羽目になる。
8位	花桜折る少将	プレイボーイの少将はある日かわいい姫君を発見する。姫君がもうすぐ入内すると聞いて、その前にこっそり姫君を連れ出そうとするが、間違えて姫君の祖母を連れ出してしまう。
9位	はなだの女御	ある貴族の邸に忍び込んだ好き者の男は、内裏から里帰り中の姉妹たちが自分たちが仕える女主人を花にたとえて噂する場に遭遇する。
10位	よしなしごと	ある僧が娘(恋人)に物を調達してもらったという話を聞き、その娘の師の僧が、自分もおねだりする手紙を書く。高級品からついにはぼろぼろなものでもよいと望みを下げていく内容。
ランク外	冬ごもる	断章。未完。

入試
出題箇所を
チェック！

東洋大学
『堤中納言物語《つつみちゅうなごんものがたり》』

右馬《うま》の佐《すけ》見たまひて、「いとめづらかに、さまことなる文かな」と思ひて、「**いかで**

右馬佐はこの返事をご覧になって、「まことに世にまれな、風変わりな手紙だなあ」と思って、「**どうにかして**

見**てしがな**」と思ひて、中将と言ひあはせて、**あやしき**女どもの姿をつくりて、按察使《あぜち》の

姫君を見**たいものだ**」と考えて、友人の中将と相談し、**賤しい**女どもの姿に変装して、按察使の

大納言の出でたまへるほどにおはして、姫君**の**※住みたまふかたの、北面《きたおもて》の立蔀《たてじとみ》のもとにて

大納言が外出をなさったすきを見ていらっしゃって、姫君**が**お住みの居間の北面の、立蔀の側に忍んで

見たまへば、男の童《わらは》**の**※ことなることなき、草木どもにたたずみありきて、さて言ふやうは、

垣間見なさると、折しも男の童**で**平凡な童が、植え込みの間を立ちどまりながら歩いて、さて言うことには、

「この木にすべて、いくらもありくは、いとをかしきものかな」と、「これ御覧ぜよ」とて、

「この木全体に無数に這っているぞ。とてもすばらしいものだなあ」と感嘆する。「これをご覧なさい」と言って、

簾《すだれ》を引き上げて、「いとおもしろきかは虫こそ**さぶらへ**」と言へば、さかしき声にて

簾を引き上げて「まことにすばらしい毛虫が**おりますよ**」と報告すると、姫君ははきはきとした声で

「いと興あることかな。こち持て**来**《こ》※」とのたまへば、「取り分かつべくもはべらず。ただここもと、

「とてもすてきね。こっちに持って**おいで**」とおっしゃるので、「選び取ることができそうにもありません。ついここの所ですよ。

御覧ぜよ」と言へば、あららかに踏みて出づ。簾をおしはりて、枝を見はりたまふを

ご覧なさい」と言うと、姫君は荒っぽい足取りで出てくる。簾を前に押し張り身をのり出して、毛虫の枝を大きく見開いた目でご覧になる姫君の姿を

見れば、かしらへ衣《きぬ》着あげて、髪もさがりば**清げに**はあれど、けづりつくろはねばにや、

見ると、着物を頭にかぶったように着こみ、髪も額髪の下がったあたりは**美しい**が、櫛で手入れをしないためか、

DATA FILE

易　難

難易度が高いが、短編集でストーリー性が高く、内容を知っていると俄然有利。

しぶげに見ゆるを、眉いと黒く、はなばなとあざやかに、涼しげに見えたり。口つきも

色つやがなく見えるが眉は黒々と、濃くあざやかにきわだち、涼しそうに見える。口元も

愛敬《あいぎやう》づきて清げなれど、歯黒めつけねば、**いと**世づか**ず**。「化粧《けさう》したらば、清げにはありぬべし。

かわいらしくて美しいが、お歯黒をつけないので、**あまり**世間並みで**はない**。「お化粧でもしていたら、美しいに違いない。

心憂《こころう》くもあるかな」とおぼゆ。かくまで**やつし**たれど、見にくくなどはあらで、いとさまことに、

情けないことだなあ」と思われる。こんなにまで**見栄えのしない様子**でいるけれど、みっともなくなどはなくて、たいそう様子が普通と違って、

あざやかにけだかく、はなやかなるさまぞ**あたらしき**。練色《ねりいろ》の綾《あや》の袿《うちぎ》ひとかさね、

際立って美しく気品があって華やかな様子がするだけに、**惜しい気がする**。薄黄色の、綾織りの袿一重、

はたおりめの小袿《こうちぎ》ひとかさね、白き袴を好みて着たまへり。

こおろぎの模様の小袿一重、白い袴を好んで着用していらっしゃる。

読解ポイント

「虫めづる姫君」の一節。虫好きな姫君の噂を聞いた右馬の佐はいたずらに偽物の蛇を姫君に贈る。姫君は驚くが和歌を贈る。その内容に興味を持った右馬の佐は姫君を見ようとして邸に忍び込む。右馬の佐が送った和歌に対して姫君が「名前を教えてください」と返歌をすると右馬の佐は笑って「毛虫のようなあなたの眉毛のその端に当たるような人もいません」と言って笑って帰る。

★格助詞「の」は文中に頻出し、読解上重要。特に主格「〜が」と同格「〜で・〜であって」の判別が大切。

★カ変「来(く)」は文末にある時、命令形になっている場合があるので注意。その場合は、「こ」と読むので、読みも大切。ちなみに「こよ」という命令形は鎌倉時代以降。

18位

蜻蛉日記《かげろうにっき》

出題率 1.6%

藤原道綱母《ふじわらのみちつなのはは》

平安中期 日記

『蜻蛉日記』は**平安中期、10世紀後半に成立した日記文学**。作者は**藤原道綱母**。女性の日記としては日本初の作品。

内容は15年間の作者の身辺雑記を日記風にまとめたものだが、中心となるのは**夫藤原兼家《かねいえ》との愛憎劇**と**息子道綱への愛情**、そして自己観照にいたる精神記的内容。上巻では、まだ地位も低かった藤原兼家の作者への熱烈な求婚にはじまり、**父倫寧《ともやす》**の陸奥への赴任と別れ、息子道綱の誕生、**実母の死**、兼家の病気などが記される。夫兼家の浮気事件もある。中巻に移ると息子道綱の成長や功名談など明るい話題が描かれると同時に、作者のまわりで起こる暗く苦しい事件が記述される。兼家が出世していくにつれて関係が途絶えがちになり（「**夜離れ（よがれ）**」という）、夫の浮気に苦しみ嘆き悲しむ。ただ、兼家と道綱母との愛情が決定的になくなるわけではなかった。下巻では、兼家が別の女性に生ませた女の子を養女に迎えたり、息子道綱の恋歌の代作をしたりと、夫兼家との関係もほぼ絶えてしまい、息子と養女の母として落ち着きをみせるようになる。

平安の日記

年	作品	作者・内容
935	土佐日記《とさにっき》	紀貫之作
974	蜻蛉日記《かげろうにっき》	藤原道綱母作　わが国初の女流日記　夫兼家との愛情問題の苦悩と、息子道綱に対する愛を描く
1004	和泉式部日記《いずみしきぶにっき》	
1010	紫式部日記《むらさきしきぶにっき》	
1059	更級日記《さらしなにっき》	菅原孝標女作
1073	成尋阿闍梨母集《じょうじんあじゃりのははのしゅう》	
1108	讃岐典侍日記《さぬきのすけにっき》	藤原長子作

入試データ分析

平安日記 出題順位

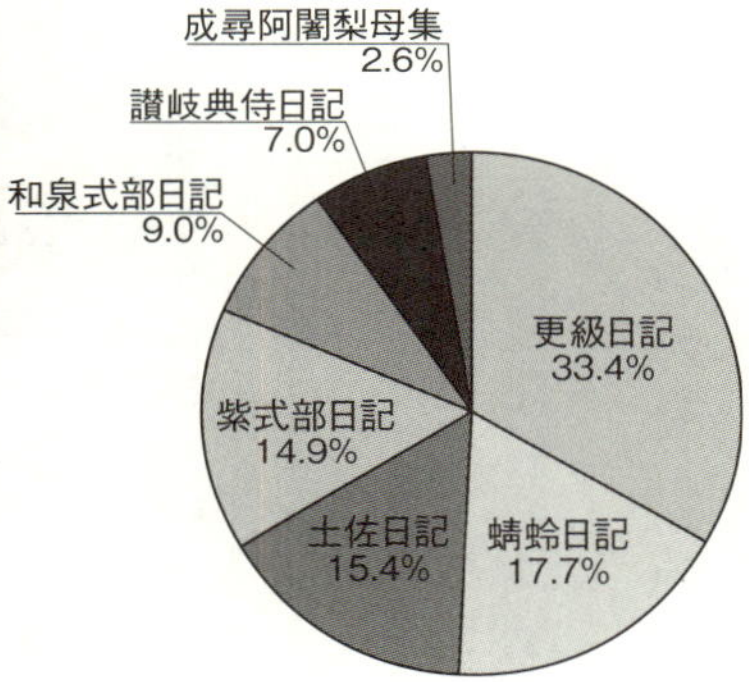

学習ターゲット

平安時代は男性の真名文字（漢字）に対して女性の仮名文字（平仮名）が生まれた。

最初の仮名文学は紀貫之が女性に扮して書いた『土佐日記』。

その後 一条帝の中宮彰子の女房紫式部や、和泉式部、中宮定子の女房清少納言など宮廷社会で活躍した女性たちの仮名文学が次々と登場する。

1位の『更級日記』は菅原孝標女の作品で、作者は紫式部の『源氏物語』を少女時代に読み漁る文学少女。

2位の『蜻蛉日記』は藤原道綱母の作品で、夫兼家との結婚生活への不満などが綴られた作品。

蜻蛉日記 人物関係図

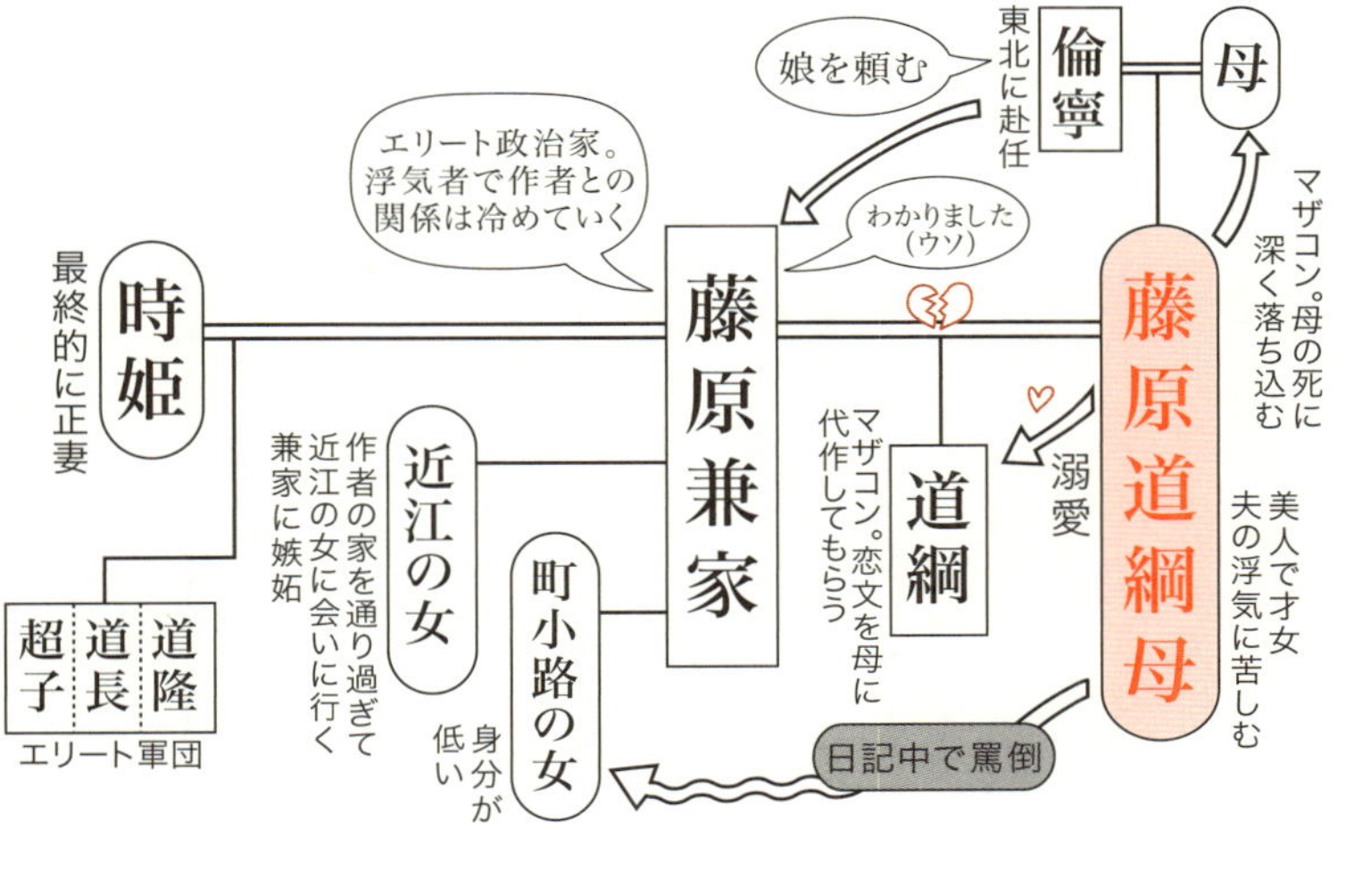

入試出題箇所をチェック！

関西学院大学 『蜻蛉日記《かげろうにっき》』

次の文章は藤原道綱母の夫藤原兼家の時姫腹の娘が、大嘗会《だいじょうえ》の御禊《ごけい》で、女御代の役を務めることになった頃のことである。

かくて、**年ごろ**願《ぐわん》あるを、**いかで**初瀬《はつせ》にと思ひ立つを、たたむ月にと思ふを、

さて、**数年来**の宿願があるので、**なんとかして**初瀬にお参りに行きたいと思い立つけれども、来月に行こうと思うが、

さすがに心にしまかせねば、からうじて九月に思ひ立つ。「たたむ月には大嘗会《だいじやうゑ》の御禊《みそぎ》、

そうはいってもやはり思いどおりにはいかないので、やっと九月になって出かけることを決心する。夫は「来月には大嘗会の御禊があり、

これより女御代出で立たるべし。これ過ぐしてもろともにやは」とあれど、

わたしのところから女御代がお立ちになることになっている。これをすませていっしょに行ったらどうか」と言うけれども、

わがかたのことにしあらねば、**忍び**て思ひ立ちて、日あしければ、門出《かどで》**ばかり**※

女御代になるのは時姫腹の娘のことで、わたしのほうには関係ないので、**こっそり**決心して、予定の日が悪いので、門出**だけ**を

法性寺《ほふしやうじ》の辺《へ》にして、あかつきより出で立ちて、午《むま》の時ばかりに宇治の院にいたり着く。

法性寺のあたりにして、あくる日の夜明けに出発して、正午ごろに宇治の院に到着する。

見やれば、木《こ》の間《ま》より水の面《おもて》つややかにて、いと**あはれなる**ここちす。忍びやかにと思ひて、

向こうを見ると、木の間を通して川面がきらきら光って、まことに**情趣がある**と感じる気持ちがする。目立たぬようにと思って、

人あまたもなうて出で立ちたるも、わが心のおこたりにはあれど、われならぬ人なり**せば**※、

供の者もあまり多く連れずに出てきたことも、わたしの不用意ではあるけれども、私以外の人であったら、

いかに**ののしり**てとおぼゆ。車さしまはして、幕など引きて、後《しり》なる人ばかりをおろして、

どれほど**大騒ぎし**て行くだろうかと思われる。車の向きを変え、幕などを引いて、車の後ろに乗っている人だけを降ろして、

DATA FILE

易 難

平均的な難易度。人物関係を知っておくと有利になる。和歌に注意。

川にむかへて、巻きあげて見れば、網代《あじろ》どもし渡したり。ゆきかふ舟どもあまた見ざりしことなれば、すべてあはれにをかし。後《しり》のかたを見れば、来《き》**困《こう》じ**たる下衆《げす》ども、**あしげなる**柚《ゆ》や梨《なし》やなどを、**なつかしげに**持たりて食ひなどするも、あはれに見ゆ。破籠《わりご》など**ものして**、舟に車かき据ゑて、行きもていけば、贄野《にへの》の池、泉川《いづみかは》など言ひつつ、鳥どもゐなどしたるも、心にしみてあはれにをかしうおぼゆ。かい忍びやかなれば、よろづにつけて涙もろくおぼゆ。

車を川に向けて簾を巻き上げて見ると、川には網代が渡してある。行きかう舟をたくさんは見たことがなかったので、すべてがしみじみとおもしろく思われる。後ろの方を見ると、歩き**疲れ**た下人たちが、**みすぼらしげな**柚子や梨などを、**いかにも心ひかれる様子で**手に持って食べたりしている姿も、おもしろく見える。弁当などを**食べ**て、舟に車をかつぎ据えて川を渡り、さらに進むと、贄野の池、泉川などと言っては、水鳥の群がっていたりするのも、心にしみて趣深くおもしろく思われる。忍びの旅なので、何事につけても涙もろく思われる。

読解ポイント

作者は歌の才と美貌を買われ、時の有力な政治家である藤原兼家と結婚した。しかし兼家と町小路の女との浮気などに悩み、二人の仲は次第に疎遠となる。時姫は兼家の最終的に正妻となった女性で、藤原道隆、道長など三男二女を産み、長女は帝に入内した。

★副助詞「**ばかり**」は程度で「～ほど、～くらい」を表す場合と、限定で「～だけ」を表す場合とがあり、特に限定の用法に注意。

★「**せば**」の「せ」は過去の助動詞「き」の未然形で仮定条件を表す。「せば～まし」となる場合は反実仮想を表す。

平安の日記文学はゴロで
「**と**（土佐日記）**かげ**（蜻蛉日記）の**入れ墨**（和泉式部日記）**紫**（紫式部日記）
さ（更級日記）、**ぬきぬき**（讃岐典侍日記）」
と覚えましょう。

19位

井《い》原《はら》西《さい》鶴《かく》

出題率
1.5%

作者	浮世草子
1642～1693	江戸（元禄時代）

井原西鶴は江戸時代、**元禄の世**の売れっ子戯作者であった。若い頃は貞門派の俳諧を学び、**談林《だんりん》俳諧**の旗手として独特の早口俳諧を得意とし、一昼夜で独吟二万三千五百句（一句約四秒）というギネス級前人未到の**矢数《やかず》俳諧**を成し遂げた。その後40歳になってから『**好色一代男**』を発表して好評を博し、**浮世草子**作家へと転身した。その後、元禄6年（1693年）に52歳で没するまでのわずか十年ほどの間に次々と作品を発表した。同じ元禄時代に活躍した**俳諧の松尾芭蕉**、**浄瑠璃の近松門左衛門**と合わせて、元禄三人男として覚えておきたい。西鶴の浮世草子は「**好色物**」「**町人物**」「**武家物**」「**雑話物**」の四つに分類されるが、入試ではテーマ的な問題で「好色物」は出しづらく（笑）、「町人物」と「雑話物」が多い。「町人物」では才知と倹約で富を獲得する者や逆に没落する者を描き、金のために悪徳に走る彼らに対して否定的な内容を描くと同時に、中下層町人の悲喜劇をとりあげ、貧しい人々への同情も示している。「雑話物」では、各地の怪異談や奇談を紹介したりしている。

元禄三人男《げんろくさんにんおとこ》

元禄時代（1688～1703）

井原西鶴《いはらさいかく》（1642～1693）
浮世草子《うきよぞうし》の創始者
談林俳諧《だんりんはいかい》（西山宗因《にしやまそういん》がはじめる）
一昼夜に二万三千五百句を一人で作るという「矢数俳諧《やかずはいかい》」の記録を樹立する

松尾芭蕉《まつおばしょう》（1644～1694）
蕉風俳諧《しょうふうはいかい》
下級武士の家に生まれる
俳諧の大成者

近松門左衛門《ちかまつもんざえもん》（1653～1724）
浄瑠璃・歌舞伎脚本作者

入試データ分析

井原西鶴 出題順位

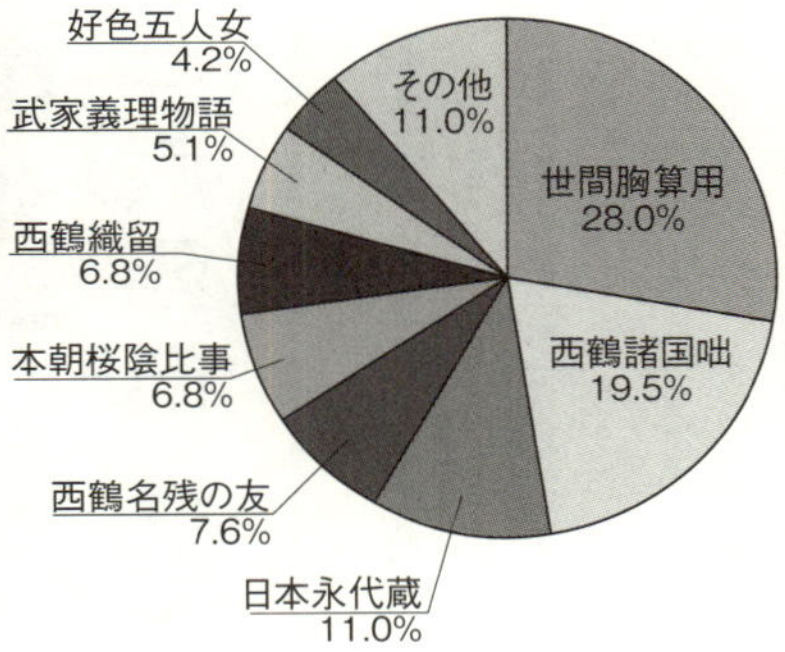

学習ターゲット

井原西鶴の出題では、文学史で同時代の元禄時代に活躍した人物として、松尾芭蕉、近松門左衛門が問われる。井原西鶴は最初談林派の俳諧で活躍したが、41 歳のとき浮世草子を創始し、好色物・武家物・町人物など約 20 編の作品を発表した。

1 位『世間胸算用』は副題を「大晦日は一日千金」といい、大晦日の金銭に振り回される町人生活を描いた悲喜劇。

2 位『西鶴諸国咄』は 20 諸国の怪奇談を集めた書。

3 位『日本永代蔵』は町人の経済に焦点を当てた町人物の第一作。

井原西鶴 著作集

好色物			町人物				武家物
好色一代男《こうしょくいちだいおとこ》	好色五人女《こうしょくごにんおんな》	好色一代女《こうしょくいちだいおんな》	日本永代蔵《にほんえいたいぐら》	世間胸算用《せけんむねさんよう》	西鶴置土産《さいかくおきみやげ》	西鶴諸国咄《さいかくしょこくばなし》	武家義理物語《ぶけぎりものがたり》
「色道ふたつ」の父親と高名な遊女の間に生まれた主人公世之介は7歳にして性に目覚める。諸国を旅しながら好色な人生を送るさまを描く。	お夏・清十郎、樽屋おせん・長左衛門、おさん・茂右衛門、八百屋お七・吉三、おまん・源五兵衛の五組の実話に基づく恋愛事件簿を描く。	一女性の流転の人生を描く。やむなく売色生活に落ちてゆく女性の一生を通して、当時の身分社会相を観照している。	町人物第一作。町人の経済生活に焦点をあて、致富の工夫や手段、失敗談を描いた短編集。	大晦日(当時は収支決算の日)の一日に焦点をあて、借金決算に翻弄される町人生活の悲喜劇を描く。	西鶴の遺稿集。今は落ちぶれた元お大尽が昔の遊び仲間と再会する。仲間は支援を申し出るが、あっさり断る。	江戸元禄時代に諸国に伝えられた怪異・奇談などが収録されている。	義理の問題(武士気質)を中心に武家の行為や心情のあり方を、町人の目からとらえて描く。

入試出題箇所をチェック！

東北大学
井《い》原《はら》西《さい》鶴《かく》『武家義理物語』

今の都も**憂き世**と見なし、賀茂山に隠れし丈山坊《じやうざんぼう》は、俗姓歴々のむかしを忘れ、

今の都も定めない**はかない世の中**と見なし、賀茂山にこもった丈山坊は、俗世では格式ある武士であった昔のことを忘れ、

詩歌に気を移し、その徳顕《あらは》るる道者なり。さるによつて、心にかなふ友もなし。

詩歌に夢中になり、その徳がよく現れている僧である。そういうことなので、ぴったり気の合う友人もいなかった。

ある時、小栗何がしといへる人、これもへつらふ世を見限り、**かたちを替へて**、京都にのぼり、

ある時、小栗某という人、この人も他人の機嫌をとるような世を見捨て、**出家をし僧形となって**京都に上り、

東武にてしたしく語りし**ゆかしさ**に、この草庵にたづねて、すぎにしことども、今の境界《きやうがい》の

江戸で親しく語った**懐かしさ**から丈山の草庵を訪ねて、昔のこと、今の境遇の

気散じなる身の程、心にかかる山の端もなく、梢は落ち葉して、冬景色の顕《あらは》なる、

のんきな身の上について、気にかかることもなく、木々の梢も葉が落ちた冬景色をあらわに照らす

月を南おもての竹縁に、**つい居**、眺《なが》めながら語りしが、この客何となく、ふと立ちて、

月を、南側の竹縁に**腰を下ろし**眺めながら語ったが、この客、小栗某が、何気なくふと立ち上がり、

「我は備前の岡山に行く事あり」といふ。「今宵は是に」と留《と》めもせず、勝手次第と別れさまに、

「私は備前の岡山に行く用があります」と言う。「今宵はここにお泊まりなさい」と引きとめもせず、「あなたのお好きなように」と言い、別れ際に

「また、いつ頃か京帰り」と聞けば、「命あらば、霜月の末に」といふ。「然らば、二十七日は

「またいつごろ京にお帰りですか」と聞くと、「生きていたら十一月の末に」と言う。「それならば二十七日は、

我がこころざしの日なれば、ここにて一飯《いつぱん》必ず」と約束して立ち行きぬ。

先祖の法要を営む日なので、その日きっとこちらで食事をご一緒に」と約束して出発した。

DATA FILE

易 難

文章の難易度は低く、中堅大学の出題が多い。近世特有の語が問われる。

その後、備前に着きしたよりもなく、日数ふりて、十一月二十六日の夜降りし大雪に、筧《かけひ》汲むべき道もなければ、まだ人顔の見えぬ暁《あかつき》に、丈山、竹箒《ばうき》を手づからに、**心はありて**

その後、備前岡山に着いた便りもなく日がたって、十一月二十六日の夜降った大雪のために、筧の水を汲みに行く道も消えたので、まだ人が表に出ない夜明け前に、丈山は竹箒を自ら手にし、**雪景色を楽しむ心を持ち**ながら、

心なくも、白雪に跡をつけて、踏み石の見ゆるまでと思ふ**折ふし**、外面《そとも》の笹戸をおとづれし、

その**風流心を押さえて**、雪を払いのけ、踏み石が見えるまで掃いておこうと思う**ちょうどその時**、外の笹戸を叩く音がし、

嵐の松かなど聞き耳立つるに、まさしく人声すれば、あけわたる今、小栗何がしたづねきたるに、

松風かなどと耳をすませると、まさしく人の声がするので、戸をすっかり開けてみると、小栗某が訪ねてきたのであって、

そのさま破れ紙子ひとつまえ、門に入るより編《あ》み笠《がさ》ぬぎて、たがひの無事を語りあひ、

彼は粗末な紙の衣服一枚を着て、門に入るやいなや編み笠を脱いで、互いに無事を語り合い、

しばらくありて、「このたびは寒空に、何としてのぼり給ふぞ」と言へば、「そなたは忘れ給ふか。

しばらくして、「今度は、この寒さの中をどうして京に上っておいでなのか」と言うと、「あなたはお忘れになったのか。

霜月二十七日の一飯食べに**まかりし**」。「それよそれよ」と、にはかに木の葉たきつけ、

十一月二十七日の約束の食事をいただきに**参っ**たのです」。「そうだ、そうだ」と、急いで木の葉を焚きつけ、

柚味噌《ゆみそ》ばかりの膳《ぜん》を出《い》だせば、食ひしまうて、その箸も下に**置きあへず**、

柚味噌だけの膳を出すと、食べ終わって、その箸を下に**置くか置かないうちに**、

「また春までは備前に居て、西行が詠め残せし、瀬戸のあけぼの、唐《から》琴《こと》の夕暮、

「また春までは備前にいて、西行が眺め残した瀬戸の夜明け、唐琴の夕暮れを見るつもりです、

昼寝も京よりはこころよし」とて、取りいそぎてくだりぬ。

昼寝も京よりは心地よい」と言って、急いで下っていった。

20位 古本説話集《こほんせつわしゅう》

出題率 1.5%

作者未詳

平安後期　世俗説話

平安後期（鎌倉初期とする説もあり）に成立した**世俗説話**。民衆の姿を生きいきとユーモラスに伝える民話的説話集で、『今昔物語集』と『宇治拾遺物語』に共通する話も幾つか収録されている。前半には和歌にまつわる説話が46話。後半には仏教の霊験談が24話収められている。前半は大斎院選子内親王の話に始まり、**赤染衛門《あかぞめえもん》・和泉式部《いずみしきぶ》・清少納言や紀貫之《きのつらゆき》・藤原公任《ふじわらのきんとう》**などの王朝文学の著名人を中心に、きこりや貧女の話にいたるまで、有名無名人の和歌にまつわる恋愛談などが収められている。**芥川龍之介**の『六の宮の姫君』の題材となった作品も含まれている。また、プレイボーイの平中の妻が硯の水差しに墨を入れて夫の浮気を封じ込める話や、光り輝く娘をつぼやに発見する風流男の話など、平安王朝がらみの話が多い。後半は、田舎人が観音の加護によって救われるわらしべ長者の話や、観音や毘沙門などの霊験談を扱ったものと、天竺仏法説話とからなる。霊験談が多いのは、当時の院政期に不安を抱く民衆のあこがれや夢の象徴といえる。

平安の説話

仏＝仏教説話　世＝世俗説話

時期	作品	分類	備考
9C末	日本霊異記《にほんりょういき》	仏	景戒《けいかい》編 漢文で書かれた日本初の仏教説話集
10C後	三宝絵(詞)《さんぼうえことば》	仏	
	江談抄《ごうだんしょう》	世	大江匡房《おおえのまさふさ》編
12C	今昔物語集《こんじゃくものがたりしゅう》	世	約1000話から成る最大の説話集
12C末	古本説話集《こほんせつわしゅう》	世	作者未詳 『今昔』との重複あり
	唐物語《からものがたり》	世	
平安末期	打聞集《うちぎきしゅう》	仏	

入試データ分析

『古本説話集』出題順位

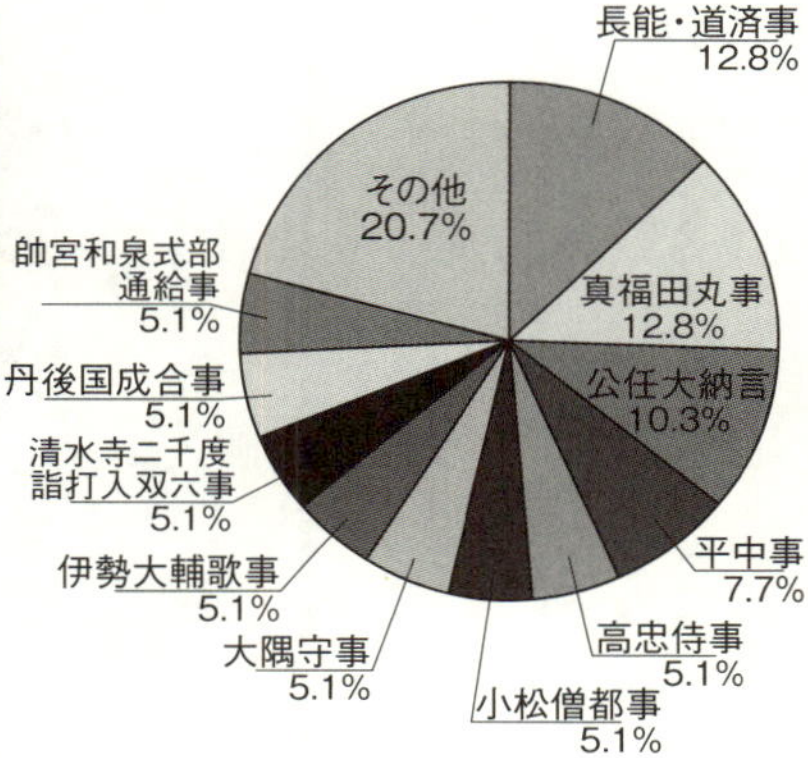

学習ターゲット

1位「長能・道済事」は藤原長能と源道済という二人の歌人が和歌を藤原公任に判定してもらう話。負けた長能は後に別の歌でも公任に批判され、それが原因で病死してしまう。公任は軽率に批評したことを反省する。

2位「真福田丸事」は真福田丸が恋する姫君の言う通りに文字や学問を習い、ついには出家して高僧となる話。3位「公任大納言屏風歌遅進事」は道長が娘彰子のために屏風に歌を書くように歌人たちに命じる話。公任が詠んだ歌はみんなが褒め称えるようなすばらしい歌だった。

古本説話集小噺

色好みの平中の話

浮気者の夫に腹を立てた妻は、夫の衣服に墨を仕掛ける。そうとも知らずにいつものように袖に仕掛けた水を使って泣いたふりをしようとした夫の顔は、妻がすり替えた墨のせいで真っ黒になってしまうという笑い話。

赤染衛門の話

藤原道長に仕えていた赤染衛門は、不本意に学者の大江匡衡と結婚したが、しぶしぶ夫の赴任先には同行した。その後、息子が大病にかかった時に住吉神社に和歌を献上したところ、息子の病気は治ってしまう。

和泉式部の話

帝の息子である帥宮が和泉式部の優雅な様子にしだいに惹かれていくが、和泉式部は自分に過去がある上に、浮気者の評判があることを自覚していたので、自分のせいで帥宮が世間から軽薄な人だと思われていることをつらく思う。

紫式部の話

大斎院が上東門院(中宮彰子)に「何かいい物語はありますか」と尋ねたので、彰子が物語を選んでいた時に、女房の紫式部が「どれも見慣れているから、新しい物語を作ってはどうですか」と申したところ、彰子が紫式部に「ではあなたが作りなさい」と言ったのがきっかけで紫式部が『源氏物語』を作ったということだ。

入試
出題箇所を
チェック！

神戸大学
『古《こ》本《ほん》説《せつ》話《わ》集《しゅう》』

DATA FILE

易 難

国公立大の出題が多く、文章の難易度は高くないが口語訳や内容説明を求められる。

今は昔、長能《ながたふ》、道済《みちなり》といふ歌よみども、いみじう挑み交はして詠みけり。

今はもう昔のこと、長能と道済という歌人たちが、互いに負けまいとして激しく張り合って歌を詠んでいた。

長能は、蜻蛉の日記したる人の兄人《せうと》、伝はりたる歌詠み、道済、信明《さねあきら》といひし歌詠みの孫にて、いみじく挑み交はしたるに、鷹狩《たかがり》の歌を、二人詠みけるに、

長能は『蜻蛉日記』を書いた人（藤原道綱母）の弟で、家柄は歌人として代々伝えられている歌詠みで、道済は信明といった歌人の孫であって、激しく張り合っていたが、あるとき鷹狩の歌を二人が詠んだときに、

長能、

長能は、※

あられ降る　交野《かたの》のみのの　かりごろも　濡れぬ宿かす　人しなければ

○交野の御料地で鷹狩りをしていると、霰が降ってきて狩衣が濡れてしまった。この広い野には宿を貸す人もないので、蓑も借りられない。

道済、

道済は、

濡れ濡れも　なほ狩りゆかむ　はしたかの　上毛の雪を　うち払ひつつ

○濡れても濡れても、やはり鷹狩りは続けていこう。はし鷹の上毛に降りかかる雪を払い落としながら。

と詠みて、おのおの「我がまさりたり」と論じつつ、四条大納言のもとへ二人参りて、判せさせたてまつるに、大納言のたまふ、「ともによきにとりて、あられは、

と詠んで、それぞれ「自分の歌が優れている」と論じながら、四条大納言（＝藤原公任）の所へ二人で参上して判定していただいたところ、大納言がおっしゃるには、「どちらもよい歌だと思うが、『あられ降る』の歌のほうは、

宿借るばかりは、**いかで**濡れむぞ。ここもとぞ劣りたる。歌柄はよし。

あられで宿を借りるほど**どうして**濡れようか、いや濡れない。ここのところが劣っている。歌の品格はよい。

道済がは、さ言はれたり。末の世にも、集などにも入りなむ」

道済の歌は、雪に濡れても濡れても狩を続けようというふうにこの点、もっともな表現をしている。後々の世の歌集にも入ることであろう」

とありければ、道済、舞ひ奏でて出でぬ。長能、もの思ひ姿にて、出でにけり。

とあったので、道済はうれしさで舞い踊りながら退出していった。長能は何か考えごとをする姿で退出していった。

さきざき何事も長能は上手をうちけるに、この度は**本意《ほい》なかり**けりとぞ。

これまでは何事においても、長能は道済を上回っていたのに、今度ばかりは**不本意になってしまっ**たということだ。

○長能―藤原長能。道済と歌のライバル関係にあったと伝えられる。○道済―源道済。○信明―源信明。
○四条大納言―藤原公任。詩歌・管弦にすぐれ、当代随一の歌人と称された。

読解ポイント

文中の四条大納言とは有名な藤原公任のこと。和歌・漢詩・管弦の「三舟の才」を兼備しており、藤原道長の称賛を浴びたほどの秀才だった。だが、藤原氏の権力は北家が握っており、「兼家―道隆―道長」のラインが摂関政治を握った。なお公任には『和漢朗詠集』という中国の漢詩文と日本の和歌のアンソロジーがある。

★「**あられ降る**」の和歌では三つも掛詞が使われている。「みの」が「御野《みの》」(=御料地)と「蓑」との掛詞。「かりごろも」が「狩り衣」と「借り衣」の掛詞。「濡れぬ」が「狩り衣濡れぬ(=狩り衣が濡れた)」と「濡れぬ宿(=濡れない宿)」の掛詞。

平安の説話文学はゴロで
「**霊**の**散**歩道は**今**も**昔**も
古本屋」
と覚えましょう。
(霊…日本霊異記　散…三宝絵詞　今・昔…今昔物語集　古本…古本説話集)

21位

土《と》佐《さ》日《にっ》記《き》

出題率 1.5%

紀貫之《きのつらゆき》

平安前期　日記

『土佐日記』は**平安前期、10世紀前半の承平5年**（**935年**）**に成立**した**仮名で書かれた日本初の日記文学作品**。**紀貫之**が土佐守《かみ》を終えて土佐から帰京する55日間の船旅の経験を日記風に記したものだが、一部フィクションも混ざっている。冒頭の「男もすなる日記といふものを、女もしてみんとてするなり（＝男も書くと聞いている日記というものを、女の私もしてみようと思って書くのである）」でわかるように、全編**女性の作に仮託**している。これは当時の男性貴族は公式記録では**漢字**（**真名**）で日記を書くもの、という常識に対して、私的な日記として自己の心情を素直に吐露するための手法であった。内容は、諧謔を交えつつ、土佐で亡くした愛娘の死を悼み哀惜すると同時に、心無い世相への怒りが述べられ、随所に和歌や歌論などが織り込まれている。ちなみに紀貫之は『土佐日記』を書く30年前（905年）に、醍醐天皇の命を受けて『**古今和歌集**』を撰んでいる。その「**仮名序**」は歌論として最古のもので、後世に大きな影響を与えた。

平安の日記

年	作品	作者・説明
935	土《と》佐《さ》日記《にっき》	紀貫之作　わが国初の仮名日記　任地で失った女児を追慕する。土佐から京都までの旅日記
974	蜻蛉《かげろう》日記《にっき》	藤原道綱母作
1004	和泉式部《いずみしきぶ》日記《にっき》	
1010	紫式部日記《むらさきしきぶにっき》	
1059	更級《さらしな》日記《にっき》	菅原孝標女作
1073	成尋阿闍梨母集《じょうじんあじゃりのははのしゅう》	母性愛の文学
1108	讃岐典侍《さぬきのすけ》日記《にっき》	藤原長子作（女房名　讃岐典侍）

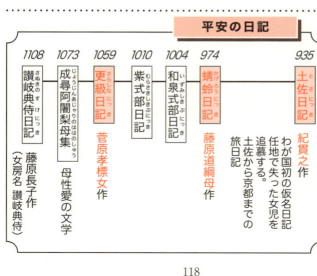

入試データ分析

『土佐日記』出題順位

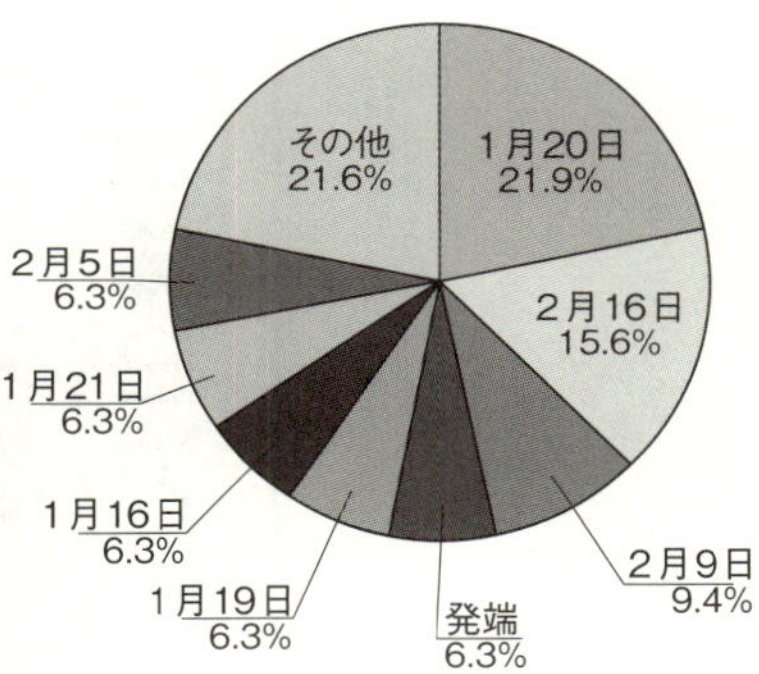

学習ターゲット

紀貫之が土佐から京まで旅をした55日間の旅日記。

1位「1月20日」は昔安倍仲麻呂が中国から帰国する際に別れを惜しんで月の歌を詠んだ話から、作者が当時を思って月の歌を詠む話。

2位「2月16日」は京に到着した日。隣人に託してあった自宅は荒れていてがっかりする。その中に小松が生えているのを見つけて、亡き女児を思って歌を詠んで日記は終わる。

3位「2月9日」は赴任国で子どもを生んだ人たちを見て、作者は「自分は子どもがいたのに今はいない」という悲しみを歌で詠む場面。

土佐日記　主要事項

日付	主要事項
12/21	土佐国司の任務完了。日記スタート。
12/22～25	いろいろな人に見送られる。馬のはなむけ（餞別）をもらう。
1/7	下手な歌詠みがやってくる。
1/8	月が沈むのを見て、在原業平の歌を思う。
1/9	早朝、送別の人との別れを惜しみ、出発。
1/15～16	風波が強くて舟進まず。
1/17	水面にうつる月を見て歌を詠む。雨が降り、港に戻る。
1/18	海が荒れていて舟が出ない。することがなく、歌を詠む。
1/20	天候がくずれ不安になる。月を見て安倍仲麻呂を思う。
1/21	午前6時頃出港。船頭が洒落たことを言う。
2/4	「寄する波うちも寄せなむわが恋ふる人忘れ貝下りて拾はむ」と歌を詠んで土佐で亡くした女児を思う。
2/5	小津に向かう。住吉の松を見て、亡き女児を思う。突然風が出て舟が危険なので、船頭の言うままに大切な鏡を海に投げると海はたちまち穏やかになった。
2/6	難波に着く。都が近くなりみんな喜ぶ。
2/9	渚の院を眺め、昔を偲ぶ。亡き女児を思い悲しさに堪えられず。
2/16	到着。夜になって京に入る。家が荒れていてがっかりする。

入試出題箇所をチェック！

中央大学『土佐日記《とさにっき》』

DATA FILE

易 ● ○ ○ ○ ○ 難

古文は平均的難易度だが和歌が問われるので注意。紀貫之にからむ文学史は必須。

次の文章は『土佐日記』の末尾部分で、書き手の一行が数年ぶりに京の自宅に帰ってきた時の場面である。

夜更けて来れば、所々も見えず。京に入り立ちてうれし。家に至りて門に入るに、
夜が更けてきたので、あちこちの町の様子も見分けられない。それでも京の町に入ってうれしい。家に着いて、門を入ると、
月明《あか》ければ、いとよくありさま見ゆ。聞きしよりもまして、**いふかひなく**ぞ**こぼれ**破れたる。
月が明るいので、とてもよく邸内の様子がよく見える。聞いていた以上に、**言っても仕方のない**くらい**壊れ**傷んでいた。
家に預けたりつる人の心も、荒れたるなりけり。中垣**こそあれ**、一つ家のやうなれば、
家が荒れているのと同様、家を預かった人の心も、荒れてしまったのであった。中垣**があるけれど**、地続きで一軒の家のようなので、
望みて預かれるなり。**さるは**、便りごとに物も得させたり。
向こうから望んで預かったのであった。**そうだけれども**、便りがあるたびに物も絶えず贈り、取らせていたのである。
今夜「かかること」と、声高にものもいはせず。いとは**つらく**見ゆれど、志はせむとす。
それでも今夜、「このようなひどい有り様は何だ」と、大きな声では言わせない。とても**薄情だ**とは思ったけれど、一応はお礼はしようと思う。
さて、池めいてくぼまり、水つける所あり。ほとりに松もありき。五年六年《いつとせむとせ》のうちに
さて、庭に池のように凹んで、水が溜まっている所がある。任地に下る前からほとりに松もあった。五、六年のうちに、
千年《ちとせ》や過ぎにけむ、かたへはなくなりにけり。今生ひたるぞまじれる。
千年も過ぎてしまったのであろうか、松の一部は枯れてなくなってしまっていた。一方、松林の中に今生えてきたばかりの小松がまじっている。
大方のみな荒れにたれば、「**あはれ**」とぞ人々言ふ。思ひ出でぬことなく、思ひ恋しきがうちに、
全体がみな荒れてしまっているので、「**まあひどい**」と人々は言う。思い出さないことなく、恋しく思っているさまざまなことのなかでも、

この家にて生まれし女子《をむなご》の、もろともに帰らねば、いかがは悲しき。

この家で生まれた女の子が、いっしょに帰らないので、どんなに悲しいことか。

（中　略）

生まれしも　帰らぬものを　わが宿に　小松のあるを　見るが悲しさ

○ここで生まれた子も土佐の国で死んでしまって帰らないのに、我が家に小松が生えているのを見る悲しさよ。

とぞいへる。なほ**飽かず**やあらむ、またかくなむ。

と詠んだ。まだ**もの足りない**のであろうか、またこうも詠んだ。

※**見し人の　松の千年に　見ましかば　遠く悲しき　別れせましや**

○死んだ我が子が松のように千年の寿命があるのをもし見たならば、遠い土佐で悲しい別れをしただろうか、いや、そんなことはなかっただろうに。

読解ポイント

作者の紀貫之は土佐にいる間に幼い娘を亡くしていた。京に戻る旅の途中でも何度も女の子を思い出して悲しい気持ちを歌に詠んでいる。

★「**見し人の**」の和歌中の「見し人」とは作者紀貫之の亡くなった娘を指す。「松の千年」は松の寿命が長いことの比喩表現。「せましや」が反語で、「しただろうか、いや、しなかっただろうに」となる。

反実仮想「ましかば〜まし」に、反語「や」が加わった訳に注意しましょう。

22位

紫式部日記《むらさきしきぶにっき》

出題率
1.4%

紫式部《むらさきしきぶ》	
平安中期	日記

『紫式部日記』は**平安中期**、寛弘5年（1008年）秋から7年正月までの紫式部の宮仕え記録。当時**藤原道長**が、娘の**中宮彰子**を一条帝に入内させ摂関政治を行っていたが、紫式部はその中宮彰子に仕えた。『紫式部日記』の中では、中宮彰子が一条帝との間に皇子をもうけることで道長の権力が確実なものになる様子や、同じく彰子に仕える同僚の女房（和泉式部や赤染衛門）評などがよく出題される。またライバル関係にあった中宮定子に仕えた清少納言への寸評もある。紫式部は幼い頃から利発で、『史記《しき》』や『白氏文集《はくしもんじゅう》』などの漢籍を読み進んだ。一方、家庭的にはあまり幸せではなく、中流貴族の藤原宣孝《のぶたか》と遅い結婚をして一女をもうけるが、すぐにその夫も死んでしまった。中宮彰子のもとへ出仕するようになったのは、夫の死後書いていた『**源氏物語**』が評判となり、時の権力者藤原道長に推薦されたためであるらしい。しかし**華やかな宮中での生活になじめないものを感じる紫式部**は、孤独にさいなまれ苦悩する精神状態を吐露しつつ、自己の内面を凝視している。

平安の日記

年	作品	備考
935	土佐日記《とさにっき》	紀貫之作
974	蜻蛉日記《かげろうにっき》	藤原道綱母作
1004	和泉式部日記《いずみしきぶにっき》	
1010	紫式部日記《むらさきしきぶにっき》	中宮彰子に仕えた宮廷生活の記録
1059	更級日記《さらしなにっき》	菅原孝標女作
1073	成尋阿闍梨母集《じょうじんあじゃりのははのしゅう》	
1108	讃岐典侍日記《さぬきのすけにっき》	藤原長子作（女房名 讃岐典侍）

入試データ分析

『紫式部日記』出題順位

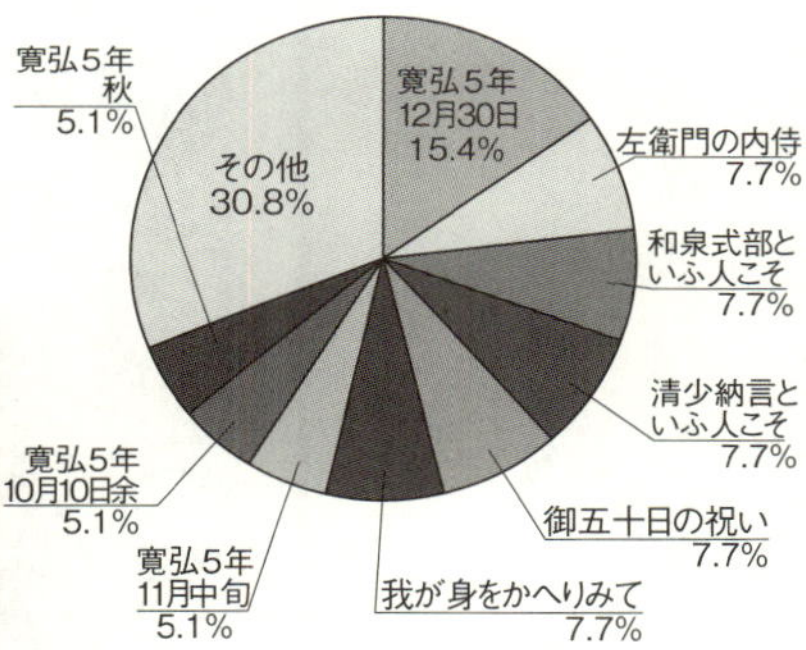

学習ターゲット

紫式部は優れた文人である父藤原為時から漢文の教養を授けられた。藤原宣孝と結婚したが、２年ほどで死別し、その後藤原道長に文才が認められ、娘の中宮彰子に女房として仕えた。

日記は中宮彰子の出産前後から書き始められている。孫が生まれて帝の外戚としての地歩を固める道長の喜ぶ様子や、和泉式部や赤染衛門、清少納言らの人物評や、自らの人生観を述べた消息的文章がある。

１位の「寛弘５年12月30日」は大みそかに宮中に泥棒が入る場面。

匡衡衛門（赤染衛門）

格別に優れた歌人ではありませんが、とても由緒ありげで、歌詠みだからと言って、和歌を詠み散らすこともしませんが、世間に知られている和歌は全て、ちょっとした機会に詠んだ歌でもこちらが恥ずかしくなるほど立派な詠みぶりです。それに対して、もったいぶったりして自分こそ上手な歌詠みだと得意になっている人は、憎らしく、また気の毒にも思います。

左衛門の内侍

左衛門の内侍は私（紫式部）のことを「すずろによからず（なんとなく気に食わなく）」思っているようです。私が漢文の知識をひけらかしていると周りに言いふらしているみたいなのです。でも実際は、実家の侍女の前ですら、漢籍を読むのをはばかっているくらいなのです。とは言っても、幼い頃は弟より漢文はできましたし、中宮彰子様にも他の女房のいない時にこっそりとお教えしてますけど！

清少納言

清少納言は「したり顔」に偉そうにしている人です。利口ぶって漢字（真名）を書き散らしているけど、よく見るとたいしたことはありません。こんな風にいつも風流ぶっている人は、それが身についてしまっていて、つまらないことにも感動しているように振る舞ううちに浮薄な態度になってしまうでしょう。

和泉式部

和泉式部とは和歌を「おもしろう書きかはし」たものです。ちょっとした走り書きにも色艶があって、和歌はとても趣深く、必ず一点何か光るものが詠み添えてあります。しかし感心しない面もあります。それほどのすばらしい歌を詠む人とは言っても、他人の和歌を批評するのはどうなのかしら。そこまですばらしい歌人とは思えません。

入試
出題箇所を
チェック！

宇都宮大学
『紫式部日記《むらさきしきぶにっき》』

DATA FILE

易 ○○●○○ 難

『源氏物語』の陰に隠れているが、できれば内容をざっと見ておきたい。

次の文章は『紫式部日記』の一節で、藤原道長の娘である中宮彰子に皇子が誕生し、五十日《いか》の祝いが済んだ後の場面である。

おそろしかるべき夜の御酔ひ**なめり**と見て、こと**はつる**ままに、宰相の君にいひあはせて、隠れなむとするに、ひむがしおもてに、殿の君達《きんだち》、宰相の中将など入りて、さわがしければ、ふたり御帳《みちゃう》のうしろに居かくれたるを、とりはらはせたまひて、ふたりながらとらへすゑさせたまへり。

こわいことになりそうなほどの殿（＝道長）の今夜のご酩酊ぶり**であるようだ**と思って、宴会が**終わる**とすぐに、宰相の君としめしあわせて隠れていようとしたが、東側の間に殿の**ご子息たち**や宰相の中将たちが入り込んで騒がしいので、二人で御帳台の後ろに座って隠れていたのを、殿は几帳をお取り払いになって、二人ともつかまえてお座らせになった。

「和歌一つづつ仕うまつれ。**さらば**許さむ」と**のたまはす**。

「お祝いの歌を一首ずつ詠め。**それならば**自由にしてやろう」と**おっしゃる**。

いとはしくおそろしければ**聞こゆ**。

嫌で恐ろしくもあるので、こう**申し上げる**。

※ いかにいかが　かぞへやるべき　八千歳《やちとせ》の　あまり久しき　君が御代をば

○どうして、どのようにして数え尽くすことができましょうか、とてもできません。若宮の五十日の祝いの日にこれから幾千年以上というあまりにも長い若宮の御代を。

「あはれ、仕うまつれるかな」と、ふたたびばかり誦せさせたまひて、いと**疾《と》う**のたまはせたる、

「ああ、うまく詠んだものだなあ」と二度ばかり朗唱なさって、そのあと**すぐに**ご自身の祝い歌をお詠みになった。

あしたづの　よはひしあらば　君が代の　千歳のかずも　かぞへとりてむ

◯鶴のように千年の寿命さえあったら、若宮の御代の千年の数も数えとることができるだろう。

さばかり酔ひたまへる御ここちにも、おぼしけることのさまなれば、いとあはれに、**ことわりなり**。げにかくもてはやしきこえたまふにこそは、よろづのかざりもまさらせたまふめれ。千代も**あくまじき**御ゆくすゑの、**数ならぬ**ここちにだに、思ひつづけらる。

あれほど酔っていらっしゃるお心にさえも、かねがねお考えになっていたことの趣なので、とても、心にしみ、**当然のことと思う**。このように若宮をお引き立て申し上げなさることによってこそ、万事にわたる若宮の栄光も盛大になりなさるようだ。千年でも**満足しないほどの**ご将来が、**つまらない**わたしのような者の気持ちにさえも、思い続けられるのである。

読解ポイント

中宮彰子は一条天皇に入内してからなかなか子どもに恵まれずにいた。摂関政治を固める上でもっとも大切な皇子の待ちに待った誕生に、道長の喜びようは人並みではなかった。この皇子は藤原道隆の娘中宮定子の産んだ第一皇子を抜いて皇太子となり、後の後一条帝となった。

★「いかにいかが」の和歌の「いか」と「五十《い》日《か》」とが掛詞。「べし」はここでは可能。反語の文中で用いられ、「〜できるだろうか、いや、できない」と不可能を表している。

「べし」は下に打消を伴って「不可能」になることが多いです。また、反語とともに用いられても同様に「不可能」になるので注意です。

23位

竹取物語《たけとりものがたり》

出題率 1.4%

作者未詳

平安前期
伝奇物語

『竹取物語』は平安前期、**9世紀半ば頃に成立した伝奇（作り）物語**。『源氏物語』の中で「**物語の出《い》で来《き》はじめの祖《おや》**」と称された初期物語の代表作であり、日本人なら誰でもそのあらすじを知っているはず。『大和物語』にこの物語にちなんだ和歌が詠まれて以降、『宇津保物語』の女主人公「あて宮」の造型に強い影響を与えたほか、**『源氏物語』**にも「**玉鬘《たまかずら》**」のような**かぐや姫的な女性**が登場するなど、後の物語文学への影響は大きい。「竹取の翁」が竹の中から幼子を発見し、富を得るという※致富譚《ちふたん》や、「かぐや姫」が三か月で成人するという急成長譚、五人の貴公子（パロディ化しているといわれる）に対する求婚難題物など、ストーリー性に富んでいる。そして、それら求婚譚の顚末を語りつつその**最後に巧みな「落ち」**が用意されて語源譚（「あへなし」の語源は「阿部がいないから」、「恥ぢを捨つ」の語源は「鉢を捨てたから」など）となっている構造など、すぐれた構成になっている。

※「譚」は「話」の意。

伝奇物語（作り物語）

10C前	10C後	10C末	1000頃
竹取物語《たけとりものがたり》	宇津保物語《うつほものがたり》	落窪物語《おちくぼものがたり》	源氏物語
最初の物語文学 『源氏物語』において「物語の祖《おや》」といわれる。	琴の秘曲話と仲忠《なかただ》一族の繁栄の物語	継子《ままこ》いじめの物語 後世の物語『住吉物語』も継子いじめが主題	紫式部作

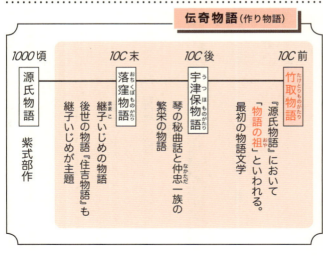

入試データ分析

『竹取物語』出題順位

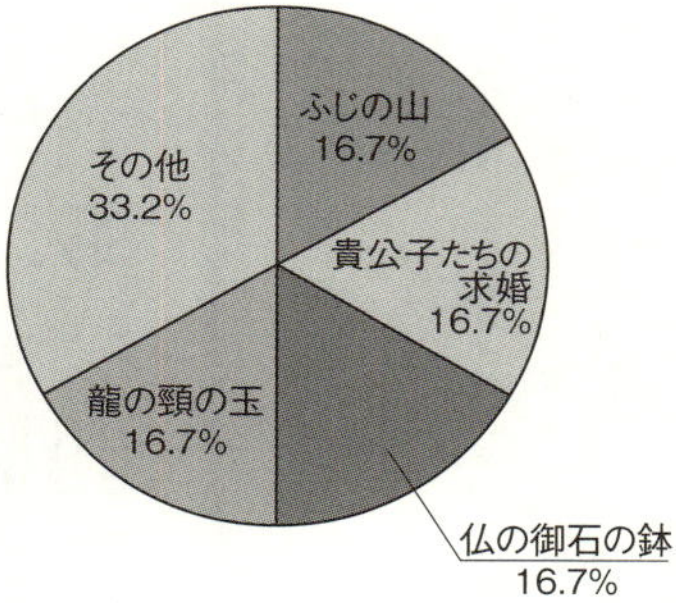

学習ターゲット

1位「ふじの山」はかぐや姫が月に帰った後の話。帝はかぐや姫が残した不死の薬と手紙を天に最も近いといわれる「駿河の国の山」の頂上で燃やすように命じる。そこから「不死の山（富士山）」の名が付いた。

2位「貴公子たちの求婚」はかぐや姫の美しさを聞きつけ求婚をする5人の貴公子に、かぐや姫が結婚の条件として難題を言い渡す場面。結果は3年という期限以内に難題を手に入れた者はいなかった。

3位「仏の御石の鉢」は偽物を用意した石作の皇子が簡単にかぐや姫に見破られてしまう場面。

『竹取物語』の世界

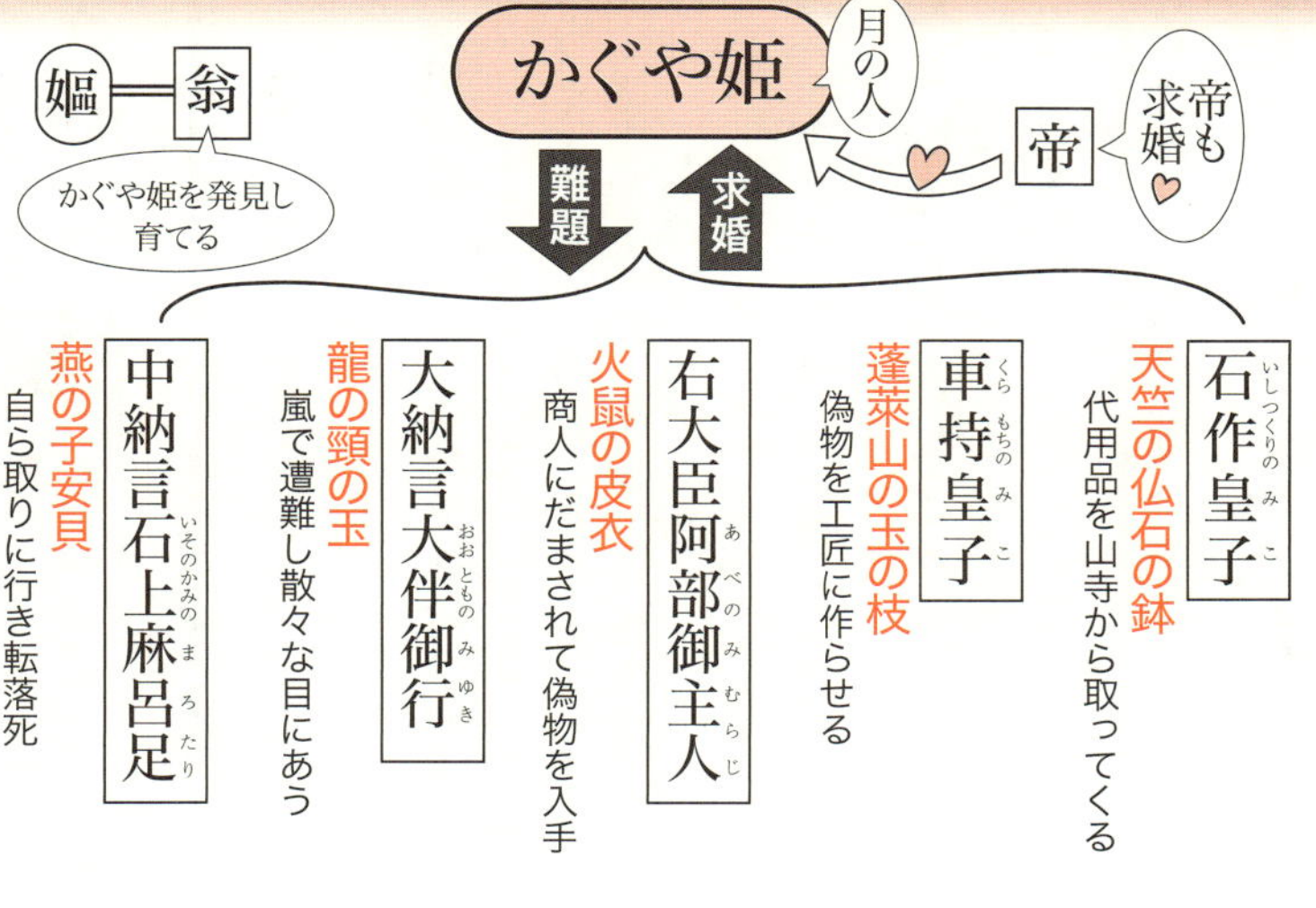

入試出題箇所をチェック！

島根大学『竹取物語《たけとりものがたり》』

次の場面はかぐや姫に求められた龍の頸の五色の玉を取ってこれなかった大伴の大納言が、命からがら播磨の浜に漂着した場面である。

国に仰せ給ひて、手輿《たごし》つくらせ給ひて、によふによふ担《にな》はれ給ひて、家に入り給ひぬるを、
大納言は播磨国の役所にお命じになって手輿を作らせなさって、うめきうめきかつがれなさって、お邸にお入りになったのを、
いかでか聞きけむ、遣はしし男《をのこ》どもまゐりて申すやう、「龍の頸《くび》の玉を
それをどうして聞きつけたのであろうか、先に龍の頸の玉を取りに派遣された家来たちがやってきて申すことには、「私どもは龍の頸の玉を
え取ら**ざり**しかばなむ、殿へも**え**まゐら**ざり**し。玉の取りがたかりしことを
手に入れることができなかったので、お邸へも参上**できず**におりました。しかし今は、玉を取ることが困難なことを
知り給へればなむ、勘当あらじとて、まゐりつる」と申す。大納言起きゐて
大納言様ご自身もお知りになったので、おとがめもあるまいと思って参上しました」と申し上げる。大納言が起き上がって
のたまはく、「汝《なんぢ》ら、よく持て来ずなりぬ。龍は鳴る神の類にこそありけれ。
おっしゃることには、「お前たちは龍の頸の玉をよくぞ持ってこなかった。龍は空に鳴る雷と同類であるぞ。
それが玉を取らむとて、**そこらの**人々の害せられなむとしけり。まして龍を捕らへたら**ましかば**※、
その龍の頸の玉を取ろうとして、**多くの**人が殺されそうになったのだ。ましてもし龍を捕らえてしまったならば、
またこともなく我は害せられな**まし**※。よく捕らへずなりにけり。かぐや姫**てふ**大盗人の奴が、
また易々と私は殺されてしまったことだろうに。よく龍を捕らえずにすんだことよ。かぐや姫**という**大悪党が、
人を殺さむとするなりけり。家のあたり**だに**、今は通らじ。男ども、**な**ありき**そ**」とて、
人を殺そうとしたのであったよ。かぐや姫の家のあたり**でさえも**これからは通るまい。家来もあの辺りを歩い**てはならない**」とおっしゃって、

DATA FILE

易 ●○○○ 難

古文の基本とも言うべき単語・文法でストーリーも有名。出題大学も偏りがない。

家に少し残りたりける物どもは、龍の玉を取らぬ者どもに**たびつ**。
家に少し残っていたものなどは、龍の頸の玉を手に入れなかった家来たちに褒美として**お与えになっ**た。
これを聞きて、離れ給ひしもとの上は、腹を切りて笑ひ給ふ。糸を葺《ふ》かせ造りしは、
これを聞いて、離縁なさった元の奥方は、腹をよじってお笑いになる。かぐや姫のために糸を葺かせて飾りたてた新しい家は、
鳶《とび》・烏《からす》の巣に、みなくひもて往《い》にけり。世界の人の言ひけるは、「大伴の大納言は、
鳶や烏が、巣を作るために、みなくわえて持っていってしまったのだ。世間の人々が言ったことには、「大伴の大納言は、
龍の頸の玉や取りておはしたる」、「いな、さもあらず。御《み》眼《まなこ》二つに、杏のやうなる
龍の頸の玉を取っていらっしゃったのか」、「いやそうではない。玉は玉でも、御眼二つに杏のような
玉をぞ添へて**いまし**たる」と言ひければ、「あな、たべがた」と
玉をつけて**いらっしゃっ**たよ」と言ったところ、「ああそんな杏では食べがたい（＝「たべがた」の「たべ」が「食べ」と「堪へ」の掛詞）」と
言ひけるよりぞ、世にあはぬことをば、「あな、たへがた」とは言ひはじめける。
言ったことから、思うようにならないことを「あな堪へがた」と言い始めたのである。

読解ポイント

最後の一文にあるように『竹取物語』は、原則的にこのような言葉遊びの「オチ」で締めくくられている。それは伝承された真面目な「語源解釈」ではなく、「創作」であり、本当の語源を知っている人が読めば、ここは思わず吹き出す場面。そうした創作性ゆえに、『源氏物語』の中で『竹取物語』が「物語の祖《おや》」と呼ばれているのは有名。

★「**ましかば～まし**」は反実仮想。「なまし」の「な」は強意（完了）「ぬ」の未然形。

第21位～第30位

平安の伝奇物語のゴロは
「**竹取**《竹取物語》**ウッホ**《宇津保物語》ウッホ
窪《落窪物語》みに**落**ちて**電気**《伝奇物語》
ショック！」

24位

無《む》名《みょう》草《ぞう》子《し》

出題率
1.3%

藤原俊成女《ふじわらのとしなりのむすめ》

鎌倉前期
物語評論

『無名草子』は**鎌倉前期、13世紀初め頃の物語評論**。作者は**藤原俊成女**で、自分自身を出家した83歳の尼として造型している。内容は、東山をさすらううちに最勝光院《さいしょうこういん》近くに足をとどめた老尼がその近くにある邸に泊まり、その夜耳にしたその家の若い女房たちの話を記したという体裁をとっている。**このスタイルは歴史物語の『大鏡』を意識して書かれた**ものだが、『大鏡』が平安時代の男性批評書だったのに対して、この『無名草子』では女性の手による女性批評書を目指している。内容的には、「捨てがたきふしのある」もの・物語・歌集・女性についての評論を展開している。物語評論では特に『**源氏物語**』について詳細に論じられており、巻巻の論・登場人物論・場面論に分けて詳細に論じている。ほかにも『狭衣物語』『浜松中納言物語』『夜の寝覚』『とりかへばや物語』なども批評されているが、散逸した物語も多く含まれている。女性批評では小野小町・清少納言・和泉式部・小式部内侍・紫式部・中宮定子・大斎院などについてそれぞれの「めでたさ（＝すばらしさ）」について述べている。

歌論・物語論

年	作品	作者・備考
905	古今和歌集仮名序《こきんわかしゅうかなじょ》	紀貫之
1001	新撰髄脳《しんせんずいのう》	藤原公任
1113	俊頼髄脳《としよりずいのう》	源俊頼
1197	古来風体抄《こらいふうていしょう》	藤原俊成「幽玄」
1201	無名草子《むみょうぞうし》	藤原俊成女《ふじわらのとしなりのむすめ》 最初の本格的物語論
1211	無名抄《むみょうしょう》	鴨長明
1209	近代秀歌《きんだいしゅうか》	藤原定家「有心」
1219	毎月抄《まいげつしょう》	藤原定家「有心」

入試データ分析

『無名草子』出題順位

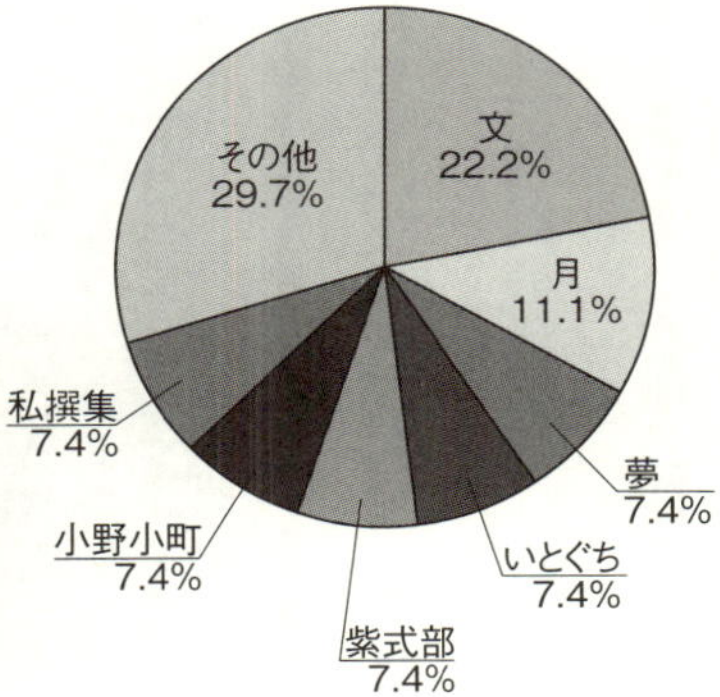

文
22.2%
月
11.1%
夢
7.4%
いとぐち
7.4%
紫式部
7.4%
小野小町
7.4%
私撰集
7.4%
その他
29.7%

学習ターゲット

老女と女房たちの井戸端会議的物語論。この世で一番心が惹かれるものとして文、月、夢があげられる。

1位「文」は手紙論。面と向かって言えないことも手紙では素直に伝えられることや、昔の手紙は当時の自分の気持ちを思い出せていいものだと語られる。

2位「月」はほのかな夕方の月や、有明の月がすばらしく、雲のない夜空に浮かぶ月は自分の死後の道しるべも照らしているようだと語られる。

3位「夢」は死んだ人にも夢でなら逢うことができて、起きたときに胸が詰まると述べられる。

『無名草子』的物語論

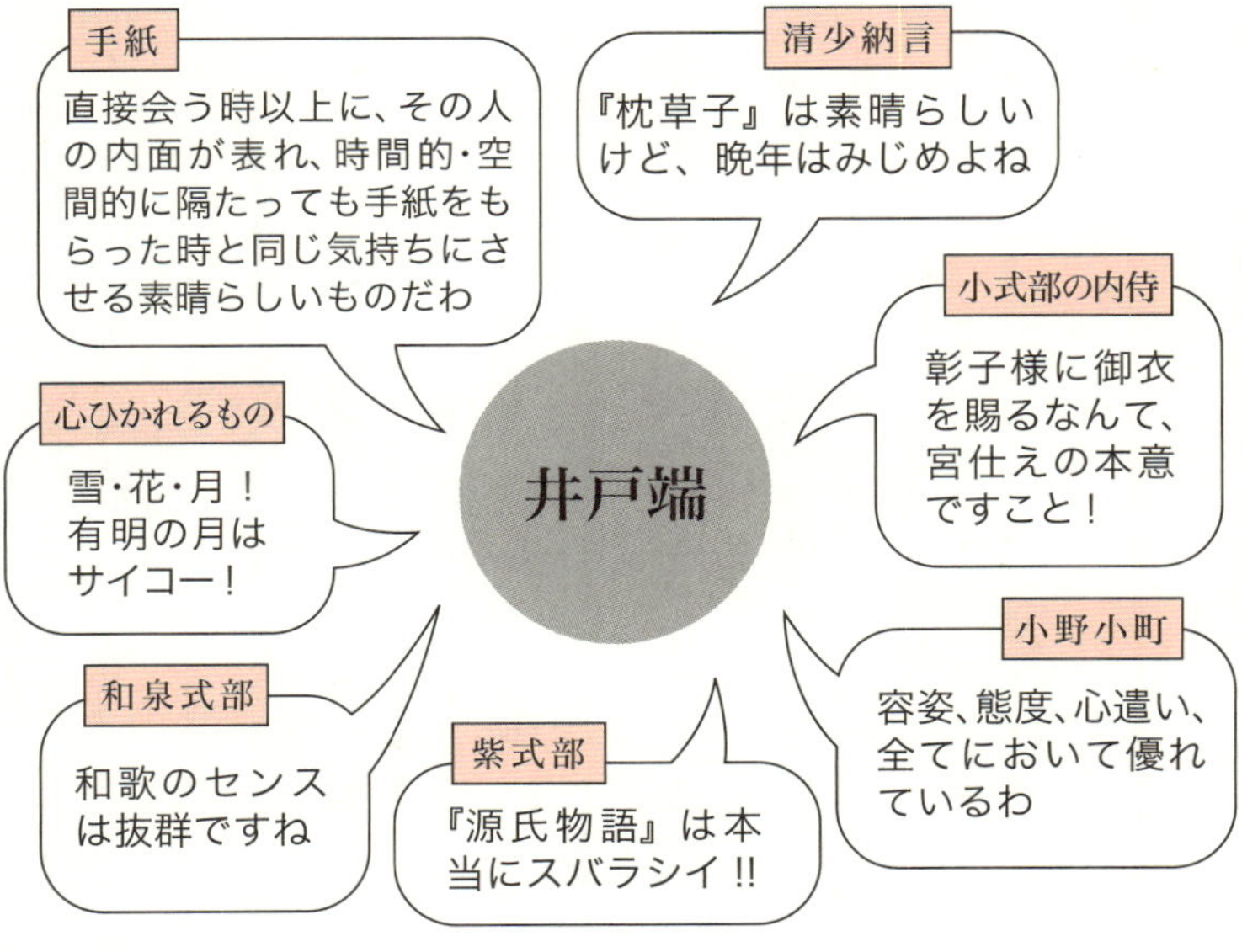

井戸端
手紙
直接会う時以上に、その人の内面が表れ、時間的・空間的に隔たっても手紙をもらった時と同じ気持ちにさせる素晴らしいものだわ
清少納言
『枕草子』は素晴らしいけど、晩年はみじめよね
小式部の内侍
彰子様に御衣を賜るなんて、宮仕えの本意ですこと！
心ひかれるもの
雪・花・月！有明の月はサイコー！
和泉式部
和歌のセンスは抜群ですね
紫式部
『源氏物語』は本当にスバラシイ!!
小野小町
容姿、態度、心遣い、全てにおいて優れているわ

入試出題箇所をチェック！

福岡大学『無名草子《むみょうぞうし》』

DATA FILE

易 ○○●○○ 難

やや国公立大に多く出題される。頻出箇所は内容を押さえておきたい。

すべて、あまりになりぬる人の、そのままにてはべる**ためし**、**ありがたき**わざにこそ**あめれ**。

総じて人並み以上になった人が、そのままで全うしております**例**は、**めったにない**こと**であるようだ**。

清少納言は、一条院の位の御時、中の関白世を**しら**せたまひけるはじめ、皇后の宮の**時めか**せたまふさかりに**さぶらひ**たまひて、人より優なるものとおぼしめされたりけるほどのことどもは、『枕草子』といふものに、みずから書きあらはしてはべれば、こまかに申すにおよばず。歌よみの方こそ、元輔《もとすけ》が女にて、さばかりなりけるほどよりはすぐれざりけるとかやとおぼゆる。『後拾遺』などにも、**むげに**少なう入りてはべるめり。みずからも思ひ知りて、申し請ひて、さやうのことにはまじりはべらざりけるにや。さらでは、いといみじかりけるものにこそあめれ。

清少納言は、一条院のご在位の御代、中の関白（＝道隆）が世を**治め**ておられた初めの頃、皇后宮（＝定子）が天皇の**ご寵愛を受け**ておられた全盛期に**お仕え**なさって、他の女房より優れた者として皇后宮からご寵愛をいただいたときのことなどは、『枕草子』というものに、自ら書き表しておりますので、私が細かに申し上げるまでもない。歌詠みという方面では、高名な歌人であった、清原元輔の娘として、それほどの人の子であったことに比べると、優れていなかったとかいうように思われる。『後拾遺和歌集』などにも、**ひどく**少なく入集しているようです。清少納言自身も歌才のないことを承知していて、皇后宮にお願いして、そのような歌の方面のことにはかかわらなかったのでしょうか。そうでなくては、『後拾遺』などへの入集が少なすぎるようだ。

その『枕草子』こそ、心のほど見えて、いとをかしう**はべれ**。さばかり、をかしくも、

その『枕草子』は清少納言の心構えが現れていて、たいそう興味深いもの**でございます**。あれほど興趣もあり、

あはれにも、いみじくも、**めでたく**もあることども、残らず書きしるしたる中に、宮の

しみじみと感慨深く感銘を受け、**すばらしく**もあることごとを、残らず書き記した中に、皇后宮が

めでたく盛りに時めかせたまひしことばかりを、身の毛も立つばかり書き出でて、

素晴らしくご寵愛を受けていらっしゃったことだけを、読んだ人の身の毛も立つほど真に迫って描き出して、

関白殿**失せ**たまひ、内の大臣流されたまひなどせしほどのおとろへをば、

皇后宮の父の関白殿がお**亡くなり**になり、兄の内大臣伊周が大宰権帥として流罪に処せられなさったりした頃の中関白家の没落のさまを、

かけても言ひ出でぬほどのいみじき心ばせなりけむ人の**はかばかしき よすが**なども

全く口に出すことがなかったほどの行き届いた心遣いをした人が、皇后宮の亡き後は**しっかりした 縁者**も

なかりけるにや、乳母《めのと》の子なりけるものに**具し**て、はるかなる田舎にまかりて住みけるに、

なかったのだろうか、乳母の子であった者に**連れられ**て、遠い田舎に下って住んでいましたが、

青菜といふもの乾しに外に出ずとて、昔の直衣《なほし》姿こそ※忘られね※と、**独りごち**けるを

青菜というものを乾かしに家の外に出ようとして、「昔見た、宮中の貴人たちの直衣姿ばかりは、忘れないことだ」と**独り言を言っ**たのを

見はべりければ、**あやし**の衣着て、つづりといふもの帽子にしてはべりけるこそ、

ある人が見ましたところ、**粗末**な着物を着て、つづりという継ぎはぎの布を帽子にしていたと言いますのは、

いとあはれなれ。まことに、いかに昔恋しかりけむ。

たいそうかわいそうなことだ。ほんとうに、清少納言はどんなにか昔が恋しかったことだろう。

読解ポイント

清少納言が仕えた中宮定子は藤原道隆の娘で、兄弟には伊周、隆家がいたが、政治的争いをした藤原道長に結局敗れてしまう。しかし『枕草子』にはそのような話は一切出さず、中宮定子や伊周たちを褒め称える内容に徹している。

★係り結び「こそ→ね」の「ね」は打消の助動詞「ず」の已然形。「こそ」の結びは已然形だが、見た目が命令形に見えるものが多いので注意したい。

25位

沙石集《しゃせきしゅう》

出題率 1.3%

無住《むじゅう》

鎌倉中期

仏教説話

『沙石集』は**鎌倉中期、13世紀後半に成立した仏教説話**。全十巻、**無住**が編纂。弘安6年(1283年)に成立し、その後も絶えず加筆されたので伝本の異同が多い。『沙石集』の名義は「砂(沙)から金を、石から玉を引き出す」ことをいい、「戯言・世俗的な話を集めることで、仏教の教訓を見出す」の意味。また、僧侶の立場から経典を多く引用しており、作者が無類の博識であり好奇心に富んでいるため、無味乾燥な説教から脱して興味津々たる文学作品となっている。**日本・中国・インド**の諸国に題材を求め、霊験談・高僧伝から、各地を遊歴した無住自身の見聞を元に書いた諸国の事情や珍しい話題、庶民生活の実態、芸能の話、滑稽譚・笑話まで多種多様な内容を持つ。その通俗で軽妙な語り口は、『徒然草』をはじめ、後世の狂言・落語に大きな影響を与えた。「青きことは藍より出でて藍よりも青きがごとく」「情けは人のためならず」など、馴染みのあることわざもたくさん出てくる。登場する人物も有名どころが多く、聖徳太子、恵心僧都、法然上人、明恵上人、西行、和泉式部などがいる。

鎌倉の説話

年	作品	分類	作者・備考
12C後	宝物集《ほうぶつしゅう》	仏	
1215	古事談《こじだん》	世	源顕兼編
1216	発心集《ほっしんしゅう》	仏	鴨長明《かものちょうめい》作
1221	宇治拾遺物語《うじしゅういものがたり》	世	
1222	閑居友《かんきょのとも》	仏	慶政編
1242	今物語《いまものがたり》	世	藤原信実編
1252	十訓抄《じっきんしょう》	世	
1254	古今著聞集《ここんちょもんじゅう》	世	橘成季《たちばなのなりすえ》編 720余りの説話
1275	撰集抄《せんじゅうしょう》	仏	西行《さいぎょう》が主人公
1283	沙石集《しゃせきしゅう》	仏	無住《むじゅう》作
1305	雑談集《ぞうだんしゅう》	仏	無住《むじゅう》作

仏=仏教説話
世=世俗説話

入試データ分析

『沙石集』出題順位

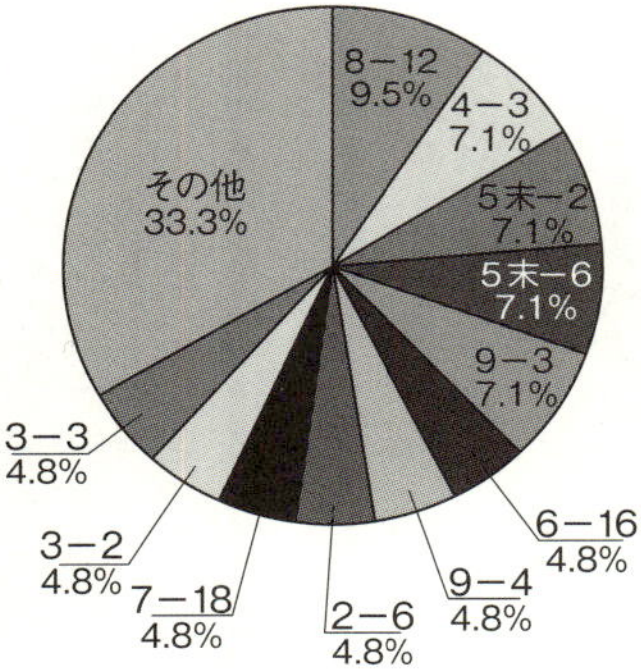

学習ターゲット

1位「8-12」はある殿のもとに輿入れすることになった姫君に乳母が、「あまり口うるさくせず、鶯のように必要なときだけ話せ」と教えたところ、姫君は食事の時に鶯の鳴き声で「食いたい」と言ってしまい、殿にあきれられるというオチの話。

2位「4-3」は病気で体が不自由になり、弟子からも見捨てられた上人のもとに女が現れ、献身的に世話をする話。素性を語ろうとしない女性に上人は無理に尋ねたところ、女は上人の娘で、父親が病気と聞いて親孝行のために尋ねて来たと答える。

仏教説話 作品

時代	作品	内容
平安	三宝《さんぼう》絵《え》詞《ことば》	源為憲が若くして出家した尊子内親王のために撰進した仏道の入門書。「三宝」は仏（釈迦など）・法（経典）・僧。文章は和漢混交文。
平安	日本《にほん》霊《りょう》異《い》記《き》	景戒撰著。日本最古の仏教説話集。日本の古記・伝承記の中から因果応報具現の実話を収集。文章は漢文体。
平安	打聞集《うちぎきしゅう》	インド・中国・日本の高僧や、寺社の縁起・霊験の話を集めている。文章は和漢混交文。
鎌倉	発心集《ほっしんしゅう》	鴨長明作。「発心」は悟りを求める心を起こすこと。先人の発心の逸話を集めている。
鎌倉	沙石集《しゃせきしゅう》	無住作。前5巻は仏教を学ぶ心構え、後5巻は滑稽譚などの説話を収める。
鎌倉	閑居友《かんきょのとも》	慶政編か。出家・発心・遁世・往生などの説話が多く、それに対しての作者の感想や批判も多く載せられている。
鎌倉	撰集抄《せんじゅうしょう》	西行を語り手に諸国の仏教修行者の話を収める。漂泊西行像が作られた作品。
鎌倉	宝物集《ほうぶつしゅう》	平康頼作。平康頼は平氏打倒の謀反で流罪になった人物。作品はこの世で一番尊いものは何かという問いに対して、結論的に仏法にほかならないということになる。
鎌倉	雑談集《ぞうだんしゅう》	『沙石集』とともに無住の著になる仏教説話集。笑話・霊験談が次々に語られている。

入試出題箇所をチェック！

東京女子大学

『沙石集《しゃせきしゅう》』

DATA FILE

易 ● 難

上位大での出題が多く、内容的知識があると有利。文学史に注意が必要。

近比《ちかごろ》、帰朝の僧の説とて、ある人語りしは、唐《もろこし》に賤《いや》しき夫婦有り。餅を売りて世を渡りけり。夫《をつと》、道の辺にして餅を売りけるに、人の袋を落としたりけるを見ければ、銀《しろがね》の軟挺《なんてい》六《む》つ有りけり。家に持ちて帰りぬ。

最近中国から帰国した僧の話としてある人が語ったことには、中国に身分の低い夫婦がいた。餅を売って生活していた。夫が道のほとりで餅を売っていたところ、だれかが落とした袋に気づいて手に取って見ると、銀貨が六枚入っていた。家に持って帰った。

妻、心すなほに欲なき者にて、「我等は商うて**過ぐれ**※ば、事も欠けず。この主《ぬし》、いかばかり歎き求むらん。**いとほしき**事なり。主を尋ねて返し給へ」と云ひければ、「誠《まこと》に」とて、普《あまね》く触れけるに、主と云ふ者出来《いでき》て、これを得て、あまりに嬉しくて、「三《み》つをば**奉ら**ん」と云ひて、既に分つべかりける時、思ひ返して、煩《わづら》ひを出さんが為に、「七つこそ有りしに、六つあるこそ不思議なれ。一つは隠されたるにや」と云ふ。「さる事なし。本より六つこそ有りしか」と論ずる程に、果ては、国の守の許《もと》にして、これを断らしむ。

妻は心が素直で欲のない人で「私たちは商売をして生計をたてているので別に困ってはいません。しかしこの落とし主はどんなに嘆き悲しんで探しているだろうか。**気の毒な**ことだ。落とし主を探してお返しなさいませ」と言ったので、夫は「その通りだ」と言って落とし主はないかと広く触れまわったところ、落とし主という人が現れて、袋を手にして嬉しさのあまり「お礼に三枚**差し上げ**ましょう」と言って、いよいよ分けようとする時になって、落とし主は思い直して、言いがかりをつけるために、「落とした時銀貨は七枚あったのに、今は六枚しかないのはおかしい。一枚を隠されたのではないか」と言う。「そんなことはない。もとから六枚しかなかった」と反論するうちに、とうとう国司の長官のもとで話し合い、長官に裁定してもらうことにした。

国の守、眼賢《まなこ》くして、「この主は不実の者なり。この男は正直の者」と見ながら、

国司の長官は、眼力の確かな人で、「この落とし主は嘘つきである。この拾った男は正直者」と判断するけれども、

不審なりければ、かの妻を召して別の所にて、事の子細を**尋ぬる**※に、

はっきりしない点があったので、拾い主の妻を呼んで、別の場所で、詳しい事情を聞いたところ、

夫が状に少しもたがはず。「この妻は極めたる正直の者」と見て、かの主、

夫の供述と少しも違わなかった。「この妻もきわめて正直な者」と見て、そうなると一方の落とし主は

不実の事慥《たし》かなりければ、国の守の判に云はく、「この事、慥かの証拠なければ

嘘をついていることはまちがいないので、国司の長官の判決に言うことは、「この事件には確かな証拠がないので、

判じがたし。但し、共に正直の者と見えたり。夫妻また詞《ことば》変らず、主の詞も正直に**聞こゆれ**※ば、

判断のしようがない。しかし、ともに正直者に見える。夫婦の言葉も食い違いはないし、落とし主の言葉も正直に聞こえるから、

七つあらん軟挺を尋ねて取るべし。これは六つあれば、

落とし主は七枚あったという銀貨の袋を尋ね歩いて探し出せ。この拾い物は六枚しか入っていないから、

別の人のにこそ」とて、六つながら夫妻に**給はり**けり。

別の人が落とした物にちがいない」と言って、六枚ともこの正直者の夫婦に**くださっ**た。

読解ポイント

作者の無住は鎌倉中後期の臨済宗の僧。著書が多く、この『沙石集』は著名。正直者は天が宝を与え、心が邪悪な者には天罰が下って損をする、という教訓話。仏教説話ではこのように仏や神による夢のお告げや、姿をかえて現れて人々を教えの道に導くという話が多い。

★「**過ぐれ**」「**尋ぬる**」「**聞こゆれ**」の活用の行、活用の種類、活用形に注意。それぞれ「ガ行上二段活用已然形」「ナ行下二段活用連体形」「ヤ行下二段活用已然形」。上二段と下二段の動詞は特に連体形と已然形に注意だ。

26位

増《ます》鏡《かがみ》

出題率 1.3%

二《に》条《じょう》良《よし》基《もと》か

室町前期（南北朝）

歴史物語

『増鏡』は**室町前期、14世紀後半に成立した歴史物語**。作者については諸説があるが、室町時代前期の歌人・歌学者の**二条良基**説が最有力。二条良基は連歌集『菟玖波《つくば》集』を編み、連歌論『筑波問答《つくばもんどう》』を書いた人。『増鏡』は、いわゆる「**四鏡**」の成立順（大→今→水→**増**）では最後に位置する作品であり、内容的にも最も新しい時代を扱っている（内容順では、水→大→今→**増**）。治承4年（1180年）の後鳥羽天皇の誕生から後醍醐天皇が隠岐に流され、その後元弘3年（1333年）に京都に戻るまでの15代150年の歴史を編年体で記している。嵯峨の清涼寺に詣でた100歳の老尼が語る昔話を筆記した体裁をとっている。この点は『大鏡』以下の鏡物のスタイルを踏襲している。**『源氏物語』や『栄花物語』の影響が大きく**、典雅な文体で公家の生活が描かれた文芸味豊かな絵巻物的な作品。最初の2巻に後鳥羽上皇の承久の乱を、最後の5巻には**後醍醐天皇の鎌倉幕府討伐**を詳述して首尾呼応し、とくに後者はわずか16年間のことであるのに全巻の約5分の3の記述をあてている。

歴史物語

四鏡

- 14C後　増鏡《ますかがみ》：編年体　南北朝時代に成立　二条良基か？　承久の乱〜鎌倉幕府の討幕まで
- 12C後　水鏡《みずかがみ》：編年体
- 12C後　今鏡《いまかがみ》：紀伝体
- 12C前　大鏡《おおかがみ》：紀伝体　藤原道長の栄華が中心だが批判精神もある
- 11C前〜11C末　栄花物語《えいがものがたり》：編年体　作者は赤染衛門か　藤原道長の栄華を描く

④——①——③——② ← 歴史的内容順

入試データ分析

歴史物語 出題順位

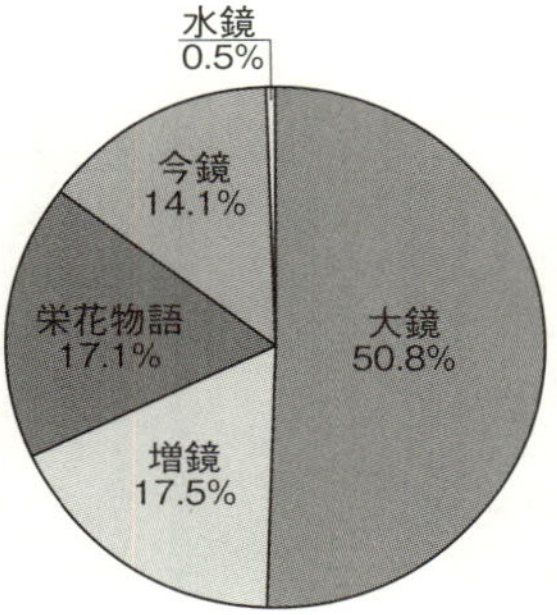

学習ターゲット

1位『大鏡』は、藤原道長を中心に平安初期（文徳帝）から平安後期（後一条帝）を描いた作品。

2位『増鏡』は後鳥羽天皇から後醍醐天皇までの15帝約150年を編年体で描いた作品。

3位『栄花物語』は藤原道長の栄華を描いた作品で、作者は道長の娘中宮彰子に仕えた赤染衛門といわれている。

4位『今鏡』は『大鏡』の続きで、平安後期（後一条帝）から平安末期（高倉帝）までの時代を紀伝体で記した作品。

5位『水鏡』は文学史で歴史物語の「四鏡」のひとつとして問われることがある。

四鏡まとめ

増鏡	水鏡	今鏡	大鏡
内容順④ 成立順④	内容順① 成立順③	内容順③ 成立順②	内容順② 成立順①
編年体	編年体	紀伝体	紀伝体
後鳥羽帝誕生（1180年）から後醍醐帝（1333年）までの15代153年間の歴史を記す。嵯峨清涼寺に参詣した作者が100歳くらいの老尼に歴史を語ってもらうという形で記されている。多くの和歌が含まれ、優雅な表現で、王朝貴族生活のみやびの世界を描いている。	『大鏡』以前の歴史、神武帝から仁明《にんみょう》帝までの約1500年間を記す。『大鏡』に倣って、ある修行者が神代の世から生きながらえているという仙人から聞いた話を、長谷寺に参詣した老尼に語り聞かせるという形で記されている。	後一条帝（1025年）から高倉帝までの13代146年間の歴史を記す。別名を『続世継』ともいう。内容は、作者が長谷寺参詣の帰りに出会った老女から昔話を聞いて書き記した形である。この老女は『大鏡』の語り手大宅世継の孫で、紫式部に仕えた女性という設定で、『大鏡』の設定を受けついでいる。	文徳帝即位（850年）から後一条帝（1025年）までの14代176年間の歴史を記す。藤原氏全盛の経過を多角的な視点から描き、その絶頂に立つ藤原道長の栄華、人物像を描くことを主題としている。『栄花物語』が道長を賞賛する態度であるのに対し、『大鏡』は道長の功罪を批判者の立場から語る。

入試出題箇所をチェック！

同志社大学

『増鏡《ますかがみ》』

DATA FILE

易 ●●●●● 難

『大鏡』に比べると出題率は落ちるが、扱っている時代と人物関係を知っていると有利。

上《かみ》のその道を得給へれば、下《しも》も**おのづから**時を知る習ひにや、男も女も、

上に立つお方がある道に優れていらっしゃると、下にいる者も**自然に**時世を知ってその道に熱心になる例であろうか、男も女も

この御代にあたりて、よき歌よみ多く聞え侍りし中に、宮内卿《くないきょう》の君といひしは、

この御代には優れた歌人が多く評判になりました中に、宮内卿の君といった人は、

村上の帝の御後に、俊房《としふさ》の左の大臣《おとど》と**聞え**し人の御末なれば、はやうは**あて**人なれど、

村上天皇の御後裔で、源俊房の左大臣と**申し上げ**た方のご子孫であるから、先祖は**高貴な**家柄の人であるが、

官《つかさ》浅くて、うち続き四位ばかりにて失せにし人の子なり。まだいと若き齢《よはひ》にて、

官位が低くて四位の官位だけで亡くなってしまった人の子である。まだたいそう若い年齢で

そこひもなく深き心ばへをのみ詠みしこそ、いと**ありがたく**侍りけれ。

限りなく深い心持ちだけを歌に詠んだのは、たいそう**珍しいことであり**ました。

この千五百番の歌合の時、院の上のたまふやう、「こたみは、みな世に**許《ゆ》り**たる

この千五百番の歌合が行われたとき、後鳥羽院がおっしゃるには、「今回の歌合の歌人たちは、みな世間から歌道の名人と**認められた**

古き道の者どもなり。宮内卿は**まだしかる**べけれども、**けしうはあらず**と

古参の大家たちである。宮内卿はこれらの歌人たちの列に加えるには**まだ早い**だろうけれども、交えても**別にさしつかえない**と

※**見ゆめればなん**。**かまへて**まろが**面《おも》起《お》こす**ばかり、よき歌つかうまつれ」

思われるようだから特別に加えたのである。**必ず**私の**面目がりっぱに立つ**ほど、よい歌を詠め」

と仰せらるるに、面うち赤めて涙ぐみてさぶらひけるけしき、

とおっしゃったところ、宮内卿の君は顔を紅潮させて、感動のあまり涙ぐんでひかえていた様子は、

限りなき**好き**のほど、あはれにぞ見えける。

彼女のこの上もない**歌道への熱心さ**の程度も身にしみて感じられ、すばらしいものだと思われた。

さてその御百首の歌、いづれもとりどりなる中に、

さてそのお詠みになった御百首の歌は、どの歌も情趣の深い歌であったその中に、

※薄く濃き　野辺の緑の　若草に　跡まで見ゆる　雪のむら消え

○あるいは薄く、あるいは濃く萌え出ている野辺の若草によって、野の雪がまだらに消えていった遅速の跡まではっきりと見えることよ。

草の緑の濃き薄き色にて、去年《こぞ》の古雪《ふるゆき》遅く**疾**《と》**く**消えける程を、推し量りたる**心ばへ**など、

草の緑の濃い色薄い色によって去年降った古い雪が遅く消えあるいは**早く**消えた様子を推察している**趣向**などは、

まだしからん人は、いと思ひよりがたくや。この人、年つもるまであらましかば、

未熟な歌人には到底思いつけないものだろう。この宮内卿の君が高齢までもし生きていたら、

げにいかばかり目に見えぬ鬼《おに》神《がみ》をも動かしなましに、若くて**失せ**にし、

本当にどのようにか目に見えない鬼神まで感動させたことであろうに、若くて**この世を去っ**たのは、

いと**いとほしく**※**あたらしく**なん。

たいそう**気の毒なことであり**また**惜しいことであり**ました。

読解ポイント

『新古今和歌集』撰定に至るまでの挿話の一つ。優れた歌人でもあった後鳥羽院に仕えた女流歌人宮内卿の君に対する筆者の好意が読み取れる。千五百番の歌合せは後鳥羽院の行った有名な歌合せで、三十人の歌人にそれぞれ百首和歌を詠ませ、それを左右に分けて千五百番とした。その中に宮内卿の君が入ることはとても名誉なことだった。

★「薄く濃き」の和歌中の「薄く」は連用形による中止法で、「濃き」と並列され、「薄き濃き野辺の緑の若草」という文脈。作者はこの歌で「若草の宮内卿」と呼ばれた。

★「見ゆめればなん」「あたらしくなん」の「なん」は二つとも係助詞。ここでは結びが省略されている。

27位

方丈記《ほうじょうき》

出題率 1.2%

鴨長明《かものちょうめい》

鎌倉前期

随筆

『方丈記』は**鎌倉前期、13世紀前半（1212年）に成立した随筆**で作者は**鴨長明**。いわゆる「隠者文学」の最高峰の一つ。人生が無常であることを説き、安元の大火、福原遷都、養和の飢饉、元暦の地震などの事件を述べ、鴨長明が日野山に隠遁するにいたったわけを記している。和漢混交文で書かれた名文で、冒頭の「**ゆく河の流れは絶えずして、しかも、もとの水にあらず**」は超有名。「**無常観**」をテーマとし、書かれている数々の事件を通じて人の世のはかなさを描いている。後半では自分が隠遁生活に入った理由と庵での楽しい生活と安らかな心境を述べているが、鋭い人間観察と自己の内面の批判意識も記している。彼が生きたのは平安時代末期から鎌倉時代にかけての時代の変革期だった。『方丈記』に書かれているのは、平安時代が終わり、まさに世の中が地獄と化していた時期で、鴨長明が常なるものなどなにもないという「無常観」にかられたのも無理のないところ。ちなみに題名の「方丈」というのは方形、つまり四角の部屋のことで、長明の隠遁していた草庵のこと。

三大随筆

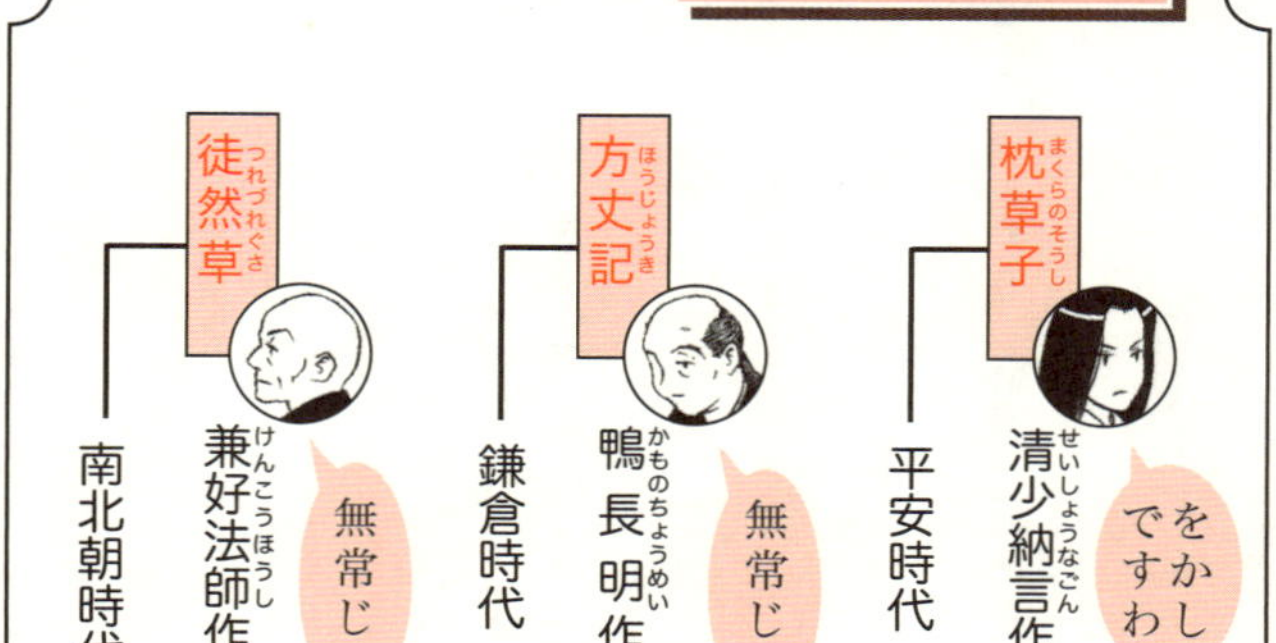

入試データ分析

『方丈記』出題順位

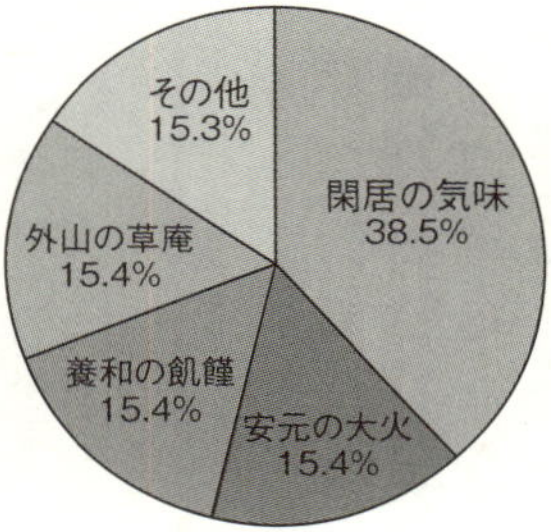

学習ターゲット

『方丈記』は鴨長明が 50 歳で出家したあとに和漢混交文で書いた無常観をテーマとした随筆。「ゆく河の流れは絶えずして、しかも、もとの水にあらず」で始まる。

1 位「閑居の気味」は隠遁生活から 5 年が経過した作者の生活の様子や考えが述べられる。2 位「安元の大火」は 40 歳のころに体験した安元 3 年の大火事について都の様子を鮮明に書き記している。3 位「養和の飢饉」では世間の人々が飢えに苦しむ様子が描かれる。4 位「外山の草庵」は晩年の住居方丈の庵について説明されている。

『方丈記』に描かれた人災天災

安元の大火

一一七七年。風が激しく吹いた夜、都の東南の方から出火して朱雀門、大極殿、大学寮、民部省へと火は燃え移り、一晩のうちに全て灰になってしまった。煙にむせて倒れ込む人、ある人は炎に目がくらんでたちまち死んでしまう。ようやく火事から逃れられた人も、家財は全て灰となった。危険な都に家を作ろうとして家財を使ってあれやこれやと悩むことは、この上なくつまらないことである。

養和の飢饉

一一八一～一一八二年。食料も日に日になくなり、愛する人がいる人は、自分のことを二の次にして相手に食べ物を与えた。そのため、相手に対する愛情の深い者のほうが先に死んだ。親子の場合はきまって親が先に死んだ。赤子は母親が死んだことも知らないまま、なお乳房に吸い付いていた。仁和寺の法師は、死人の顔に「阿」の字を書いて、成仏させた。死人の数を数えたが、とてもきりがない。

入試
出題箇所を
チェック！

甲南大学『方丈記《ほうじょうき》』

おほかたこの所に住みはじめし時は、**あからさま**と思ひしかども、今すでに五年を
まったくのところ、この場所に住み始めた時は**少しばかりの間**と思ったけれども、もうすでに五年を
経《へ》たり。仮の庵《いほり》もやや**ふるさと**となりて、軒に朽葉《くちば》ふかく、土居《つちゐ》に苔《こけ》むせり。**おのづから**
過ごした。仮の庵もだんだんに**住みなれた場所**となって、軒に朽葉が深く積もり、土台には苔が生えている。**たまたま**
ことの**たより**に都を聞けば、この山にこもりゐて後、**やむごとなき**人の**かくれ**給へるも
何かの**ついで**に都の様子を聞くと、私がこの山にこもり住んだ後、**身分の高い**人でお**亡くなり**になった方も、
あまた聞ゆ。ましてその**数ならぬ**たぐひ、尽してこれを知るべからず。
たくさん耳にする。まして、**ものの数にも入らない**身分の人の死んだ例は、数えあげてその数を知ることなどできないだろう。
たびたびの炎上にほろびたる家またいくそばくぞ。ただ仮の庵のみのどけくしておそれなし。
たびたびの火災で焼け滅んだ家の数は、もうどれほど多いか。ただ私の住む仮の庵だけは、平穏で何の心配もない。

（中　略）

すべて世の人の栖《すみか》を作る**ならひ**、必ずしも身のためにせず。あるいは妻子眷属《けんぞく》のために
一般に世間の人が住居を作るという**慣習**は、必ずしも自分のために作るのではない。ある場合は妻子や一族のために
作り、あるいは親昵《しんぢつ》朋友のために作る。あるいは主君師匠および財宝牛馬のためにさへ
作り、ある場合には親しんでいる人や友人のためにも作る。ある場合には主君や師匠、さらには財宝や牛馬のためにまで
これを作る。われ今身のために**むすべり**※。人のために作らず。**ゆゑ**いかんとなれば、
建物を作る。私は今は、自分自身のためにだけ庵を作った。他人のために作ったのではない。**理由**はなぜかというと、

DATA FILE

易 ●○○○ 難

鴨長明の作品中では読みやすいが、テーマと時代背景、そして文学史に注意。

今の世のならひ、この身のありさま、ともなふべき人もなく、**頼む**べき奴《やつこ》もなし。

今の世の状況では、我が身の境遇では、ともに生活すべき妻子もなく、**頼り**にできる下僕もいないからだ。

たとひ、ひろく作れりとも、誰を宿し、誰をか据《す》ゑん。それ、人の友とあるものは

たとえ庵を広く作ったとしても、いったい誰を宿泊させたり、誰を置いたりしようか。そもそも友達づきあいを見ていると、

富めるをたふとみ、ねむごろなるを先《さき》とす。必ずしも**なさけ**あると、

財産のある者を大切にし、自分にちやほやする者とまず親しくなろうとする。必ずしも**思いやり**のある者や、

すなほなるとをば愛せず。ただ**糸竹花月**を友とせん**にはしかじ**。人の奴たるものは、

率直な者を大切にしない。そんなことなら、もっぱら**音楽や自然**を友として楽しむ**に越したことはあるまい**。人に召し使われる者は、

賞罰はなはだしく恩顧あつきを先とす。さらに、育みあはれむと、

褒美が非常に多く、待遇のよいのを第一条件とする。そのうえに、いたわって使ってくれるとか、

安く静かなるとをば願はず。ただわが身を奴《ぬ》婢《ひ》とする**にはしかず**。

安らかで静かな生活が出来るとかいうことは問題にしない。それならば専ら自分自身を召使にする**に越したことはない**。

読解ポイント

『方丈記』の冒頭部分は名文で有名である。「ゆく河の流れは絶えずして、しかも、もとの水にあらず。よどみに浮かぶうたかたは、かつ消え、かつ結びて、久しくとどまりたるためしなし。世の中にある人と住家と、またかくの如し」。

★「**むすべり**」の「り」は完了の助動詞「り」の終止形。完了の助動詞は存続「〜ている」の意の場合もあるので、文脈で判断する。

28位

無《む》名《みょう》抄《しょう》

出題率
1.2%

鴨長明《かものちょうめい》

鎌倉前期

歌論

『無名抄』は**鎌倉前期、13世紀前半に成立した歌論**。作者は27位の『**方丈記**』にひき続いて**鴨長明**。鴨長明三部作は、『**方丈記**』『**発心集**』、そしてこの『**無名抄**』ということになる。『無名抄』の内容は鴨長明の**師の俊恵《しゅんえ》の歌論**を伝える形で展開されるが、鴨長明の見聞きした歌人の逸話など随筆的内容も入っている。また当時の新風といわれた「**幽玄体**」について「言葉に現れぬ余情、姿に見えぬ景気なるべし」と論じている。以下、「歌論」の流れを押さえていこう。まず、日本初の「歌論」としては**紀貫之《きのつらゆき》**の書いた『古今和歌集』の「**仮名序**」があげられる。続いて「三舟《さんしゅう》の才」で有名な藤原公任《きんとう》の『新撰髄脳』、源俊頼の『俊頼髄脳』などが書かれた。平安末から中世にかけては**藤原俊成《しゅんぜい》・定家《ていか》**親子が活躍する。俊成は『千載集』を撰ぶと同時に、歌論『古来風体抄』を書いて「**幽玄**」を理想とし、息子の定家は『新古今和歌集』を撰び、歌論『近代秀歌』『毎月抄』で「有心」を主張した。「有心」は「幽玄」の境地をさらに進めて題材の風情に一体化する情趣を表した。

鴨長明三部作《かものちょうめい》

1211 無名抄《むみょうしょう》
師・源俊恵《しゅんえ》の和歌観を述べた歌論

1212 方丈記《ほうじょうき》
仏教的無常観を基調とした随筆

1216 発心集《ほっしんしゅう》
発心の機縁を集めた仏教説話

入試データ分析

鴨長明 出題順位

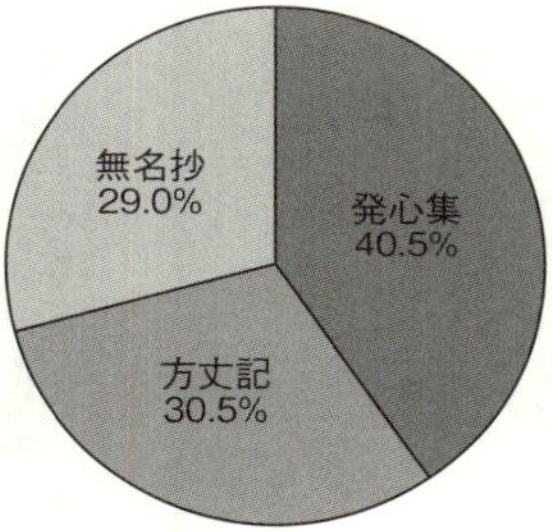

学習ターゲット

鴨長明は平安末期から鎌倉時代にかけて活躍した歌人であり随筆家。長明は下鴨神社の神官、長継の次男として生まれるが、神官になれず出世コースからは外れる。歌人としては俊恵に師事している。

『無名抄』は和歌に関する80項目に及ぶ評論集で、歌人の逸話や古歌について論じられている。「幽玄」について論じた部分は頻出。

長明は三大随筆の『方丈記』が有名だが、出題率が高いのは説話の『発心集』である。『無名抄』とあわせて鴨長明3部作は入試の出題率はトップ10内に入る。

和歌に命をかけた歌人 ～『無名抄』より～

俊成卿の娘と宮内卿

俊成卿の娘は、歌合せなどの公的な場で晴れの歌を詠もうという場合には、何日も前から多くの歌集を繰り返し念入りに調べて、思い通りに詠んだあとは、すべて片付けて、灯火をかすかにともしながら、人に聞かれないように思案する。

宮内卿は、最初から最後まで歌集の冊子や巻物を広げておいて、灯台に火を間近に灯して、やっとの思いで書きとめながら、昼も夜も考案した。そしてあまりに歌を深く考えつめたために一度は死にかけたほどだった。

道因入道

歌の道に志が深かったことでは、道因に並ぶ者がいない。七、八十歳になるまで、和歌の神様がいる住吉神社に「秀歌を詠ませてください」と月参りをした。道因の死後、『千載集』を撰んでいた藤原俊成は道因を優遇して18首を入れたところ、俊成の夢に道因が現われて、泣きながらお礼を言ったという。

入試出題箇所をチェック！

同志社女子大学『無《む》名《みょう》抄《しょう》』

すべて歌の姿は、**心得《こころえ》**にくきことにこそ。古き口伝髄脳《くでんずゐなう》などにも、**難《かた》き**ことどもをば
総じて歌の姿というものは、わかりにくいものです。昔の歌の口伝や髄脳（＝和歌の法則・奥義を述べた書物）などにも、**難しい**諸事項について
手を取りて教ふばかりに釈したれども、姿に至りては確かに見えたることなし。
手を取って教えるほどに詳しく説明しているが、歌の姿の問題になると、はっきりと説明しているものはない。
いはんや**幽玄**《いうげん》の体《てい》、まづ名を聞くより**まどひ**ぬべし。自らもいと心得ぬことなれば、
まして幽玄の歌体は、まずその名前を聞くと同時に**途方に暮れる**だろう。自分もあまり理解していないことなので、
さだかにいかに申すべしとも覚え侍らねど、よく境《さかひ》に入れる人々の申されし趣は、
はっきりとどう申し上げるのがよいかはわからないけれど、深い境地に達している歌人たちが申された幽玄の趣旨は、
詮《せん》はただ詞にあらはれぬ余情《よせい》、姿に見えぬ景気《けいき》なるべし。心にも理《ことわり》ふかく詞にも
要はただ言葉に表現されていない余情、姿には見えず漂う情趣なのだろう。情趣にも真実の道理が深くこもり、表現される言葉にも
艶《えん》きはまりぬれば、これらの徳は**おのづから**備はるにこそ。たとへば、秋の夕暮の気色《けしき》は
優美さが追求されているので、言葉に表れない余情や姿に見えない情趣という長所は**自然に**そなわるものだ。例えば秋の夕暮れの空の様子は、
色もなく声もなし。いづくにいかなる**故**《ゆゑ》あるべしとも覚えねど、**すずろに**
花とか紅葉とかの色彩もなく鶯とかの声もない。どこにどういう**理由**があるのか理解しえないが、**なんとなく**
涙こぼるるがごとし。これを**心なき**者は、さらにいみじと思はず、ただ目に見ゆる花・
涙がこぼれるようなものだ。これを**情趣を解する心のない**者は少しもすばらしい趣と思わず、ただ目に見える桜の花、
紅葉《もみぢ》をぞめで侍る。また、よき女のうらめしきことあれど、言葉にはあらはさず、
紅葉ばかりを愛好するのです。また美しい女が恋人に恨みに思うことがあるが、言葉に直接表さず

DATA FILE

易 ○○●○○ 難

鴨長明の作品では平均的難易度で、「歌論」であるところがポイント。

深く**しのび**たる気色を、さよなどほのぼの見つけたるは、言葉をつくして恨み、
落ち着いて**隠し**ている様子を恋人が『そうだったのだなあ』などとそれとなく気づいたのは、あらん限りの言葉を並べて恨み、
袖《そで》をしぼりて見せむよりも、**心苦しう**、あはれ深かるべきがごとし。また、
涙の袖をしぼって見せるのよりも、相手には**せつなく感じられ**、愛情も深くなっていくようなものだ。また
幼き者などは、こまごまといはすよりほかは、**いかでかは**気色を見て知らむ。
子供などは、詳しく説明する以外には、**どうして**物の様子だけを見てそのものの深い趣を知ることができよう**か**。
この二つのたとへにぞ、風情すくなく心浅から**む**※人の悟りがたきことをば知りぬべき。
この二つのたとえによって、情感にとぼしく感受性のないような人は幽玄を理解しにくいものであることを納得できるはずである。
また、幼き子**の**※**らうたき**が、かたことしてそれとも**聞え**ぬことをいひ出したるは、
また幼い子**でかわいい**子が片言でしゃべり、何を言っているのか**はっきりわから**ないことを話しかけてきた時は、
はかなきにつけても**いとほしく**、聞きどころあるに似たることも侍るにや。これらをば
たとえつまらない内容でも**かわいらしく**、耳を傾けるだけの価値があるのに幽玄は似ているのではない。これらのことを
いかでかたやすく**まねび**もし、さだかにいひも現はさむ。ただ、自ら心得《こころう》べきことなり。
どうして容易に**真似**したり、はっきりと言い表したりできよう**か**。ただ自分で会得していかねばならないことだ。

読解ポイント

★和歌の理念である「幽玄の体」についての説明。「幽玄」とは言葉に直接表されない余情、姿にはっきり見えない情趣のこと。藤原俊成が唱えたもの。それを鴨長明が論じている。

★「心浅からむ人」の「む」は婉曲の用法。「む（ん）」は下に体言を伴って連体形になると婉曲の意となり、「～ような」と訳す。

★「幼き子の」の「の」は同格「～で・～であって」。

「む（ん）」＋「体言」の時の「む（ん）」は、婉曲ですよ。

29位

栄花物語《えいがものがたり》

出題率
1.1%

赤染衛門《あかぞめえもん》

平安後期

歴史物語

『栄花物語』は**平安後期に成立した歴史物語**。正編は1030年ごろ、続編は1100年ごろに書かれた。**赤染衛門**が正編を書いたといわれている。**赤染衛門は、藤原道長の娘中宮彰子に仕えた女房の一人**。『栄花物語』は藤原道長の栄華を中心に、宇多《うだ》天皇から堀河《ほりかわ》天皇までの15代およそ200年間の宮廷史を史実に忠実に編年体（年代の順を追って記述するもの）で記してある。物語は最初、貴族たちの権力闘争を描き、藤原氏が皇室の外戚としての地位を着々と収めていくさまが語られる。栄華を極めた道長による法成寺造営と諸堂供養、仏事善業などが書かれると同時に、次々と子女に先立たれる道長の晩年の様子も描かれている。これに対して『**大鏡**』は同じく藤原氏の栄華、人物を描いているが、帝紀・大臣列伝・志・藤原氏物語・昔物語のかたちに分けられた紀伝体（各人物ごとの事績を中心に歴史記述をするもの）である。内容的にも道長に対して賛美するだけでなく、批判的な視点をもっている点が『栄花物語』とは対照的といえる。

歴史物語

四鏡（増鏡・水鏡・今鏡・大鏡）

14C後	12C後	12C後	12C前	11C前～11C末
増鏡《ますかがみ》	水鏡《みずかがみ》	今鏡《いまかがみ》	大鏡《おおかがみ》	栄花物語《えいがものがたり》
編年体 南北朝時代に成立	編年体	紀伝体	紀伝体 藤原道長の栄華が中心だが批判精神もある	編年体 作者は赤染衛門が藤原道長の栄華を描く
④	①	③	②	

④―①―③―② ← 歴史的内容順

入試データ分析

『栄花物語』出題順位

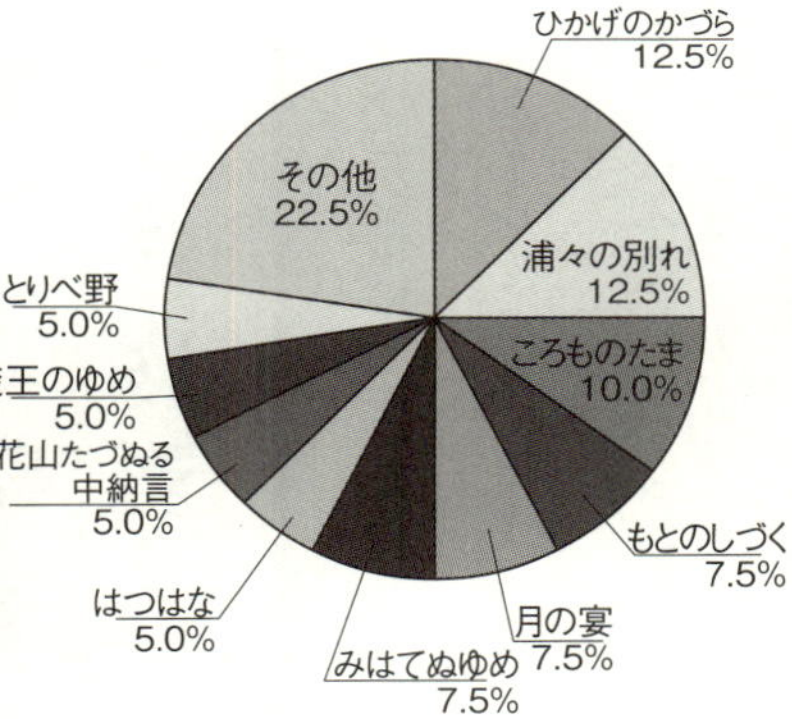

学習ターゲット

1位「ひかげのかづら」は藤原道長の息子顕信が17、8歳の頃に高僧に頼んで出家をする話。道長は驚いて顕信が籠もる比叡山を訪れ、顕信と対面するが、顕信の出家の意志が固いことを知り、泣く泣く下山する。

2位「浦々の別れ」は道長との抗争に敗れた藤原伊周と隆家はそれぞれ播磨、但馬に流される。伊周は母が危篤と聞いて、道長に見つからないように上京し、母と再会する。

3位「ころものたま」は藤原公任が主人公。出家をした公任のもとを息子定頼が訪問する。道長との和歌のやりとりもある。

西暦	道長年齢	藤原道長　関連事項
966	0	道長誕生。
980	14	従五位下となる。母時姫、没。
987	21	左大臣源雅信の娘、倫子と結婚。
988	22	権中納言となる。源高明の娘、明子と結婚。
990	24	父兼家、没。兄道隆、摂政となる。
993	27	兄道隆、関白となる。
994	28	甥伊周との競射に勝利する。
995	29	兄関白道隆、関白道兼、没。内覧、右大臣となる。
996	30	左大臣となる。伊周を大宰権帥、隆家を出雲権守に左遷。
999	33	娘彰子、一条帝の中宮となる。
1001	35	公任、道長の大堰川逍遥に和歌の舟に乗る。
1008	42	彰子、敦成親王（後一条帝）出産。
1009	43	彰子、敦良親王（後の後朱雀帝）出産。
1011	45	関白就任を辞退。
1012	46	娘妍子、三条帝の中宮となる。顕信の突然の出家。
1016	50	敦成親王が後一条帝となる。道長、摂政となる。
1017	51	摂政を嫡男の頼通に譲り、太政大臣となる。
1018	52	太政大臣を辞任。娘の威子、後一条帝の中宮となる。
1019	53	出家。法名行覚。
1022	56	壮大な法成寺金堂、落慶供養。
1025	59	雲林院菩提講に世継たち参会。『大鏡』の記事ここで終わる。
1027	61	道長、没。鳥辺野で葬送。遺骨を木幡に移す。

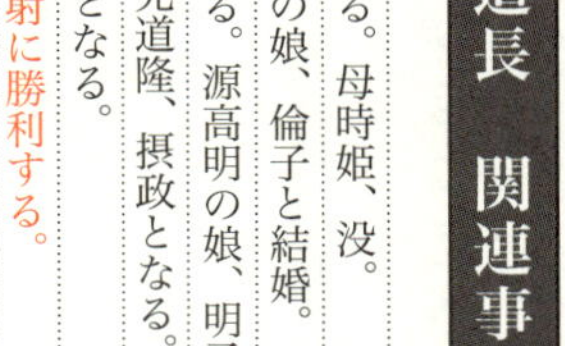

入試出題箇所をチェック!

首都大学東京

『栄花物語《えいがものがたり》』

(帥殿《そちどの》)「なほこの世には人笑はれにてやみぬべき身にこそ**あめれ**。**あさましう**もあるかな。
(伊周殿が)「やはりこの世では人から笑われる存在で終わってしまう身**であるようだなあ**。**情けない**ことだよ。

めづらかなる夢など見てし後は、さりともと頼もしう、異なることなき人の例の果て見てなどこそはいふなれば、さりともとのみ、そのままに精進《さうじ》、斎《いもひ》をしつつあり過ぐし、
めったにない良い夢などを見た後は、いくら夢であってもと期待をかけ、成功することのない人の例の結末を見てから人生がどうだったかを判断するものだなどと言うそうだから、いくら何でもとばかり、そのままに精進潔斎をしては日を過ごし、

ひたみちに仏神を頼みたてまつりて**こそ**※あり**つれ、**※今はかうにこそあめれ」と、
ひたすら仏神を頼りにし申し上げていた**のに**、今はこんなありさまであるようだ」と、

御心の中のもの嘆きに思されて、「**あいな頼み**にてのみ世を過ぐさん**は**、
お心の中でお嘆きの思いでおられ、「**あてにならない望み**だけで世を過ごす**としたら**、

いと**をこがましき**ことなど出で来て、**いとど**生けるかひなき有様《ありさま》にこそ**あべかめれ**。
ひどく**みっともない**ことなどが出てきて、**いっそう**生きている甲斐のないありさまになっていく**にちがいなかろう**。

いかがすべき」など、御叔父の明順《あきのぶ》、道順《みちのぶ》などにうち語らひたまへば、
どうしたらよいだろうか」など、御叔父の明順、道順などにご相談なさると、

「げに世の有様さのみこそおはしますめれ。さりとてまたいかがはせさせたまはんとする。
「なるほど世のありさまはおっしゃるとおりでしょう。そうかといってまたどのようになさろうというおつもりでしょうか。

ただ御命だに平らかにておはしまさばとこそは頼みきこえさすれ」など、
ただお命だけでも無事でいらっしゃるのならと、頼りにし申し上げています」など、

DATA FILE

易 ○○●○ 難

上位大での出題が多く、内容的知識が必須。『大鏡』との相違に注意。

あはれなる事どもをうち泣きつつ聞えさすれば、殿も、「かくてつくづくと罪をのみ作り積むも、いと**あぢきなく**こそ**あべけれ**。ものの因果知らぬ身にもあらぬ**ものから**、何ごとを待つにかあらんと思ふに、いとはかなしや。なほ今は出家して、しばし**おこなひ**て、後《のち》の世の頼みを**だに**やと思ふに、ひたみちに起こしたる道心にもあらずなどして、山林にゐて経読みおこなひをすとも、この世の事どもを思ひ忘るべきやうもなし。さてよろづに攀縁《へんえん》しつつせん念誦《ねんず》、読経《どきやう》はかひはあらんとすらん[やは]※と思ふに、まだえ思ひたたぬなり」など言ひつづけさせたまふ。いみじうあはれなることなりかし。

しみじみと心を動かされることなどを泣きながら申し上げたので、殿も、「こうして何もせずぼんやりと罪ばかり作り重ねるようなのも、ひどく**つまらない**ことに**ちがいない**。物事の因果をわきまえぬ身でもない**けれども**、何事を待っているのであろうかと思うと、とてもむなしいことだよ。やはり今は出家して、しばらくは**仏道修行して**、来世の頼りにできること**だけでも**祈ろうかと思うが、ひたすらに起こした道心ではないので、山林にいて経を読み修行をしたとしても、この俗世のことなどを忘れられることもできそうにない。そうして万事につけて俗縁にかかわりわずらいしつつ、念誦や読経は効き目はあるだろうか、いや、あるまいと思うと、まだ決心できないのである」など言い続けなさる。たいそう気の毒なことであるよ。

読解ポイント

藤原道長一門の繁栄の裏で、不遇な身の上にほぞをかむ帥殿（藤原伊周）が、生きがいを見失いつつも出家する決意もできず苦しんでいる場面。この後、妹である中宮定子が産んだ第一皇子は皇太子となれず、道長の娘である中宮彰子が産んだ皇子が皇太子となる。

★「**こそ→つれ、**」は逆接の意。係助詞「こそ」の結びの已然形が文末ではなく文の途中にあり、「、」などで下へ続いていくと逆接になる。「～けれども・～のに・～が」と訳す。

★「**やは**」「かは」の形は基本的に反語になる。「～だろうか、いや～ない」と訳す。

30位

俊頼髄脳《としよりずいのう》

出題率
1.1%

源俊頼《みなもとのとしより》
平安後期
歌論

『俊頼髄脳』は**平安後期、12世紀前半に成立した歌論**。作者は源俊頼。和歌は日本の「たはぶれあそび」であるという序文で始まっている。和歌の長い伝統を学ぼうとする者が少ないことや、和歌の道が失われてしまうことを残念に思うという趣旨が述べられる。その後各種の歌についての説明と論を展開し、和歌の理想まで発展する。「おほかた、歌のよしといふは、心をさきとしてめづらしきふしをもとめ、詞をかざりよむべきなり。心あれど詞かざらねば歌おもてめでたしとも聞こえず。詞かざりたれどさせるふしなければよしとも聞こえず。めでたきふしあれども優なる心ことばなければまたわろし。けだかく遠白きをひとつのことのことすべし。これらをぐしたらむ歌をば、よの末にはおぼろげの人は思ひかくべからず」という論は、**藤原公任《きんとう》の『新撰髄脳』**を発展させたものだが、言葉の感覚的な優位を重く見て、けだかく遠白い趣を備えることを和歌の理想的な条件としているところに独創性がある。**鴨長明の『無名抄』**などにも引用され、後に続く歌論にも影響を与えた。

歌論

905 古今集《こきんしゅう》仮名序《かなじょ》
紀貫之《きのつらゆき》
日本最初の歌論

1001か 新撰髄脳《しんせんずいのう》
藤原公任《ふじわらのきんとう》『和漢朗詠集《わかんろうえいしゅう》』
三舟の才でも有名

1115 俊頼髄脳《としよりずいのう》
源俊頼《みなもとのとしより》『金葉和歌集《きんようわかしゅう》』

入試データ分析

『俊頼髄脳』出題順位

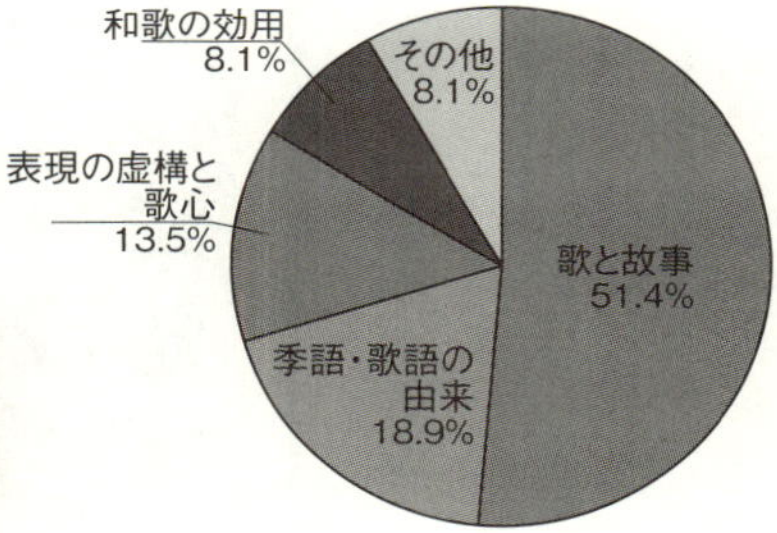

学習ターゲット

源俊頼は『金葉集』を編纂したり、勅撰集に和歌がたくさん入集する和歌の才に恵まれた人物だった。

1位「歌と故事」は、他人が詠んだ歌にまつわる話や俊頼の歌への評価が紹介されている。平安時代に成立した世俗説話の『古本説話集』にも載っている有名な話である、長能と道済の歌を公任が判定した話もここに入っている。

2位「季語・歌語の由来」、3位「表現の虚構と歌心」は浦島太郎などの説話をふまえて季語・歌語の由来や欠点を語り、和歌の解説・注釈がされている。

和歌の修辞法 ～掛詞～

あき	秋・飽き
あま	海人・尼・天・海士
あめ	雨・天
あや	綾・文
いは	言は・岩清水
いる	射る・入る
うき	浮き・憂き
うら	裏・浦・心
えに	江に・縁に
おき	置き・起き・沖・隠岐
かる	枯る・離る・借る・刈る・狩る
くる	来る・繰る
こし	越・来し
こと	言・事・琴・異
しか	鹿・然
すみ	住み・澄み・住吉・住の江・墨染
たつ	立つ・発つ・裁つ・立田山・立田川
つま	妻・褄・端
ながめ	眺め・詠め・長雨
なみ	波・涙・無み
なる	鳴る・成る・慣る・萎る
はる	春・張る
ひ	日・火・思ひ
ひとよ	一夜・一節
ふみ	文・踏み
ふる	古(旧)る・降る・経る・故郷
まつ	松・待つ・松虫
みる	見る・海松
よ	節・夜・世
よる	夜・寄る・縒る

入試
出題箇所をチェック！

上智大学『俊《とし》頼《より》髄《ずい》脳《のう》』

次の文は藤原為時の息子惟規《これのり》が危篤状態になった場面である。

親、待ちつけて、よろづにあつかひければ、やまざりければ、今は後世のことを
親の為時は待ち受けて子に再会して、万事に手厚く看護をしたのだが、病状はよくならなかったので、今となっては来世のことを
思へとて、枕がみに添ひゐて、「後世のことは、地獄、**ひたぶるに**なりぬ。
考えようと思って、僧は枕元に添い座って、教戒に、「このままでは来世のことは、まず地獄へ行くのが**必定と**なってしまう。
中《ちゅう》有《う》といひて、まださだまらぬほどは、はるかなる荒野に、鳥、けだものなどだに
その間に中有（＝衆生が死んで次の生を受ける間）といって、次の生がまだ決まらない期間は、はるかに続く荒野を、鳥や獣でさえも
なきに、ただ一人ある**心細さ**、この世の人の恋しさ、堪へがたさ、推しはからせ給へ」と
いない所なのに、あなただけ一人存在する心細さ、現世の人の恋しさ、無気味なことの耐えがたさをご想像なさい」と
いひければ、目をほそめに見あげて、息の下に、「その中有の旅の空には、嵐にたぐふ紅葉《もみぢ》、
僧が言ったので、惟規は目をかすかにあけ、僧を見上げて、苦しい息の下で、「その中有という旅の空には、嵐にともなう紅葉とか、
風にしたがふ尾花などのもとに、松虫、鈴虫の声など、聞えぬにや」と、ためらひつつ
風になびく尾花の下に、松虫、鈴虫の声などが、聞こえないのだろうか」と、遠慮しながら
いひければ、僧、**にくさ**のあまりに、荒らかに、「何の料《とが》に尋ぬるぞ」と問ひければ、
言ったので、僧は、我が意の通じない**心憎さ**の余りに、声荒く、「何のためにつまらぬことを聞くのだ」と、惟規に質問したので、
「**さらば**※、それを見てこそは慰めめ」と、うち休みていひければ、僧、このこと物ぐるほしとて、
「**そうであれば**、中有の旅もそれらを見て慰められるだろう」と、一休みして言ったので、僧は、この考えは正気を失っているとして、

DATA FILE
易 難
上位大での出題が多く、レベルの高い問題が多いので注意。

逃げてまかりにけり。（中略）

逃げるようにして退出してしまった。

筆を濡らして、紙を具してとらせければ、書きたる歌、

筆を濡らして紙を添えて持たせたところ、病人の書いた歌は、

みやこには　恋しき人の　あまたあれば　なほこのたびは　いかむとぞ思ふ

○懐かしい都に恋しく思う人が数多くいるので、やはり生きながらえて都へ行きたいと思う。

はてのふ文字を、**え**書か**で**息絶えにければ、親こそ、「**さなめり**※」と申して、

歌の最末の「ふ」の文字を、どうしても書くことが**できないで**息絶えてしまったので、親の為時が、「**こう書くつもりであるらしい**」と申し上げて、

ふ文字をば書き添へて、形見にせむとておきて、常に見て泣きければ、

「ふ」の文字を書き加えて、惟規の形見にしようと思って手元に置いて、常に見て泣いたので、

涙に濡れて、はては破《や》れ失せにけりとかや。

親の涙に濡れて、最後は破れて無くなってしまったとかいうことだ。

読解ポイント

藤原為時の息子惟規は、父の任地国に下る途中病気になり、着いた時には危篤状態となる。父は息子の死を覚悟して、僧に教戒を頼むが、惟規は風流な心が捨てきれず、和歌を詠んで他界する。息子の形見の歌を、親は悲しみの余り涙で濡らし、ついには破れて無くしてしまう。

★「**さらば**」や「**さなめり**」の指示する内容に注意。

歌論は上位大学で頻出します。24位の物語論『無名草子』とあわせて復習しましょう。

31位

閑《かん》居《きょの》友《とも》

出題率
1.1%

慶政《けいせい》編

鎌倉前期
仏教説話

『閑居友』は**鎌倉前期、13世紀前半に成立した仏教説話**。撰者は**慶政**。慶政は、鎌倉時代に摂政関白を務めた九条道家の兄だが、幼い頃に乳母の不注意で体に障害を負ったために園城寺《おんじょうじ》(三井寺)に入り、法花山寺を開いた後に入宗している。華厳宗の**明恵**と親交があった。『閑居友』は上巻21話、下巻11話からなり、**空也**《くうや》などの高僧の逸話や無名の遁世者の話など、出家・発心・遁世・往生に関する説話が多いが、嫉妬のあまり鬼女となった女の話や中国の往生人の話なども収めている。説話部分に対しての作者の感想や批評、さらに仏教の解説を含む部分が半分近くを占めている。下巻はほとんどが女性を主人公とする説話であり、特に**高貴な女性**に対する訓戒の言葉が挿入されているが、これは安嘉門院邦子の依頼による執筆のためとされる。安嘉門院は**阿**《あ》**仏尼**《ぶつに》が若い頃女房として仕えた女性で、後堀河帝の姉である。他の説話集にない新出の話が収められているが、先行する往生伝や**鴨長明の『発心集』**を強く意識して執筆されている。また後続の『撰集抄』にも大きな影響を与えている。

鎌倉の説話

年	作品	分類	編者・作者
12C後	宝物集《ほうぶつしゅう》	仏	
1215	古事談《こじだん》	世	源顕兼編
1216	発心集《ほっしんしゅう》	仏	鴨長明《かものちょうめい》作
1221	宇治拾遺物語《うじしゅういものがたり》	世	
1222	閑居友《かんきょのとも》	仏	慶政編
1242	今物語《いまものがたり》	世	藤原信実編
1252	十訓抄《じっきんしょう》	世	
1254	古今著聞集《ここんちょもんじゅう》	世	橘成季《たちばなのなりすえ》編
1275	撰集抄《せんじゅうしょう》	仏	西行《さいぎょう》が主人公
1283	沙石集《しゃせきしゅう》	仏	無住《むじゅう》作
1305	雑談集《ぞうだんしゅう》	仏	無住《むじゅう》作

仏＝仏教説話
世＝世俗説話

入試データ分析

『閑居友』出題順位

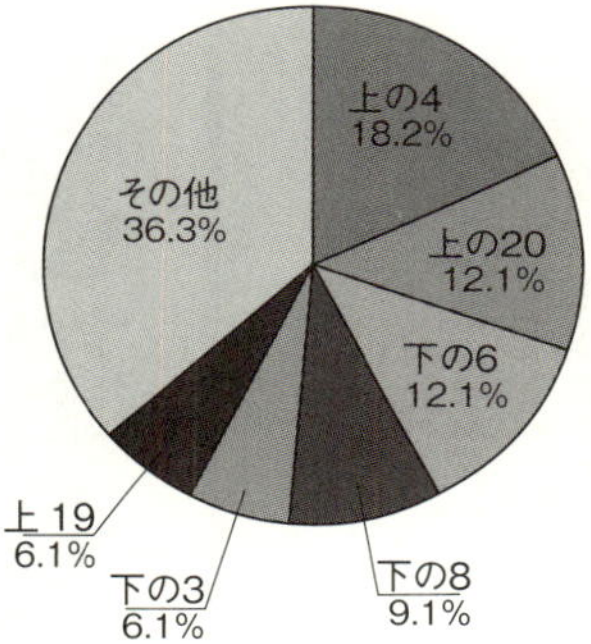

学習ターゲット

1位「上の4」は、空也上人が突然山から姿を消して俗世間に交じって修行をする話。弟子たちを立派に育てあげなければという気苦労に対して、俗世間は楽だと話す空也に弟子や周りの人は涙を流す。

2位「上の20」は夫が道端で髑髏を見たことによって仲のよかった夫婦が疎遠になってしまう話。

3位「下の6」は中国のある王様の后の兄が逃げ出して浮浪者になってしまう。后は兄を救うために、浮浪者に食べ物や宿を与えるように宣旨を出す。それによって多くの浮浪者が救われたという話。

空也上人 ～『閑居友』より～

空也《くうや》上人は、踊り念仏の祖。万民救済という自らの信念にのっとって、諸国をめぐり、道を修繕し橋をかけるなどの公共の土木事業をすすめ、市井で念仏をすすめた人物。「阿弥陀聖《あみだのひじり》」「市《いち》の聖《ひじり》」と呼ばれた。

山では、弟子たちを立派に育てなければならないと思うと心の中が騒がしかったが、市の中では、気が散ることもなく仏道修行できるぞい。

―『閑居友・上の4』―

入試
出題箇所をチェック！

立命館大学
『閑居友《かんきょのとも》』

DATA FILE

易 ●●●●● 難

平均的な難易度と出題傾向で、注意すべきは説話に絡む文学史。

中ごろの事にや、山城《やましろ》国に男ありけり。あひ思ひたりける女なん侍りける。

それほど遠くない昔の出来事であったか、山城の国に男がいた。相思相愛の女がおりました。

何とか侍りけん、**うとうとしき**さまにのみぞなり行きける。この女うちくどき、

どんなことがあったのでしょうか、**疎遠な**状態になっていった。この女は繰り返し、

「かくのみなり行けば、**世の中**も浮き立ちておぼゆるに、誰も年のいたういふ甲斐《かひ》なくならぬ時、

「お互いの関係はこういうふうになっていくので、**夫婦仲**も落ち着かないように思われるので、どちらもひどく年をとらないうちに離婚して、

おのがよよになりなんも、ひとつの情《なさけ》なるべし」と言ひけり。この男驚きて、

それぞれ独立した生活をするのも一つの思いやりではあろう」と言った。この男は驚いて、

「え去らず思ふこと、昔につゆちりも違はず。ただしひとつの事ありて、うとうとしきやうに

「離れがたく思う気持ちは、昔とほんの少しも違わない。ただし一つの出来事に遭遇して、**疎遠になった**ように

おぼゆる事ぞある。過ぎにしころ、ものへ行くとて、野原のありしに休みしに、死にたる人の

思われることがある。過日よそへ行こうとして途中に野原があったので休んだところ、死人の

頭の骨のありしを、つくづくと見しほどに、**世の中**　**あぢきなく**はかなくて、誰も死なん後は

頭蓋骨があってそれをつくづく見ているうちに、**この世**が**つまらなく**むなしくなり、誰でも死後は

かやうに侍るべきぞかし。この人もいかなる人にか、**かしづき**仰がれけん。ただいまは、

このようになるのですね。この人もどんな人だったのだろうか、**大切にされ**敬慕されていたのだろう。現在は

いと**けうとく**　**いぶせき**髑髏《どくろ》にて侍るめり。今より我が妻《め》の顔のやうをさぐりて、このさまに

たいそう**恐ろしく**　**気味の悪い**髑髏にしか過ぎないようでございます。今から自分の妻の顔の形を探ってこの髑髏の形と

同じきかと見んよ、と思ひて、かへりてさぐり合はするに、**さらなり**※、
同じかどうかを見てみよう、と思って帰宅して探り合わせて見ると、**言うまでもない**、
などてかは異ならん。それより何となく心も空におぼえて、
どうして違うはずがあろうか。その後何となく心が空っぽのように思われて、
かくおぼし咎《とが》むるまでなりにけるにこそあなれ」と言ひけり。
あなたがこのように不審にお思いになるほどになってしまったのだろう」と言ったのであった。
かくて、月ごろ過ぎて妻に言ふやう、「出家の功徳によりて仏の国に生まれば、
こうして数か月過ぎて妻に言った、「出家のご利益によって極楽に生まれたら、
必ずかへり来て、友を誘はん時、**心ざし**のほどは見え申さんずるぞ」とて、
必ずこの世に帰ってきて、仲間を仏の国に連れて行く時、あなたも仏の国にお連れして**愛情**の深さをお見せ申し上げましょう」と言って、
かき消つやうに失せぬとなん。**ありがたく**侍りける心にこそありけれ。
姿を消すようにいなくなったということだ。**めったにないほど優れている**心根であった。

読解ポイント

無学な男が野原で屍を見て発心する話。この後話は、髑髏は昔の聖の遺骸かもしれないと書かれている。

★「**さらなり**」＝「言うまでもない」という語には同義語が多い。「さらにも言ず・いへばさらなり・いふもさらなり・いふばかりなし・いふにやおよぶ・～といふもおろかなり・～をばさるものにして」は全て「言うまでもない」と訳すもの。

「**サラ**リーマンに**なり**たいのは**言うまでもない**」
「さらなり」には同義語が多いから注意です。

第31位～第40位

32位

今鏡《いまかがみ》

出題率
1.1%

作者未詳

平安後期

歴史物語

『今鏡』は**平安後期に成立した歴史物語**で、『大鏡』『増鏡』『水鏡』と合わせて歴史物語の「**四鏡**《しきょう》」と呼ばれる。**『今鏡』は『大鏡』についで成立し、別名『続世継』ともいう**。内容的にも『大鏡』を受けた次の時代を記している。構想は、作者が長谷寺に参詣した帰りに出会った老女から昔話を聞いて、それを筆記したという形である。この老女は、『大鏡』の語り手である大宅世継《おおやけのよつぎ》の孫で、かつて紫式部に仕えていた人物だとされる（ちなみに200歳！『大鏡』の大宅世継ですら190歳だった）。記されている内容は、『大鏡』で語られた最後の帝である後一条帝（藤原道長の娘彰子の息子）から高倉帝までの13代146年間を33章に分けて紀伝体の形で整然と記し、各章には**『源氏物語』**や**『栄花物語』**に倣ったきれいで優美な章名が付けられている。この作品が成立した時代は武士の平氏が政権を握り、道長以降の藤原氏の勢力の下降と新興階級の平氏の台頭の過程が描かれるべきであるが、戦乱のことよりも宮廷貴族の華やかな行事を描いていることが多い。

歴史物語

四鏡

増鏡《ますかがみ》	水鏡《みずかがみ》	今鏡《いまかがみ》	大鏡《おおかがみ》	栄花物語《えいがものがたり》
14C後	12C後	12C後	12C前	11C前~11C末
編年体 南北朝時代に成立	編年体	紀伝体	紀伝体 藤原道長の栄華が中心だが批判精神もある	編年体 作者は赤染衛門か 藤原道長の栄華を描く

④——①——③——② ← 歴史的内容順

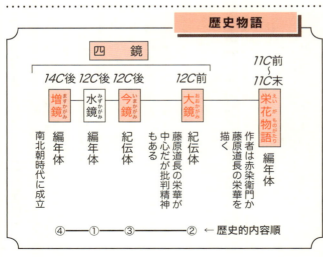

入試データ分析

『今鏡』出題順位

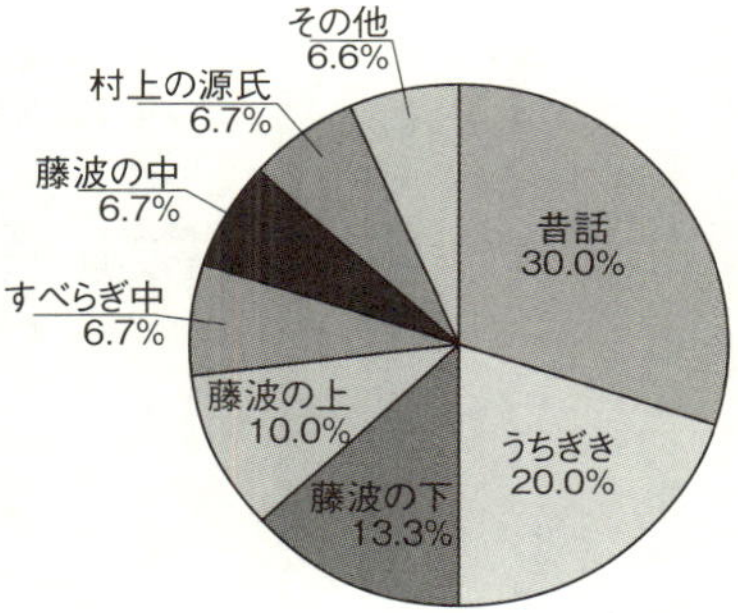

昔話 30.0%
うちぎき 20.0%
藤波の下 13.3%
藤波の上 10.0%
すべらぎ中 6.7%
藤波の中 6.7%
村上の源氏 6.7%
その他 6.6%

学習ターゲット

『大鏡』の記事の後を継いで、後一条帝から高倉帝までの13代146年間の出来事が記されている。

初瀬詣（長谷寺参詣）帰りの作者が、『大鏡』の語り手である大宅世継の孫にあたる老女から昔話を聞く体裁をとる。

紀伝体形式で平安時代後期の宮廷貴族社会の歴史を記述している。

1位「昔話」は村上帝の治世、藤原雅材という学生が作った漢詩に感心した帝が彼を蔵人に任命する話や、病人の病状を言い当てる雅忠や地震を予知する良行などの話がある。

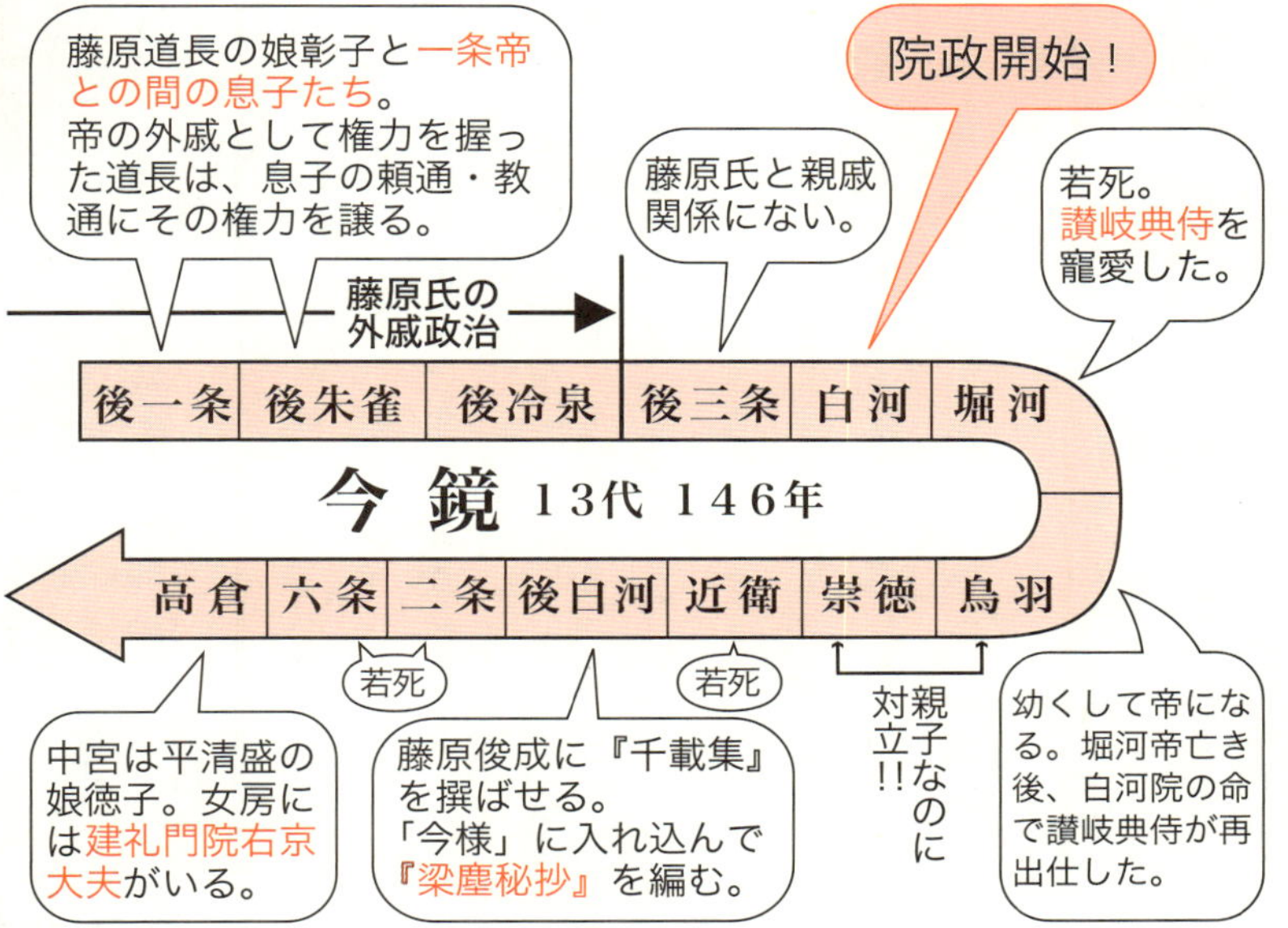

藤原道長の娘彰子と一条帝との間の息子たち。帝の外戚として権力を握った道長は、息子の頼通・教通にその権力を譲る。
藤原氏の外戚政治
藤原氏と親戚関係にない。
院政開始！
若死。讃岐典侍を寵愛した。
後一条
後朱雀
後冷泉
後三条
白河
堀河
今鏡 13代 146年
高倉
六条
二条
後白河
近衛
崇徳
鳥羽
若死
若死
親子なのに対立!!
中宮は平清盛の娘徳子。女房には建礼門院右京大夫がいる。
藤原俊成に『千載集』を撰ばせる。「今様」に入れ込んで『梁塵秘抄』を編む。
幼くして帝になる。堀河帝亡き後、白河院の命で讃岐典侍が再出仕した。

入試
出題箇所をチェック！

筑波大学
『今鏡《いまかがみ》』

DATA FILE

易 ●難

難易度が高く受験生泣かせ。扱われている時代と人物関係を把握しておきたい。

中頃《なかごろ》男ありけり。女を思ひて、時々通ひけるに、男、ある所にて、燈火《ともしび》の炎《ほのほ》の上に

それほど遠くない昔に、ある男がいた。ある女を愛していて、時々通っていたが、その男が、ある所で、灯火の炎の上に、

かの女の見えければ、「これ忌《い》むなるものを。火の燃ゆるところをかき落してこそ、

その女の姿が映って見えたので、「こんなふうに見えるのは不吉なことだという。こういうときは火の燃えている芯をかき落として、

その人に飲ますなれ」とて、紙に包みて持たりけるほどに、事繁《ことしげ》くして、まぎるること

それをその女に飲ませるのがよいということだ」と言って、紙に包んで持っていたところ、用事が多くて、それに紛れていることが

ありければ、忘れて、一日二日過ぎて、思ひ出でけるままに、行けりければ、

あったので、女のところへ行くのを忘れて一日、二日経ってから、思い出して行ったところ、

「悩みて程なく、女**隠れ**ぬ」といひければ、「**いつしか**行きて、かの燈火の

女の家の者が「病気になって間もなく女は**亡くなった**」と言ったので、男は「**はやく**女のもとに行って、あの灯火の芯の

かき落したりし物を**見せで**※」と、わが過《あやま》ちに悲しくおぼえて、常なき鬼に

かき落としたものを飲ませてやらないで、（女を死なせて残念だ）」と自分の過ちが悲しく思われて、無常死という鬼に

一口に食はれけむ心憂さ、足ずりもしつべく、嘆き泣きけるほどに、

一口で食われてしまったという男の悲しさと同じように、足摺をしてしまいそうに嘆き泣いているところに、

「御覧ぜさせよとにや、この御文を見つけ侍る」とて、取り出だしたるを見れば、

「あなたに『ご覧にいれなさい』ということでしょうか、このお手紙を見つけました」と言って、家の者が取り出したものを見ると、

鳥辺山《※とりべやま》　谷に煙の　見えたらば　はかなく消えし　われと知らなむ

○火葬場の鳥辺山の谷間に煙が立ち昇っていたならば、それはあっけなく死んでしまった私の亡骸を焼く煙だと思ってほしい。

とぞ書きたりける。歌さへ燈火の煙とおぼえて、いと悲しく思ひける、
と書いてあった。歌までもが灯火の煙のようにはかない風情と思われて、ひどく悲しく思ったのも、
ことわりになむ。
もっともなことである。

○常なき鬼―無常(死)という鬼。
○鳥辺山―現在の京都市東山区の東山山麓一帯。火葬場や墓所とされていた。

読解ポイント

灯火の炎の上に幻として現れた女があっけなく亡くなったのに加えて、女が男に残した辞世の歌までもが、消えていく煙のようにはかない風情の歌であったことに男は悲しんでいる。

★「**見せで**」の「で」は「未然形＋で」で、「～しないで」。「連用形＋て」と混同しないこと。

★「**鳥辺山**」の和歌は菅原孝標女が書いた『更級日記』にも掲載されている和歌。「なむ」は未然形接続で、他への願望の終助詞「～してほしい」。

歴史物語のゴロは
「**えーい**《栄花物語》**大**《大鏡》**今**《今鏡》**水**《水鏡》**増**《増鏡》しした**歴史**」
赤染衛門の書いた『栄花物語』を忘れないように。

33位

阿仏尼《あぶつに》

出題率 1.0%

歌人

鎌倉中期
1222頃〜1283

阿仏尼は**鎌倉中期の歌人**。**藤原為家**《ためいえ》の側室となって息子を二人産んだが、藤原為家の愛情を独占するようになって、他の妻たちと対立した。『**うたたね**』は京都における若き日の阿仏尼の恋の苦悩と、養父に連れられて遠江に下り、乳母の病気のために再び京に帰るまでの紀行文。『**十六夜**《いざよい》**日記**』も紀行文で、夫の死後の相続争いのために京から鎌倉幕府へと訴訟のために下った旅の様子をつづったもの。十六夜《いざよい》の日に出発したので『十六夜日記』という名がついた。実子に荘園を相続させるべく60歳という老齢ながら旅して鎌倉幕府に訴えにいく。その間の道中、女流歌人でもある阿仏尼は各地で風物・名所・旧跡や感慨を日記に書く一方、和歌を詠む。鎌倉到着後は現地の人々とも和歌の贈答を行うが、肝心の所領紛争の解決を見ることなく阿仏尼は亡くなり、日記も終わっている。平易で簡潔な記述の中にも母子愛に支えられた強い信念がうかがえる作品で、**中世の紀行文の最高傑作**といえる。鎌倉時代の紀行文としては他に『**海道記**《かいどうき》』『**東関紀行**《とうかんきこう》』がある。

阿仏尼

- 1280 **十六夜日記**《いざよいにっき》 日記
  訴訟のために鎌倉へ下る紀行文
- 13C末 **うたたね** 日記
  作者の若き日の恋と紀行を後日まとめたもの
  「うたたねの記」とも
- **夜の鶴** 歌論書

入試データ分析

阿仏尼 出題順位

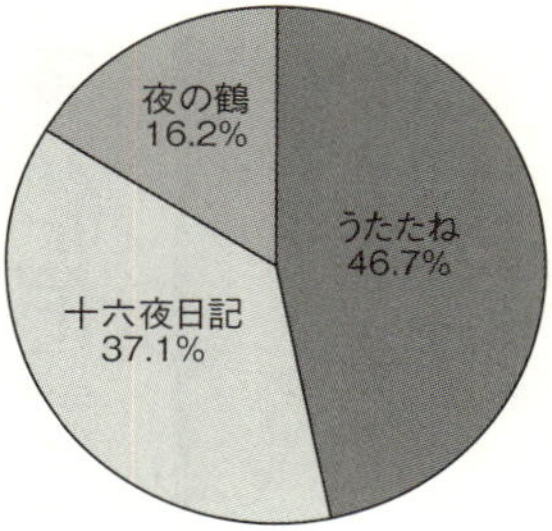

学習ターゲット

1位『うたたね』は、阿仏尼が若き日に身分違いの男性と恋愛し、その結果失恋し、さらには出家、放浪する日々を記した日記。

2位『十六夜日記』は紀行文的日記。阿仏尼は夫為家の死後、実子の為相と御子左家宗家を継いだ為氏との細川荘の領地をめぐる相続争いの訴訟のため鎌倉に下った。鎌倉への道中の旅日記、鎌倉滞在記、勝訴祈願の歌の三部構成である。為相・為守との贈答歌を収めており、子を思う母の愛情あふれる中世女流日記の代表作といえる。

3位『夜の鶴』は最近の出題ではあまり見られない。

作品	うたたね	十六夜日記
テーマ	失恋と放浪	訴訟のための紀行文
内容	阿仏尼は十代半ばから安嘉門院《あんかもんいん》に女房として仕えていた。身分違いの貴族男性と恋をするが、その人に忘れられた恨みから、失踪して衝動的に髪を切って出家する。日記の前半は西山、愛宕《あたご》に住んだことを記し、後半は、義父の平度繁《のりしげ》に伴い遠江（浜松）に下り、都に戻るまでを記している。	鎌倉中期（1280年頃）成立の紀行文。阿仏尼は、藤原定家の子為家の後妻で、夫為家の死後、先妻の子為氏《ためうじ》と我が子為相《ためすけ》との間に播磨国の細川荘の領地相続争いがあり、その訴訟のために京都から鎌倉へと下る。日記は東海道を下る道中記と鎌倉に到着した後の滞在記、長歌の三部からなる。阿仏尼は歌人としても有名で、道中の名所では歌を詠んでいる。作品名は十月十六日に京都を出発したことによる。

入試出題箇所をチェック！

日本女子大学
阿《あ》仏《ぶつ》尼《に》『うたたね』

DATA FILE

易 ● 難

阿仏尼は『十六夜日記』が有名だが、上位大では『うたたね』が出題されるので注意。

「おのづから事のついでに」などばかりおどろかし聞こえたるにも、

「たまたま所用のついでに」とだけ便りを差し上げたのに対しても、

「世のわづらはしさに、思ひながらのみなん。**さるべき**ついでもなくて、

「世間のうるささに思っているばかりでどうしようもない。**しかるべき**機会もなくて、

みづから聞こえさせず」など、**なほざりに**書き捨てられたるもいと心憂くて

直接お会いしてお話しすることもない」などと**いいかげんに**書き捨ててあるのがたいそううらめしくて、

消え果てん　煙の後の　雲を**だに**※　よもながめじな　人目もるとて

○私が死んで火葬にされた時の煙が雲のように立ち上っても、それさえもあなたは決して眺めてはくれないでしょうね。他人の目が気になるからということで。

と覚ゆれど、心の中ばかりにて**くたし**果てぬるは、いと甲斐《かひ》なしや。

と思われたけれど、心の中だけで**葬っ**てしまったのは、とても不甲斐ないことよ。

その頃心地例ならぬことありて、命も危うき程なるを、ここながらともかくもなりなば

その頃、病気になって、命も危ういほどになったので、ここに居たままでどうにかなったら、

わづらはしかるべければ、思ひかけぬ便りにて、愛宕《をたぎ》の近き所にて、**はかなき**宿り求め出でて、

やっかいであろうから、思いがけない縁故を頼って、愛宕に近い所に**ちょっとした**宿所を求めて、

移ろひなんとす。かくとだに聞こえさせまほしけれど、問はず語りもあやしくて、

そこに移ろうとする。引っ越しますとだけでも申し上げさせたいけれど、尋ねられてもいないのにこちらから言い出すのも具合が悪いので、

泣く泣く門を引き出づる折しも、先に立ちたる車あり。**前**《さき》華やかに追ひて、

泣く泣く門から牛車に乗って出たちょうどその時、前に立っている車がある。**前駆（＝馬に乗って先導する者）**が華やかに前を追い、

御前など**ことごとしく**見ゆるを、誰ばかりにかと目留めたりければ、

御前など**ものものしく**見えるのを、誰だろうと注目したところ、

かの人知れず恨み聞こゆる人なりけり。顔**しるき**随身《ずいじん》など、紛《まが》ふべうもあらねば、かくとは

あの人知れず恨み申し上げた人であった。顔の**はっきりとわかる**随身など、見間違うはずもないので、あの方は、私がここにいるとは

思し寄らざらめど、**そぞろに**車の中恥づかしく**はしたなき**心地しながら、

お気づきにならないだろうが、車の中にいる自分のほうが**なんとなく**きまりが悪く、**居心地の悪い**気分にはなるものの、

今一度それとばかりも見送り聞こゆるは、いと嬉《うれ》しくもあはれにも、さまざま

今一度あの方と知ってお見送り申し上げるのは、たいそううれしくもあり、感慨深くもあって、さまざまな思いで

胸静かならず。遂にこなたかなたへ行き別れ給ふほど、いといたうかへりみがちに心細し。

胸中は静かではない。ついにこちらとあちらへ行き別れなさった時は、たいそうひどくふり返りふり返りしてしまって心細い。

読解ポイント

『うたたね』は阿仏尼の若き日の失恋と放浪の回想記。失恋の痛手から出家をした阿仏尼は北山の尼寺に住んでいたが、恋人への未練を断ち切れないでいた。病気になってつてを頼って愛宕近くの仮の宿所に移ることにするが、車が門を出た折しも、恋人の華やかな行列に出くわし、作者の心は再び動揺する。愛宕の仮住居に到着すると、いかにも粗末な住居の有様で、うたたね（仮寝）の夢を結ぶこともできないのであった。

★和歌の中の「**だに**」は類推の用法。「〜さえ」と訳す。「よも〜じ」は「決して（まさか）〜まい」と訳す。

34位

建礼門院右京大夫集《けんれいもんいんうきょうのだいぶしゅう》

出題率 1.0%

建礼門院右京大夫《けんれいもんいんうきょうのだいぶ》
鎌倉前期
私家集

『建礼門院右京大夫集』は**鎌倉初期、13世紀前半に成立した自撰家集**。総歌数は約350首。作者の**建礼門院右京大夫**は、平清盛の娘で高倉帝の**中宮徳子**《とくこ》（後に出家して**建礼門院**となる）に仕えた。宮仕えは6年というわずかな期間であったが、その間に彼女の生涯の嘆きの原因となった**平資《すけ》盛《もり》との恋愛**が始まっている。宮仕えを終えた後も資盛との関係は続いていたが、そのころ源平争乱は次第に激しくなり、平氏は窮地に追い込まれていく。西国へ下った恋人資盛は壇ノ浦で戦死し、かつて仕えた徳子も出家をして大原に隠棲してしまう。翌年大原を訪問した作者は変わり果てた建礼門院の姿を見て涙する。この後、作者は後鳥羽《ごとば》院に出仕し、再び女房生活をすることになるが、このころの記事は少なく、平家滅亡の悲しみを詠んだ歌が多い。平資盛との恋愛関係以外では、**藤原隆信**《たかのぶ》との恋愛贈答歌と、**藤原俊成**《としなり》**の九十**《ここのそじ》**の賀**に後鳥羽院の仰せで贈り物の服に刺繍をした場面が印象的。長文の詞書《ことばがき》と年代順の配列とによって日記的な家集となっているのが特徴。

鎌倉の日記

- 1219 たまきはる　藤原俊成女作
- 1232頃 建礼門院右京大夫集《けんれいもんいんうきょうのだいぶしゅう》　建礼門院右京大夫作　自撰の私家集　平資盛《たいらのすけもり》との恋愛を記す。平家の盛衰を綴ったもので女性の書いたもう一つの『平家物語』といわれる。建礼門院徳子（清盛の娘）に仕える。
- 1259 弁内侍日記《べんのないしにっき》　後深草院弁内侍《ごふかくさいんべんのないし》作
- 1280 十六夜日記《いざよいにっき》　阿仏尼《あぶつに》作
- 13C末 うたたね　阿仏尼《あぶつに》作
- 1292 中務内侍日記《なかつかさのないしにっき》　伏見院中務内侍《ふしみいんなかつかさのないし》作
- 1306 とはずがたり　後深草院二条作

入試データ分析

『建礼門院右京大夫集』出題順位

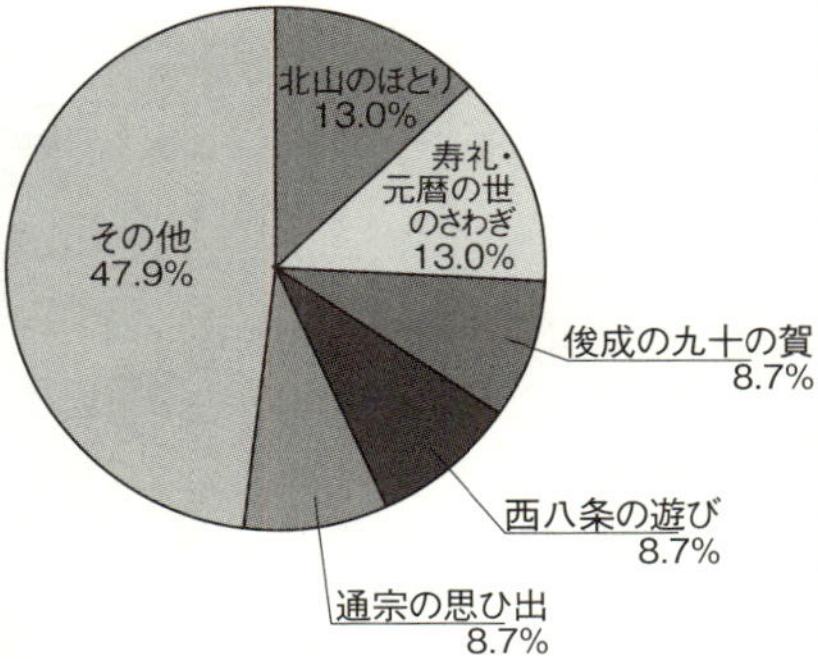

学習ターゲット

1位「北山のほとり」は、今は亡き恋人平資盛（重盛の子）の所有していた土地を建礼門院右京大夫が訪れる場面。恋人とのかつての思い出にふけり、悲しみにくれる場面。

2位「寿礼・元暦の世のさわぎ」は、源氏に追われている平家一門として、いよいよ都落ちをする恋人平資盛と作者の別れの場面。資盛は建礼門院右京大夫に永遠の別れを告げて西国へと去っていく。

3位「俊成の九十の賀」は後鳥羽院から藤原俊成への贈り物の法衣の袈裟に作者が宮内卿の和歌を刺繍する場面。

建礼門院右京大夫集　主要事項

春	建春門院（後白河院の女御、平滋子）が宮中に来る。建春門院と自分の仕える建礼門院の様子を見て、その美しさに感動して和歌を詠む。
春の思い出	建礼門院の実家（西条邸）で、兄弟たちも集まって花の宴が催される。作者の和歌を隆房が読み上げ、他の者たちも次々と和歌を詠む。
世間一般は動乱で騒々しくなる	
	作者と恋人の平資盛が人目を忍んで逢う。資盛は死後の供養を作者に頼む。これが最後の逢瀬となり、資盛は西国へ下る。
秋	平家一門の都落ちの噂がたち、不安になる。
	平維盛の死を聞き、彼が光源氏のように容貌も心遣いも優れていたと思い出に浸る。
	平氏討伐のため西国に向かう源氏の武士を見て泣きながら眠る。夢に資盛が現れる。
最愛の恋人資盛の死を知る	
翌年の春	作者はひどく落ち込む。見舞いの手紙に対して「かなしともまたあはれとも世のつねにいふべきことにあらばこそあらめ（悲しいとかつらいとか、世間で言うような程度であるならばどんなによいことか）」と返歌する。
秋	北山のあたりにある、資盛のかつての所有地を訪れる。以前とうって変わって荒れ果てている様子に、さらに資盛との思い出が重なり心が乱れる。
後鳥羽帝に再出仕する	
	出世している人を見るにつけ、もし平資盛が生きていたら、同じように公卿になっていただろうと想像して悲しむ。
大原へ	大原にいる女院（建礼門院）を訪れ、その生活の悲惨さに愕然とする。出家して再び女院に仕えたいと願う。
建仁3年	三位入道（藤原俊成）の九十歳の祝いに後鳥羽院からの贈り物の服に和歌を刺繍する。あとで一部の文字を訂正する。

入試
出題箇所をチェック！

広島大学
『建《けん》礼《れい》門《もん》院《いん》右《う》京《きょうの》大《だい》夫《ぶ》集《しゅう》』

大方の世騒がしく、心細きやうに聞こえし頃などは、蔵人頭《くらうどのとう》にて、ことに

世間全般が騒がしく、心細いと言われていたころなどは、資盛は蔵人頭で、格別に

心のひまなげなりしうへ、あたりなりなりし人も、「**あいなき**ことなり」など言ふこともありて、

心が休まることがなさそうだった上に、近親の人たちも「妻があるのに**感心できない**ことだ」などと言うこともあって、

さらにまた、ありしより**けに**忍びなどして、おのづから、とかくためらひてぞ

ますます以前よりも**いっそう**人目を忍びなどして、**自然と**あれこれとためらって、

もの言ひなどせし折々も、ただ大方のことぐさも、「かかる世の騒ぎになりぬれば、はかなき数に

話などしていた時々も、ただふだん話すこととしても、「このような世の中の騒乱の時になったので、亡き人の数に

ただ今にてもならむことは、疑ひなきことなり。さらば、**さすがに**露ばかりのあはれは

今すぐにもわたしが入ることは疑いないことである。そうなったら、気丈なあなた**とはいってもやはり**、少しのあわれは

かけてむや。たとひ何とも思はずとも、かやうに聞こえなれても、年月といふばかりに

かけてくれるでしょうか。たとえ何とも思わないとしても、このように親しく話すようになってからでも、短くはない年月と呼べるほどに

なりぬるなさけに、道の光もかならず思ひやれ。また、もし命たとひ今しばしなどありとも、

なった情として、冥途の道の光となるよう供養のことを必ず気にかけてくれ。また、もしも命がたとえもうしばらくあるとしても、

すべて今は心を昔の身とは思はじと、思ひ**したため**てなむある。そのゆゑは、ものをあはれとも、

今はすっかり心を昔の自分と同じだとは思うまいと心の**準備をし**ている。そのわけは物事を懐かしんで、

何のなごり、その人のことなど思ひ立ちなば、思ふ限りも及ぶまじ。心弱さもいかなるべしとも

何々の名残だとかだれそれのことなどを思い出し始めたとしたら、思っても思い尽くせないだろう。気弱さとはどのようなものだろうと、

DATA FILE

易　難

和歌がからむことが多いので難易度はかなり高い。上位大志望者は押さえておくべき作品。

身ながらおぼえねば、何事も思ひすてて、人のもとへ、『さても』など言ひて文やることなども、
自分でもわからないので、何事も思い捨てて、都の人の許に『ところで』などと言って手紙を送ることなども、
いづくの浦よりもせじと思ひとりたるを、『**なほざりに**て聞こえぬ』など**なおぼしそ**※。よろづ
どこかの浦からはすまいと決心しているが、『**いい加減に思っている**から手紙も来ない』などとは決して**お思いなさるな**。すべてが、
ただ今より、身を変へたる身と思ひなりぬるを、なほ、ともすればもとの心になりぬべきなむ、
たった今から、この身とは違った身になるのだと思い込んだが、やはりともすると、元の心のようになってしまうのが、
いと**くちをしき**」と言ひしことの、げにさることと聞きしも、何とか言はれむ。ただ涙のほかは
たいそう**残念だ**」と言ったことを、本当にもっともなこととわたしは聞いていたが、この悲しみを何と言おうか。涙以外の
言の葉もなかりしを、つひに秋の初めつ方の、夢のうちの夢を聞きし心地、何にかはたとへむ。
言葉はなかったのだが、ついに秋の初めのころの、夢の中の夢のようなこと（＝資盛の死）を聞いたときの気持ちは何にたとえることができようか。

読解ポイント

寿永二年（一一八三年）七月、平家一門は安徳天皇を奉じて都を離れ、西国へ逃れていった。問題文は一門と共に都落ちする恋人平資盛と作者建礼門院右京大夫との最後の別れの場面である。

★「**なおぼしそ**」の「な～そ」は丁寧な禁止を表し、「～しないでください。～するな」と訳す。普通「な～そ」の間には連用形が入るが、カ変とサ変だけは未然形が入って「なこそ・なせそ」となる。

建礼門院右京大夫と彼女の仕えた建礼門院は、尼になって京都大原の寂光院《じゃっこういん》で晩年を迎えたのです。

35位

落窪物語《おちくぼものがたり》

出題率 0.9%

作者未詳

平安前期か

伝奇物語

『落窪物語』は**平安前期に成立したといわれる伝奇（作り）物語**。作品の特徴からして**『源氏物語』よりも前**に成立したと予想される。作品名の由来は、主人公である姫君が、継母によっていじめられ、床が落ち窪んだ一室に入れられて「おちくぼの君」とあだ名されたことによる。作品のテーマは、継母による「**継子いじめ**」と姫君を救出した少将による継母への「復讐」が二つの柱になっている。姫君の母親は皇族出身の女性だったがすでに亡くなっており、父中納言が再婚した北の方（継母）には連れ子として四人の娘がいるところから物語は始まる。姫君は継母に使用人のように扱われていじめられるが、それを救うために姫君に仕えていた阿漕《あこぎ》という侍女とその夫帯刀惟成《たてわきこれなり》は、惟成の乳兄弟である右近の少将を紹介する。やがて少将は姫君に恋し、彼女を救い出して結婚する。このあと少将は姫君をいじめていた継母一家に復讐を開始して、さんざん懲らしめる。後に仲直りをするが、太政大臣にまで昇進した夫と姫君は幸せに暮らすという**シンデレラストーリー**。

伝奇物語（作り物語）

時期	作品	説明
10C前	竹取物語《たけとりものがたり》	『源氏物語』において「物語の祖《おや》」といわれる。最初の物語文学
10C後	宇津保物語《うつほものがたり》	琴の秘曲話と仲忠《なかただ》一族の繁栄の物語
10C末	落窪物語《おちくぼものがたり》	継子《ままこ》いじめの物語 後世の物語『住吉物語』も継子いじめが主題
1000頃	源氏物語	紫式部作

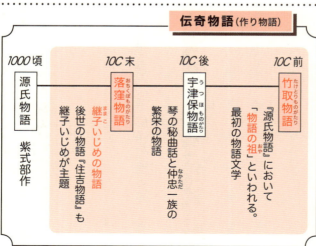

入試データ分析

『落窪物語』出題順位

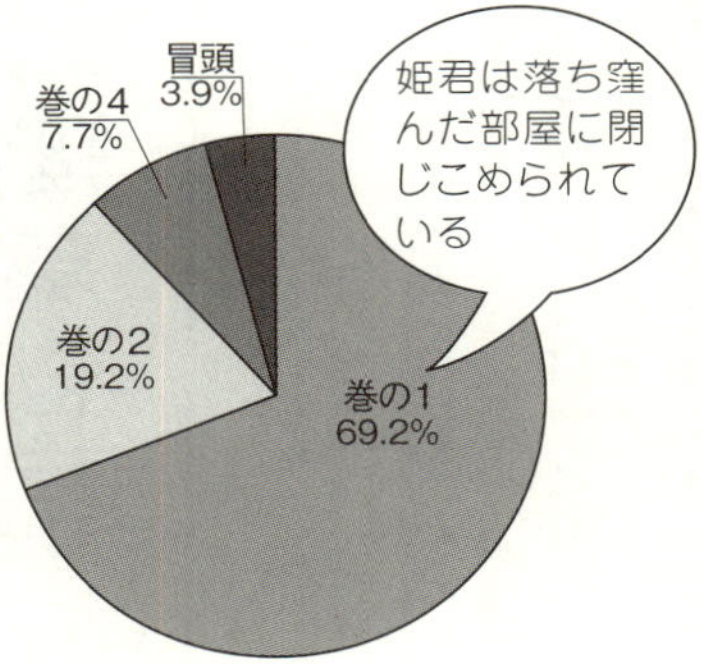

学習ターゲット

母親を亡くした姫君は父親の再婚相手（継母）にひどい扱いを受け、落ち窪んだ部屋に住まわされる。

同じく継母によるいじめの物語として『住吉物語』があり、共通テーマとして文学史で問われることがある。

落窪の君に仕えていた侍女の阿漕とその夫帯刀は姫君を幸せにしてあげようと考え、帯刀の乳兄弟の右近の少将を紹介する。少将は初め遊び半分で姫君に手紙を送っていたが、実際に逢って姫君の美しさの魅力の虜になる。そこから少将たちによる姫君救出作戦が始まる。

落窪物語 人物関係図

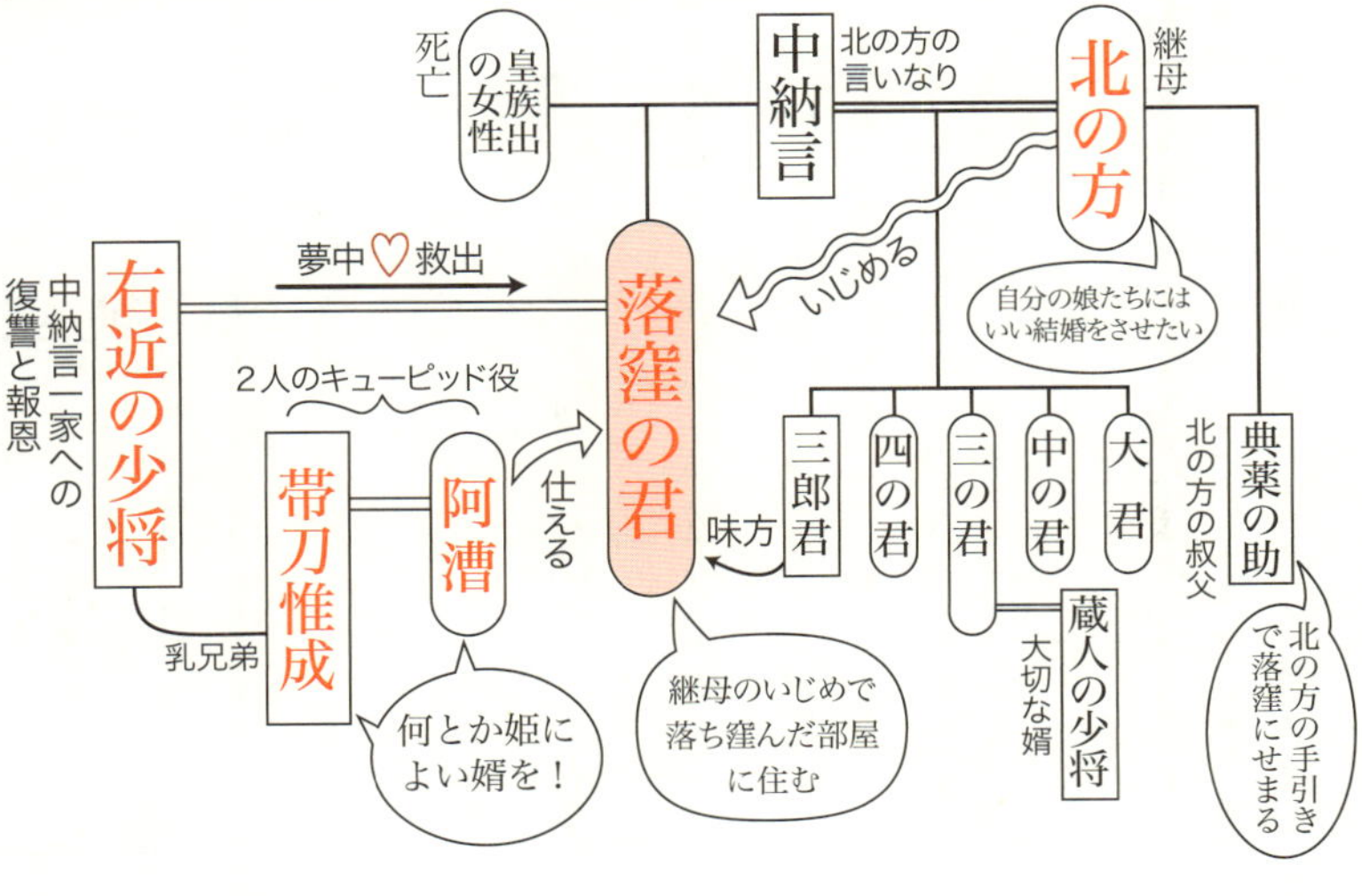

入試出題箇所をチェック！

立教大学
『落窪物語《おちくぼものがたり》』

DATA FILE

易 ○○○●○ 難

上位大に出題が多く、要注意。ストーリーと人物関係を押さえておきたい。

次の文章は不遇な生活を送っている落窪の姫君に興味を持った少将が突然訪れる場面である。

女君、人なき折にて、琴《こと》いとをかし**うなつかしう**弾き臥《ふ》し給へり。帯刀《たちはき》をかしと聞きて、

姫君は人のいない折なので箏の琴をたいそう**上品に**弾いていらっしゃる。帯刀は見事なものだと聞きほれ、

「かかるわざし給ひけるは」と言へば、あこき、「**さかし**。故上の、六歳におはせし時より

「姫君はこんな芸事をなさるのだねえ」と言うと、あこきが、「**そうなの。**亡くなった母上が、姫君が六歳でいらっしゃった時から

教へ奉り給へるぞ」と言ふほどに、少将いと忍びておはしにけり。人を入れ給ひて、

お教え申し上げなさったのです」と言っているところに、少将がこっそりと忍んでいらっしゃった。帯刀の所へ供人をお遣わしになって、

「聞こゆべきことありてなむ。立ち出で給へ」と言はすれば、帯刀心得て、

「お話し申し上げるべきことがあって来ました。ちょっと出てください」と供人に言わせるので、帯刀は承知して

おはしにけると思ひて、心あわただしくて、「ただ今対面す」とて、出でて往ぬれば、

少将がいらっしゃったのだと思って、あわてて、「今すぐに会います」と言って出て行ってしまうので、

あこき御前《まへ》に参りぬ。

あこきも姫君の御前に参上した。

少将、「いかに。かかる雨に来たるを、**いたづらに**帰すな」とのたまへば、帯刀、

少将は、「どうだ、こんな雨の中を来たのだから、**無駄に**帰すなよ」とおっしゃるので、帯刀は、

「まづ御**消息**《せうそこ》を給はせて。音なくてもおはしましにけるかな。人の御心も知らず、

「まずお**手紙**をください。突然いらっしゃったものですねえ。姫君のお気持ちもわからず、

いと**かたき**ことにぞ侍る」と申せば、少将、「いと**いたく**なすぐだちそ」とて、

ご仲介出来るかどうかは大層**むずかしい**ことでございます」と申し上げると、少将は、「あまり**ひどく**、きまじめなことを言うなよ」と言って、

しとと打ち給へば、「**さはれ**、下りさせ給へ」とて、もろともに入り給ふ。御車は、

帯刀をちょっとたたきなさると、帯刀は「**ともかく**、車からお降りください」と言って、一緒に邸にお入りになる。お車は、

「まだ暗きに**来**《こ》」とて、帰しつ。我が曹司《ざうし》の遣戸口《やりどぐち》にしばしゐて、あるべきことを聞こゆ。

「まだ夜の明けないうちに**来い**」と言って、帰してしまう。帯刀は部屋の入り口にしばらく留まって、これからの手はずを申し上げる。

人少ななる折なれば、**心やすし**とて、「まづかいまみをせさせよ」とのたまへば、

人気の少ない時なので**安心だ**と思って、「まず、姫君をのぞかせろよ」とおっしゃるので、

「しばし。心劣り**もぞ**※せさせ給ふ。物忌《ものい》みの姫君のやうならば」と聞こゆれば、

「ちょっと待ってください。少将さまががっかりなさる**と困ります**。もしも古物語の『物忌みの姫君』のようでしたら」と申し上げると、

「笠も取りあへで、袖を**かづき**て帰るばかり」と笑ひ給ふ。

「その時は、物語と同じように笠もかぶらず、袖で**顔をおおって**一目散に帰るばかり」とお笑いになる。

読解ポイント

落窪の姫君は中納言の娘で、母が亡くなったために継母に育てられていた。継母はそんな姫君を酷使し、床の落ち窪んだ部屋に住まわせ、人々に「落窪の君」と呼ばせていた。少将はその悲しい境遇にある姫君に興味を持ち、中納言一家の留守を見計らって邸を訪れる。問題文は少将が臣下の帯刀の手引きで、初めて姫君の姿を垣間見る場面。

★係り結びの特殊な意味、「**もぞ**」=「〜すると困る」に注意。「もこそ」も同様に悪い事態を予測して心配する意を表す。

「**もぞ**もぞすると困る、**もこそ**もこそすると大変だ」

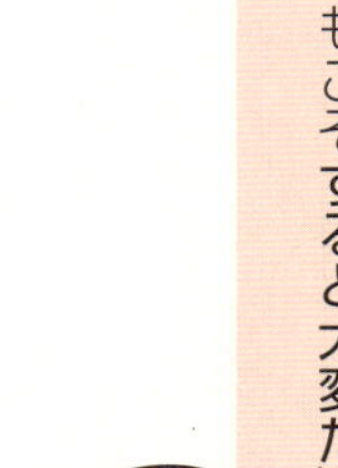

36位

和泉式部日記《いずみしきぶにっき》

出題率
0.9%

和泉式部《いずみしきぶ》

平安中期	日記

『和泉式部日記』は**平安中期、11世紀初頭に成立した日記文学**。作者の**和泉式部**は、**紫式部、赤染衛門《あかぞめえもん》**とともに**中宮彰子に仕えた女房**。恋多き女性歌人である和泉式部はまず和泉の守橘道貞と結婚し、**小式部内侍**を生んだ。そのあと、**為尊《ためたか》親王**（冷泉帝の第三皇子）と恋愛関係になるが、為尊親王は疫病によって26歳の若さで亡くなる。さらに為尊親王の弟敦道《あつみち》親王と恋仲になるが、**『和泉式部日記』はこの敦道親王**（**帥宮《そちのみや》**）**との恋愛期間の約十か月を記した歌物語的な日記文学**。日記は恋人であった為尊親王亡き後、悲嘆にくれる和泉式部のもとに、為尊親王に仕えていた童が弟の帥宮の使いで訪れるところから始まる。やがて二人は恋愛関係になり、和歌の贈答などを通して帥宮は和泉式部の魅力に溺れていく。和泉式部は帥宮の邸に迎え入れられ、そのために正妻は怒って実家に帰ってしまう。しかしその帥宮も27歳の若さで死んでしまい、和泉式部は傷心のあまり一年間の喪に服し、切々たる追慕の歌を詠んだ。そのあと**上東門院《じょうとうもんいん》**（藤原道長の娘、**中宮彰子《しょうし》**）に出仕し、それが縁で藤原保昌《やすまさ》と結婚し夫とともに赴任国に下っている。

平安の日記

年	作品	作者・備考
935	土佐日記《とさにっき》	紀貫之作
974	蜻蛉日記《かげろうにっき》	藤原道綱母作
1004	和泉式部日記《いずみしきぶにっき》	帥宮敦道親王との恋愛物語。自分自身を三人称で記す。
1010	紫式部日記《むらさきしきぶにっき》	
1059	更級日記《さらしなにっき》	菅原孝標女作
1073	成尋阿闍梨母集《じょうじんあじゃりのははのしゅう》	
1108	讃岐典侍日記《さぬきのすけにっき》	藤原長子作（女房名 讃岐典侍）

入試データ分析

『和泉式部日記』出題順位

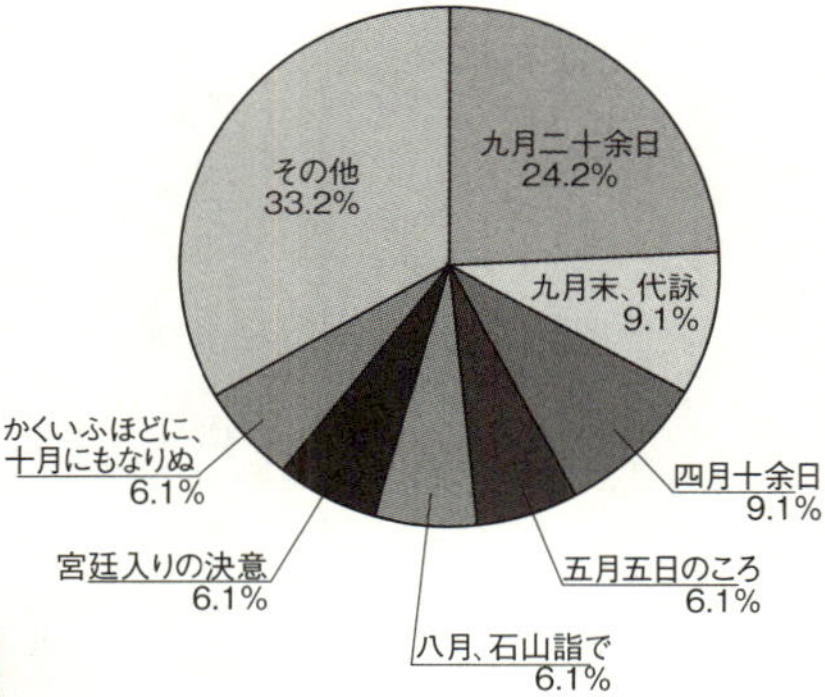

学習ターゲット

かつての恋人、為尊親王を亡くした和泉式部の元に、為尊親王の弟帥宮・敦道親王の従者が訪れる場面からはじまる。この後二人は恋に落ちるが、帥宮・敦道親王も病死してしまう。和泉式部の恋は兄・弟ともに病死という形で幕を閉じる。

1位「九月二十余日」は有明の月がきれいな夜に久しぶりに帥宮は和泉式部を訪問して門を叩いたが、返事がなかったので帰った、という帥宮の手紙に和泉式部が返歌をする場面。

2位「九月末、代詠」は帥宮の愛人が地方に下る際に和泉式部が歌を代作する話。

和泉式部日記 主要事項

時期	主要事項
4月	**和泉式部の恋人、為尊親王死去** 日記スタート。敦道親王が、亡き為尊親王に仕えていた使者を和泉式部の元へ遣わす。橘の花が添えられている。和泉式部の返歌「かをるかによそふるよりはほととぎすきかばやおなじこえやしたると」（≒為尊親王とあなたの声は同じ声なのか聞いてみたいものです） **敦道親王との文通スタート！** 数日後、敦道親王が強引に迫って契る。敦道親王は北の方にバレるのが怖く、なかなか和泉式部のもとを訪れることができないでいる。
5月〜7月	和歌・手紙のやりとり多い。痴話げんかもある。 **和泉式部の浮気の噂が立つ**
8月	和泉式部が石山詣に出かける。敦道親王から「いつ京に戻るか」というラブレターが届く。
9月	有明の月の夜、敦道親王が来訪する。侍女が寝ぼけていたために敦道親王は帰ってしまう。その後の手紙のやりとりで、和泉式部は、自分と同じように敦道親王が月を見ていたことをうれしく思う。
9月末	敦道親王の愛人が地方に下ることになり、代理で和泉式部が歌を書く。端に敦道親王宛てに愚痴を書くと、敦道親王からは「離れていく女性よりも、あなたが大切です」という返歌が届く。
12月	和泉式部が敦道親王の邸に入る。敦道親王の北の方が怒って姉のもとに移るが敦道親王は引き止めない。日記終了。
数年後	**子どもが生まれるが、敦道親王は病死。** 和泉式部は自宅に戻り、喪があけた翌年から一条帝の中宮彰子のもとに出仕する。

入試
出題箇所を
チェック！

静岡大学
『和泉式部日記《いずみしきぶにっき》』

DATA FILE

易　難

和歌がからむので難易度はやや高い。日記全体の内容を知っていると有利。

次の文章は『和泉式部日記』の一節で、「女」（和泉式部）と「宮」（敦道親王）との恋の交際を描いた場面である。

宮、**例の**忍びておはしましたり。女、**さしもやは**※と思ふうちに、日ごろの**おこなひ**に

宮は、**いつものように**忍んでおいでになった。女はまさかお見えになるまいと思っているうちに、何日かの**仏道修行**に

困じて、うちまどろみたるほどに、門《かど》をたたくに聞きつくる人もなし。聞こしめすことども

疲れて、うとうとと眠っているときであったので、門をたたいてもそれを聞きつける人もいなかった。宮は女の噂でお聞き及びのことが

あれば、人のあるにやとおぼしめして、**やをら**帰らせたまひて、**つとめて**、

あったから、誰か男が来ているのだろうとお思いになって、**そっと**お帰りになり、**翌朝**、

「あけざりし　まきの戸口に　立ちながら　つらき心の　ためしとぞ見し

○開けてくださらなかった槇の戸口に立ちつづけて、これがあなたの無情な心の証拠だなと思いました。

憂きはこれにやと思ふも、あはれになむ」とあり。「昨夜《よべ》おはしましけるなめりかし、

恋のつらさとはこのことかと思うにつけても、しみじみ悲しいことでした」とお手紙があった。女は、「昨夜おいでになったのであるらしいよ、

心もなく寝にけるものかな」と思ふ。御返り、

不用意にも寝てしまったものよ」と思った。そのご返事は、

いかでかは　まきの戸口を　鎖《さ》しながら　**つらき**心の　ありなしを見む

○槇の戸口は鎖したままです。どうして私の心が**薄情**かどうか、おわかりになるでしょうか。

おしはからせたまふめるこそ。見せたらば」とあり。今宵《こよひ》もおはしまさまほしけれど、

変なご想像をしていらっしゃるようです。心の中をお見せできましたなら」と書いた。宮は、今宵もまたお出かけになりたかったけれど、

かかる御歩《あり》きを人々も制し**きこゆる**うちに、内大殿《うちのおとど》、春宮《とうぐう》などの聞こしめさむことも
かろがろしう、おぼし**つつむ**ほどに、いとはるかなり。

こうしたお忍び歩きを人々もおとめ**申し上げている**うちに、内大臣や皇太子などがお聞きになるとしたら、
軽薄なふるまいと思われるだろうと、気持ちを**慎ん**でいなさる間に、長い日数がたってゆくのであった。

○内大殿―内大臣、藤原公季。　○春宮―皇太子。

読解ポイント

『和泉式部日記』は三人称で書かれているので、『和泉式部物語』とも言われる。『和泉式部日記』における和泉式部の恋人は冷泉天皇（精神病を病んでいた）の息子である敦道親王だが、その兄為尊親王は和泉式部の元恋人で、すでに亡くなってしまっていた。和泉式部と為尊・敦道親王兄弟との恋愛は当時すでに有名だった。

★「**さしもやは**」の「やは」は反語。「さしも」の「さ」は指示の副詞で、前文の内容を指し、正確には「宮はお見えになるだろうか、いやお見えにはなるまい」と訳す。

恋多き和泉式部は、天才歌人でもあったのです。敦道親王とやりとりする和歌の解釈が勝負！

37位

讃《さ》岐《ぬき》典《の》侍《すけ》日《にっ》記《き》

出題率
0.8%

藤原長子《ふじわらのながこ》

平安後期
日記

『讃岐典侍日記』は**平安後期、12世紀前半に成立した日記文学**。作者は本名を**藤原長子**といい、「讃岐の入道」と呼ばれた歌人藤原顕綱を父に持つ。**長子は堀河帝の典侍となり格別の寵愛を受ける**が、堀河帝は29歳の若さでこの世を去る。この典侍という役は、帝に常侍して秘書のような役割をする内侍司の次官にあたる高級女官。そのころ政治の実権は父**白河院**が握っていたが、堀河帝は心優しく和歌や笛に堪能だったので「末代の賢王」と称されていた。日記の上巻は、堀河帝の発病から悪化をたどる症状を詳細につづり、人間の死に対する恐怖と苦悩と闘争を露骨に克明に描き出している。下巻は、堀河帝亡き後、堀河帝の子どもで、幼くして即位した**鳥羽帝**に仕える様子が描かれる。しかし、これは白河院の命でしぶしぶ引き受けたに過ぎず、作者はことあるごとに**亡き堀河帝を忍ぶ悲しい思い出**を記している。下巻は一年間で、それ以降は記されていないが、このあと長子は「堀河帝の霊が乗り移った」などと言い出して精神病的発作を起こしたために、参内を止められた。

平安の日記

- 935 土《と》佐《さ》日《にっ》記《き》 紀貫之作
- 974 蜻蛉《かげろう》日《にっ》記《き》 藤原道綱母作
- 1004 和泉式部《いずみしきぶ》日《にっ》記《き》
- 1010 紫式部《むらさきしきぶ》日《にっ》記《き》
- 1059 更級《さらしな》日《にっ》記《き》 菅原孝標女作
- 1073 成尋阿闍梨母集《じょうじんあじゃりのははのしゅう》 母性愛の文学
- 1108 讃岐典侍《さぬきのすけ》日《にっ》記《き》 藤原長子作（女房名 讃岐典侍） 堀河帝の発病から崩御までの病状と看病の記録、後半は鳥羽帝に仕え亡き帝を追慕する

入試データ分析

『讃岐典侍日記』出題順位

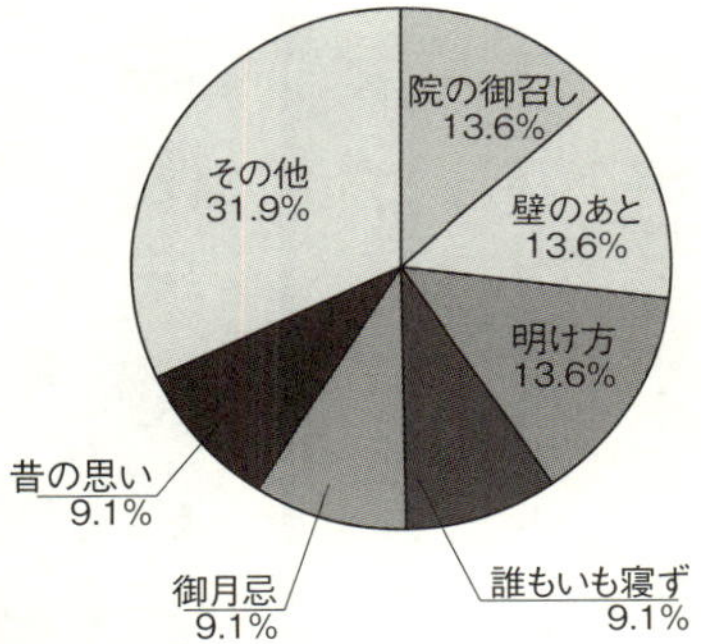

学習ターゲット

『讃岐典侍日記』は愛する堀河帝の看取りと堀河帝の子どもである鳥羽帝に仕えた藤原長子の日記。

1位「院の御召し」は、堀河帝亡き後家に戻っていた作者に、堀河帝の父である白河院から新帝・鳥羽帝への出仕依頼が来て困惑する場面。複数の主人に出仕することに気がとがめた作者は出家を考えるが、院の御召しを断ることもできず出仕する。

2位「壁のあと」は幼い鳥羽帝を抱き上げて襖絵を見る場面。故堀河帝の思い出に泣いてしまう作者に幼い鳥羽帝がかわいらしく声をかける。

讃岐典侍日記 人物関係図

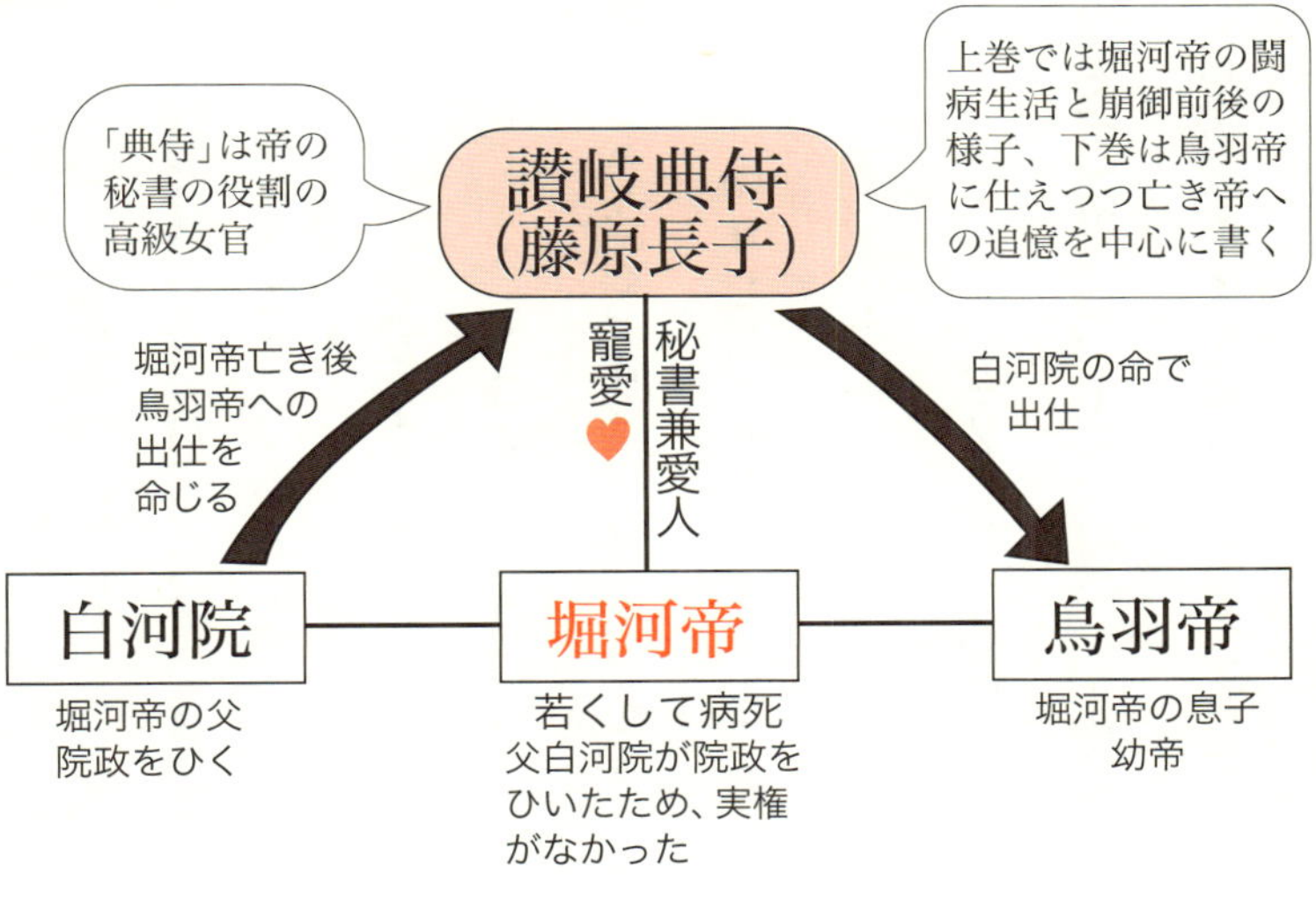

入試
出題箇所を
チェック！

都留文科大学
『讃岐典侍《さぬきのすけ》日記』

DATA FILE

易 ○○○●○ 難

上位大での出題が多く、穴的出典。人物関係を押さえておきたい。

いみじう苦しげに思したりければ、片時御かたはら離れまゐらせず、ただ、われ、

帝は**たいそう**苦しそうにお思いになっていたので、私は片時もおそばをお離れ申し上げないで、ひたすら私が

乳母《めのと》などのやうに添ひ伏しまゐらせて、泣く。**あな**、いみじ。かくて**はかなくなら**せたまひなむ

乳母などのように添い伏し申し上げて、泣いている。**ああ**ひどい。こうしてお**亡くなり**になるとしたら、

ゆゆしさこそ。**ありがたく**仕うまつりよかりつる御心のめでたさなど思ひつづけられて、

その悲しみはこの上ない。**もったいないほど**お仕えしやすかったお心遣いの素晴らしさなどが次々と思い続けられて、

つゆも寝られ**ず**、寝入らせたまへる御顔を**まもり まゐらせ**て、泣くよりほかのことぞなき。

少しも眠ることができ**なくて**、帝がお休みになっていらっしゃるお顔を私は**見守り 申し上げ**て、泣くよりほかはない。

いとかく何しに馴《な》れつかうまつりけむと、くやしくおぼゆ。参りし夜より今日までのこと

このように何のために親しくお仕え申し上げてきたのかと思うと、何もできず残念に思う。参内した夜から今日までのことを

思ひつづくる心地、ただ推し量るべし。こはいかにしつることぞと悲し。

思い続ける気持ちを、ぜひ推し量ってほしい。これは一体どうしたことかと悲しい。

明け方になりぬるに、鐘の音聞こゆ。**明けなむ**※とするにやと思ふに、いとうれしく。**やうやう**

明け方になると鐘の音が聞こえる。いよいよ夜が明けようとするのであろうかと思うと、たいそううれしく思われる。**しだいに**

鳥の声など聞こゆ。朝浄めの音など聞くに、明けはてぬと聞こゆれば、よし、**例の**、人たち

鳥の鳴き声などが聞こえる。朝の清掃の音などを聞くにつけても、すっかり明けてしまったと思われるので、ええままよ、**いつもの**お付きの人たちが

おどろきあはれなば、かはりて少し寝入らむと思ふに、御格子《みかうし》**参り**、大殿油《おほとなぶら》まかでなどすれば、

互いに**目を覚まし**たら、私は交替して少し眠ろうと思っていると、御格子を**お上げしたり**、大殿油をお下げしたりなどするので、

休まむと思ひて単衣をひき**かづく**を、御覧じて、引き退けさせたまへば、なほ、**な**寝**そ**と

私は休もうと思って単衣をひき**かぶる**のを、帝はご覧になって引き退けになるので、やはり帝は私に寝る**な**と

思はせたまふなめりと思へば、起きあがりぬ。大臣殿の三位《さんみ》、「昼は御前をば**たばから**む。

思っていらっしゃるのであるようだと思うので起き上がった。大臣殿の三位が、「昼間は帝のお世話を何とか**取り計ら**おう。

休ませたまへ」とあれば、おりぬ。待ちつけて、「われも、強くてこそ

あなたはお休みください」とおっしゃるので私は局に下がった。下仕えの者が私を待ち受けていて、「あなたも健康な状態で

あつかひまゐらせさせたまはめ」といふ。**なかなか**、かくいふからに、

帝をお世話申し上げなさってはいかがですか」と言う。**かえって**このように言われると、

耐へがたき心地ぞする。日の経るままに、いと弱げにのみならせたまへば、

私は悲しみに耐えることのできない気持ちがする。日が経つにつれて、帝はとても弱々しくおなりになるばかりなので、

このたびはさなめり、と見まゐらする悲しさ、ただ思ひやるべし。

このたびはそう（＝死ぬの）であるようだ、とお見申し上げる私の悲しさを、ぜひ思いやってほしい。

読解ポイント

作者讃岐典侍は、堀河帝の秘書であると同時に寵愛を受ける愛人であった。若くして病に倒れ危篤状態にある堀河帝を片時も離れずに看病していた。夜が明けて休もうとする作者に堀河帝は寝るなと促す。下仕えの者から、帝のお世話をするためにも作者が健康に留意して無理をしないようにと言われ、かえって悲しみに耐えられない気持ちになっている。

★「**明けなむ**」の「なむ」は「な（完了「ぬ」の未然形）＋「む（推量）」に切れる。ここでは「明けるだろう」の意。「明けてほしい」と訳す場合は、「なむ」は一語で、その場合は他への願望の終助詞となる。「明く」が下二段活用なので、未然形と連用形が同形であり、その場合は「なむ」の識別は文脈判断になる。

38位

とはずがたり

出題率 0.7%

後深草院《ごふかくさいん》二条《にじょう》

鎌倉後期　日記

『とはずがたり』は**鎌倉後期、14世紀初頭に成立した日記文学**。後深草院に仕えた**後深草院二条**という女性が、自身の人生を顧みて「**問われずとも語らずにはいられない**」衝動から綴った自伝的作品。作者の母親は後深草院の乳母で、院は彼女に恋心を抱いていた。しかしその母親は二条が二歳の時に他界し、四歳で後深草院に引き取られる。二条は十四歳の時から院の寵愛を受け、ここから日記は始まる。父親が他界すると二条は後見のいない孤児となり、その寂しさも手伝ってか院に寵愛される立場にも関わらず、**雪の曙**（西園寺《さいおんじ》実兼《さねかね》）と並行的に秘密の交渉を続け、さらに高僧の**有明の月**からも強引に迫られ、関係を持ってしまう。後半は院の寵愛も薄れ、院の正妻の嫉妬などもあり、御所を追われた二条が出家をして、**西行**に倣って東国の旅に出る場面となる。その後**石清水八幡宮で院と再会**を果たしている。作品は混沌とした愛欲世界を超克して宗教に浄化されていく過程を描いており、大胆に赤裸々に自己を暴露し現実を描写した作品で、女流日記文学の中でも傑作といえる。

鎌倉の日記

年	作品	作者
1219	たまきはる	藤原俊成女作
1232頃	建礼門院右京大夫集《けんれいもんいんうきょうのだいぶしゅう》	建礼門院右京大夫作
1259	弁内侍《べんのないし》日記《にっき》	後深草院弁内侍《ごふかくさいんべんのないし》作
1280	十六夜日記《いざよいにっき》	阿仏尼《あぶつに》作
13C末	うたたね	阿仏尼《あぶつに》作
1292	中務内侍日記《なかつかさのないしにっき》	伏見院中務内侍《ふしみいんなかつかさのないし》作
1306	とはずがたり	後深草院二条作

後深草院の愛人となった宮廷生活と、出家後西行を慕っての旅を描く

入試データ分析

『とはずがたり』出題順位

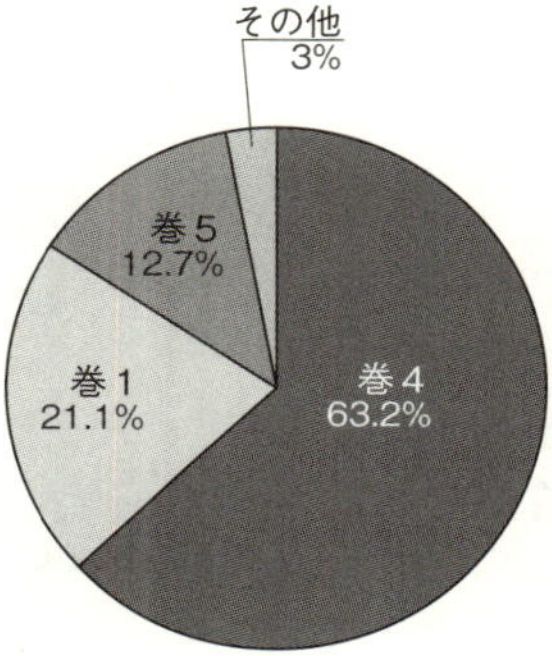

学習ターゲット

2位「巻1」では作者は14歳で後深草院の寵愛を受けている。翌年父親を亡くし、雪の曙という男性と密通してしまう。院との間に皇子を産むが2歳で死亡。雪の曙との間にも女児をもうけ、雪の曙が引き取って育てている。

1位「巻4」では作者はすでに出家して尼になり、鎌倉に修行のために旅に出る場面。信濃の善光寺や浅草の観音堂など、精力的に参詣し、まさに女西行。のちに院と再会し一晩語りあうが、作者の出家と修行への意志は固く、そのあとも伊勢神宮に赴いている。

とはずがたり 人物関係図

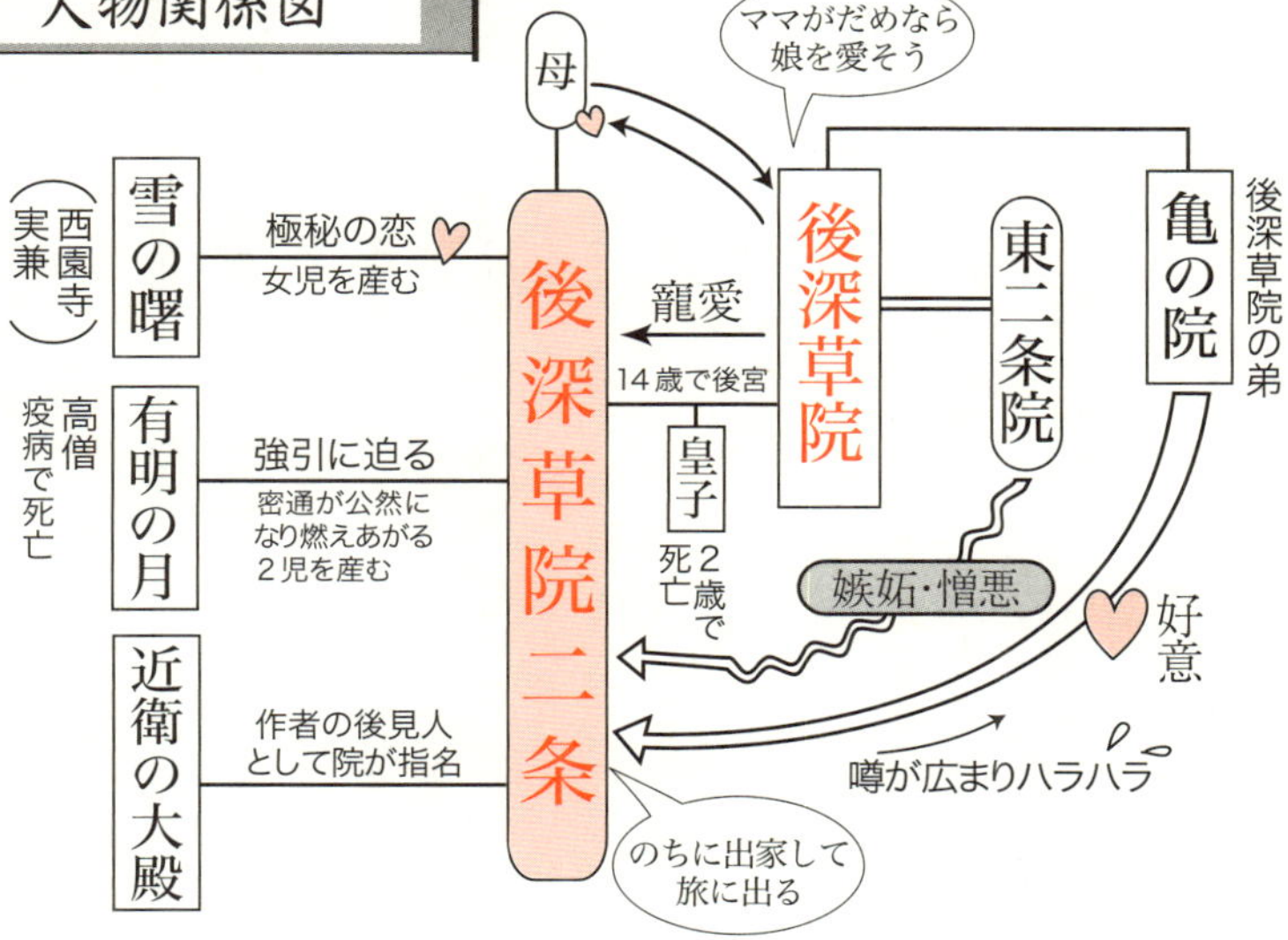

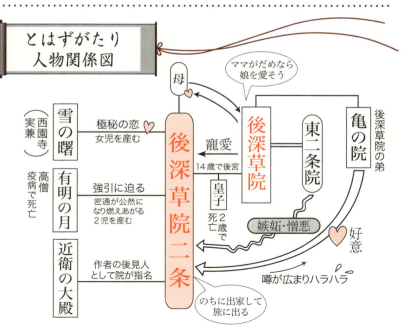

入試
出題箇所をチェック！

神戸学院大学『とはずがたり』

二十日余りの月とともに都を出で侍れば、何となく捨て果てにし住みかながらも、

正応二年二月二十日過ぎの有明の月とともに都を出発しましたので、特に深い理由もなく捨て去ってしまった住みかではあるが、

またと思ふべき世のならひかはと思ふより、袖の涙も今さら「宿る月さへ

また帰ってこようと思ってよい世の習いではない無常の世の中よと思うと、袖の涙も今改めて、『古今集』の古歌のように「涙で濡れた袖に映る月までもが

濡るる顔にや」とまでおぼゆるに、我ながら心弱くおぼえつつ、逢坂の関と聞けば

泣いている様子であるのか」とまで思われるにつけて、自分が決心しておきながら気弱なことよと思われるにつけて、ここが逢坂の関だと聞くので、

「宮も藁屋も果てしなく」と**ながめ**過ぐしけん蟬丸の住みかも、

「宮殿もわらぶき屋根の家も、そこにいつまでも生きて住めるわけではないから同じことだ」と**詠じて**過ごしたとかいう古人蟬丸の住みかも

跡だにもなく、関の清水に宿る我が面影は、**出で立つ**足元よりうち始め、

今はその跡かたさえなく、関のほとりにあった清水に映る私の姿は、**出発して歩き出したときの**足もとからはじめとして、

慣らはぬ旅の装《よそほ》ひいとあはれにて、**やすらは**るるに、いと盛りと見ゆる桜の

慣れない旅の装束がひどくしみじみと切なくて、思わず**ためらわ**ずにはいられないでいると、たいそう花盛りと思われる桜が

ただ一木あるも、これさへ見捨てがたきに、田舎人と見ゆるが、馬の上四五人、

たった一本あるのも、この桜まで見捨てがたくしていると、田舎者と見える人で、馬に乗った人が四、五人、

きたなげならぬがまた、この花のもとに**やすらふ**も、同じ心にやとおぼえて、

さっぱりした身なりの人たちがこれもまた、この桜の花の下に**立ち止まっている**のも、私と同じ気持ちであろうかと思われて、

行く人の　心をとむる　桜かな　花や関守　逢坂の山

○旅行く人の心を引き止める桜であるよ。してみると、この花が関守なのか、逢坂の山の関所では。

DATA FILE

易 ○○●○○ 難

平均的出題傾向で難易度も特に高くないが、内容をざっと知っておくと有利。

やうやう日数経るほどに、美濃の国、赤坂の宿といふ所に着きぬ。**慣らは**ぬ旅の日数も

次第に日数が経つうちに、美濃の国赤坂の宿というところに着いた。覚悟はしていたが、**慣れ**ない旅の日数も

さすがに重なれば、苦しくも**わびしけれ**ば、これに今日はとどまりぬるに、宿の主に

やはり重なると、苦しく**つらくもある**ので、この宿に今日は宿泊したところ、宿の主人で

若き遊女姉妹あり。琴、琵琶など弾きて、情けあるさまなれば、昔※**思ひ出でらるる**

若い遊女の姉妹がいる。琴や琵琶などを弾いて、風情のある様子なので、宮中で琵琶を弾いたりした昔のことがつい思い出されるような

心地して、九献《くこん》など取らせて遊ばするに、二人ある遊女の姉とおぼしきが、

気がして、九献の酒などを与えて演奏させると、二人いる遊女で姉と思われる女が、

いみじく物思ふさまにて、琵琶の撥《ばち》にてまぎらかせども涙がちなるも、身のたぐひにおぼえて

ひどく思い沈んでいる様子で、琵琶の撥で紛らわしているが、涙を落としがちであるのも、私の境遇と同じように思われて

目とどまるに、これもまた墨染めの色にはあらぬ袖の涙を**あやしく**思ひけるにや、

注目したところ、この者のほうでもまた私の墨染めの衣の色にはふさわしくない袖の涙の色を**不思議に**思ったのであろうか、

盃据《す》ゑたる小折敷《こをしき》に書きて、差しおこせたる、

盃を乗せていた小さい角盆に書いて、差し出したが、その歌は、

思ひ立つ　心は何の　色ぞとも　富士の煙の　末ぞ**ゆかしき**

○出家を思い立って修行の旅にお出になったあなたのお心はどういうご事情からだろうと、富士の煙の末ではありませんが、本末の詳しいわけを**うかがいたい**と存じます。

読解ポイント

巻4の冒頭部分で、作者は宮中での恋愛沙汰から離れてすでに出家している。作者は住み慣れた都を離れて墨染の衣を身にまとって逢坂の関を越え、東海道を下って鎌倉へ向かう。

★「**思ひ出でらるる**」の「らるる」は、自発の「らる」の連体形。心情語に付く「る・らる」は自発になる。

39位

撰《せん》集《じゅう》抄《しょう》

出題率 0.6%

作者未詳

鎌倉前期
仏教説話

『撰集抄』は**鎌倉前期、13世紀の半ば頃に成立した仏教説話**で、全九巻から成る。江戸時代までは**西行**の作と伝えられてきたが、西行死後の話も多く収録されていることから、西行の没年(1190年)以降の成立説が有力で、おそらく**西行に仮託した作品**であると予想される。序文に「新旧の賢跡を撰び求めける事の言の葉を書き集め、『撰集抄』と名付けて、座の右に置きて、一筋に知識に頼まんとなり」とあり、現世の無常を悟って賢く振る舞った高僧や聖たちの往生談や、言行録を集めたものである。全体として単なる仏教説話にとどまらず、評論的、随想的傾向を持っている。また、発心・遁世・往生の話が中心ではあるが、歌人西行にからんで詩歌の説話が多いことも特徴といえる。西行作と信じられてきたために広く愛読され、室町時代の謡曲や、江戸時代の松尾芭蕉などの文人たちにも大きな影響を与えている。入試では幅広い範囲が出題される傾向にあり、文学史では**西行の私家集『山家集《さんかしゅう》』**や、同じ鎌倉時代の説話作品を問われる傾向がある。

鎌倉の説話

年	作品	種類	作者・編者
12C後	宝物集《ほうぶつしゅう》	仏	
1215	古事談《こじだん》	世	源顕兼編
1216	発心集《ほっしんしゅう》	仏	鴨長明《かものちょうめい》作
1221	宇治拾遺物語《うじしゅういものがたり》	世	
1222	閑居友《かんきょのとも》	仏	慶政編
1242	今物語《いまものがたり》	世	藤原信実編
1252	十訓抄《じっきんしょう》	世	
1254	古今著聞集《ここんちょもんじゅう》	世	橘成季《たちばなのなりすえ》編
1275	撰集抄《せんじゅうしょう》	仏	西行《さいぎょう》が主人公の仏教説話
1283	沙石集《しゃせきしゅう》	仏	無住《むじゅう》作
1305	雑談集《ぞうだんしゅう》	仏	無住《むじゅう》作

仏＝仏教説話
世＝世俗説話

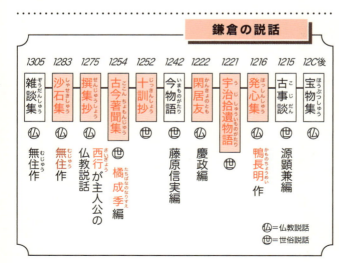

入試データ分析

『撰集抄』出題順位

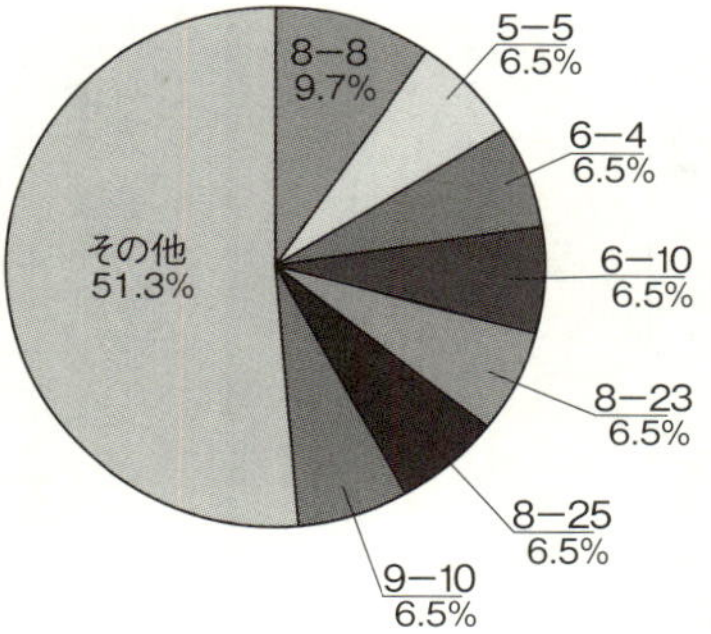

学習ターゲット

1位「8-8」は「北野天神左遷路詩事」で、醍醐帝治世の時、菅原道真（北野の大臣）が無実の罪で大宰府に左遷されたときの話。道真は帝からの信望が厚く、藤原氏の専横を抑えるために右大臣となった。それをよく思わなかった左大臣の藤原時平が道真に無実の罪を着せて左遷させた。

2位「5-5」は「覚尊上人乞食者対面事」で、覚尊上人が乞食のような僧に本当の仏法とは何かと問うと、僧は仏法を学ぶことが心の迷いを作り出すのだ、と和歌を詠み捨てていなくなる話。

中古末から中世の歌人

↓俊成と西行は歌友達↓

歌人	解説
鴨長明《かものちょうめい》	歌人。歌論書『無名抄』がある。（P146参照）
藤原《ふじわら》俊成《としなり》《しゅんぜい》	後白河院の命で『千載集』を撰んだ。歌論書『古来風体抄』、家集『長秋詠藻』がある。実子に定家、養女に『無名草子』の作者藤原俊成女がいる。
藤原《ふじわらの》定家《さだいえ》《ていか》	後鳥羽院の命で『新古今和歌集』を撰んだ。家集『拾遺愚草』、歌論書『近代秀歌』『詠歌大概』がある。
西行《さいぎょう》	本名は佐藤義清《のりきよ》。23歳で出家した。俊成、定家と親交があり、『千載集』の資料として自撰歌稿を俊成に届けたりしている。歌集に『山家集』がある。
後鳥羽院《ごとばいん》	藤原俊成を指導者とする御子左家《みこひだりけ》一門を重んじ、歌壇活動をさかんに行う。参加歌人は100人をこえた。優れた和歌は自らが命じて作らせた『新古今和歌集』に収載された。
源実朝《みなもとのさねとも》	鎌倉幕府三代将軍。父は頼朝、母は北条政子。藤原定家に師事して作歌に励み、歌集に『金槐和歌集』がある。
阿仏尼《あぶつに》	『源氏物語』を講じうる学才があり、女流歌人としても認められ、夫為家の愛情を独占した。そのため先妻の子や他の側室と対立することが多かった。有名な『十六夜日記』『うたたね』以外に、歌論書に『夜の鶴』がある。（P166参照）

京都大学『撰集抄《せんじゅうしょう》』

入試出題箇所をチェック！

DATA FILE

易 ●○○ 難（中央）

鎌倉の説話としては平均的レベル。「西行」にからむ文学史問題に注意。

昔、伊勢ときこえし歌読《うたよみ》の女、世の中過ぎわびて、都にも住みうかれなんとして、世に経べき**たつき**もなく侍りけるが、太秦《うづまさ》にこもりて、心を澄ましつつ懃《つと》めなどして、かく、

昔、伊勢として知られた歌人の女性が暮らしに困って都に住むのも困難になって、暮らしに必要な物を手に入れる**手段**も無くなりましたので、太秦の広隆寺に籠もって心を静めて仏前で一心に祈り、次のように歌を詠んだ。

南無薬師　あはれみ給へ　世の中に　ありわづらふも　おなじ病ぞ※

○南無、病人を治してくださるという薬師仏様、お慈悲を垂れてくださいませ。世を困窮した状態で渡ってゆくことも、体の病も何ら変わりはありません。困窮する私をお救いくださいませ。

とよみ侍りければ、仏殿うごき侍りけり。その夜の暁の夢に、貴き僧のおはしまして、「汝が歌の身にしみておぼしめさるれば、世に有りつべきほどの事侍るべし。此《この》暁、いそぎまかりいでてね。もし道にておもはざる事侍るとも、**いなぶ心**あるべからず」と見つ。あはれかたじけなくおぼえて、**まかり出で**ぬ。何となく苦しきままに、ある旧堂の人もなくて侍りけるに立ち入りて、仏拝みたてまつらむとする程に、輿《こし》、馬に乗りつれて、

と詠みましたところ、仏殿がゆれ動きました。その夜の暁の夢に、高貴な僧が現れなさって、「おまえの歌が深く身にしみて感じられるので、この世に生きている甲斐のあることがきっと起こるだろう。この暁に、急いで寺より退出しなさい。もし帰る途中で思いもかけないことがあっても、それを**拒否**してはならない」と夢に見た。しみじみともったいない夢だと思われて、寺から**退出した**。何ということもなく体が苦しく思われるので、ある古いお堂で人気もない所に入って、仏様を拝み申し上げようとする時に、輿や馬が連れ立って、

ゆゆしげなる人の通り侍りけるが、何とか思ひ侍りけむ、此堂に入り侍れば、伊勢

立派そうな方がお通りになったのだが、何と思ったのでしょうか、このお堂に入りますので、伊勢は

すべきかたなくて、うしろの方へ行き侍るに、此中のあるじとおぼしき僧の追ひ来て、

どうしようもなくて、堂の奥のほうに行きますと、この一行の中の主人と思われる僧があとを追って来て、

「か様の事、申すについて憚《はばか》り侍れども、仏の御つげ侍りて申すなん。我住むかたざまをも

「このようなことを申し上げるのは、はばかられるのですが、仏のお告げがございまして、申し上げるのです。私の住んでいる所を

御覧ぜられ侍れかし」と、**念比《ねんごろ》に**聞こえ侍れば、是をたがへん事、仏のおぼしめさむも

ご覧になってくださいませ」と、**親切に**申し上げますので、この申し出にそむくことは仏のお告げにそむくようなことになるので

おそろしくおぼえ侍るままに、なびきにけり。殊に悦びて、輿にのせて、男山に

恐ろしく思われますので、僧の言うままに従った。僧は格別に喜んで、伊勢を輿にのせて男山に

具しいたり侍りぬ。八幡宮の検校《けんげう》にてぞ侍りける。**いつき かしづく**事かぎりなく、

連れて行きました。その僧は八幡宮の検校でございました。伊勢を**並々でなく大切に扱う**ことこの上なく、

子どももあまた儲けてければ、わく方なく**わりなき物**に思ひてぞ侍りける。

子もたくさん生まれたので、ほんとうにきわめて**すぐれた仏のお告げ**であると思うのでした。

読解ポイント

伊勢は平安前期の代表的な女流歌人で、三十六歌仙の一人。宇多帝に愛され、「伊勢の御《ご》」と称された。問題文は暮らしに困った伊勢が太秦《うずまさ》の広隆寺に籠って心をこめて仏に歌を詠むと、その歌の素晴らしさに仏が感動し、夢の中でお告げがある。伊勢はお告げ通りに行動することで幸せを手に入れるという話。

★「南無薬師」の和歌の「わづらふ」は「煩ふ」と「患ふ」の掛詞。また、「薬」「わづらふ」「やまひ」が縁語になっている。

40位

住《すみ》吉《よし》物《もの》語《がたり》

出題率
0.6%

作者未詳

鎌倉中期か
擬古物語

『住吉物語』は**鎌倉中期に成立したといわれる擬古物語**（**平安の物語に似せて作られた物語**。他には『**松浦宮物語**』などがある）で、ストーリーのテーマは平安に成立した『落窪物語』と同じ「**継子いじめ**」。この二作品は共通テーマということで文学史によく出る。物語は、ある中納言の娘である主人公が七歳の時に母親を失い、継母に引き取られるところから始まる。姫君はやがて右大臣の息子で四位の少将から求婚されるようになるが、継母は姫君の結婚を阻止するために自分の娘三の君を姫君と思わせて、少将を婿に迎え入れてしまう。父親の中納言は姫君を入内させようとするが、ここでも継母が妨害し、さらに姫君の結婚話もぶち壊す。姫君はこうした継母の嫌がらせに堪えかねて、乳母の子どもの侍従とともに乳母のいる住吉に逃れていく。中将に昇進した少将は姫君を忘れることができず、長谷寺に籠もって祈願をしたところ、**夢に姫君が現れて住吉にいることを知る**。そこで中将は住吉から姫君を連れ戻し、やっと都で二人幸せに暮らす。一方、すべてを知った父親は継母と別れ、継母は零落して死んでいくという話。

擬古《ぎこ》物語

中世の「擬古物語」とは平安時代の物語をまねて作った物語。江戸時代にも作られたが、主に鎌倉時代のものをいう。

- 1185 松浦宮物語《まつらのみやものがたり》：藤原定家作か　『浜松中納言物語』の影響あり
- 1220 住《すみ》吉《よし》物語《ものがたり》：「継子いじめ」の物語　→『落窪物語』
- 1271 石清水物語《いわしみずものがたり》：武士の主人公が恋に悩み出家する物語

入試データ分析

『住吉物語』出題順位

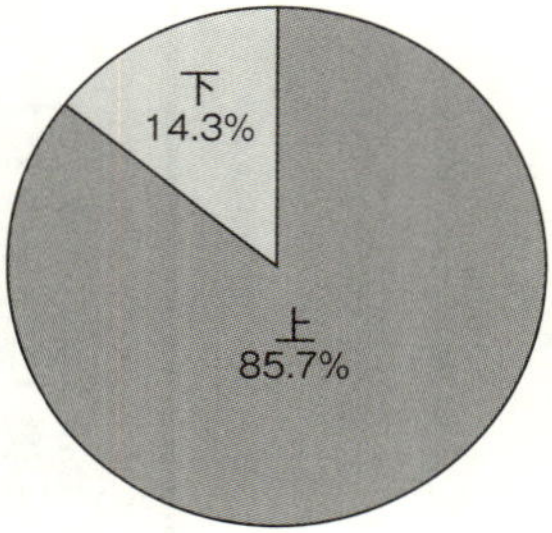

学習ターゲット

物語のテーマは『落窪物語』と同様「継母による継子いじめ」。共通テーマということで、文学史でよく問題になる。

「上」では、幼くして母親を亡くした美しい姫君に恋をした少将、その恋の邪魔をする継母、姫君を心配する亡き母の乳母などの人間関係が描かれる。

「下」では、姫君は継母の策略からのがれるために住吉に移り住む。一方、姫君を忘れることのできない少将が長谷寺に籠もって祈りをささげていると、夢に姫君が現れて住吉にいることを告げる。

住吉物語 人物関係図

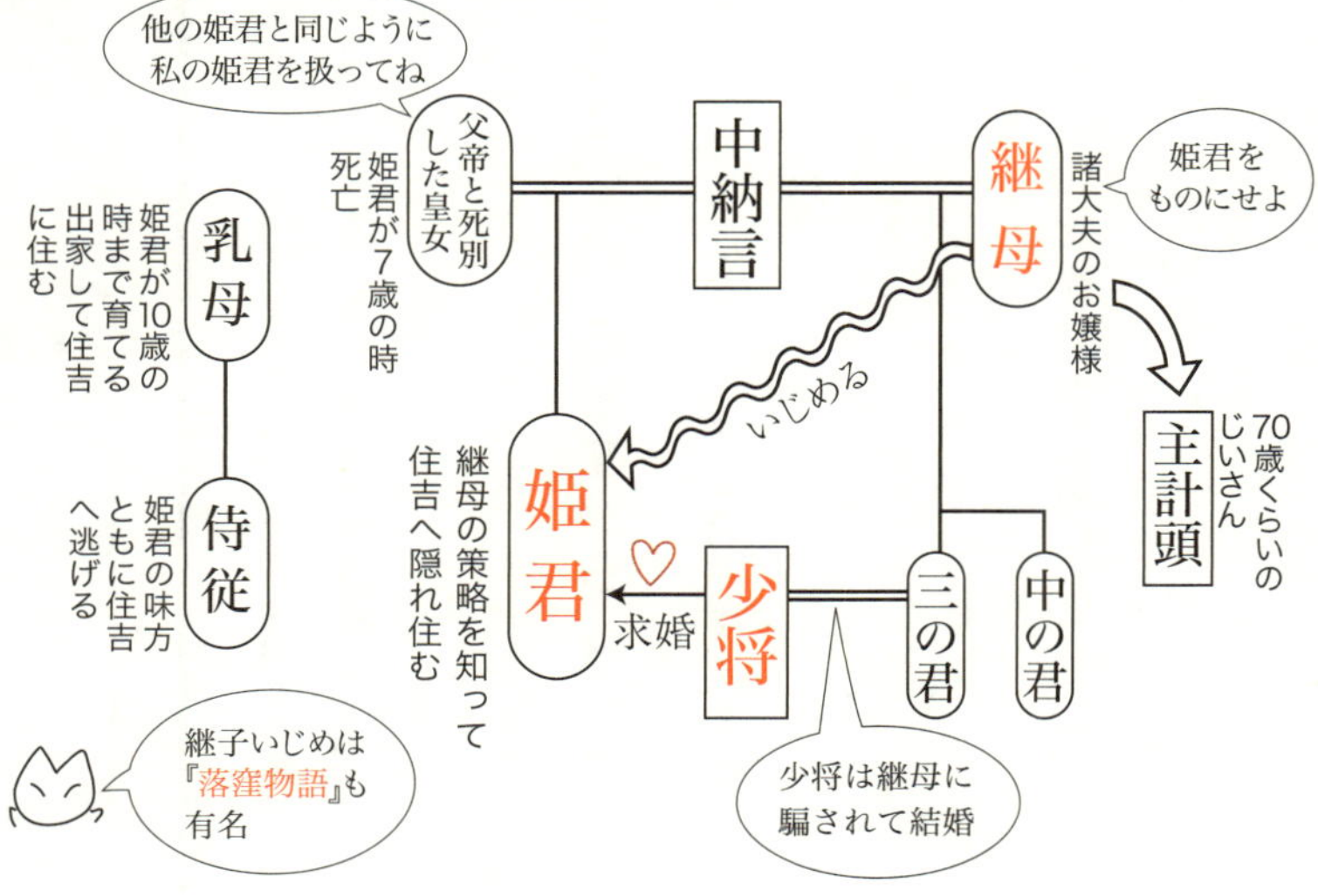

入試
出題箇所を
チェック！

京都大学
『住吉物語《すみよしものがたり》』

次の文は『住吉物語』の一節である。女主人公の姫は、事情があり、心ならずも父中納言の家を出奔して摂津《せっつ》の住吉に隠れ住み、彼女を片恋する男主人公の中将は、彼女の行方を神仏に祈って捜している。話は、従者たちを伴って初瀬（長谷寺）に参籠した男主人公が、暁がたに霊夢を得るところに始まる。

春秋過ぎて、九月ばかりに初瀬《はつせ》に籠りて、七日といふ、**夜もすがら** **行ひ**て、

春秋と月日が経って、九月頃に初瀬長谷寺に参籠して、七日目というときに、**夜どおし** **勤行して**、

暁がたに少しまどろみたる夢に、**やんごとなき**女、そばむきて居たり。さし寄りて見れば、

夜明け方に少しうとうとしていたときの夢の中で**高貴な**女性が、わきを向いて座っていた。近づいて見ると、

我が思ふ人なり。嬉しさ、**せんかたなく**て、「いづくにおはしますにか、

男が思いを寄せている人であった。うれしさのあまり、**たまらなく切ない気持ち**で、「あなたはいったいどこにいらっしゃるのですか、

かく**いみじき**めを見せ給ふぞ。いかばかりか思ひ嘆くと知り給へる」

姿をお隠しになって私をこんなに**つらい**目におあわせにならないでください。私がどれほどあなたをお慕いして嘆き苦しんだかご存知でしたか」

と言へば、うち泣きて、「かくまでとは思はざりしを。いとあはれにぞ」と言ひて、

と言うと、女は泣いて「これほどまであなたを苦しませたとは思いもよりませんでした。たいそう悲しいことです」と言って、

「今は帰りなん」と言へば、袖《そで》をひかへて、「おはしましどころ、知らせさせ給へ」とのたまへば、

「これでお別れしましょう」と言うと、男は袖を押さえて、「今お住まいになっていらっしゃる所を、お教えください」とおっしゃると、

DATA FILE

易 ●●●●● 難

国公立大の出題が多く、口語訳や内容説明を深く求められるので注意。

※わたつ海の　そことも知らず　侘《わ》びぬれば　住吉とこそ　海人《あま》は言ひけれ

○海の底とも、ここはどこともわからぬ所に住んで、淋しい思いをして暮らしていますが、漁夫はここは住吉で住みよい所だと言っています。

と言ひて、立つをひかへて返さずと見て、うち**おどろき**て、夢と知りせばと、悲しかりけり。

と言って、女が立ち去ろうとするのを袖をつかんで引き止める姿を夢の中で見て、そこで**目を覚まして**、男は今見たことが夢であると知っていたなら目を覚まさなかったのにと、悲しい思いをしたのであった。

読解ポイント

初瀬（今の奈良県）は、長谷寺の門前町として栄えた。長谷寺は桜と牡丹の名所として名高く、平安時代以来、観音信仰で、女性の信仰を集めた。住吉にある住吉神社は摂津（今の大阪府）にあり、海の守護神・和歌の神として信仰を集めた。

★「わたつ海の」の和歌の「そこ」が「海の底」と「場所」を指示する「そこ」の掛詞。「海の底」は不安感を表している。「住吉」は地名と「住みよい」の意が掛けてある。

現在では「あま」に「海女」と漢字を当てますが、古文では「海人」あるいは「海士」と書くので注意しましょう。

◆ 文学史ゴロまとめ ②

●①と ②かげの入れ③墨 ④紫 ⑤さ、⑥ぬきぬき

【平安の日記】 ① 土佐日記 ② 蜻蛉日記 ③ 和泉式部日記 ④ 紫式部日記 ⑤ 更級日記 ⑥ 讃岐典侍日記

●①たまたま来はる ②右京君は③スケベ④ベンベン

【鎌倉の日記 1】 ① たまきはる ② 建礼門院右京大夫集 ③ 平資盛 ④ 弁内侍日記

●①阿仏尼さん、②十六夜に③うたたね ④中 ⑤とはズルい！

【鎌倉の日記 2】 ① 阿仏尼 ② 十六夜日記 ③ うたたね ④ 中務内侍日記 ⑤とはずがたり

●①カモン！ ②無名の③包丁 ④ほっしんわ、⑤いーにいーに

【鴨長明】 ① 鴨長明 ② 無名抄 ③ 方丈記 ④ 発心集 ⑤ 1212年（方丈記）

●①健康 ②ズレズレ、③意味散々

【兼好法師】 ① 兼好法師 ② 徒然草 ③ 1333年頃（徒然草）

●①西鶴 ②ウキウキ③好色者、④胸は⑤Aカップ

【井原西鶴】 ① 井原西鶴 ② 浮世草子 ③ 好色一代男・好色五人女・好色一代女 ④ 世間胸算用 ⑤ 日本永代蔵

●①近松 ②女殺しで③曽根崎 ④心中、⑤冥途でひと⑥合戦

【近松門左衛門】 ① 近松門左衛門 ② 女殺油地獄 ③ 曽根崎心中 ④ 心中天の網島 ⑤ 冥途の飛脚 ⑥ 国性爺合戦

●①上田 ②うげっと③春雨吐く

【上田秋成】 ① 上田秋成 ② 雨月物語 ③ 春雨物語

●①代々②契沖、③考える④カモ

【国学 1】 ① 万葉代匠記 ② 契沖 ③ 万葉考・冠辞考・歌意考 ④ 賀茂真淵

●①宣長 ②玉 ③玉、④あはれな⑤乞食、⑥うっひー⑦いーわ

【国学 2】 ① 本居宣長 ② 玉勝間 ③ 源氏物語玉の小櫛 ④ もののあはれ ⑤ 古事記伝 ⑥ うひ山ぶみ ⑦ 1800年頃

第三部

入試出典ランキング
第41位～第70位

出題カバー率 95%

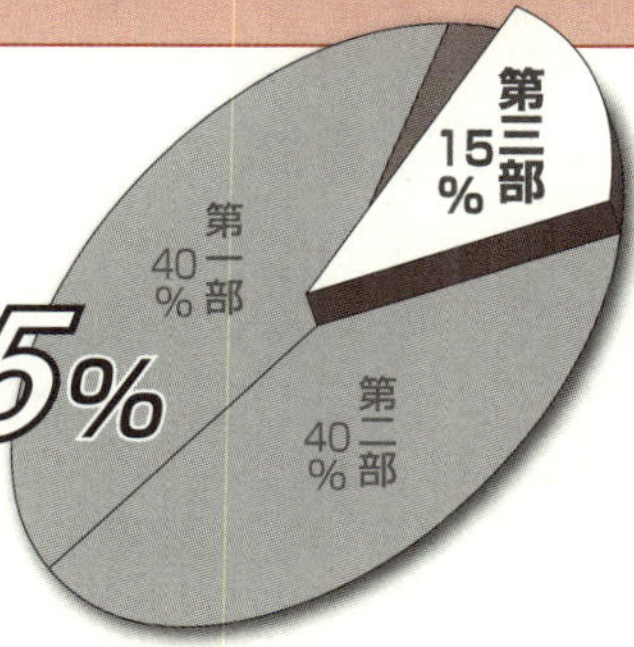

41位

御伽草子《おとぎぞうし》

出題率
0.6%

作者未詳

室町末期～江戸前期
短編小説

ここにまた時雨《しぐれ》と申して、館《やかた》より通ひものする女房あり。秀郷《ひでさと》のもとに来たりて言ふやうは、

ここにもう一人時雨と申して、将門の邸から通ってくる女房がいる。秀郷の所にやって来て言うことには、

「御ありさまを**見まゐらする**に、ただ事ともおぼえず。おぼしめす事あらば、わらはに仰《おほ》せられ候へかし。力に叶《かな》ふ事ならば叶へたてまつるべし。御心おかせ給《たま》ふなよ」と、**ねんごろに**申すなり。

「あなたさまのご様子を**拝見します**と、尋常だとも思われません。お考えになることがあるのなら、私におっしゃってください。可能な限り叶えて差し上げるつもりです。どうぞお心を隔てなさいませんように」と、**心をこめて**申すのである。

藤太、このよし聞きて、ささやきけるは、「はづかしや、思ひ内にあれば、色外《ほか》に現はるるとは、かやうの**ためし**や申すらん。みづからが思ひのたねをば、いかなる事とかおぼすらん。いつぞや御前へ参りし御局《つぼね》の簾中《れんちゆう》より、見出《い》だされたる上臈《じやうらう》の御立ち姿を、一目見しより、恋の病となり、生死さだめぬ我が身のふぜい、誰《たれ》かあはれと問ふべきや」と、さめざめと泣きければ、時雨、このよし聞きて、偽りならぬ思ひの色、あはれに思ひ、「さればこそ、みづからが

藤太は、このことを聞いてささやいたことには、「恥ずかしいことだよ。思いが心の中にあるときまって顔色が表に出るというのは、このような**例**を申すのではなかろうか。私の思いの種をどのようなことだとお思いになっているのだろうか。いつだったか将門様のもとへ参上したお部屋の簾の中に、自然と目を引いた上臈女房の立ち姿を、一目見たときからすぐに恋の病となり、生死も知れないほど苦しい私の境遇を、誰が切ないでしょうねと言葉をかけてくれるだろうか」と言ってさめざめと泣いたので、時雨はこのことを聞いて、嘘ではない思いの表情を哀れだと思い、「やはりそうでしたか。自分が

かしこくも見知りまゐらせたるものかな、その御ことは、わが主《しゅう》の御乳母子《めのとご》**にて**※おはします、

ちょうどうまい具合に察知して差し上げたものですねえ。そのお方はわが主人将門様の乳母子でいらっしゃる、

小宰相《こざいしやう》の御方**にて**※ましますなり。色には人の染むこともあり。おぼしめす**言の葉**あらば、

小宰相様でいらっしゃるのです。恋心には人がほだされることもあります。思っていらっしゃる**和歌**があるなら、

一筆**あそばし**給はれかし。参らせてみん」と言へば、藤太いとうれしくて、

一筆**お書きになっ**てくださいませ。小宰相様に差し上げてみましょう」と言うので、藤太は大変うれしくて

取る手もくゆるばかりなり。紫のうすやうに、**なかなか**言葉は**なく**て、

筆を取る手も震え崩れるほどである。紫色の薄い紙に、**とても**言葉は書け**ない**で、

恋ひ死なば　**やすかり**ぬべき　露の身の　逢《あ》ふを限りに　ながらへぞする

○いっそ恋によって死んでしまえたなら、**気が楽**に違いない、この露のようにはかない身の上が、あなたに一目逢うことだけで命永らえるのです。

と書きて、引き結びてわたしけり。

と書いて、文を引き結んで渡したのだった。

出題：センター試験

読解ポイント

『御伽草子』は平安・鎌倉時代の物語文学の影響を受けて、室町末期から江戸前期にかけて作られた短編小説の総称。近世の「仮名草子」や「浮世草子」への橋渡しとなった。子供や女性向けに絵入りでわかりやすく書かれていた。「一寸法師」「物くさ太郎」「浦島太郎」などが有名。

★二か所の「にて」の「に」は断定の助動詞「なり」の連用形。

「に」や「にて」の下に、「あり」「おはします」「まします」など存在を表す語があれば、この「に」は断定の助動詞「なり」の連用形です。

42位

今物語《いまものがたり》

出題率
0.6%

藤原信実《ふじわらののぶざね》編

鎌倉前期
世俗説話

大納言なりける人、日ごろ心をつくされ※ける女房のもとにおはして、**物語りなど**
大納言であった方が、数日来心から愛しくお思いになっていた女房のもとにいらっしゃって、**世間話など**
せられ※けるが、世に思ふやうならで、明けゆく空もなほ**心もとなかり**ければ、
しなさったところ、男女の仲というのは思うようにはいかないもので、そのまま明けてゆく空もやはり**じれったかっ**たので、
あからさまのやうにて立ちいでて、随身に心をあはせて、「いましばしありて、
ほんのちょっと用があるかのように女房の部屋を立ち出て、随身に口裏を合わせて、「もうちょっとしたら、
『まことや、今夜《こよひ》は**内裏**《うち》の番にて候ふものを、もしおぼしめし忘れてや』と**おとなへ**」
『そうそう、今夜は**宮中**の宿直の番でございましたのに、もしやお忘れになられたのでは』と**声をかけなさい**」
と教へてうちへ入りぬ。
と教えて再び部屋の中へ入った。
そのままにしばしありて、**こちなげに**随身いさめ申しければ、「さることとあり。今夜は、
そのまましばらくして、**無骨に**随身が忠告申し上げたところ、「そうでした。今夜は
げに**心遅れ**しにけり」とて、とりあへず急ぎいでむとせられける**けしき**を見て、
ほんとうに**うっかり**していました」と言って、とりあえず急いで出ていこうとなさった**様子**を見て、
この女房心得て、**やがて**いとうらめしげなるに、**をりふし**雨のはらはらと降りたりければ、
この女房は事の次第を理解して、**すぐに**男が出ていくのをたいそう恨めしそうにしていると、**ちょうど**雨がはらはらと降ってきたので、

ふれや雨　雲のかよひぢ※　見えぬまで　心そらなる　人やとまると

○降れ降れ、雨よ。雲が行き来する道が見えないほどに。そうしたら心ここにあらずの人も行くのをあきらめて泊まってくれるかもしれないと思って。

いうなるけしきにて、**わざとならず**うちいでたりけるに、この大納言なにかのことはなくて、その夜とまりにけり。後までも絶えずおとづれられけるは、いと**やさしく**こそ。

上品なさまで、**わざとらしくなく**、ちょっと口ずさんだところ、この大納言はなんということもなく、その夜は泊まったのであった。その後々までも絶えることなく訪ねていらっしゃったのは、たいそう**優美な**ことであるよ。

出題：信州大学

読解ポイント

『今物語』は鎌倉前期に成立した世俗説話で、おおむね平安後期から鎌倉前期に題材をとっている。内容は多彩で、全体的に王朝風雅への追慕の姿勢が強く、すべて口承話と推定される。編者の藤原信実は藤原定家に師事し、歌人としても知られた。

★「**れ**」は尊敬の助動詞「る」の連用形。同様に「**られ**」は尊敬の助動詞「らる」の連用形。

★「ふれや雨」の和歌の「**雲のかよひぢ**」は「雲の通る道」の意のほかに「宮中（内裏）へ行く道」の意が込められている。

宮中のことは「内《うち》」「内裏《うち・だいり》」「九重《ここのえ》」「雲の上」と呼ばれます。特に「内裏」を「だいり」以外にも「うち」と読むのに注意！

43位

平《へい》中《ちゅう》物《もの》語《がたり》

出題率
0.6%

作者未詳

平安中期
歌物語

さて、この男、その年の秋、西の京極《きょうごく》、九条のほとりにいきけり。そのあたりに、築地《ついぢ》など崩れたるが、

さて、この男は、その年の秋に、西の京極九条の辺りに行った。その辺りに土塀などは崩れていて、

さすがに蔀《しとみ》など上げて、かけ渡してある人の家あり。簾《すだれ》のもとに、女どもあまた見えければ、

そうはいっても蔀などを上げて簾をずっと下げてある人の家がある。簾のもとに女たちが大勢見えたので、

この男、ただにも過ぎで、「**などか**その庭は**心すごげに**荒れたる」など

この男はそのまま通り過ぎることができないで、「**どうして**お宅の庭は**淋しそうに**荒れているのです**か**」などと

いひ入れたれば、「たぞ、かういふは」など問ひければ、「なほ、道ゆく人ぞ」

中の女に対して供に言わせたところ、「どなたですか、そう言うのは」などと女が尋ねたので、「ただ通りがかりの者ですよ」

といひ入る。築地の崩れより見いだして、この女、

と言わせる。土塀の崩れた間から外を見て、この女は、

人の**あき**※に　庭さへ荒れて　道もなく　よもぎしげれる　宿とやは見ぬ

○男に飽きられて、秋になって庭まで荒れて道もわからないほど雑草が茂っている家だと、きっとそうご覧になっているでしょう。

と書きて、いだしけれど、もの書くべき具、**さらに**　**なかり**ければ、ただ、口移しに、男、

と書いてよこしたけれど、書くことができる道具を**まったく持っていなかった**ので、ただ口上で、男は、

たが**あき**※に　あひて荒れたる　宿ならむ　われ**だに**庭の　草は生《おほ》さじ

○どなたに飽きられて、秋になって荒れてしまった家でしょうか。私**だけでも**通っていたら、庭の雑草など生やさないでしょうに。

といひて、そこに、久しく馬に乗りながら立てらむことの、**しらしらしければ**、帰りて、

と言って、そこに長い間馬に乗ったままで立っているようなのは**興ざめだっ**たので、帰って

それをはじめにて、ものなどいひやりける。もし、こもりゐて、すかす人**もこそ**あれと思ひて、
それをきっかけにして女のもとに手紙など送った。しかし男はもし隠れていてだます男**がいたら大変だ**と思って、
たえて、その人の家ともいは**ざり**ければ、**ねむごろに**も、尋ね問はで、
また誰々の家とも**決して**言わ**なかっ**たので、男も**熱心に**も尋ねないで、
さて、**なま疑ひて**ぞ、ときどき、ものいひやりける。
それで**半信半疑**で時々手紙を送っていた。

出題：滋賀大学

読解ポイント

『平中物語』は平安中期の歌物語で作者は不明。平中（平貞《たいらのさだ》文《ふみ》）を主人公とした全38段からなる恋愛物語で、愛を求めて傷つく主人公を描く。先行する歌物語『伊勢物語』が在原業平を主人公にしていたのと同様、『平中物語』では色好みの平貞文を主人公とするが、行動はやや消極的。和歌は153首収録されており、平貞文のものは、そのうち99首。

★「人のあきに」の和歌の「あき」が「飽き」と「秋」の掛詞。

★「たがあきに」の和歌の「あき」が「飽き」と「秋」の掛詞。

平安時代の男女の恋愛は、基本的に男が女に対して行動を起こします。そしてそのスタートはなんと言っても文（手紙）とその中に書かれた和歌です。これは普通、「男→使者→侍女→女」というプロセスで届けられるのです。

44位

横《よこ》井《い》也《や》有《ゆう》

出題率
0.6%

俳人

江戸中期
1702~1783

遁世《とんせい》の姿すでに定まりぬ。さては**うき世**の名にもあらじ。**さるべき**二字にあらため**ばや**と、
遁世の姿がすでに定まった。遁世したからには**俗世**で用いた名でもあるまい。**しかるべき**二字に改め**たい**と、
名を思ひ字をゑらむに、今は父母も世にまさず、官路も**いとひ**離れたれば、忠孝の字義をとらむも
名を思い字を選ぶにあたり、今は父母もこの世におられず、官の道も**いやに思って**離れたので、忠孝に関係した名を選ぶのも、
跡のまつりとやいふべからむ。よしまた四書・古文の抜書も、あまねく人の取り尽くし、
すでに時が遅れたというべきであろうか。たとえ四書や『古文真宝』から抜き出すとしても、多くの人が取り尽くしているし、
まして帰去来のことばなど、あらゆる隠者のむしり取りて、骨ばかりに喰ひちらしたる。**さらば**
まして「帰去来辞」のことばなどは、あらゆる隠者がむしり取って、骨ばかりになるほど食いちらしている。**それならば**
博識の門に乞はば、意味深長の二字も**など**あらざる**べき**。されども
博識の人の門をたたいて求めたなら、意味深長な二字も**どうして**得られない**ことがあろうか、いや、得られるだろう**。しかし
それは耳遠ければ、名はいかにと問ひ聞かむ人の、**とみに**心得ぬ顔の**口をしく**、
それは耳なれないから、名は何というのですかと尋ね聞くような人が、その名を聞いて**すぐには**合点のいかない顔つきをするのが**残念で**、
ほね折の詮《せん》なき心地すれば、これはその書のたが言なりなど、一人一人に講釈せんは
説明する苦労も無益に思われるので、これはその書物の中の誰の言葉だなどと、一人一人に講釈するのは
いと**むつかしかり**ぬべし※。菩提《ぼだい》の道も疎《うと》ければ、西念《さいねん》・浄蓮《じょうれん》にても有るべからず。されば
たいへん**面倒なこと**に違いない。仏の悟りの道にも縁が遠いから、西念・浄蓮などと仏に関係のある名をつけるわけにはいかない。ところで
世の人のうへをみるに、金蔵といふも貧に責められ、萬《まん》吉も不幸はのがれず。玉といふ下女光もなく、
世間の身の上をみると、金蔵という名でも貧乏に責められ、萬吉も不幸はのがれられない。玉という下女も光がなく、

かるとつけても尻重し。名はその人によらぬものかも。よしさらば

かる（＝軽）と名づけても尻の重い女もある。名はその人にかかわらないものなのか。ままよそれならば、

ただ調市《でっち》・走女《はした》も覚えよく、嫁も娘もかきやすからむをと、この日人のもとへ**消息**《せうそこ》の筆にまかせて、

丁稚小僧・召使の女も覚えやすいようにと、この日人のもとへ**便り**を出す筆にまかせて、

ただ暮水《ぼすい》とは書きはじめける。それだに人の味はひて、これは何の心にて、

ただ暮水と書きはじめた。それでさえ人が味わって、暮水というのはどういう心を表し、

それはこの語によるならむと、蛇に足をそへ、摺小木《すりこぎ》に耳をもはやして、

それはこの語を根拠にしているのだろうと、無駄で余計な詮索をして、

自然とふかき字義にも叶《かな》はば、それもまた**をかしかり**ぬべし。

その結果深い文字の意味にかなうことになれば、それもまた、**趣があること**にちがいない。

出題：北海道大学

読解ポイント　本文は『鶉衣』

横井也有（1702〜1783）は江戸中期の俳人。画・漢詩等にも広く活躍した。名門武士の家に生まれ、勤めをこなしつつ俳諧・俳文に打ち込んだ。著書に俳文集『鶉衣《うずらごろも》』等がある。

★「**ぬべし**」は完了の助動詞「ぬ」＋推量の助動詞「べし」で「きっと〜に違いない」の意。「ぬ」はここでは完了の意はなく、強意になっている。

江戸時代の俳文・俳諧論集は横井也有の『鶉衣《うずらごろも》』、向井去来の『去来抄《きょらいしょう》』、そして服部土芳《はっとりとほう》の『三冊子《さんぞうし》』がベスト3です。

45位

建《たけ》部《べ》綾《あや》足《たり》

出題率
0.6%

俳人・読本作家

江戸中期
1719〜1774

ある夜、雪いたう降りて、表の人音ふけゆくままに、衾《ふすま》引き**かづき**て臥《ふ》したり。あかつき近うなつて、

ある晩、雪がたいそう降って、表の人通りの音も絶え、夜がふけゆくにつれて、夜具を**引きかぶっ**て寝てしまった。明け方近くになって、

障子ひそまりあけ、盗人の入り来る。娘おどろいて、「助けよや人々。よや、よや」とうち泣く。

障子をそっと開けて、盗人が入って来る。娘はびっくりして、「助けてくれえ、みんな。おおい、おおい」としきりに泣く。

野《や》坡《ば》起き上がりて、盗人に向かひ、「わが庵《いほ》は青氈《せいせん》だもなし。されど、飯《めし》一釜、よき茶一斤《きん》は

野坡は起き上がって、盗人に向かって、「私の家は、家宝さえもない。だが、飯が一釜とよい茶一斤を

持ち得たり。柴《しば》折りくべ、暖まりて、人の知らざるを**宝にかへ**※、明け方を待たでいなば、我にも

持っている。柴を折って火にくべ、暖まって、人が気づかないのをよいことにして、明け方になるのを待たないで去るならば、私にも

罪なかるべし」と、談話常のごとくなれば、盗人もうちやはらいで、「まことに表より見つるとは、

盗人をかばったという罪がないにちがいない」と普段のようであるので、盗人もうちとけて、「本当に外から見たのとは逆で、

貧福、金**と**※瓦《かはら》のごとし。さらばもてなしにあづからん」と、覆面《ふくめん》のまま並びゐて、数々の**物語す**。

貧富の差は、まるで金と瓦のようだ。それなら、もてなしに預りたい」と言って、覆面のままで並んですわり、いろいろな**話をする**。

中に年老いたる盗人、机の上をかきさがし、句の書けるものをうち広げたるに、

その中で年をとっている盗人が、机の上をひっかきまわして捜し出し、句が書いている紙をさっと広げたところ、

草庵の急火をのがれ出でて
わが庵《いほ》の桜も**わびし**煙《けぶ》りさき
野《や》坡《ば》

○家の突然の火事から逃げ出して私の家の桜も**辛いことだ**。煙の流れる先にあって煙の花を咲かせて。
野坡

といふ句を見つけ、「この火いつのことぞや」。野坡がいはく、「しかじかのころなり」、盗人手を打ちて、

という句を見つけて、「この火事はいつのことか」と問う。野坡が「これこれの頃である」と答える。盗人は、わかったと手を打って、

「御坊にこの発句させたるくせものは、近きころ刑せられし。火につけ水につけ発句して遊び給《たま》はば、
「あなたにこの発句を詠ませた不審な者は、近頃処刑された。火事につけ大水につけ、それを発句にして楽しみなさるのならば、
今宵《こよひ》のあらましも句にならん。願はくは今聞かん」。野坡がいはく、「苦楽をなぐさむを
今晩の一部始終も発句になるだろう。出来ることなら今すぐ聞きたい」と言う。野坡が言うことには、「苦楽を詩によってなぐさめるような人を
風人といふ。今宵のこと、ことにをかし。されどありのままに句に作らば、我は
詩人という。今晩のことは、特に面白い。だが、ありのままに発句に作ったならば、私の家は
盗人の中宿なり。ただ何ごとも知らぬ**なめり**」と、かくいふことを書きて与ふ。
盗人の斡旋人の家となってしまう。全く何事も知らない**ようであるように**句を作ろう」と言ってこういうことを書いて与えた。
垣くぐる　雀《すずめ》ならなく　雪のあと
○垣根をくぐったのは雀ではなくて、その証拠に雪の上に人の足跡が残っている。

出題：東京大学

読解ポイント

本文は『芭蕉翁頭陀物語』

建部綾足は江戸中期の俳人・画家・国学者で生涯を旅に送った漂泊の詩人だった。俳諧では伊勢派と呼ばれた俳諧師として活躍、また小説においては「読本」の先駆者となり、南画もよくした。また流麗な文体でつづられる随筆・紀行文もあり、中でも随筆『折々草』は代表作。

★「宝にかふ」は文字通り訳すと、「宝物の代わりとする」だが、ここでは「幸いなことと思う・感謝する」と解する。

★この格助詞「と」は比較の基準を表す。「金と瓦のごとし」というのは、二つの間に大きな違いがあることを述べたもの。

「野坡」というのは松尾芭蕉の門人の一人、志太野坡《しだやば》のこと。詳細はP215の「蕉門十哲」を参照しましょう。

46位

古《こ》今《きん》和《わ》歌《か》集《しゅう》

出題率
0.6%

紀貫之《きのつらゆき》他

平安前期
勅撰和歌集

今の世の中、色に付《つ》き、人の心、花に成りにけるより、不実《あだ》なる歌、儚《はかな》き言のみいでくれば、色好みの家に、埋もれ木の、人知れぬ事と成りて、実《まめ》なる所には、花薄《すすき》、穂に出すべき事にもあらず成りにたり。その初めを思へば、かかるべくなむあらぬ。古《いにしへ》の世々の帝、春の花の朝《あした》、秋の月の夜ごとに、侍《さぶら》ふ人々を召して、事に付けつつ、歌を奉らしめ給ふ。或《ある》は、花を添ふとて、**便りなき**所に**惑ひ**、或は、月を思ふとて、知るべなき闇に辿《たど》れる心々を見給ひて、**賢《さか》し**、**愚かなり**と、**知ろし召《め》し**けむ。(中略)

今の世の中は、うわべだけの美しさに流れ、人の心も華美で浮薄になってしまった結果、内容の乏しい歌、つまらない歌ばかりがあらわれるので、和歌というものが風流人の間だけで埋もれ、人に知られないことになって、まじめな公式の場には、表立って出すことのできないものになってしまった。和歌の起源を考えると、このようであってはならない。昔の代々の天皇は、花の咲いた春の朝、秋の月の美しい夜ごとに、侍臣をお召しになって、さまざまなことに託しては、歌を詠進させなさった。ある時は、花に託して思いを述べるということで、**不案内な**山野を**さまよい**、またある時は、月を愛賞するということで、道案内もない闇の中をさまよった人々の心中をごらんになって、彼らが**賢い**か**いいかげん**かを**判断なさっ**たのだろう。

古より、かく伝はる内にも、平城《なら》の御時よりぞ、広まりにける。かの御世や、歌の心を、知ろし召したりけむ。かの御時に、正三位、柿本人麻呂なむ、歌の仙《ひじり》なりける。これは、君も人も、身を合せたりと言ふなるべし。秋の夕べ、龍田《たつた》河に流るる紅葉《もみぢ》をば、帝の御目に、錦と見給ひ、

和歌は昔からこのように伝わるうちに、奈良時代から、普及した。その時の天皇は、歌の本質を、深く理解していらっしゃったのだろう。その御代に、正三位柿本人麻呂が、歌の聖であった。これは、天皇も臣下も、一心同体であったといえるだろう。秋の夕べ、龍田川に流れる紅葉を、天皇の御目には、錦とごらんになり、

春の朝、吉野山の桜は、人麻呂が心には、雲かとのみなむ覚えける。又、山の辺の赤人と言ふ人ありけり。歌に奇《あや》しく、妙なりけり。人麻呂は、赤人が上に立たむ事難く、赤人は、人麻呂が下に立たむ事難くなむ、ありける。この人々を置きて、又、優れたる人も、※**呉竹の**《くれたけ》、世々に聞え、※**片糸の**、よりよりに絶えずぞありける。これより前《さき》の歌を集めてなむ万葉集と名付けられたりける。

春の朝、吉野山の桜は、人麻呂の心には、雲かとばかり思われた。また、山部赤人という人がいた。歌の道に、**不思議なほど**絶妙であった。人麻呂は、赤人の上に立つことはむずかしく、赤人は、人麻呂の下に立つことは**むずかしい**（＝二人は甲乙つけがたい両雄）ということであった。これらの人々のほかにも、また優れた歌人も、代々その名をあらわし、その時々に絶えずあらわれた。それより以前の歌を集めて、『万葉集』と名づけられたのであった。

出題：弘前大学

読解ポイント

『古今和歌集』は905年（延喜五年）、醍醐天皇の命で編纂された勅撰和歌集。紀貫之《きのつらゆき》、紀友則《きのとものり》、壬生忠岑《みぶのただみね》、凡河内躬恒《おおしこうちのみつね》の四人が撰者として編纂にあたった。紀貫之の「仮名序」は、和歌の本質・歴史を論じており、後世に与えた影響は大きい。歌体はほとんどが短歌で、ほかには長歌や旋頭歌がある。修辞としては「掛詞」や「縁語」が多く使われており、歌風は理想的で機知に富み、繊細な貴族風の情感を詠んだものが多い。

★枕詞は五音（まれに四音）の解釈不要の語句。「呉竹の」は「世」、「片糸の」は「より」を導き出している枕詞である。

勅撰和歌集の中で最初に作られた八つを「八代集」と呼びます。

「**古今**君が**五**千円**拾**った**後**、**金**曜日に**歯**科に行って**洗剤**ご**と**お**ニュー**になった」

（古今和歌集、後撰和歌集、拾遺和歌集、後拾遺和歌集、金葉和歌集、詞花和歌集、千載和歌集、後鳥羽院、新古今和歌集）

※後鳥羽院の命で『新古今和歌集』が編まれました。

47位

伊《い》曾《そ》保《ほ》物《もの》語《がたり》

出題率
0.6%

作者未詳

江戸前期
仮名草子

ある河のほとりを、馬に乗りて通る人ありけり。そのかたはらに、竜といふもの、水に離れて迷惑するありけり。この竜、今の人を見て申しけるは、「われ、今、水に離れて**せんかたなし**。あはれみを垂れ給ひ、その馬に乗せて水ある所へ着けさせ給はば、その返報として金銭を奉らん」といふ。かの人、**まこと**と心得て、馬に乗せて水上へ送る。そこにて、「約束の金銭をくれよ」といへば、竜、怒つて云はく、「なんの金銭をか**参らす**べき。我を馬に括《くく》り付けて痛め給ふ**だに**あるに、金銭とは何事ぞ」といどみあらそふ所に、狐、馳《は》せ来つて、「さても竜殿は、何事をあらそひたまふぞ」といふに、竜、右のおもむきをなんいひければ、狐、申しけるは、「われ、この公事《くじ》を決すべし。さきに括り付けたるやうは、なにとかしつるぞ」といふに、竜、申しけるは、「かくのごとし」とて、また、馬に乗るほどに、狐、人に申しけるは、「いか程か締め付け**らるる**※ぞ」といふ程に、

ある河のほとりを馬に乗って通る人がいた。そのすぐ側に、竜というものが水から離れ出て、困惑していることがあった。この竜はその今通る人を見て申したことは、「私は今水から離れて**どうするすべもない**。慈悲をおかけくださって、その馬に乗せて水のある所へ着くようにさせていただけるならば、そのお礼として金銭を差し上げましょう」と言う。その人はその言葉を**本当だ**と信じて、竜を馬に乗せて川上へ送る。その場所で、「約束の金銭をください」と言ったところ、竜は怒って言うことには、「一体何のために金銭を**差し上げ**ようぞ。私を馬にくくりつけて痛めつけなさったこと**さえ**ある上に、金銭をくれとは何事だ」と挑発して言い争う所に、狐が駆けて来て、「それにしても竜殿は何事を争いなさっているのか」と言うので、竜は前述の成り行きを言ったところ、狐が申したことは、「私がこの訴訟を裁定しよう。先程の馬へのくくり付けようはどのようにしたのだ」と言うと、竜が申したことは、「このようにです」と言って、再び馬に乗ったところ、狐は人に申したことは、「どの程度締め付けなさったのか」と言うので、

「これ程」とて締めければ、竜の云《い》はく、「いまだそのくらゐなし。したたかに締め**られ**※ける」といへば、

「これくらい」と言って縄を締めたところ、竜の言うことには、「まだまだその程度ではない。きつく締められた」と言うので、

「これ程か」とて、いやましに締め付けて、人に申しけるは、「かかる無理無法なるいたづら者をば、もとの所へやれ」とて追っ立てたり。人**げに**もとよろこびて、もとの畠《はたけ》におろせり。その時、竜いくたび悔やめども、甲斐《かひ》なくして**うせ**にけり。

「これくらいか」と狐は言って、ますますきつく締め付けて、人に申したことは、「このような筋の通らない、非道ならず者は、もとの場所へやれ」と言って追い立てた。その人も**なるほどその通りだ**と喜んで、もといた畠に竜を下ろした。その時、竜は何度も悔やんだけれども、そのかいもなく**死ん**でしまった。

出題：福井大学

読解ポイント

『伊曾保物語』は江戸時代前期の仮名草子で訳者は不明。『イソップ物語』の中の九十四話を文語に翻訳したもので、『国字本伊曾保物語』ともいう。

★文中の「**らる**」は最初が尊敬、次のものが受身で使われている。最初のものは狐が人に対して敬意を表しており尊敬の意。次のものは竜がどの程度締められたのかを受身で表している。「る・らる」は意味の識別が非常に大切。

『伊曾保物語』の各話には最後に教訓が付きます。この話の教訓は「人から恩をこうむったら必ず恩に報いよ、さもないと天罰が下るものと悟れ」というもの。

48位

向井去来《むかいきょらい》

出題率
0.6%

俳人

江戸（元禄時代）
1651～1704

行く春を　近江の人と　惜しみけり　ばせを

芭蕉

○晩春の一日、琵琶湖のほとりで、近江の人々に一緒に、過ぎ去って行く春を惜しんだことだった。

※先師曰く「尚白が難に、近江《あふみ》は丹波《たんば》にも、行く春は行く歳にも、ふるべし、といへり。汝《なんぢ》いかゞ聞き侍るや」。去來《きょらい》曰く「尚白が難あたらず。湖水朦朧《もうろう》として春を惜しむに便り有るべし。殊に今日の上に侍る」と申す。

亡くなられた先生（＝芭蕉）がおっしゃるには、「この句について尚白が非難して、『近江』は『丹波』にも、『行く春』は『行く歳』にも言いかえられるでしょう、と言っている。おまえはどう思うか」と。わたし（＝去来）は答えて、「尚白の非難は不当です。近江の琵琶湖の水辺がぼんやりと霞んで、春を惜しむのにふさわしい景色といえます。ことにこの句はその場に臨んでの実感を詠んだものです」と申し上げる。

先師曰く「**しかり**。古人も此國に春を愛する事、**をさをさ**都におとら**ざる**物を」。

先生が言うには「**そのとおりだ**。昔の人もこの近江の国で春を惜しんだことは、**ほとんど**都の春を惜しむのに劣ら**なかっ**たのだからなあ」と。

去來曰く「此一言心に徹す。行く歳近江にゐ給はゞ、**いかでか**此感**ましまさん**。行く春丹波にゐまさば、本より此情うかぶまじ。風光の人を感動せしむる事、眞成る哉」と申す。

去来が言うことには「そのお言葉は心に深く銘じました。もし年の暮れに近江においでになったら、**どうして**この行く年を惜しむという感慨が**おありになりましょうか**。春の終わりに丹波にいらっしゃったならば、もちろん惜春の情は浮かばないでしょう。自然の景色が人を感動させるということは、全く本当ですね」と申し上げる。

先師曰く「汝は去來、共に風雅をかたるべきもの也」と、殊更《ことさら》に悦び給ひけり。

先生は「去来よ、おまえはともに風雅俳諧を語ることができる者である」と格別にお喜びになった。

○ふるべし―句中の語や素材が置きかえられるだろう。
○今日の上に侍る―実際、作者が体験したことです。

出題：東京学芸大学

読解ポイント　本文は『去来抄』

向井去来は元禄時代の俳人。蕉門十哲の一人。京都のみならず西日本の蕉門を束ねた。嵯峨野に「落柿舎《らくししゃ》」を構え、芭蕉はここで『嵯峨日記』を執筆。『去来抄』は芭蕉研究の最高の書。

★ここでいう「先師」とは松尾芭蕉のこと。芭蕉の門人としては以下の十人のことを特に「蕉門十哲《しょうもんじってつ》」と呼ぶ。

榎本其角《えのもときかく》　服部嵐雪《はっとりらんせつ》　向井去来《むかいきょらい》　内藤丈草《ないとうじょうそう》
各務支考《かがみしこう》　森川許六《もりかわきょりく》　杉山杉風《すぎやまさんぷう》　志太野坡《しだやば》
越智越人《おちえつじん》　立花北枝《たちばなほくし》

芭蕉には門人が多かったですが、上の十人が有名です。向井去来の『去来抄《きょらいしょう》』には蕉風俳諧の特質が書かれています。

49位

太平記《たいへいき》

出題率 0.5%

玄慧《げんえ》 他

室町前期(南北朝)

軍記物語

次の文章は、今は天皇と法皇になっている二人が、ともにまだ若い皇子であった頃、一人の女性を争ったことを記したものである。

賀茂《かも》の神主基久《もとひさ》に独りの女《むすめ》あり。容色嬋娟《せんけん》の世に勝れたるのみにあらず、小野小町へ

賀茂神社の神主である森基久には一人の娘がいた。容貌の美しさが比類ないばかりか、小野小町が

弄《もてあそ》びし道を学び、優婆塞宮《うばそくのみや》の**すさみ**給ひし跡を追ひしかば、月の前に

たしなんだ和歌の道を学び、『源氏物語』の優婆塞宮(＝宇治の八の宮)が**興じ**られた琵琶の道を学んだので、月光の下

琵琶《びわ》を弾じては傾く影を招き、花の下に歌を詠じては**うつろふ**色を悲しめり。

琵琶を弾じては、西空に傾く月を招き、桜花の下で歌を詠んでは、**散りゆく**花を惜しんだようだ。

されば、その**情け**を聞き、その容《かたち》を見る人ごとに、心を悩まさずといふ事なし。

それゆえ娘の**風流な心**を耳にし、その娘の容貌を見る人すべて、心を悩まさないということはなかった。

その頃、当今《たうぎん》は、いまだ帥宮《そつのみや》にておはしまし、幽《かす》かなる御すまひなり。今の法皇は

その頃、当代の天皇(＝後醍醐天皇)はまだ帥宮でいらっしゃって、わび住まいであった。今の法皇(＝後伏見法皇)は

伏見院第一の皇子にて、春宮《とうぐう》に立た[せ]※給ふべしと、**時めきあへ**り。この宮々いかなる玉簾《たまだれ》の隙《すき》にか

伏見法皇の第一皇子で皇太子におなりになるに違いないと**世にもてはやされ**ていた。このお二人の宮様方はどんな美しい御簾の隙間から

御覧ぜられたりけん、この女いとあでやかに臈《らふ》たけしと御心に懸けてぞ思《おぼ》し召されける。されども、

ご覧になったのだろうか、この娘をたいそう気品があり美しいとお心にとめて恋しくお思いになった。しかし

ひたたけたる御態《わざ》はいかがと思し煩《わづら》ひて、荻《をぎ》の葉に通ふ風の便りにつけ、刈萱《かるかや》の末葉に

節度に欠ける振る舞いはいかがなものかとお迷いになって、荻の葉に吹き通う風にさえ手紙を託して、刈萱の末葉に

結ぶ露の**かごと**によせて、いひ知らぬ御**文**の数、千束《ちづか》にも余るほどになりにけり。

置く露のようにちょっとした**口実**にかこつけては、言いようもないほどのお**手紙**の数が、千束を超えるほどになってしまった。

女もいと**物わびしう**あはれなる方に覚えけれども、吹きも定めぬ浦風に

娘もたいそう**辛く**心を動かされる様子に見えたが、吹く方向も定まらない浦風に

なびきはつべき煙の末も、つひには浮名《うきな》に立ちぬべしと、

最後にはなびいてしまう煙のように、容易になびいてしまうと、しまいには悪い評判が立ってしまうに違いないと、

心つよき気色をのみ関守になして、はや年の三年は過ぎにけり。

容易になびくまいとする強情な**態度**だけを恋の道を隔てる番人として、早くも三年の月日が経ってしまった。

出題：徳島大学

読解ポイント

『太平記』は室町前期、南北朝と呼ばれた時代に成立した軍記物語。作者は不明。後醍醐天皇の倒幕計画から建武の新政の成立、南北両朝の分裂を経て、室町幕府内部の紛争にまでいたる全国を巻き込んだ動乱を和漢混交文で記述している。江戸時代には「太平記読み」によって講釈されて後世の芸能・文学・思想に多大な影響を与えた。

★「せ給ふ」の「せ」は使役の場合と尊敬の場合とがある。ここでは尊敬。地の文（会話文でないところ）で「尊敬＋尊敬」の二重尊敬（最高敬語）があると、主語は帝レベル。

軍記物語もゴロで覚えましょう。

「**歩**《保元》**兵**《平治》**兵**《平家》**隊**《太平記》、**それ**《曽我物語》**が** **義経**《義経記》 **軍**《軍記物語》」

50位

新井白石《あらいはくせき》

出題率 0.5%

儒者・政治家

江戸中期 1657〜1725

むかし人は、いふべき事あればうちいひて、その余はみだりにものいはず、いふべき事をも、

昔の人は、言わねばならないことがあればそれを言って、そのほかはやたらに物を言わないで、言わねばならないことをも

いかにもことば多からで、其の義を尽したりけり。我が父母にてありし人々もかくぞおはしける。

決して言葉が多くなくて、その要点を尽くしていた。私の父母であった方々もそのようでいらっしゃった。

父にておはせし人のその年七十五になり給ひし時に、傷寒をうれへて、事きれ給ひなんとするに、

父でいらっしゃった方がその年七十五になりなさった時に、激しい熱病にかかって今にも死になさってしまおうとする時に、

医の来りて独参湯《どくじんたう》をなむすすむべしといふなり。よのつねに人にいましめ給ひしは、「年わかき人は

医者が来て独参湯を勧めるのがよいと言うのである。父が常日ごろ人にいましめなさっていたことには、「年の若い人は

いかにもありなむ。よはひかたぶきし身の、いのち限りある事をもしらで、薬のために

どんなに薬を飲んでもよいだろう。しかし年老いた身が寿命に限りがあることを知らないで、薬のために

いきぐるしきさまして終りぬるはわろし。あひ**かまへて**心せよ」と**のたまひ**しかば、此の事

息苦しい様子で死んでしまうのはよくはない。**必ず**このことに留意せよ」と**おっしゃっ**たので、この独参湯を父に飲ませることは

いかにやあらむといふ人ありしかど、疾喘《しつぜん》の急なるが、見**まゐらする**も**こころぐるし**といふほどに、

どうであろうかと言う人がいたけれど、息のせわしい病気で死が差し迫った様子が、見**申し上げる**のも**気の毒だ**というわけで、

生薑汁《しょうがじる》にあはせてすすめしに、それよりいき出て給ひて、ついひにその病

しょうがのはぼり汁に独参湯をまぜて父に勧めたところ、それから生き返ったようにおなりなさって、とうとうその病気が

愈《い》え給ひたりけり。後に母にてありし人の、「いかに、此の程は人にそむきふし給ふのみにて、

全快なさってしまったのであった。後に母であった人が、「どうしてこの病気の間は人に背を向けお休みなさるばかりで、

また物のたまふ事もなかりし」ととひ申されしに、「されば、頭のいたむ事殊《さら》に甚しく、我いまだ人にくるしげなる色みえし事もなかりし**に**※、日比《ごろ》にかはれる事もありなむには、しかるべからず。また世の人熱にをかされて、ことばのあやまち多かるを見るにも、**しかじ**、いふ事なからむ**には**と思ひしかば、さてこそありつれ」と答へ給ひき。これらの事にて、よのつねの事でも、おもひはかるべし。

また物をおっしゃることもなかったのか」と尋ね申し上げたところ、父は「さよう、頭の痛むことが特にはなはだしく、私はこれまで人に苦しそうな表情を見られたこともなかったのに、常日ごろの状態と変わったことがあるようなときには、苦しそうな様子を人に見せることがあるかもしれない。また他の人が熱にうなされて、ことばのあやまちが多いのを見るにつけても、何も言わないようなこと**に越したことはあるまい**と思ったので、何も言わないでいたのだ」とお答えなさった。これらのことで、父の平素の様子が推察できるだろう。

出題：横浜市立大学

読解ポイント

本文は『折たく柴の記』

新井白石（1657〜1725）は江戸時代中期の儒者・政治家。木下順庵《きのしたじゅんあん》の門に入り学んだ。六代将軍家宣《いえのぶ》・七代将軍家継《いえつぐ》の時には幕政を補佐し、「正徳の治」と呼ばれる改革政治を行った。著書も多く、近世屈指の大学者。自伝に『折たく柴の記』がある。これは祖先の業績を子孫に知らしめようとしたもので、非公開を前提として書かれたもの。

★接続助詞の「に」は連体形に付き、「〜ので」「〜のに」「〜と・〜ところ」と訳す。ここでは逆接の「〜のに」。

接続助詞の「に」と「を」は古文の読解上で大切です。順接か逆接か単純接続かを判断しながら読みましょう。

51位

万《まん》葉《よう》集《しゅう》

出題率
0.4%

大伴家持《おおとものやかもち》他

歌集	奈良末期

菟原処女《うなひをとめ》の墓を見し歌一首　短歌を并《あは》せたり

菟原処女の墓を見たときの歌一首　短歌を併せて詠む。

葦屋《あしのや》の　菟原処女の　八歳子《やとせこ》の　片生ひの時ゆ　小放《をはな》りに　髪たくまでに

○葦屋の菟原処女が八歳の幼いときから、小放り髪に髪を束ねるときまで

並び居る　家にも見えず　虚木綿《うつゆふ》の　隠《こも》りて居れば　見**てしか**と　いぶせむ時の　垣ほなす

並んでいる家にも見えないで虚木綿に囲まれるように籠もっていたので、男たちが結婚し**たい**と、いらいらして、垣根のように取り囲み、

人のとふ時　千沼壮士《ちぬをとこ》　菟原壮士の　伏せ屋焚き　すすし競ひ　相**よばひ**　しける時には　焼大刀の

求婚したとき、千沼壮士と菟原壮士は伏屋をたく火のように激しく争って、**求婚し**たときには、焼き太刀を

手《た》かみ押しねり　白真弓　靫《ゆき》取り負ひて　水に入り　火にも入らむと　立ち向かひ

握って押し歩き、白木の弓と靫を背負って水に入り、火にも入ろうと立ち向かい

競ひし時に　我妹子《わぎもこ》が　母に語らく　倭文《しづ》たまき　賤《いや》しき我が故　ますらをの　争ふ見れば

争ったときに、この処女が母に語ることには、数にもあらぬ賤しい自分のために立派な男が争っているのを見ると、

生けりとも　逢ふべくあれや　ししくしろ　黄泉《よみ》に待たむと　隠り沼の　下延《は》へ置きて　うち嘆き

生きていたとしてもだれと結婚できようか、あの世でお待ちしましょうと言って、隠り沼のひそかに思って嘆き、

妹が去《い》ぬれば　千沼壮士　その夜夢に見　取り続き　追ひ行きければ　**後れ**たる　菟原壮士い

処女が死んでしまったので、千沼壮士はその夜の夢に見て、続いて追いかけて行ったので、**取り残され**た菟原壮士は

天仰ぎ　叫びおらび　足ずりし　きかみたけびて　もころ男に　負けてはあらじと　かけ佩《は》きの

天を仰ぎ、叫んで、じだんだを踏んで、歯ぎしりをして叫び、相手に負けてはと肩にかけた

小大刀取り佩き　ところづら　**尋《と》め**行きければ　親族《うがら》どち　い行き集ひ　永き代に　標《しるし》にせむと

小太刀を身につけて、ところづら**あとを追って**行ったので、親族たちが集まって、永久に記念しようと、

遠き代に　語り継がむと　処女墓　中に造り置き　壮士墓　このもかのもに　造り置ける

遠い未来まで語り継ごうと、処女の墓を中に作って、壮士の墓を両側に作った、

故縁《ゆゑよし》聞きて　知らねども　新喪《にひも》のごとも　音《ね》泣きつるかも

その由来を聞いて、よくは知らないけれども、新しい喪のように声を上げて泣いてしまったことだ。

反歌

葦屋の　菟原処女の　奥つ城《き》を　行き来と見れば　音のみし泣か**ゆ**※

○葦屋の菟原処女の墓を行き来のたびに見ると声を上げて泣いてしまうよ。

墓の上の　木の枝なびけり　聞きし**ごと**　千沼壮士にし　依りにけらしも

○墓の上に木の枝がなびいている。前から聞いていた**ように**菟原処女の心は千沼壮士に傾いていたらしい。

出題：日本大学

読解ポイント

『万葉集』は奈良末期に大伴家持が編集の最後にかかわってまとめた歌集。全二十巻で、歌数は約4500首。「相聞歌《そうもんか》」「挽歌《ばんか》」「雑歌《ぞうか》」の三大部立が中心で、歌体は短歌が中心。表記は万葉仮名と呼ばれる漢字で、これはまだ日本で仮名表記が発明されていなかったための独自の表記法だった。全体的に「ますらをぶり」と言われる男性的で力強くのびのびとした歌風で、枕詞・序詞が多く使われた。

★「ゆ」は上代の助動詞で、受身・可能・自発を表す。ここでは「泣く」という心情語に付いて「自発」。中古に入ると「る」にとってかわられる。

52位

松平定信《まつだいらさだのぶ》

出題率
0.4%

大名・随筆家

江戸後期
1758〜1829

ある山里ありけり。人もいと多く住みゐて、何ともしき事なく、家々みな富み足りぬ。糸とり、

ある山里があった。人も大変多く住んでいて、生活に何も不足なく、家々はみんな裕福で満ち足りていた。糸を紡ぎ、

機《はた》織りて衣《きぬ》とし、みづから作りし稲・麦刈り収めて、一年《ひととせ》の食とす。外に求むることなければ、その里、

機を織って着物として自分たちの手で作った稲や麦を刈って収めて、一年間の食料とする。山里の外に求めることがなかったので、その里は

年をおひて繁盛す。海も遠からねど、四方《よも》に山をへだつれば、関を置きて、こと里より物あきなふことを

年を追うごとに富み栄える。海も遠くはないが、四方に山を隔てているので、関所を置いて他の里との物の売買を

禁ず。魚《いを》は、月にいくたびと定めて、干したるのを買ひ来たりて、村のうち売り販《ひさ》ぎて食ふなり。

禁ずる。魚は、月に何度と決めて、干したのを買って来て、村の中で売りさばいて食べるのである。

こと村へいづる者もなければ、うらやむ心もなし。こと村より、いと富めれば、ここへ魚など

よその村へ出る者もないので、よその村をうらやむ気持ちもおこらない。よその村よりもたいそう裕福であるので、この村へ魚などを

持ちこしたらば、めづらしさのあまり、うちこぞりて買ひなんと思へども、その村の掟《おきて》ただしくして

持って来たら、珍しさのあまりにみなそろって買うだろうと思うが、その村の決まりは整然としていて

破りがたし。ある浦の長《をさ》、**としごろ**心にかけてゐけるが、かの山里のうちにも心あはする者ありければ、

破るのが困難である。ある浦の漁師の指導者で、**長年**この村を気にかけていた者が、その山里の中にも心を同じくする者がいたので、

それと調《てう》じあはせて、魚など売りくることをゆるされぬ。いでやとて持ちこしたるが、めづらしきうちは、

その者としめしあわせて、魚などを売りに来ることを許された。さてまあと思って魚を持って来たが、珍しいうちは、

鯛《たひ》よ、鱸《すずき》よと買ひにけり。またこと浦の者うち聞きて、「昔より、かの山里へ売らまほしく思へど、

鯛よすずきよと言って里人は買ったのであった。また別の浦の者がこのことを耳にして、「昔からその山里に魚を売りたいと思っていたが、

掟あれば黙《もだ》しゐしなり。かの浦より魚販《ひさ》ぐと聞きぬ。浦にへだてのあるべきや」とて、
決まりがあるので黙っていたのだ。あの浦から人が来て魚を売ると聞いた。浦によって差別があってよいものだろうか、いやよくない」と言って
また持ちこしたり。もはやかの里人とどめんやうもなし。ここかしこの浦より持ちこして、
また魚を持って来た。もはやその里の人々は禁止する手立てもない。あちこちの浦々から魚を持って来て、
名も知らぬ魚見るはめづらしといひしが、それも常になりにければ、買ふ者もなく、山越えきし魚
名も知らない魚は見るのもめずらしいと言っていたが、それもいつものこととなってしまったので、買う者もなくなり、山を越えて持って来た魚の
多く腐れぬとて、浦々よりはうらみなどいひぬ。その里の若き者らは、こと浦の人々にまじはれば、
多くは腐ってしまったと言って、持って来た浦々の人々はうらみ言を言った。その里の若い者たちは、外の浦々の人々と付き合うので、
昔よりもてきしふりも違《たが》ひつつ、魚なくてはもの食ひしやうにおぼえず、みづから織りてし衣着んは
昔から持っていた生活習慣も変わっていき、魚がなくてはものを食べたような気がせず、自分たちの手で織った着物を着るようなことは、
面《おもて》伏《ぶ》せなりとて、こと物好みぬる**ふり**となりてければ、富み栄えたる里なりしが、
みっともないことだと思って、よそで織った着物を好んでしまう**風習**となってしまったので、富み栄えていた里であったが
衰へゆきて、こと里の人々あまた入りくれば、争ひごとも絶えざりしとかや。
次第に衰えてゆき、よその里の人々が大勢入って来るので争いごとも絶えなかったとか言うことである。

出題：センター試験

読解ポイント　本文は『花月草紙』

松平定信（1758〜1829）は江戸後期の大名で奥州白河の藩主。老中として寛政の改革を行ったが、同時に歌人・国学者としてもすぐれていて多くの著作を残したが、中でも

随筆『花月草紙《かげつぞうし》』は代表作で、花鳥風月・世態人情を流麗な擬古の雅文で記した。内容的には事に寄せて道理を説いた儒学的なものが多い。また自叙伝『宇下人言《うげのひとこと》』では老中退職までの政治を詳述している。

53位

宇《う》津《つ》保《ほ》物《もの》語《がたり》

出題率
0.4%

源順《みなもとのしたごう》か

平安中期か
伝奇物語

次の文は『宇津保物語』の首巻「俊蔭」の一節。十六歳で唐土に渡ることになった俊蔭が、難破して見知らぬ海辺に打ち上げられる。観世音菩薩に祈るうち青い馬が現れて、三人の人が虎の皮を敷いて琴を弾いている所へつれて来てくれた。

俊蔭《としかげ》、林のもとに立てり。三人の人、問ひていはく、「**かれ**は、何ぞの人ぞ」。俊蔭答ふ、

俊蔭は林の傍に立っていた。三人の人は、「**お前**は何者だ」と問うた。俊蔭が、

「日本国の王の使《つかひ》、清原の俊蔭なり。**ありし**やうは、かうかう」といふときに、三人、「**あはれ**、

「日本国の王の使者、清原の俊蔭です。**今までの**いきさつは、かくかくしかじかです」と言うと、三人は、「**ああ**、

旅人にこそ**あなれ**。しばし宿さむかし」といひて、並べる木のかげに、同じき皮を敷きて

旅人で**あるようだ**。しばらくの間泊めてやろうではないか」と言って、自分たちが並んで座っている木陰に、同じ虎の皮を敷いて、

据ゑつ。俊蔭、もとの国なりしときも、**心に入れ**しものは琴《きん》なりしを、この三人の人、

俊蔭を座らせた。俊蔭は、本国にいたときも、**心を込めて習ってい**たものは琴であったが、この三人の人は、

ただ琴をのみ弾く。されば添ひゐて習ふに、一つの手※残らず習ひとりつ。

ひたすら琴だけを弾いていた。そこで俊蔭は、三人のそばを離れず琴を習うと、琴の曲の奏法を一曲も残さず、すべて習得してしまった。

花の露、紅葉《もみぢ》の雫《しづく》をなめて**あり経《ふ》る**に、明くる年の春より聞けば、この林より西に、

花の露、紅葉の雫をなめて**生きながらえる**うちに、翌年の春から、この林より西に、

木を倒す斧《をの》の声、遥《はる》かに聞こゆ。そのときに、俊蔭思ふ、ほどは遥かなるを、響きは高し。

木を倒す斧の音が、はるかに聞こえてくる。その時、俊蔭は、距離は遥かなようだが、音の響きが高い。

音《ね》高かるべき木かな、と思ひて、琴を弾き、書《ふみ》を誦《じゆ》して、**なほ**聞くに、三年この木の声絶えず。

きっとすばらしい音の出る木にちがいないと思って、琴を弾き、詩や文を口ずさみながら、**やはり**聞いていると、三年もの間、この木の音は絶えなかった。

年月のゆくままに、おのが弾く琴の声に響きかよへり。この木のあらむところ尋ねて、**いかで**琴一つ造るばかり得**む**、と思ひて、俊蔭、三人の人にいとまを乞ひて、斧の声の聞こゆる方に、**疾《と》き足**をいたして、強《こわ》き力をはげみて、海河峰谷を越えて、その年暮れぬ。また明くる年も暮れぬ。

年月が経つほどに、俊蔭自身が弾く琴の音に響き合うようになった。この木のあるようなところをたずねて、**何とか**、琴を一面作るだけの木を得**たいものだ**、と思って、俊蔭は、三人の人におひまを申し入れて、斧の音が聞こえてくる方に、**早足**で、強い力をふるい起こして、海や河や高い峰や谷を越えていったが、その年は暮れてしまった。また翌年も暮れてしまった。

出題：明治学院大学

読解ポイント

『宇津保物語』は平安中期の伝奇（作り）物語で、作者は不明だが源順とする説もある。『宇津保物語』は全体を二つあるいは三つに分けられる。学芸の家・藤原俊蔭一族の四代にわたる琴の名手の物語と、絶世の美女貴宮が多くの求婚者を拒んだ末に東宮に入内しその子が皇位継承争いに勝つという、源正頼一族の政権争奪のドラマとが、矛盾を抱えながらも大団円を迎える大河小説の体裁を整えることになんとか成功している。

★「**手**」とは、ここでは琴の曲の奏法のこと。ほかにも「筆跡」の意の場合があるので注意。

古典常識としては、
○「遊び」＝詩歌《しいか》管弦《かんげん》
○「手」＝①筆跡
　　　　②楽器の弾き方
この二つを押さえましょう。
「遊び」の中心は「音楽（管弦）」です。

54位

小《こ》林《ばやし》一《いっ》茶《さ》

出題率
0.4%

俳人

江戸後期（化政）
1763～1827

ことし、みちのくの方修行せんと、乞食袋首にかけて、小風呂敷《こぶろしき》せなかに負ひたれば、影法師は
今年、奥州のほうへ行脚に行こうと思い立って、乞食袋を首にかけ、小風呂敷を背中に負ったところ、影法師は
さながら西行らしく見えて**殊勝《しゅしょう》なる**に、心は雪と墨染《すみぞめ》の袖《そで》と、思へば思へば入梅晴《つゆばれ》の
あたかも西行法師にそっくりで**立派である**が、心は雪と墨染の袖ほども違っていると思うと、梅雨晴れの空ではないが、
そらはづかしきに、今更すがた替へるも**むつかしく**、卯花月《うのはなつき》十六日といふ日、久しく寝馴《ねな》られたる庵を
そら恥ずかしい気持ちだが、今さら俗人の服装に替えるのも**めんどうで**、卯花月（＝陰暦四月）十六日という日、長い間住みなれた庵を
うしろになして、二、三里歩みしころ、細杖をつくづく思ふに、おのれすでに六十の坂登りつめたれば、
あとにして、二、三里も歩いたころ、細い杖をつきながら、つくづくと思うことには、自分はすでに六十歳の坂を登りつめたので、
一期《いちご》の月も西山にかたぶく命、又ながらへて帰らんことも白川の関をはるばる越ゆる
一生涯の月も西山に傾くような命（＝余命いくばくもない）であり、また命ながらえて帰るようなことも知らず、白川の関をはるばる越える
身なれば、十府《とふ》の菅菰《すがごも》の十に一つも**おぼつかなし**と案じつづくる程に、ほとんど心細くて、
身であるので、十府の菅菰（＝十筋に編んだ菅の菰）の十ではないが、十に一つも命があるかと**不安に**案じつづけているうちに、心細くなって、
家々の鶏《とり》の時を告ぐる声も「とつてかへせ」と呼ぶやうに聞え、畠々の麦に風のそよ吹くも
家々の鶏が時を告げる声も、「戻ってこい」と呼ぶように聞こえ、畠々の麦に風が吹くのも、
誰《たれ》ぞまねくごとく覚えて、行く道もしきりにすすまざりければ、とある木陰に休らひて、痩脛《やせずね》さすりつつ
誰かが自分を招いているように思われて、行く道もなかなか進まなかったので、とある木陰に休んで、痩せた脛をさすりながら
眺むるに、柏原《かしはばら》はあの山の外、雲のかかれる下あたりなど、おしはかられ※て、何となく名残をしさに、
眺めると、故郷の柏原はあの山の向こう、雲がかかっている下のあたりだろうかなどと自然に推測されて、なんとなく名残惜しいので、

※**思ふまじ　見まじとすれど　我が家かな**

○今さら思うまい、見まいとするけれども、やはりいつまでも心にかかるわが家であるなぁ。

おなじ心を

同じ心を詠んだ歌、

※**古郷《ふるさと》に　花もあらねど　ふむ足の　跡《あと》へ心を　引くかすみかな**

○故郷には愛すべき花などないけれども、故郷の空にたなびく花のような霞を見るにつけ、踏みだす足も引き戻され、心もひかれてしまうことよ。

出題：京都産業大学

読解ポイント　本文は『おらが春』

小林一茶（1763～1827）は江戸後期、化政期といわれた時代の俳人。句日記『七番日記』、俳諧集『おらが春』などのほか発句は二万句以上に及ぶ。「やせ蛙負けるな一茶これにあり」など、とても庶民的なあたたかい句を作っているが、家庭的には子供たちに死なれ、妻にも先だたれるなど不幸だった。

★「おしはかられて」の「**れ**」は自発の助動詞「る」の連用形。

★「**思ふまじ**」の俳句には、俳句を作るときの決まりである「季語」がない。

★「**古郷に**」の和歌の「かすみ」は「たなびく」とともに用いられることが多い。ここの「引く」も「たなびく」の意味。同時に「心を引く」の意味も掛けられている。

松尾芭蕉が俳諧を芸術に高め、天明期には与謝蕪村が「蕉風復帰」を唱えました。その後、小林一茶が庶民の生活に根ざした俳諧を詠みました。

55位

賀《か》茂《も》真《ま》淵《ぶち》

出題率
0.4%

国学者・歌人

江戸中期
1697〜1769

人を鳥獣にことなりといふは、人の方にて**我ぼめ**にいひて、外を侮るものなり。凡そ天地の際に生きとし生けるものはみな虫ならずや。それが中に、人のみいかで貴く、人のみいかなることあるにや、万物の霊とかいひていと人を貴めるを、おのれが思ふに、人は万物の**あしきもの**とぞいふべき。（中略）

人が鳥や獣と違うというのは、人間の方の**うぬぼれ**であり、他の生き物を軽侮するものだ。だいたい大地の間の生きているすべてのものは、みな虫のように微小な存在ではないか。その中で、人間だけが貴いとして、人間だけを特別視するいわれなどどこにあろうか。万物の霊長とか言って、とても人間を貴んでいるが、私が思うには、人は万物の中で**悪者**と言うべきだ。

ある人、この国の古《いにし》へに仁義礼智**てふ**ことなければさる和語もなしとて、いといやしきこと、せるは**まだしかり**けり。まづ唐国《からくに》にこのことを立て、それに違ふを悪しとしあへりけむ。凡そ天が下にこのことはおのづからあること、四時をなせるがごとし。天が下のいづこにかさる心なからむや。されども、その四時を行ふに、春も漸《やうや》くにしてのどけき春となり、夏も漸くにしてあつき夏となれるがごとく、天地の行は丸く漸くにして至るを、唐人の言のごとくならば、春立てば

ある人が、わが国の昔には仁義礼智**という**実態がなかったので、そのような和語もないとしてたいそう卑しいこととしているのは**不十分な考え方**だ。まず唐の国において仁義礼智ということを立てて、それに合致しないものを悪いこととしあっていたのだろう。大体天下にこの仁義礼智が人間に自然に備わっていることは、一年に四季が自然にあるようなものだ。天下のどこにそのような心がないと言えようか。しかしその四季の運行に当たって、春も次第にのどかな春となり夏も次第に暑い夏となってゆくように、天地の運行は丸く次第になっていくのに、唐人の言う通りならば、立春になると

すなはちあたゝかに、夏立てば急にあつかるべし。この唐の教へは、天地に背きて急速に佶屈なり。

すぐさま暖かくなり、立夏になると急に暑くならねばならない。しかしこの唐の教えは、実は天地の運行に背いていて急激で固くるしい。

よりて、人の**打聞**《うちぎき》には才覚ありて聞きやすく**ことわり**やすけれど、さは行はれざるものなり。

だから人が**ちょっと聞いた**ぐらいの時は、くふうがあって聞きやすく**理解**しやすいけれども、実際にはそのようには行われないものだ。

天地のなす春夏秋冬の漸くなるに背ける故《ゆゑ》なり。天地の中の虫なる人、いかで天地の意よりせまりていふ教へを行ふことをえむや。

天地のなす春夏秋冬が次第に変化するという原理に背いているからだ。天地・自然のなかでは、虫と同等にすぎない人間が、どうして天地の意よりも急激に迫って言う儒教の教えを実行できるだろう。

天が下のものには、かの四時のわかちあるごとく、いつくしみもいかりも理《ことは》りもおのづからあること、四時のある限りは絶えじ。

天下のものには、四季の区別があるように、慈しみも怒りも道理も自然と存在することは、四季のある限りは絶えることはないだろう。

それを人として、別に仁義礼智など名付くる故に、悪きこと多きやうにはなるぞかし。

それを人間が勝手に、別に仁義礼智などと名付けるから、悪いことが多くなるのだ。

たゞさる名もなくて、天地の心のまゝなるこそよけれ。

そのような名もなくて、**ひたすらに**天地の運行のあるがままがよいのだ。

出題：学習院大学

読解ポイント　本文は『国意考』

賀茂真淵（1697～1769）は江戸中期の国学者・歌人。荷田春満《かだのあずままろ》の門下生で多くの著述をなすとともに、本居宣長ら多くの門人を養成する。古典研究では『万葉集』を中心に広く古典を研究し、『万葉考』『冠辞考』『国意考』などの書を著して近世国学および和歌史上大きな足跡を残し、国学の四大人《したいじん》の一人とされる。

56位

唐物語《からものがたり》

出題率
0.4%

藤原成範《ふじわらのしげのり》か

平安末期か

世俗説話

次の文は『唐物語』の一節で、美しい妻を愛する夫が死に、その妻が悲しみにくれる場面である。

かかるほどに、この男、病に**わづらひ**てのち、いくほどなくて、つひに**はかなくなり**ぬ。女の気色《けしき》、

そうしているうちに、この男は**病気になって**、それから間もないうちに、とうとう**亡くなってしまった**。女の様子は、

あるにもあらぬ心地して、かなしさのあまりにや、命もたえぬとぞ見えける。よそに見る人さへ、

生きていても死んでいるような気持ちで、悲しみのあまりにであろうか、命も絶えてしまうと見えた。そばで見ている人でさえ、

いと**はしたなき**ほどに覚えけり。月日はあらたまれども、別れの涙はかわく時なかりけり。

本当に**見ていられないくらい**に思われた。月日は移ってゆくが、男との別れの涙は乾く時もなかった。

父母、「**いかにして忘るる草の種をとりてしがな**※」と思へど、**さらに**かなふべくも見え**ず**。この時に、

父母は「どうにかして悲しみを忘れる忘れ草の種を取り**たいものだ**」と思い、いろいろ試してみたが、**まったく**かなうように思われ**ない**。このとき、

おなじさとに住みける郭奕《くわくえき》といふ人、世にとりていやしからず。時にもちゐられたり。この男、

同じ里に住んでいた郭奕という人は、当時身分も賤しくない。時流にのり重く用いられていた。この男は、

思ひのほかに、としごろ住みわたりける妻、はかなくなりて、嘆きやうやう**おこたる**ほどに、

思いもかけず長年連れ添った妻が、亡くなって、嘆きがようやく**快方に向かう**ころで、

この女を「あはれ**いかでか**※」と思ふにたへぬ気色、**色**に出でぬ。これによりて、父母、わづらひなく

この女を「ああ、**何とかして**妻にしたい」という思いに耐えぬ様子が、**顔**に表れた。それで、女の父母は、悩むことなく

許してけり。この女、「かなし」と思ひて、さまざまに、あるまじきよしを

娘との再婚を許してしまった。この女は、「悲しいこと」と思って、いろいろと、結婚するつもりがないことを

ねんごろにいひけれど、「親の心にしたがはぬは、かぎりなき罪とは知らずや。みづからの心にこそ
心から父母に訴えたが、「親の気持ちに従わないのは、この上ない罪だと知らないのですか。自分の心には
ふさはしからずは思ふとも、**いかでか**※親の**本意**をばたがふ**べき**」など、なほいひけるに、
ふさわしくないと思っても、**どうして**親の**願い**にそむいて**よいものか**」など、まだ言ったので、
むかしの男よりも、生まれける父の事は、**おろかに**覚ゆることわりに、まげてなまじひに
死んだ昔の夫より、生きている父のことは、**おろそかに**思われるという道理に、心をまげて、しぶしぶ
出で立ちつつ、今の男のもとへ行く行くも、袖のしづくかわくまもなかりけり。
出立したものの、新しい夫のところへ行きながら、涙で袖が乾く間がなかった。

出題：早稲田大学

読解ポイント

『唐物語』は平安末期に成立した世俗説話。作者は藤原成範と言われている。長短さまざまな中国説話を歌物語風に翻訳したもので、『源氏物語』などにも引用された有名な説話が多い。原典としては『白氏文集《はくしもんじゅう》』などがある。

★「いかにして～てしがな」の箇所は、「いかにして」が副詞「いかに」＋サ変動詞「す」の連用形「し」＋接続助詞「て」から成り立っている。意志や希望の語とともに使われている場合は、願望「なんとかして」の意味となる。

「てしがな」は終助詞で願望を意味する。

★二つある「いかでか」のうち、最初のものは下に省略があり、それを補充すると「得む・得てしがな」など願望の語がくるので「何とかして」と訳す。二つ目のものは下に適当の「べし」がきており、ここでは「どうして親の願いにそむいてよいものか、いやよくない」の訳になり、反語で使われている。

57位

狭衣物語《さごろもものがたり》

出題率
0.4%

作者未詳

平安後期
物語

その夏ころより、帝、御**心地例ならず**おぼされて、「**いかで**静かなるさまになりて、**行ひ**をのどかに

その夏のころから、帝はご気分が**いつもと違ってよくない**と思われ、「**何とかして**静かな環境に身を置き、落ち着いて**仏道修行**に

せ**ばや**」とおぼしめして、嵯峨野のわたりに、**いかめしき**御堂など造らせたまへり。

励み**たいものだ**」と思われて、嵯峨野のあたりの後院（＝退位後の御所）に**荘厳な**御仏堂などを造りなさった。

世を**知ら**せたまひて二十年にもならせたまひぬ。一の親王おはしませば、**あかぬ**ことなき御身なれど、

世を**統治**なされて二十年にもなられた。第一皇子がいらっしゃるので、**もの足りない**ことのないお身の上だが、

世をおぼしめし捨ててむことを、大殿などはいと口惜しく惜しみきこえ**させたまひ**けり。

世を捨てて出家なさってしまおうという帝のことを、大殿（＝堀川関白）などはとても残念にお思い申し上げ**なさっ**た。

さるべき御仲といひながら、いとありがたう**なつかしき**御**心ばへ**、有様なれば、千年も変はらで

お二人はご兄弟の御仲とはいうものの、帝は実にまれにみる**柔和なご気立て**やお振る舞いなので、大殿がいつまでも変わらず

見たてまつらまほしきも、**ことわりなり**かし。されども、七月よりは、まことしう**なやましげに**て、

帝としてお見申し上げたいと思うのも、**当然のことである**よ。しかしながら七月からは本当に**気分が悪そう**で、

もの**心細げ**なる御気色を、中宮はいと忍びがたげにおぼし嘆きたるも、いと心苦しくて、

何となく頼りなさそうなご様子なのを、中宮がとても耐えがたく思われ嘆きなさるのも、帝はまことにつらく、

限りあらむ御別れのほども、ひきとどめられさせたまひぬべうおぼしめさるれば、

死別の時も中宮の嘆きに冥途への旅立ちが引き止められなさってしまいそうに感じられたので、

まいて少しも**うつし心**通はせたまはむ日までは、片時も立ちのききこえさせたまひぬべくもあらねど、

ましてや少しでも**意識**がはっきりしておられる日までは、瞬時も中宮からお離れ申し上げなさることはできそうもないけれど、

「公私につけても、よろづに頼もしき御行末に、かう今日とも知らぬ有様にて、さのみ『思ひ離れきこえじ』とても、**いかがは**。さてこそは、限りの別れのほども、少し面馴れたまはめ」など、**せめて**おぼし捨てて、御出家の本意遂げさせたまひぬべき御**心まうけ**などせさせたまふを、宮は**年ごろ**の御ならひ心の名残なう、悲しういみじくおぼしめされて、嵯峨の宮にももろともに渡らせたまふべきさまにぞ、おぼしめし急ぎける。

「公私につけ中宮は何の不安なこともないご将来なのに、私がこのように今日にも命果てるともわからない状況で、そのようにばかり『お慕い申し上げ離れまい』と思っても、**どうしてそのようなことができようか**。そこで最期の別れの時も、今から私が出家し、別居していれば少しは中宮にもご覚悟がおできになるだろう」など**強いて**中宮への未練をお捨てになり、ご出家の望みを遂げなさろうとお**心の準備**をなさっているのを、中宮は帝とご一緒の**長年**のご習慣が跡形もなくなくなるようで、ひどく悲しく思われて、嵯峨野の後院にともにお移りなさるおつもりでご準備なさるのだった。

出題：立教大学

読解ポイント

『狭衣物語』は平安後期の物語で、従妹の源氏宮へのかなわぬ恋に苦しむ狭衣大将の女性遍歴をつづったもの。『源氏物語』の「宇治十帖」の影響を受けた作品で、狭衣大将は薫君的人物。中世の擬古文への影響も大きく、『石清水物語』『我身にたどる姫君』などは『狭衣物語』の影響を受けている。

平安の『源氏物語』以後の物語をゴロで覚えましょう。

「**中納言**《堤中納言物語 浜松中納言物語》 **寝覚**《夜(半)の寝覚》め**の衣**《狭衣物語》 **とりかへる**《とりかへばや物語》」

第51位～第60位

58位

とりかへばや物語《ものがたり》

出題率

0.3%

作者未詳

平安後期

物語

北の方二所《ふたところ》ものしたまふ。ひとりは源の宰相《さいしやう》ときこえしが御むすめにものしたまふ。御**心ざし**は

北の方はお二方いらっしゃる。お一方は、源宰相と申し上げた方のお嬢様でいらっしゃる。大将のご**愛情**は

いとしもすぐれ**ね**ど、人より先に見そめたまひてしかば、**おろかならず**思ひきこえたまふに、

それほどにはすぐれているわけでは**ない**が、誰よりも先に夫婦の契りをお結びになったので、**いいかげんでなく**お思い申し上げなさるうちに、

いとど世になく玉光る男君さへ生まれたまひにしかば、**またなく**去りがたきものに

さらに、またとない美しい男の子までお生まれになったので、大将は**またとなく**離れがたい伴侶として

思ひきこえたまへり。いま一所《ひとところ》は、藤中納言ときこえしが御むすめにものしたまふが

お思い申し上げなさっている。もうお一方、藤中納言と申し上げた方のお嬢様でいらっしゃる方であるが

御腹にも、姫君のいと**うつくしげなる**生まれたまひしかば、さまざま**めづらしく**、

その方にも、姫君でたいそう**かわいらしい**方が、お生まれになったので、二人の子は異なった様子でそれぞれに**すばらしく**、

思ふさまにおぼし**かしづく**こと限りなし。上たちの御ありさまのいづれもいとしもすぐれたまはぬを、

思いどおりに心にかけて**大切にお育てになる**ことはこの上ない。奥方たちのご容姿身分・境遇が、どちらもそれほどにはすぐれていらっしゃらないことを、

おぼすさまならず**口惜《くちを》しき**ことにおぼしたりしかど、今は君たちのさまざまうつくしうて

大将はご期待どおりではない、**残念な**ことにお思いになっていらっしゃったが、今ではお子様たちがそれぞれにかわいらしく

生ひ出でたまふに、いづれの御方をも、捨てがたきものに思ひきこえたまひて、今は

成長なさるので、どちらの奥方に対しても、大将は縁はなかなか断ち切りにくいものとお思い申し上げなさって、今は

さる方におはしつきにたるべし。君たちの御**かたち**のいづれもすぐれたまへるさま、

それなりにすっかり腰を落ちつけていらっしゃるようだ。お子様たちのご**容貌**が、どちらもすぐれていらっしゃる様子は、

ただ同じものとのみ見えて、取りも違《たが》へつべうものしたまふを、同じ所ならましかば不用ならましを、

まるで同じ顔のように見えて、取り違えてしまいそうでいらっしゃるのを、同じ場所であったならば不都合であっただろうが、

所どころにて生ひ出でたまふぞ、いとよかりける。おほかたはただ同じものと見ゆる御かたちの、

別々の場所で成長なさるのは、とてもよいことだった。たいていの場合には、まったく同じものと見えるお顔立ちが、

若君は**あてに**かをり気高く、**なまめかしき**方添ひて見えたまひ、

若君は、**上品で**顔の華やいでつややかな美しさは気品があり、**しっとりとしていて優美な**女性の理想的な美点が備わってお見えになり、

姫君ははなばなとほこりかに、見ても飽く世なく、あたりにもこぼれ散る**愛敬**《あいぎやう》などぞ、

姫君は、華やかで誇らしげな様子で、ずっと見ても飽きることがなく、周囲にもこぼれ散る**かわいらしさ**などは、

今より似るものなくものしたまひける。

今から姫君に似る者もなくていらっしゃった。

出題：関西大学

読解ポイント

『とりかへばや物語』は平安後期の物語。権大納言兼大将の子の兄弟は瓜二つのうえに、兄は女性的、妹は男性的であった。そこで男女をとりかえて育てられて、ついには兄は女として結婚、妹は男として結婚してしまうというとんでもない事態が起こるが、結局は大団円でハッピーエンドというお話。

「とりかへばや」＝「とりかえたい」というのは、二人の子供の性格のこと。男女逆転した性格の二人だったのです。

59位

与《よ》謝《さ》蕪《ぶ》村《そん》

出題率
0.3%

俳人・画家

江戸中期（天明）
1716〜1783

ある夜、春の**まうけ**に、美しき衣をたち縫ひてありけるが、夜いたくふけにたれば、家子どもは
ある夜、正月の**用意**に美しい衣装を作るため、阿満は布を裁ち縫っていたが、夜がたいそう更けてしまったので、家の下男下女たちは
みな許しつねぶらせたり。我ひとり一間に引きこもり、**くまぐま**かたがたとざし、**つゆ**うかがふべき
皆許して早く休ませてやった。そして自分一人は一間に引き籠もり、部屋の**隅々**あちこちを閉め切り、**どこにも**忍び込めるような
仮隙《かげき》も**なく**して、ともし火あきらかにかかげつゝ、心しづかにもの縫ひてありけり。漏刻《ろうこく》声したたり、
隙間も**ない**ようにして、灯火を明るく掲げたまま心静かに縫い物をしていた。水時計の落ちる音がして、
や、**丑《うし》三つ**ならんとおもふ**をりふし**、老いさらぼひたる狐のゆらゆらと尾を引きて、五ッ六ッ
「ようやく**午前二時半頃**か」と思う**ちょうどそのとき**、老いてやせ衰えた狐がゆらゆらと尾を引き、五、六匹が
うち連れだちて、ひざのもとを過ぎ行く。もとより妻戸・さうじ、かたくいましめあれば、
連れ立って、阿満のひざもとを通り過ぎて行く。言うまでもなく妻戸・障子は、かたく閉め切ってあるから、
いささかの虚白《きょはく》だにあらねば、いとこころえずいづくより鑚入《きりい》るべき。いとあやしくて、
少しの隙間さえないので、まったく事情が理解できずに、「いったいどこから侵入できるのだろうか」と考える。たいそう不思議に思って
めかれもせず**まもり**ゐたるに、広野などの碍《さゆ》るものなきところをゆきかふさまにて、やがて
目も離さず見守っていたところ、その狐たちは広野などのさえぎるもののない所を、往き来するようなふうで、そのうち
かき消《け》つごとく出でさりぬ。阿満《おみつ》は**さまで**おとろしともおぼえず、はじめのごとく
かき消すように出て行ってしまった。阿満は**それほど**恐ろしいとも思わず、はじめのように
物縫うてありけるとぞ。あくる日かの家に**とぶらひ**て、いかにや、あるじの帰り給ふことのおそくて、
縫い物をしていたとかいうことである。翌日私はその家を**見舞っ**て、「どうですか、ご主人のお帰りが遅くて、

よろづ心うくおぼさめなど、とひなぐさめけるに、阿満いついつよりも顔ばせ**うるはしく**、

万事につけてご心配なことでしょう」などと、お尋ねしては慰めたところ、阿満はいつもよりも顔つきが**美しく**、

のどやかにものうち語り、よべかくかくの怪異ありしとつぐ。聞くさへえり寒く、すり寄りて、

穏やかに話をして、「昨晩はこれこれの怪異がありました」と私に告げた。私はその話を聞くだけで首筋が寒く、阿満の近くに寄って、

あなあさまし、さばかりのふしぎあるを、いかに家子どもをもおどろかし給はず、ひとりなど

「ああ、あきれたことです。それほどの不思議な出来事があったのに、なぜ下男下女たちをお起こしにならずに、どうして一人で

かたふべき。**似げなく**も剛におはしけるよといへば、いやとよ、つゆおそろしきことも

こらえていることができたのですか。あなたは**見かけによらず**、剛胆でいらっしゃることよ」と言うと、彼女は「いえいえ、すこしも恐ろしいこととは

覚えず侍りけりとかたり聞こゆ。日ごろは窓うつ雨、荻ふく風のおとだにおそろしと、

思いませんでした」と語って聞かせてくれた。普段は、窓を打つ雨や荻の葉を吹き過ぎる風の音さえ恐ろしいと言って、

引き**かづき**おはすなるに、その夜のみ、さともおぼさゞりけるとか、いといとふしぎなること也。

物を引き**かぶっ**ていらっしゃるそうであるのに、阿満がその夜だけは、怪異を恐ろしいとも思われなかったというのは、本当に不思議なことである。

出題：関西学院大学

読解ポイント　本文は『新花摘』与謝蕪村（1716〜1783）は江戸中期、天明期の俳人・画家。画家としては池大雅《いけのたいが》とともに活躍した。「芭蕉にかえれ」という蕉風復興を唱え、古典の教養を生かした空想的・絵画的な句を作った。『夜半楽《やはんらく》』の中の「春風馬堤曲《しゅんぷうばていのきょく》」は発句と漢詩を交えた斬新な形式の詩として高く評価されている。「菜の花や月は東に日は西に」という句は、『続明烏《ぞくあけがらす》』に収められた句で、色彩感豊かな絵画的な蕪村の代表作。ほかにも俳文集として『新花摘』がある。

蕪村は南宋画を描く画人でもあったので、絵画的俳諧が多いのが特徴です。

60位

世《ぜ》阿《あ》弥《み》

出題率
0.3%

能役者・能楽論者

室町前期
1363〜1443

秘する花を知ること。「秘すれば花なり。秘せ**ずは**花なるべからず」

秘密にすることによって生じる花を知ることが大切である。「秘密にしているからこそ花になるのである。秘密にし**ないならば**花にはなり得ない」

となり。この分け目を知ること、肝要の花なり。そもそも一切の事、諸道芸において、

ということである。花となるかならないかの分かれ目を理解することが、花の秘訣である。そもそも、世間一般の諸道・諸芸において、

その家々に秘事と申すは、秘するによりて大用あるが**ゆゑ**なり。

それぞれ専門の家々に秘事と称するものがあるのは、それを秘密にしておくことによって大きな効用があることが**理由**である。

しかれば秘事といふことをあらはせば、させることにてもなきものなり。

だから秘事というものの具体的内容を明らかにしてみると、それほど大したことではないのである。

これを、させることにてもなしといふ人は、いまだ秘事といふことの大用を知らぬがゆゑなり。

だからといってそれを、大したことでもないと言う人は、まだ秘事というものの大きな効用を知らないだけなのである。

まづこの花の口伝におきても、ただ珍しきが花ぞと皆人知るならば、さては珍しき事

まず、この花の秘伝についてもただ珍しさが花なのだとみんなが知っているならば、きっと何か珍しいことを

あるべしと**思ひ設け**たらん見物衆の前にては、たとひ珍しきことをするとも、見手《みて》の心に

するだろうと**期待し**ているような見物衆の前では、たとえ珍しいことを演じたとしても、それを見る人の心には

珍しき**感**はあるべからず。見る人のため花ぞとも知らでこそ、為手《して》の花にはなるべけれ。

珍しさを**感じること**があるはずもない。観客にとって花というものの存在を知らずにいてこそ、為手の花になるのである。

されば見る人は、ただ思ひのほかに面白き上手とばかり見て、これは花ぞとも知らぬが、

だから観客がただ意外に面白い上手なことだとだけ感じて、これが花なのだと知らないでいるのが、

為手の花なり。さるほどに人の心に思ひも寄らぬ感を催す手だて、これ花なり。

為手の花なのだ。つまり人の心に予期していない感動を呼びおこすやり方が、花なのである。

たとへば弓矢の道の手だてにも、名将の案ばからひにて、思ひのほかなる手だてにて、強敵にも勝つことあり。これ、負くる方のためには、珍しき理《ことはり》にばかされて、破《やぶ》らるるにてはあらずや。これ、一切の事、諸道芸において、勝負に勝つ理なり。かやうの手だても、事落居《らつきよ》して、かかる**はかりこと**よと知りぬれば、その後はたやすけれども、いまだ知らざりつるゆゑに負くるなり。（中略）

たとえば兵法の道の戦術でも、名将の計略によって意外な方法で、強敵に勝つことがある。これは負けた側としては、珍しさの道理に幻惑されて敗北したのではないか。この珍しさの道理こそ、すべての物事や諸道・諸芸において、勝負に勝つ原理なのである。このような戦術もことがすんでしまって、かくかくの**計略**であったよと知ってしまえば、その後には対策も容易であるが、まだ知らなかったために負けたのである。

さるほどにわが家の秘事とて、人に知らせぬをもて、生涯の主になる花とす。「秘すれば花、秘せねば花なるべからず」。

そういうわけで、我が家の秘事として、内容もその存在も他人には知らせないことによって、生涯花の主となる手段とするのだ。「秘密にするからこそ花なのであり、秘密にしないと花にはなり得ないのである」。

出題：南山大学

読解ポイント 本文は『風姿花伝』

世阿弥（1363〜1443）は室町前期の能役者・能楽論者。同じく能役者・能楽論者であった観阿弥の子。将軍足利義満の支援を得て、観世座を隆盛に導き、猿楽を室町時代の代表的芸能にまで高めた。

能楽論としては『風姿花伝《ふうしかでん》』（別名『花伝書《かでんしょ》』）『花鏡《かきょう》』などがある。『風姿花伝』では能の中心に「花」「幽玄」を置き、詳しく述べている。『花鏡』では有名な「初心忘るべからず」という考え方をはじめとして、経験に裏打ちされた能の奥儀や理想とする芸や稽古について述べられている。

61位

夜《よる》（半）《(よわ)》の寝《ね》覚《ざめ》

出題率
0.3%

菅原孝標女《すがわらのたかすえのむすめ》

平安後期
物語

人の世のさまざまなるを見聞きつもるに、なほ寝覚の御仲らひばかり、
男女の仲のさまざまな関係をずいぶんと見聞きしてきたが、やはり寝覚めのお二人の仲ほど、
浅からぬ契りながら、よに**心づくし**なる例《ためし》は、ありがたくもありけるかな。
深い縁で結ばれていながら実に**悩みを尽くす**例は、珍しいことであったよ。
そのもとの根ざしを尋ぬれば、そのころ太政大臣ときこゆるは、朱雀院《すざくゐん》の御**はらから**の
寝覚めの恋のお二人の血筋を尋ねてみると、その当時太政大臣と世間で申し上げていた方は、朱雀院の御**兄弟**が臣籍に下って
源氏になりたまへりしになむありける。琴《きん》、笛の道にも、**文**のかたにも、すぐれて、
源氏におなりになった方であった。この方は琴や笛といった管弦の道にも、**漢詩文**の方面にも優れておられ、
い**とかしこく**ものしたまひけれど、女御腹にて、**はかばかしき御後見**もなかりければ、**なかなか**
たいそう**才覚に富んで**いらっしゃったが、この方の母は女御であって、**しっかりした御後見人**もなかったので、父帝は**かえって**
ただ人にて**おほやけ**の御後見とおぼしおきてけるなるべし、その本意《ほい》ありて、いとやむごとなき
臣下として**朝廷**の補佐をするのがよいとお決めになっておられただろう、その望みがかなって、今では並々ならぬ
おぼえにものしたまふ。北の方、一所は按察使《あぜち》大納言の女《むすめ》、そこに男二人**ものし**たまふ。
世間の信望を得ておられる。太政大臣の北の方は、お一人は按察使大納言の娘で、男の子二人が**生まれ**ておられる。
帥《そち》の宮の御女の腹には、女二人おはしけり。形見どもをうらやみなくとどめおきて、
もうお一人の北の方である帥の宮の御娘との間には、女の子二人がいらっしゃった。二人の北の方が形見となるお子様たちを互いに恨みっこなしに残して、
競《きそ》ひかくれたまひにし後、**世**を**憂き**ものに懲りはてて、いと広くおもしろき宮にひとり住みにて、
前後を競うかのようにお亡くなりになった後、太政大臣は**男女の仲**を**つらい**ものだと懲りてしまわれて、たいそう広く風情あるお邸に独り住みの状態で、

男女君《きん》だちをも、みな一つに迎へ寄せて、世のつねにおぼしうつろふ御心も絶えて、

男君も女君も、皆一緒に自分のもとに迎え集めて、後添いを迎えるといった世間通常のお考えに心変わりすることも全くなく、

一人の御羽の下に四所をはぐくみたてまつりたまひつつ、男君には笛をならはし、文を教へ、

自分ひとりの愛情の羽に包んで四人のお子様をお育て申し上げなさりながら、男君には笛を習わせ、漢詩文を教え、

姫君のいとすぐれて生ひたちたまふには、姉君には琵琶《びは》、中の君には箏《しやう》の琴を教へたてまつりたまふに、

たいそう美しく成長なさった姫君たちには、姉君には琵琶を、妹の中の君には箏の琴をお教え申し上げなさるが、

おのおのさとう**かしこく**弾きすぐれたまふ。中にも、中の君の十三ばかりにて、

お二人とも賢く**とても見事に**お弾きになる。中でも、中の君は十三歳ほどで、

まだ**いはけなかる**べきほどにて、教へたてまつりたまふにも過ぎて、

まだとても**子供っぽい**はずの年頃なのに、父君がお教え申し上げなさる以上に、

ただひとわたりに、限りなき音を弾きたまふ。「この世のみにてしたまふことには

たちどころに、この上ないすばらしい音色をお弾きになられる。太政大臣は「これは現世の才能だけでなさることでは

あらざりけり」と、あはれに**かなしく**思ひきこえたまふ。

ない」と、中の君をしみじみ**いとしく**お思い申し上げなさる。

出題：西南学院大学

読解ポイント

『夜《よる》の寝覚』は『夜半《よわ》の寝覚』とも言い、平安後期の物語。作者は菅原孝標女と言われている。女主人公寝覚の君と義理の兄中納言との悲恋を中心に、女君の波乱の運命を描く。『源氏物語』の「宇治十帖」の影響が強く、複雑な女性心理を描いている。

菅原孝標女は、他にも『浜松中納言物語』を書いたと言われています。

62位

平治物語《へいじものがたり》

出題率
0.3%

作者未詳

鎌倉初期
軍記物語

義朝《よしとも》は、あひ従ひし兵《つはもの》ども、方々へ落ち行きて小勢になりて、叡山西坂本《えいざんにしさかもと》を過ぎて、小原《をはら》の方へぞ落ち行きける。八瀬《やせ》といふ所を過ぎんとするところに、西塔《さいたふ》法師百四五十人、道を切りふさぎ、逆茂木《さかもぎ》引いて待ちかけたり。この所は、一方は山岸高くそばだち、一方は川流れみなぎり落ちたり。

源義朝は、付き従っていた兵士たちが、あちこちへ逃げて行って少人数になって、比叡山の西坂本を通り過ぎて、大原の方へ逃げて行った。八瀬という所を過ぎようとするところに、比叡山西塔の法師百四、五十人が、山やがけなどを切り崩して道をふさぎ、逆茂木を引き巡らして、待ち構えていた。この場所は、一方は山の絶壁が高くそばだち、片方は川が流れ水がみなぎって落ちている。

「うしろよりは、敵《かたき》、**さだめて**攻め来たるらん。前は山の大衆《だいしゅ》、支へたり。**いかがはせん**」といふところに、長井《ながゐ》斉藤《さいとう》別当《べつたう》実盛《さねもり》、防き矢射て追ひつきたりけるが、

「後ろからは、敵が、**きっと**攻めて来ているだろう。前は比叡山西塔の僧兵が、進路をはばんでいる。**どうしようか、どうしようもない**」と言っているところへ、長井の斎藤別当実盛が、防ぎ矢（＝敵の攻撃を防ぐために射る矢）を射かけながら追いついたのだが、

「ここをば、実盛、通しまゐらせ候はん」とて、真先に進みて、甲《かぶと》をぬいで臂《ひぢ》にかけ、弓脇《わき》にはさみ、膝《ひざ》をかがめて、「これは、主《しゅう》は討たれ候ひぬ、**いふかひなき**下人《げにん》・冠者《くわんじや》ばらが、恥をかへりみず、命を惜しみ、妻子を今一度見候はんとて、国々へ逃げ下る者どもにて候ふ。たとひ首を召され候ふとも、罪つくらせ給ひたるばかりにて、勲功の賞にあづからせ給ふほどの首は、

「ここは、私実盛が、通してさしあげましょう」と言って、真っ先に進んで、甲を脱いで肱に掛け、弓を脇に挟み、膝を屈して、「私は主君は討たれてしまいました、**つまらない**下人・従者どもが、生き恥を省みず、命を惜しみ、妻子をもう一度見ようと思いまして、国々へ逃げ下る者どもでございます。たとえ首をご所望になりましても、殺生の罪をお作りになるだけで、勲功の賞をいただきなさるほどの首は、

出題：センター試験

よも一つも候は**じ**。たまたま僧徒の御身にて候へば、しかるべき人なりとも、

まさか一つもございます**まい**。たまたまあなた方は殺生を禁じられた僧のお身の上でございますので、たとえ大将格といった重要な人であっても、

御助けこそ候はんずれ、かかる下臈《げらふ》のはてどもを討ちとどめ**させ給ひ**ても、何の御用[か]※候ふ[べき]※。

お助けくださるでしょう。こんな下郎の半端者どもを討ち取り**なさっ**たとしても、何のお役に立つはずもないはずです。

物の具**まゐらせ**て候はば、かひなき命をば、御助け候へかし」と申せば、大衆ども、「さらば、

武具を**差し上げ**ましたなら、つまらないこの命をお助けくださいませよ」と申すと、僧兵らに「それなら、

物の具投げよ」といはせもはてず、持ちたる甲を、若大衆の中へ、からとぞ投げたりける。

武具を投げてよこせ」と終わりまで言わせないで、持っている甲を、若い僧兵の中へ、からんと投げたのだった。

読解ポイント

『平治物語』は鎌倉初期の軍記物語。作者は未詳。平治の乱を和漢混交文で描いた叙事物語で、琵琶法師によって語られた。源義平（悪源太）の活躍を中心に、常盤御前の悲話など、敗れた源氏側の悲惨なありさまも描く。『保元』『平治』『平家』の三つの軍記物語の流れは、まさに中古から中世への変革過程といえる。

★係助詞「か」はここでは反語。係り結び「か→べき」。

副詞「よも」は、「じ」「まじ」と呼応します。「え～打消」「な～そ」と合わせて三大副詞の呼応表現と覚えておきましょう。

63位

尾崎雅嘉《おざきまさよし》

出題率
0.3%

国学者

江戸後期
1755～1827

清少納言は一条院の皇后宮に仕へし女房なり。この皇后宮は中関白道隆公の御女定子《ていし》と申しし御方なり。枕草子の所々に宮のお前と書かれたるは、この皇后の御事なり。しかるに栄花物語に清少納言三条院の女御の淑景舎《しげいさ》の御許に、宮仕へせられし由《よし》記せり。この女御も道隆公の御女にて、皇后定子の御妹なり。枕草子には淑景舎の御事所々に出でたれど、この御許に宮仕へせられたる由は見えず。かの皇后定子は長保二年十二月に**かくれ**させ給ひ、御妹の淑景舎は長保四年八月にかくれさせ給ひて、御姉君よりは二年ばかり生き残りておはしければ、かの皇后かくれさせ給ひし後、きやうだいの御方なれば、清少納言も参り通はれたるなるべし。この人は女ながら学問ありて才智秀でられしが、或年の如月《きさらぎ》晦日《つごもり》に風吹きて雪少し降りけるを宰相中将、

清少納言は一条院の皇后様にお仕えした女房である。この皇后様は中関白・藤原道隆公の御娘で定子と申し上げた方である。『枕草子』のあちらこちらに宮の御前と書かれているのは、この皇后様のことである。しかし、『栄花物語』には清少納言が三条院の女御淑景舎のおそばに宮仕えなさったことも記録されている。この女御も道隆公の御娘であって、皇后定子の妹君である。『枕草子』には淑景舎の御ことがあちらこちらに登場するけれども、この方のもとに宮仕えなさったとの記録は見えない。あの皇后定子は長保二年十二月にお**亡くなり**になり、御妹の淑景舎は長保四年八月にお亡くなりなさって、姉君よりは二年ほど長く生きていらっしゃったので、あの皇后（＝定子）がお亡くなりになった後で、淑景舎は姉妹のご関係なので、清少納言も宮仕えに参上なさったのであろう。この方は女性でありながら学問ができ、才知にたけていらっしゃったのだが、ある年の旧暦の二月晦日に風が吹いて雪が少し降ったのを、宰相中将が、

少し春ある　心地こそすれ

○すこし春めいた気分がすることだ。

といふことを主殿司《とのもづかさ》していひおこせて、この上の句を**とく**と責めけるに清少納言、

という下の句を主殿司を使って言って寄こして、この上の句を**早く早く**詠みなさいと責め立てたところ、清少納言が、

空寒み※　花にまがひて　散る雪に

○空**が**寒い**ので**、花が散るのかと見まちがえるように降る雪のため

といひやりければ、いといみじく**賞**《め》**で**られけり。

と詠んで遣わしたところ、たいそうすばらしく**褒め**られたということだ。

出題：関東学院大学

読解ポイント 本文は『百人一首一夕話』

尾崎雅嘉（1755～1827）は江戸後期の国学者。契沖の著作で学び、国学をおさめる。和漢の書を読みあさり、漢籍にも精通し、また和歌にも長けていた。著書に『群書一覧』『百人一首一夕話』などがある。

★「空寒み」の和歌は白楽天の「南秦の雪」の詩によって下の句を詠みかけて来た公任に、清少納言が同じ詩の一句をとって、鮮やかに上の句を詠じて返したもの。

平安時代には唐の「白楽天（白居易）」の漢詩文『白氏文集《はくしもんじゅう》』がよく読まれていました。藤原公任《きんとう》の『和漢朗詠集』にも、白楽天の作品が多数収録されているのです。

64位

成尋阿闍梨母集《じょうじんあじゃりのははのしゅう》

出題率
0.3%

母《はは》 成尋阿闍梨《じょうじんあじゃりの》

平安後期	日記

成尋阿闍梨の母が渡宋《とそう》する我が子(成尋)と離別した後の気持ちを述べた一節である。

よろづにつけて恋しく、**などて**、ただ、**いみじき**声を出だして泣き惑ひても、控へとどめ

万事につけて我が子、成尋が恋しく、**どうして**、ただ一途に、**恐ろしい**声をあげて泣き取り乱しても、お引きとどめ

聞こえずなりにけんと、悔しうぞ。日ごろ仏に申すは、「いたく**な**思ひ泣かせ給ひ**そ**」と

申し上げなかったのであろう**か**と、悔しく思われる。平生、仏に祈り申しあげることには、「成尋を思って泣かせくださる**な**」と

のたまひし**しるし**に、仏、惑ひて出だしやり奉りたるなめりとぞ**心憂く**覚ゆる。

成尋がおっしゃった**霊験**として、仏は、悩んで宋の国へとお出しやり申したのであるようだと、**つらく**思われる。

「いかにも、かならず**まうで来**て、おはしおはせず見んとす」と言ひ置かれし。

成尋は「なんとかして、必ず**帰参し**て、母がご存命でいらっしゃるか否かを見ましょう」と言い置かれたことよ。

はるかにと　たち別れにし　唐衣　きて見るまでは　**経**《ふ》べきわが身か

○はるか遠くへと、別れたあの子が、唐衣を着て、無事に帰って来るのを見るまでは**生き長らえ**られる我が身であろうか。

ただ夜昼泣くよりほかのことなくて、涙のみぞ尽きせぬ身を知るたぐひにて暮らし明かさるる。

ただもう夜も昼も泣くよりほかのこともなくて、涙ばかりが尽きることのない身を知る仲間のようにして、日々暮らし明かされる。

※言ふかひも　なみだの川に　沈みたる　身をば誰《たれ》かは　深くたづねん

○言いようもなく流れる涙の川の中に沈んでいる我が身を、いったい誰が、親しく訪ねてくれようか。

はかなくて過ぐる月日ぞ。我ひとりが**おぼつかなさ**に、渡りやし給ひにけん、まだ筑紫《つくし》に

はかなく過ぎ去る月日であることよ。私ひとりが**頼りなく不安である**上に、あの子はすでに宋へ渡りなさったであろうか、まだ筑紫に

おはするにやとも知らず。またこの律師の、受け取りてもてあつかひ給ふも**いとほしく**、

いらっしゃるであろうかもわからない。またもう一人の息子であるこの律師が、私を引き受けて世話をしなさることも**気の毒で**、

二人おはしあひたりしを、うれしくたぐひなく覚えてうれしかりしも思ひ出でられて、

二人の息子たちが、自分の側でいっしょに世話をしてくれた時のことを、ありがたくこの上もないものと思われて、楽しかったことも自然と思い出されて、

ただ音のみぞ泣かるる。

ただただ声をたてて泣かれるばかりである。

律師の御房より車おこせ給ひて、「方違《かたたが》へよ」とてあれば**まかる**に、撫子《なでしこ》の花の

律師の御房（＝僧の住まい）から牛車を送りなさって、「方違えにこちらにいらっしゃい」ということなので、**参ります**と、撫子の花が

はなばなと咲きたるを見て乞ふめれば、童《わらは》の、多く折りて持て来たるも、

はなやかに咲いているのを見て私が欲しがっているようなので、それを察して子供が、たくさん折り取って持って来たのも、

折からにもののみあはれに、撫子のしぼみたるに、

ちょうど「撫子」というように愛する我が子と別れて、悲しみに沈んでいるその時なので、何となくしみじみと心打たれて、撫子の花がしおれたのを見て、

秋深き　唐撫子は　枯れぬとも　**さが**のこととて　嘆きしもせじ

○秋が深まって、唐撫子の花は枯れたとしても、季節の移り変わる**世のならわし**として、嘆くこともしますまい。

出題：松山大学

読解ポイント

『成尋阿闍梨母集』は平安後期に成立した成尋阿闍梨母の日記的な家集。息子成尋は天台僧として母を残して入宋し、そこで没した。その息子成尋が旅立つ直前から日記は始まり、幼い日の息子の回想、旅立ってからの便りと海の彼方の息子への思いなどがしたためられている。和歌は173首。息子を唯一の読者として、自分の死後に息子に読んでもらうべく家集を編んでいる。全編母性愛の記録といえる。

★「**言ふかひも**」の和歌の「なみだ」は「言ふかひもなき」と「涙」の掛詞。「川」「沈み」は「涙」の縁語。

65位

松《まつ》永《なが》貞《てい》徳《とく》

出題率 0.3%

俳人・歌人

江戸前期 1571〜1653

基俊《もととし》の歌見知り給ひたるよしを憎み、ある腹黒き者、『後撰集』の中のわるき歌どもの、人知れぬを、己が歌に書きまじへて、見せけるを、**なに心なく**批判して、かへされければ、かの者よろこび、手をうちたたき、「金吾は梨壺《なしつぼ》の五人より上手なり。『後撰集』の歌を**難せし**」とて、世上を**そしりありき**しと、『無名抄』に鴨長明の※のせられ※たり。この腹黒き者よりも、長明の心根あさましく、また歌道の本理を知らざるやうに見えて、かへりて恥をかかるるなり。たとへば一集をえらぶは、一瓶の立花《りつか》のごとし。花を立つるとて、花ばかりをば立てず。さしもなき草木の枝の、あるいは細く太き、あるいは長く短きを、それぞれにくばりて用《もち》ふといへり。その立花をくづして、花なき枯木の上枝《ほつえ》などばかり、一つ二つづつ持ちて、これをも花瓶より出でたればとて、花とするがごとし。『後撰集』なればとてみなよきならんと定むるは、まづその者の**ひがごと**なり。秀歌といふ物あるにつきて、よからぬ歌も

藤原基俊が歌に通じておられるのを憎んで、ある腹黒い人物が、『後撰集』の中のよくない歌で人の知らぬ歌を、自分の作品の中に混ぜて、批評を乞うたところ、**何気なく**批判して返されると、その者は喜んで手をたたき、「金吾殿は梨壺の五人より上手と見える。『後撰集』の歌を**批判した**」と言って、世間に**悪口をふれ回っ**たと、『無名抄』に鴨長明が記しなさった。その腹黒い者よりも、長明の心底があさましく、また歌道の真理を知らないように見えて、かえって恥をかかれたのである。例えば一つの集を選ぶのは一瓶の立花のようなものだ。花を立てる場合、花ばかりを立てず、つまらない草木の枝で、あるいは細いもの太いもの、あるいは長いもの短いものを、それぞれに配し用いるということだ。その立花をくずして、花のない枯木の端ばかり一つ二つずつ持って、これも花瓶から出たのだからといって、花とするようなものだ。『後撰集』だからといってすべてがよい歌だろうと決めてかかるのは、まずその者の**まちがい**である。秀歌というものがあるにつけ、よくない歌も

ありと知るべし。総別、『古今』一部は一世界を表はし、人の一生涯をかたどるといへり。いづれの集もみなみなかくのごとし。公任卿《きやう》和歌の九品《くほん》をえらび給ひしにも、上品上生《じやうぼんじやうしやう》の歌も、下品下生《げぼんげしやう》の歌も、人丸の御歌ならずや。されば人丸赤人の歌にも、歌屑《くづ》ありと知るべし。俊成卿の『千載集』えらばれし時、「われは人をば見ず、ただ歌をのみ見る」と仰せられしもこれなり。

あると知るべきだ。総じて、『古今集』の一部は一つの世界を表し、人の一生をかたどると言っている。どの集もみなこのようだ。公任卿が『和歌九品』を選びなさった折も、上品上生（＝最上級）の歌も下品下生（＝最下級）の歌も、ともに柿本人麻呂のお歌ではないか。だから、人麻呂・赤人の歌にも歌屑があると知るべきだ。俊成卿が『千載集』を選びなさったとき、「私は作者を見ず、ただ和歌だけを見る」とおっしゃったのも、このことである。

出題：大阪大学

読解ポイント　本文は『戴恩記《たいおんき》』

松永貞徳（1571～1653）は江戸前期の俳人・歌人・歌学者。文化的に恵まれた環境に育ち、多方面で活躍したが、中でも俳諧の方式を定め、門下に北村季吟らを育て貞門派を形成、俳諧三神の一と称された。編著には『新増犬筑波集《しんぞういぬつくばしゅう》』『戴恩記』などがある。

★「鴨長明ののせられたり」の「の」は主格で、そのため下の「られ」は尊敬の意になっている。受身ととらないように注意。

○松永貞徳→貞門派
○西山宗因→談林派
○松尾芭蕉→蕉門派
ちなみに井原西鶴は談林派です。

66位

松浦宮物語《まつらのみやものがたり》

出題率
0.3%

藤原定家《ふじわらのさだいえ》か

鎌倉前期
擬古物語

后、「我おろかに卑しき女の身、**いとけなき**齢《よはひ》にして**かたじけなく**賢き君に仕うまつることを

后は、「私は愚かで卑しい女の身で、**幼い年齢**で**もったいなくも**英明な君主にお仕えすることを

許され、身に余る位に備はりて、十かへりの春秋を送りしかど、牝鶏《ひんけい》の朝する戒めを恐れて、

許され、皇后という身分不相応な位につき、十年の歳月を送ったけれど、女は政治に口を出すべきでないとの戒めを恐れて、

掖庭《えきてい》のせばき身のうへのことをだに、君の**みことのり**にあらずして、一事詞を加へ行なはざりき。

後宮の限られた身辺のことでさえ、帝の**お言葉**によらずに、一つのことも行わず、一つの言葉も加えなかった。

いま、はからざるに国の悲しびにあひて、越女の思ひに死ぬるあとを追はぬ過ちによりて、

今、思いがけなく帝の崩御という国の悲しみに逢い、越女が病気の帝を思って死んだ先例を追わずに生きながらえた間違いによって、

乱るる国の恥を受く。臣下のなかにその人を選びて、国の政を授くべきに、御門の御病の床のもとに、

乱れた国の母后という汚名を受けている。臣下の中からふさわしい人物を選んで、政治を託するべきであるが、帝のご病床のそばで

顧命を受けたまひて、朝を助くべかりし人々は、逆臣の謀によりて横様《よこざま》に命を失ひはてつ。

遺命を受けなさって、国政を補佐するはずだった人々は、逆臣の謀略によって非業な死を遂げてしまった。

この道にともなふ人々は、おのおのその道守らむとして退く心のみあれば、**器物**《うつはもの》にあらず、

この都落ちの旅に同行している臣下たちは、めいめい道中の無事を守ろうとして、敵を避ける気持ちばかりでいるから頼りにならず、私は**才能**も乏しく、

おろかに耐へぬ身にして、高き世にだに乱れし国のあとを追ひて、なまじひに

まことに愚かな身ながら、遠い昔の世でさえ乱れていた国の先例を追って、力不足ながらも、

母后朝に臨む名を盗まむとす。わざはひ速やかに、こと**極**《きは》**まり**ぬれば、**かへさひ**定むるにだに及ばず。

母后が政治を執行する評判をひそかに立てたい。災厄が急速に生じ、事態が**切迫して**いるので、**何度も思い返して**決定する暇さえもない。

年ごろ戒めを守りて言葉をださねば、おろかに国を乱る**誹**《そし》**り**もあらじ。短き**心**に大きなることをはかること、ただけふばかりなり。宇文会すでに身を滅ぼして、燕王さだめて手足を失ふごとくならむ。この時を過ぐさず帰り入らんに、**さらに**防ぎ戦ふものあら**じ**。我、蜀山に逃れて、燕王、政に臨み、人民半ば従ひなば、いまさらに**さがしき**山を出でて治まれる国に向かはむこと、いづれの日にかあらむ。**しかじ**、けふ軍を進めて速やかに長安の道に帰らん**には**」とのたまふ。

私は**長年**、戒めを守って政治に口を出していないから、愚かにも国を乱したと**非難されること**もあるまい。私の浅はかな考えで、国家の大事を思い謀ることも、ただ今日だけだ。宇文会が戦死して、燕王はきっと手足を失ったような気持ちでいるだろう。この機会を逃さず都に帰還するならば、**決して**防ぎ戦う者はある**まい**。私が蜀の山中に逃げ込み、燕王が都で政治をとり、民衆も半ば燕王に服従するようになるならば、時を改めて**険しい**蜀の山中から出て、安定している国にはむかうことは、いつの日にあろうか。今日、軍を進めて速やかに長安への道に戻るの**に越したことはあるまい**」とおっしゃる。

出題：早稲田大学

読解ポイント

『松浦宮物語』は鎌倉前期の擬古物語で、作者は藤原定家説が有力。内容は、橘氏忠が相思相愛のかんなびの姫と別れ、遣唐副使として渡唐し、唐の帝の妹、后などと契りを結ぶという夢幻ロマン的な作品。藤原定家は藤原俊成の子で、『新古今和歌集』を撰した。主な著作に日記『明月記』、歌論『近代秀歌』『毎月抄』などがあり、「有心体」を最高の美とした。

○藤原俊成→「幽玄」→『千載和歌集』
○藤原定家→「有心体」→『新古今和歌集』

67位 東関紀行《とうかんきこう》

出題率
0.2%

作者未詳

鎌倉中期

紀行文

なほうちすぐるほどに、ある木陰に石を高くつみあげて、**めにたつ**さまなる塚あり。人に尋ぬれば、

やはりそのまま過ぎて行くうちに、ある木陰に石を高く積み上げて、**目に付く**様子の墓がある。人に尋ねると、

梶原《かぢはら》が墓となむこたふ。道のかたはらの土となりにけりと見ゆるにも、顕基《あきもと》中納言の

梶原景時の墓と答える。道端の土となってしまったと見えることにも、源顕基中納言の

口ずさみ給へりけむ、「年々に春の草の生ひたり」といへる詩、思ひいでられて、これもまた古き塚となりなば、

口ずさみなさったという、「年を経るごとに春の草が生えている」と詠んだ詩が、自然と思い出されて、これも古い墓となったならば、

名だにも**よも**残ら**じ**とあはれなり。羊太傅《やうたいふ》が跡にはあらねども、**心ある**旅人は、ここにも

名前さえも**まさか**残る**まい**と悲しかった。羊太傅の跡ではないけれど、**風流心のある**旅人は、ここにも

涙をや落とすらむ。かの梶原は、将軍二代の恩にほこり、武勇三略の名を得たり。傍《かたはら》に人なくぞ見えける。

涙を落とすであろうか。かの梶原は、将軍二代の恩に報い、武勇三略の名声を得た。そのころは並ぶ者がなく思われた。

いかなる事にかありけむ、**かたへ**の憤りふかくして、たちまちに身をほろぼすべきになりければ、

どのようなことがあったのであろうか、**同僚**の怒りが深くて、たちまち身を滅ぼすようなことになってしまったので、

ひとまども延びんとや思ひけむ、都の方へはせのぼりけるほどに、駿河国きかはといふ所にて

ひとまず生き延びようと思ったのであろうか、都のほうへ急いで上っていったところ、駿河の国のきかわというところで、

うたれにけりと聞きしが、さはここにてありけるよとあはれに思ひあはせらる。讃岐の法皇配所へ

討たれてしまったと聞いたが、それ（＝梶原の討たれた場所）がここであったのだなあとしみじみと思い当たる。崇徳院が配流の地へ

おもむかせ給ひて後、志度といふ所にて**かくれ**させおはしましにける跡を、西行修行の**ついで**に

お行きなさった後、志度という所でお**亡くなり**なさった跡を、西行法師が修行の**途中**で

みまゐらせて、「よしや君昔の玉の床とても**かからむ**※後は

見申し上げなさって、「ああ、崇徳院様、かつては玉のように美しい一床でおやすみになっていたのに、このようにお亡くなりになってしまった後は

何にかはせむ」とよめりけるなど**承**《うけたま》**はる**に、まして下ざまのものの事は、

どうしようもない」と詠んだと**お聞きしている**が、まして身分の低い者（＝梶原）のことは、

申すに及ばねども、さしあたりてみるに、いとあはれにおぼゆ。

申し上げるまでもないが、目の前にして見ると、とても悲しく思われる。

あはれにも　空にうかれし　玉ぼこの　道のべにしも　名をとどめける

○ああ、気の毒にもむなしく亡くなってしまった梶原は、道の傍に名をとどめたのだなあ。

出題：静岡大学

読解ポイント

『東関紀行』は鎌倉中期の紀行文で作者は未詳。京都の隠者である作者が鎌倉に向かった道中での体験や感想を主とし、鎌倉での名所見聞も含めて流麗な和漢混交文で記しており、後世の道行文（旅をしていく道の情景を韻文体の七五調で書いたもの）や芭蕉の紀行文に影響を与えた。

★「かからむ」が指しているものは崇徳院がお亡くなりになったこと。

鎌倉時代に入って『海道記《かいどうき》』『東関紀行』などの紀行文が書かれるようになりました。阿仏尼の『十六夜日記』も日記というより紀行文と呼べる内容です。

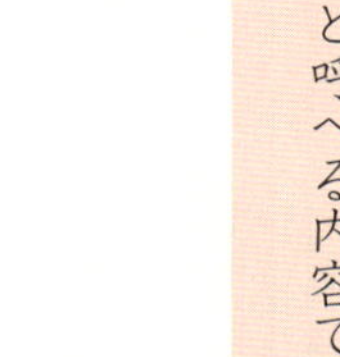

68位

香《か》川《がわ》景《かげ》樹《き》

出題率
0.2%

歌人

江戸後期
1768～1843

右大将道綱の母

右大将道綱の母が詠んだ歌

嘆きつつ※　ひとり寝《ぬ》る夜の　あくる間は　いかに久しき　ものとかは知る

○あなたのおいでを待ちわびて嘆きながら、独りさびしく眠る夜が明けるまでの時間がどんなに長いものかご存じでしょうか、いや、ご存じないでしょうね。

『拾遺集』恋四、「入道摂政**まかり**たりけるに、門を**おそく**開けければ、立ちわづらひぬと言ひ入れて侍《はべ》りければ、詠みて出《い》だしける」とあり。

『拾遺集』恋四にある歌で、その詞書には「入道摂政（＝藤原兼家）が**宮中をさがって**道綱の母宅を訪れたところ、道綱の母が**なかなか**門を開け**なかっ**たので、車の置き場所に迷ったと外から申し入れてきましたので、道綱の母が詠んで差し出した歌」とある。

今宵もやと**わび**ながら、独りうち寝る夜な夜なの明けゆくほどは、いかばかり久しきものとか知り給《たま》へる、となり。門開くる間を**だに**、しかのたまふ御心にひきあてておぼしやり給へと、このごろ**夜がれ**がちなる下の恨みを、ことのついでにうち出でたるなり。

今宵は夫兼家が来るかどうかと**悩み**ながら、一人で寝る幾夜かが明けてゆく間は、どんなに長く感じるものと知っていらっしゃるか、ということである。門を開ける間**だけでも**、そのように長く感じるとおっしゃる、そのお気持ちにあてはめてご推測ください、と最近あまり**夜は通ってきてくれない**心中の恨みを、この機会に詠んで示したのである。

『蜻蛉《かげろふ》日記』に、この門たたき給へることを、つひに開けずして帰しまゐらせて、明くる**あした**、『蜻蛉日記』に、この門をお叩きになったことを、とうとう開けないでお帰し申し上げて、翌**朝**、こなたより詠みてつかはせしやうに書けるは、**ひがごと**なり。「ひとり寝る※夜のあくる間は」といひ、道綱の母側から詠んでおやりになったように書いてあるのは、**間違い**である。「一人で寝る夜が明けてゆく間は」と言い、

「いかに久しき」といへるは、門開くるあひだのおそきを、**わび**給ひしにくらべたるなり。つひに開けずしてやみたらんには、何にあたりてか、「あくる間は」とも、「久しき」とも詠み出づべき。

「どんなに長い間と感じるか」と言っているのは、門を開ける間が遅いのを、**つらく感じ**なさったのと比べているのである。最後まで開けないで終わったとしたら、何に対して、「開ける間は」というようにも、「長く感じる」というようにも詠み出すことになろうか。

○入道摂政―藤原兼家。道綱母の夫。

出題：東京大学

読解ポイント

本文は『百首異見』

香川景樹（1768〜1843）は江戸後期の歌人。桂園《けいえん》と号し、桂園派の祖となり京都歌壇を風靡した。門人は千余人を数え、桂園歌風は永く明治・大正の世にまで門流を引いた。賀茂真淵の万葉主義を批判し、『古今集』の調べを理想とした。

★「嘆きつつ」の和歌の「かは」は反語。「嘆きつつひとり寝る夜」は「夫の訪れのないことを嘆きながら一人で寝る夜」。「あくる間」は「夜が明けるまでの間」という意味であるが、「門を開けるまでの間」という意味も踏まえた解釈になるよう配慮しなければならない。不実な夫の、門を開けるまでのわずかの時間でさえ長いという態度へのあてつけを汲み取った解釈になっているかがポイントである。

★「寝《ぬ》る」はナ行下二段動詞の連体形。

下二段動詞では、「寝《ぬ》」「得《う》」「経《ふ》」に注意です。活用を声に出して覚えましょう。

「ね／ね／ぬ／ぬる／ぬれ／ねよ」

「え／え／う／うる／うれ／えよ」

「へ／へ／ふ／ふる／ふれ／へよ」

69位

源《みなもとの》家《いえ》長《なが》日《にっ》記《き》

出題率
0.1％

源《みなもとの》家《いえ》長《なが》
鎌倉初期
日記

さてもさても、元久三年ことしの弥生《やよひ》の七日は、いかなる月日なりけん、摂政殿、夢のやうにて**やませ給ひにしは**。六日は参らせ給ひて、世の御**まつりごと**、**ひねもす**に申させ給ひ、暮るるほどにぞ出で**させ給ひ**にし。さて夜の御ましに入らせ給ひてより、**やがて** **おどろか**※せ給はず。過ぎぬるほど、月星の光もおもだたしく、例に変はれり、など道々の人々も**奏し**申し侍りき。さる事はたちにし月の二十八日に熊野の本宮焼けさせ給ふ。とり集めたる世の中騒ぎなりければ、**おどろき**※思《おぼ》し召してかたがた御祈りども**隙《ひま》なく**侍るに、それもこたへずや侍りけん、かばかり日に近く、世の**ことわり**も過ぎて、申せば**うたてき**までの事こそ侍らね。七日の**あした**に例ならずおどろかせ給はざりければ、ちかく**候ふ**女房たち参りて起こし参らせらるるに、さらに冷えはてさせ給ひてければ、午《うま》の時ばかりこそ、初めて世に**ののしり**たちて、馬・車の

いやはや全く、今年元久三年三月七日は、いったいどういう月日であったのだろうか、摂政殿（＝藤原良経）はまるで夢のように**急死**なさってしまった。六日は参内なさって、天下の御**政治**を**一日中**お執り申し上げなさり、日の暮れる時分に退出**なさっ**たのだった。そして御寝所にお入りになってから**そのまま目をさまし**にならない。先ごろ月や星の光も晴れがましいくらいに輝き、いつもと違っているなどと陰陽寮の役人たちも**帝に奏上し**ていたのだった。そういう異変は先月二十八日に熊野の本宮が焼失なさった。いろいろな不祥事が集まったような世の中の騒ぎであったので、後鳥羽院も放っておけないと**びっくり**なさって、あれやこれやとさまざまな御祈禱などが**ひっきりなしに**行われますが、それも効果はなかったのでしょうか、これほど身近に世の中の**道理**も越えて、言ってみれば**あまりにひどい**ほどのことはございません。七日の**朝**にいつもと違ってお目覚めにならなかったので、近くに**お仕えする**女房たちが参上して起こし申し上げなさったところ、すっかり冷たくおなりになっていらっしゃったので、正午ごろになって初めて世間では**騒ぎ**出して馬や車が

走り騒ぐなど、世の中も響くばかりに侍りしか。**折ふし**北の政所《まんどころ》も春日の御社に御こもりの程なりければ、女房も遠らかに臥したりければ、あやしき事もやわたらせ給ひけん、**あやめ**きく人もなかりけるこそ、かひなき事なれと、**たとしへなく**悲しくおぼえ侍れ。

走り回る騒ぎなど、世の中に響きわたるほどでございました。**ちょうどその時**、摂政殿の奥方も春日神社に御参籠の時であったので、お邸の女房も遠くの部屋に寝ていたので、摂政殿にご異変が生じていらっしゃったかも知れないのに、**事の様子**を怪しんで聞く人もなかったのは、まことにご奉仕のかいのないことだと、**たとえようもなく**悲しく思われます。

出題：お茶の水女子大学

読解ポイント

『源家長日記』の作者源家長は鎌倉初期の歌人。『新古今和歌集』の撰集に参加した。「日記」とあるが、後年記憶や手控えなどによって記された仮名日記。『新古今和歌集』の編纂の経過や当時の宮廷文化、さらには仕えていた後鳥羽院の人となりを知る重要な日記といえる。

★二つの「おどろく」は最初のものが前文の「夜の御ましに入らせ給ひてより」がヒントで「目を覚ます」の意。次のものは前文に不吉の前兆である事変や事件が起こっている点から「びっくりする」の意。

平安末から鎌倉初期は時代の変動期だけに、そうそうたる人物が出ています。

○鴨長明『方丈記』『無名抄』『発心集』
○源実朝『金槐和歌集』
○西行『山家集』

さらに藤原俊成・定家の父子もいました。すごい時代ですね。

70位

古来風体抄《こらいふうていしょう》

出題率
0.1%

藤原俊成《ふじわらのとしなり》

鎌倉初期
歌論

行基菩薩、まだ若くおはしける時、智光法師に論議に合ひ給ひけるを、智光少し

行基菩薩がまだお若くていらっしゃった時、智光法師と論議の席で顔を合わされたが、智光は少々**驕慢《きやうまん》の心**にやありけん、若き敵に逢ひたりと思へる**気色**なりければ、歌を詠みかけられける。

おごり高ぶる気持ちがあったのだろうか、若い相手に会ったと思っている**様子**だったので、行基は和歌を詠みかけなされた。

真福田《まふくだ》が　修行に出でし　片袴　我こそ縫ひしか　その片袴

○真福田が修行に出た折の片袴は私が縫ったものだ、その片袴よ。

かく言はれて、「二生の人にこそおはしけれ」と帰伏しにけり。この事は、行基菩薩の前《さき》の身に、大和の国なりける長者とぞ言ひけれど、国の大領などいふものにやありけん、その家の娘のいみじく**かしづき**けるが、容貌《かたち》などいと**をかしかり**けるを、門守する女のありけるが、子に真福田といふ童ありけり。十七、八ばかりなりけるが、その家の娘をほのかに見て、人知れず病になりて、死ぬべくなりにける時に、母の女その**由**を問ひ聞きて、「我が子生きて給ひてんや」と洩らし言ひたりければ、娘「大方は安かるべきやうなる事なれど、

こう言われて、智光は「さては前世・現世の二世のお方でいらっしゃったのだなあ」と信服したのだった。この由来は、行基菩薩の前世でのこと、大和国にいた長者と言ったが、郡の長官などという者だったろうか、その家の娘でとても**大切に育てられてい**た者が、容姿など**際立ってい**たのだが、門番の女がいて、その子に真福田という子供があった。十七、八歳ほどだったのが、その家の娘をかいま見て、人知れず恋の病となり、死にそうになったときに、母の女がその**わけ**を尋ね聞いて、「我が子を生かしてくださいませんか」とわけを述べると、娘は「およそたやすいことのようだが、

無下《むげ》にその童ざまにては、**さすがなり**ぬべし。さるべからん寺に行きて、法師になりて、
今の少年の姿のままでは、**そうもいかない**だろう。それ相当の寺へ行って、法師になって、

学問よくして、**才**《ざえ》ある僧になりて来たらん時逢はん」と言はせたりければ、
しっかり学問をし、**学識**ある僧になって戻ったような時に逢おう」と返事させたので、

かくと聞きて、急ぎ出で立ちける。「童の着るべかりける袴持て**来**《こ》。我縫ひて取らせん」と言ひければ、
それを聞いて真福田は急ぎ出立の支度をした。娘が「彼の着ることになっている袴を持って**来なさい**。私が縫ってあげよう」と言ったので、

母の女喜びながら、**忍び**て参らせたりけるを、片袴をなん縫ひて取らせたりける。
母の女は喜んで、**こっそり**差し上げたところ、片袴を縫って与えたのだった。

出題：青山学院大学

読解ポイント

『古来風体抄』は鎌倉初期に藤原俊成（1114〜1204）によって書かれた歌論。和歌の美として「幽玄」を提唱した。藤原俊成は平安時代末期から鎌倉時代初期の歌人・歌学者・公卿。藤原定家の父。数多くの歌合の判者を務めたほか、後白河院の命により『千載集』を撰進し、後鳥羽院の再興した和歌所の寄人にも加えられ、歌壇の長老の地位を築いた。家集に『長秋詠藻《ちょうしゅうえいそう》』がある。

これにて『古文出典ゴロゴ』完走です!! お疲れさまでした。この本で学んだ知識を活かして入試に臨んでくださいね。

単語索引